# 弱势民族文学在现代中国
## 以东欧文学为中心

*The Literature of Marginalized Nationalities in Modern China*
*Focusing on East-European Literature*

宋炳辉 / 著

北京大学出版社
PEKING UNIVERSITY PRESS

图书在版编目 (CIP) 数据

弱势民族文学在现代中国：以东欧文学为中心 / 宋炳辉著 .—北京：北京大学出版社，2017.7
（文学论丛）
ISBN 978-7-301-28486-5

Ⅰ．①弱⋯ Ⅱ．①宋⋯ Ⅲ．①中国文学—现代文学—文化交流—东欧 Ⅳ．① I209.6 ② I510.09

中国版本图书馆 CIP 数据核字 (2017) 第 136150 号

| | |
|---|---|
| 书　　名 | 弱势民族文学在现代中国——以东欧文学为中心<br>RUOSHI MINZU WENXUE ZAI XIANDAI ZHONGGUO |
| 著作责任者 | 宋炳辉　著 |
| 责任编辑 | 刘　爽 |
| 标准书号 | ISBN 978-7-301-28486-5 |
| 出版发行 | 北京大学出版社 |
| 地　　址 | 北京市海淀区成府路 205 号　100871 |
| 网　　址 | http://www.pup.cn　新浪微博：@北京大学出版社 |
| 电子信箱 | nkliushuang@hotmail.com |
| 电　　话 | 邮购部 62752015　发行部 62750672　编辑部 62759634 |
| 印 刷 者 | 三河市博文印刷有限公司 |
| 经 销 者 | 新华书店<br>650 毫米 ×980 毫米　16 开本　19.25 印张　300 千字<br>2017 年 7 月第 1 版　2017 年 7 月第 1 次印刷 |
| 定　　价 | 59.00 元 |

未经许可，不得以任何方式复制或抄袭本书之部分或全部内容。
**版权所有，侵权必究**
举报电话：010-62752024　电子信箱：fd@pup.pku.edu.cn
图书如有印装质量问题，请与出版部联系，电话：010-62756370

# 中文提要

　　现代民族主体意识的建立是中国文化和文学现代化的体现,是19世纪后期以降中国现代文学建构区别于古典文学最明显的文化背景,而中国现代主体正是在百多年来中外文化交汇碰撞中建立起来的。对中国现代主体意识及其经验的考察,是揭示中国文学现代性复杂内涵的关键,而外国文学与文化在中国的译介,则是中国现代主体文化和文学创造的一种重要途径,是跨语际文化实践赖以展开的场域,是中华民族以及关于"现代人"想象建构中一种重要中介。其中弱势民族文学的译介实践和西方强势民族文学译介一起,共同构成了中国现代主体的一部分。而东欧文学作为中国现代视域中的"弱势民族文学"最典型的一部分,无论其内容本身对中国现代文学建构的历史贡献,还是在历史进程中所发挥的历史文化的特殊功能,尤其是其与欧美西方文学的对照而言,都具有重要的研究价值。本书聚焦于东欧文学在现代中国的译介及接受影响情形,并在现代中外文学关系的背景下,分析其对于中国文学现代进程所发挥的文化功能。

　　相对于西方文学的译介而言,这部分文学译介的数量虽然不多,但其历史复杂性并不相应降低。恰恰相反,这部分译介实践的过程及其成果,在中国现代主体意识的建构中有着特别的意义,它在现代民族身份的确认、文学情感的表达和文学价值的指归等方面,都有着特殊的文化功能。对这部分实践的分析,有助于完整地勾勒中国现代主体意识全貌,特别是有助于揭示被文化中心话语所遮蔽和压抑的民族主体的内在矛盾和紧张。本书作者认为,只有在这种中外文化交流多元谱系的语境中展开讨论,弱势民族文学译介的复杂情形才可以得到正视,弱势民族文学译介实践的文化和文学意义也就可能得到合理的说明,它在中国现代语境下往往遭受西方强势文学压抑的原因也可以得到进一步的解释,由此而引起的中国主体意识的相应特点,也可以得到进一步的落实。但汉语学术的基本事实是,在以往的中外文学关系研究中,作为中国现代文学外来因素之一的"弱势民族文学"的译介常遭忽视,不是以中西文学关系,就是以中苏文学关系为主导;在外国文学中译的研究中,既有的成果也基本囿于单纯的外国(国别)文学研究视野。

从中国主体的认知角度而言,"东欧"不仅是一个单纯的认知对象,它是中国现代民族意识觉醒的伴生物,它与中国民族主体意识的生成和演变,有着不可分割的联系。东欧诸国并称,也不只是一种简单的指陈行为,同时也表明了中国主体对东欧诸国共同的历史命运、文化处境和民族性格的认知。东欧作为一种镜像,同时也折射了中华民族现代化历史境遇的认识。在百多年的世界历史中,因为国际关系格局和意识形态等因素,东欧各国与中国之间关系的冷热亲疏、平坦曲折,不仅十分相似,而且往往相互牵连,这种关系状态,同样也反映在中国与东欧诸国的文学关系上。因此,居于中国主体立场讨论中国与东欧诸国文化和文学的关系,"东欧"不仅是对一种客观对象物及其固有联系的认知,在文化价值意义上,更是一种借助他者镜像对民族主体的自我构成、民族性格的内在特征的审视,是对民族文化的历史境遇和现代进程的反省,进而是对民族文学的现代转型及其内部特质,包括对汲取外来文学资源、传承与再创民族传统的内涵与方式的辨正与探索。

相同相似的现代化处境和经验,使东欧文学对现代中国有着特殊的意义。处于欧洲夹缝中的东欧诸国,共同的地缘政治特点对其现代化进程带来明显的制约。具体表现为：相对于西欧现代化先发国家而言，其现代化发生的非自主性、现代化模式选择的限制性、现代化进程的滞后性。特别是第二次大战后，东欧诸国一度实行的人民民主制度、多党联合执政和多元经济体制。因冷战时期两个世界阵营对峙的世界格局，而强制性地被苏联模式所替代（高度集中的政治与经济体制；按重、轻工业，农业顺序发展的国民经济；高速度、高积累、高投资的"三高"方针，以及农业的强制性集体化等）。所有这些在国际外部环境和内部变革方面的发展模式，都与现代中国尤其是20世纪后半期现代中国有着相似的经历。

正因为中国与东欧文学关系是两者的意识形态、社会体制、国际关系和各文化层面异同关联的反映和折射，所以，在东欧与中国文学关系的百年历史中，政治意识形态理所当然地成为各时期极为重要的制约因素。这种关系包括两个维度：一是中国与东欧间的直接交流和相互关系；二是中国与东欧双方与其他国际集团或民族国家的关系中所体现的异同关系。具体说来，就是在20世纪（特别是二战后）的历史进程中，双方在国际关系的各层面——包括文学关系方面——与西欧和俄苏关系中所体现出来的同向、同构及其差异关系。本书聚焦于在这多重关系网络中，对中国与东欧文学关系进行多层次分析，进而揭示东欧文学对于现代中国文学的意义。

研究显示，东欧文学在现代中国的译介、影响与接受，是中国主体有意识倡导和实践的结果。它是在民族面临危机的时代，伴随现代民族意识的觉醒而出现的，并始终伴随着浓厚的政治意识形态因素的制约，但它在中国现代文学演进中持续并扩大影响，却是先锋知识分子自发自觉的同声相应、同气相求的结果。

中国与东欧文学的关系历史表明，东欧文学在中国的意义凸显和接受程度，并不与其在中国译介数量的多少对应。中国与东欧之间的文化交往、文学译介及其影响接受之间，并不成正比例的对应关系。只有接受主体出于自身文化建构和文学创作的需要，进行有意识的引入（包括翻译和评价），才有可能对本土文学发生实质性的影响，其作为外来资源才会进入本土文化的创生实践，熔铸到民族文学的血液当中。

# Abstract

The formation of modern national subject consciousness in the cultural encounter and exchange between China and other countries in more than one hundred years is a sign of the modernization of Chinese culture and literature, and makes one of the most salient cultural backgrounds that distinguishes modern Chinese literature from its classical literature. The study of Chinese modern subject consciousness, therefore, is of primary importance to reveal the complexity of the modernity of Chinese literature. The translation and introduction of foreign literature and culture in China was an important way in which Chinese modern subject culture and literature were created, the field where translingual cultural practice was carried out, and an important medium for Chinese people's imagination and construction of "modern people". The translation and introduction of the literature of marginalized nationlities along with that of the developed countries made one integral part of Chinese modern subject.

The East-European literature, as the most typical in the literature of marginalized nationalities in Chinese perspective of modernity, deserves our close attention owing to the historical contribution of the literature itself to the construction of Chinese modern literature and its historical and cultural function in the historical process in comparison with European and American literature. This book is devoted to the reception of East-European literature in modern China and its cultural function in the modernization of Chinese literature.

East-European literature translated and introduced in China is much less in number than that of the West, but its historical complexity is not correspondingly less. On the contrary, the process and achievement of the translation and introduction of East-European literature is of special significance for the construction of Chinese modern subject consciousness, and has unique cultural function in the confirmation of modern national identity, the expression of literary emotion, and orientation of literary value in modern China. The study in this field will be of great use to picture the outlines of Chinese modern subject consciousness, and reveal the inner conflict and tension in the national subjects shadowed and suppressed by centrual cultural discourse. The author of this book holds that only in the multifold context of Sino-foreign cultural exchange can the complexity of the translation and introduction of the literature of marginalized nationalities receive deserved attention, can the cultural and literary significance of the translation and introduction of the literature of marginalized nationalities be justly explained, can its suppression by the powerful literature of the West in modern China be reasonably interpreted, and can the corresponding characteristics of Chinese subject consciousness be clarified. In Chinese academia of Sino-foreign literary relations, however, the translation and introduction of the literature of marginalized nationalities as one part of foreign literature in China has been mostly ignored while the focus is mainly on Sino-West or Sino-Soviet literary relations. The existent studies of the translation of foreign literature in China are mainly carried out in the perspective of foreign (national) literary studies.

From the cognitive perspective of Chinese subject, East Europe is not simply an object of cognition, but a company for the formation of Chinese modern national consciousness, and closely related to the birth and evolution of Chinese national subject consciousness. The joint name for the different countries in East Europe is not simply a reference, but a reflection of China subject's understanding of historical destiny, cultural circumstance, and national character of the countries of East Europe. East Europe, as a mirror image, also reflects Chinese people's understanding of its own modern historical circumstance. In the world history of more than one hundred years, East European countries shared very similar destinies with China owing to the international structure and political ideology, which is reflected in Sino-East-European literary relations. Therefore, the studies of Sino-East-European literary relations from Chinese subject perspective is not simply to study East-Europe as an object and its relations to China, but to take East Europe as a mirror image to meditate on the formation and innate characteristics of Chinese subject, the history and modernization of national culture, modern shift of Chinese literature, the borrowing from foreign literature and recreation of national tradition.

Similar historical experience and challenge of modernization endowed East-European literature with special significance for modern China. Marginalized East-European countries faced obvious obstacles in their modernization owing to their shared geopolitical characteristics, such as the lack of autonomy in modernization, limited choices of modernizing models, and lagging behind of their modernization. The people's democratic system, multi-party government and diversified economy adopted by East-European countries after WWII were forcedly replaced by Soviet models such as highly concentrated political and economical systems, the national economy with an order of heavy industry, light industry and agriculture, the high-speed, high-accumulation and high-investment principle, and the forced collectivization of agriculture. All those international environment and domestic evolution were very similar to that of China in the second half of 20th century.

Political ideology was a most important element in shaping Sino-East-European literary relations, which were the reflection of the similarities and differences in ideology, social system, international relations, and cultures between China and East European countries in more than one hundred years. Sino-East-European literary relations can be studied in two aspects: the direct communication and relations between China and East Europe; the similarities and differences embodied in China's literary relations to other international groups or nations and East Europe's literary relations to them. Specifically, in 20th century (especially after WWII), China and East Europe exhibited similarities and differences in their international relations (including literary relations) to West Europe and Russia (Soviet Union). The book focuses on the multilevel network of relations to study Sino-East-European literary relations to reveal the significance of East-European literature for modern Chinese literature.

The study shows that the translation, introduction, influence and reception of East-European literature in modern China is the result of the conscious advocation and practice of Chinese subject. The introduction of East-European literature, carried out when China was facing national crisis and modern China's national consciousness was coming into being, was constantly controlled by political ideology, while its lasting and expanding influence in the development of Chinese literature was the result of the conscious efforts of Chinese avant-garde intellectuals for the similar purposes.

The history of Sino-East-European literary relations shows that the special significance and reception of East European literature in China are not limited by the number of works translated and introduced in China. The cultural exchange, literary translation and introduction between China and East Europe were not directly proportional to the influence and reception of East European literature in China. Foreign literature will wield substantial influence on the local literature, enter into the original practice of local culture and blend into the blood of the national literature only when consciously introduced and translated by reception subject for its cultural construction and literary creation.

# 目 录

绪 论 ················································································· 1

## 第一章　中外文学关系视域中的文学东欧 ···································· 1
第一节　从地理东欧到政治东欧 ··················································· 1
第二节　从文化东欧到文学东欧 ··················································· 6
第三节　东欧文学的共同特点 ······················································ 8

## 第二章　清末民初东欧文学汉译的滥觞 ········································ 10
第一节　波兰"亡国史鉴"与汪笑侬的新京剧《瓜种兰因》 ················· 12
第二节　李石曾译《夜未央》和许啸天的"波兰情剧" ······················· 15
第三节　周氏兄弟与《摩罗诗力说》《域外小说集》 ·························· 19
第四节　周氏兄弟与匈牙利文学的早期译介 ···································· 25

## 第三章　五四新文化运动时期弱势民族文学的译介 ························· 32
第一节　该时期弱势民族文学译介概述 ········································· 32
第二节　周氏兄弟对"弱小民族文学"的倡导及其译介实践 ················ 36
第三节　茅盾与《小说月报》对译介东欧文学的贡献 ························ 39
第四节　朱湘与他的《路曼尼亚民歌一斑》 ····································· 47
第五节　其他文学期刊对中东欧文学的译介 ···································· 49

## 第四章　20世纪三四十年代东欧文学的译介 …… 56
### 第一节　三四十年代中东欧文学译介概述 …… 56
### 第二节　茅盾、巴金、王鲁彦、孙用等翻译家的译介贡献 …… 59
### 第三节　《文学》《矛盾》等文学期刊对中东欧文学的译介 …… 65
### 第四节　民族话语的意识形态性和知识分子的不同选择 …… 72

## 第五章　共和国时期弱势民族文学译介与民族文化建构 …… 80
### 第一节　前30年弱势民族文学的译介 …… 80
### 第二节　后30年弱势民族文学的译介 …… 89
### 第三节　本土文化规范与外来文学的创生性 …… 98

## 第六章　现代中国视域中的裴多菲·山陀尔
　　——以《格言诗》中译为阐释中心 …… 102
### 第一节　裴多菲的中国形象与他的"格言诗" …… 102
### 第二节　"格言诗"的七个译本 …… 105
### 第三节　"五言古体式"译本何以在竞争中胜出？ …… 110
### 第四节　"以讹传讹"背后的文化缘由 …… 112

## 第七章　显克维奇、伏契克与布莱希特在中国的不同命运 …… 114
### 第一节　波兰作家显克维奇的译介 …… 114
### 第二节　捷克作家伏契克在中国的译介 …… 117
### 第三节　东德戏剧家布莱希特在中国的译介及其影响 …… 120

## 第八章　米兰·昆德拉在中国的译介及其接受 …… 125
### 第一节　米兰·昆德拉在中国译介的概况 …… 125
### 第二节　不约而同的选择：李欧梵与韩少功的译介 …… 131
### 第三节　是什么打动了中国：昆德拉的影响因素分析 …… 135
### 第四节　民族身份感的暗合：昆德拉的世界/民族文学意识 …… 139
### 第五节　变奏与致意：在创造中延续和展开的经典
　　——《雅克和他的主人》跨文化解读 …… 147

**第九章　世界语理想与弱势民族文学译介和影响** ……………… 156
　　第一节　中外文学交流史中的Esperanto ……………………… 156
　　第二节　国际世界语运动及其理想在中国的传播 ……………… 159
　　第三节　以世界语为中介语的弱势民族文学译介 ……………… 166
　　第四节　中西关系压力下的反抗努力及其内在紧张 …………… 172

**第十章　新中国60年的东欧文学译介与研究** …………………… 178
　　第一节　前30年东欧文学的译介与研究 ……………………… 178
　　第二节　后30年东欧文学研究的热点 ………………………… 185
　　第三节　近三十年来东欧文学研究的深入 …………………… 193
　　第四节　研究视野与方法的探索和未来发展的挑战 …………… 199

**第十一章　民族意识与世界意识的纠缠**
　　　　　——泰戈尔在中国的译介及其影响 ………………………… 203
　　第一节　泰戈尔的民族意识与世界意识 ………………………… 203
　　第二节　两次访华及其反响 …………………………………… 209
　　第三节　20年代中国的东西文化之争中的泰戈尔批判 ………… 213
　　第四节　泰戈尔对于中国新文学的意义 ………………………… 217

**第十二章　以东欧为中心的弱势民族文学在中外文学关系中的
　　　　　地位和意义** ……………………………………………… 221
　　第一节　现代民族意识的觉醒与中国世界观的转变 …………… 221
　　第二节　被压抑和遮蔽的中外文学关系线索 …………………… 227
　　第三节　揭示中国文学现代性特殊内涵的有效场所 …………… 230
　　第四节　弱势民族文学与中国现代文学的主体建立 …………… 240
　　第五节　东欧文学的中国意义 ………………………………… 251

**参考文献** ……………………………………………………………… 256
**后　记** ………………………………………………………………… 265

# CONTENTS

**Introduction** ··················································································· 1

**Chapter One  Literary East Europe in Sino-Foreign**

              **Literary Relations** ············································· 1

  1. From Geographical East Europe to Political East Europe ······ 1

  2. From Cultural East Europe to Literary East Europe ············ 6

  3. The Common Characteristics of East-European Literature ········ 8

**Chapter Two  The Beginning of Translation of East-European**

              **Literature in the Late Qing Dynasty and Early**

              **Republic of China** ············································· 10

  1. Polish "History of Subjugation" and Wang Xiaonong's

    New Beijing Opera *Gua Zhong Lan Yin* ························· 12

  2. *Le Grand Soir* Translated by Li Shizeng and

    Xu Xiaotian's "Polish Opera" ··································· 15

  3. Zhou Shuren and Zhou Zuoren and *Moluo Shili Shuo*

    [Demonic Poetry] and *A Collection of Foreign Stories* ······ 19

4. Zhou Shuren and Zhou Zuoren and Early Translation of
   Hungarian Literature ............................................................ 25

**Chapter Three   Translation and Introduction of the Literature of
                  Marginalized Nationalities in the May Fourth
                  New Culture Movement** ...................................... 32
1. A Survey of the Translation and Introduction of the
   Literature of Marginalized Nationalities in This Period ...... 32
2. Zhou Zuoren and Zhou Shuren's Advocation and Translation
   of "the Literature of Marginalized Nationalities" ................ 36
3. Mao Dun's *Fiction Monthly*'s Translation and
   Introduction of East-European Literature .......................... 39
4. Zhu Xiang and His *Romania Folk Songs* ........................... 47
5. Translation and Introduction of East-European
   Literature by Other Literary Journals ................................ 49

**Chapter Four   Translation and Introduction of East-European
                 Literature in 1930s and 1940s** ............................. 56
1. A Survey of the Translation and Introduction of the Literature
   of Marginalized Nationalities in 1930s and 1940s ............... 56
2. Mao Dun, Ba Jin, Wang Luyan and Sun Yong's
   Translation .......................................................................... 59
3. The Translation and Introduction by Literary Journals
   Such as *Literature* and *Mao Dun* ....................................... 65
4. Ideology of National Discourse and Different Choices
   of Intellectuals .................................................................... 72

# CONTENTS

**Chapter Five  Translation and Introduction of the Literature of Marginalized Nationalities in People's Republic of China and Construction of National Culture** ············ 80

1. Translation and Introduction of the Literature of Marginalized Nationalities in the First 30 Years ············ 80
2. Translation and Introduction of the Literature of Marginalized Nationalities in the Second 30 Years ············ 89
3. Local Cultural Norms and the Originality of Foreign Literature ············ 98

**Chapter Six  Sándor Petöfi in the Perspective of Modern China** ······ 102

1. Sándor Petöfi's Image in China and His "Motto Poem" ········· 102
2. Seven Versions of Translation of "Motto Poem" ············ 105
3. The Reason for the Acception of the Translation of "Five-Character Quatrain" ············ 110
4. The Cultural Causes for the Acception of the Translation Based on Misunderstanding ············ 112

**Chapter Seven  The Different Destinies of Henryk Sienkiewicz, Julius Fucik and Bertolt Brecht in China** ············ 114

1. Henryk Sienkiewicz in China ············ 114
2. Julius Fucik in China ············ 117
3. Bertolt Brecht in China ············ 120

**Chapter Eight  Milan Kundera in China** ············ 125

1. Milan Kundera's Translation and Introduction in China ········ 125
2. The Same Choices: Li Oufan and Han Shaogong's Translation ············ 131
3. The Reasons for Kundera's Immense Influence on China ····· 135
4. The Coincidence of National Identity: Kundera's

World/National Literary Consciousness ·········· 139

5. Variation and Reverence: Classics Continuing and
Developing in Creation ·········· 147

## Chapter Nine  The Ideal of Esperanto and the Translation of the Literature of Marginalized Nationalities ·········· 156

1. Esperanto in Sino-Foreign Literary Communication ·········· 156
2. World Esperanto Movement and Its Spread in China ·········· 159
3. The Translation of the Literature of Marginalized Nationalities in Esperanto ·········· 166
4. The Resistence and Internal Tension under the Pressure of Sino-West Relations ·········· 172

## Chapter Ten  60 Years Translation and Studies of East-European Literature in People's Republic of China ·········· 178

1. Translation and Studies of East-European Literature in the First 30 Years of People's Republic of China ·········· 178
2. The Key Issues in the Studies of East-European Literature in the Second 30 Years of People's Republic of China ·········· 185
3. The Deepened Studies of East-European Literature in Recent 30 Years ·········· 193
4. The Perspectives and Methods of the Studies and Future Challenges ·········· 199

## Chapter Eleven  Entanglement of National Consciousness and World Consciousness: Tagore in China ·········· 203

1. Entanglement of National Consciousness and World Consciousness ·········· 203
2. Tagore's Two Visits to China ·········· 209
3. Tagore Criticism in China's Debate of Chinese and

Western Cultures in 1920s ･･････････････････････････ 213
4. Tagore with China's New Literature ･･･････････････････ 217

**Chapter Twelve Significance of the Literature of Marginalized Nationalities and Especially East-European Literature in Sino-Foreign Literary Relations** ･･････ 221

1. The Awakening of Modern National Consciousness and Change of China's World View ･･････････････････････ 221
2. The Suppressed and Covered Clues of Sino-Foreign Literary Relations ･･････････････････････････････････ 227
3. The Efficient Field to Reveal the Modernity of Chinese Literature ･･･････････････････････････････････ 230
4. The Literature of Marginalized Nationalities and the Establishment of the Subject of Modern Chinese Literature ･･･････････････････････････････････ 240
5. Chinese Significance of East-European Literature ･････････ 251

**Reference** ･･････････････････････････････････････････････ 256
**Postscript** ････････････････････････････････････････････ 265

# 绪 论

## 一

本书讨论的问题,是以东欧文学在中国为焦点切入近代以来的中外文学关系研究。作为一个具体论题,这一选择总有具体的甚至不乏偶然的缘由。不过,对笔者而言,议题的另一个关键词"弱势民族文学",则不仅是一种分类意义上的指称,更意味着我对于"(民族)文学关系研究"的普遍与具体两个维度上的考虑,只有当"文学关系研究"落实为"中外"二元并进一步具体到近代以来的中外文学关系时,许多历史的具体性、判断的价值特性才得以层层显露。说到底,这种对历史具体性的追求冲动,是来自于对中国现代文化与文学的发生及其价值的关注,来自于对其在世界文化现代化和多元展开中的地位和意义的探寻需要,也来自于对它的当下呈现和未来发展的某种焦虑与关怀。

在近现代中外文学关系研究的具体展开中,我越来越意识到,与一般意义上的跨文化文学关系相比,近代以来的中外文学关系及其研究,有着特定的内涵和性质。近现代中外文学关系的历史,是与具体的历史境遇和文化限定性紧密相关的存在,是中国文化与文学系统经受"三千年未有之变局"并得以再生的重大历史事件。这种历史限定性至少包括:近代以来中国的弱势文化地位及世界文学视域;从古代的文化中国视域跌落为弱势文化以及由此带来的种种情感方式、思维方式、观察视角的转变;中国文化主体与西方之间的亦师亦敌关系的情理纠葛;当然也包括21世纪前后由弱转强趋势下的另一向度的反拨,它的种种文化蕴涵都有待清理与批判。

因此,中外文学关系不仅是一种逻辑性的存在,更是一种具体的历史过程;中外文学关系研究,既是对中国文学近现代进程的境遇和发生演化的体察,同时也包含了对研究者主体文化立场的审视,包含了对其研究如何汇入当代中国文学文化的世界化进程的主体意识,包含了如何在近三百年来的现代世界文学主流经验之外,对中国和其他非西方文学为世界文学的多元共生,及其所体现、包孕的可能性的发掘与阐释,当然也包含了如何展开这一领域研究的方法论的思考。在这个意义上,在民族(区域)文化的叙事中展开世界文学的意义阐释,既是比较文学作为人文学术意义在当下的有效体现,同时也是中国比较文学在实践中走出"求同"与"显异"逻辑悖论的契机所在。①

在这个意义上,本书选择现代中国视域中最具典型性的弱势民族文学,即东欧诸国文学在现代中国的译介及其影响作为主要论述对象,同时据于对象本身的内涵和本人研究所涉猎的范围,也做一定程度的延伸。②这样的论域设定,除了意图勾勒东欧文学在现代中国的翻译、研究及其影响的历时性线索,以弥补汉语学术界(也包括域外相关研究领域)长期以来所忽视的环节外,也有意从这一典型性的中外文学关系维度对中外文学关系及其研究历史做出自己的考察。

---

① 参见宋炳辉:《对话与认同之际:比较文学的人文品格与当代使命》,《北京大学学报(哲学社会科学版)》,2017年第一期。

② 指第七章第三节所论的布莱希特和第九章的泰戈尔。前者因东西德合并,已被划归于"西欧",后者是典型的南亚国家,只因其近现代弱势民族的典型意义,也纳入本书的考察范围。

## 二

在展开本书主要内容的论述之前,首先对后文将要涉及的民族、民族主义、民族意识、弱势民族等几个主要相关概念做一个厘定和说明。

"民族"一词,若从传统的本质论角度定义,当指人类群体在历史过程中形成的一个具有共同的语言、共同的地域、共同的经济生活,以及表现于共同文化上的共同心理素质的稳定的共同体。它是人类社会发展到资本主义时代的必然产物,但其要素则在资本主义以前的历史中逐渐形成。① 在汉语传统中,表达民族这一概念的涵义首先是从西方引进的。"民"与"族"两个字,在古代中国文献中尽管早已存在,但一般分别指百姓和宗族,而没有近代意义上的民族含义,而且,这两个字也从未结合起来使用。但在谈及有关民族问题时,常常使用"蛮""夷""狄""戎"等词汇。民族一词最早使用,据说是梁启超在1899年撰写《东籍月旦》一文时,从日文中直接引进的,日语拉丁化记作 *minzoku*,它涵盖了英语中 nation 和 race 两个词的涵义。② 1903年梁启超又从德国政治理论家布伦奇理(Bluntshli J. K.)那里引进了民族的基本定义。这种本质论的定义,将民族作为一种客观存在的事物对待,是近现代通常定义民族的方式。而美国当代学者本尼迪克特·安德森(Benedict R. O'Gorman Anderson 1936—  )的定义则代表了现代社会对于这一概念的重新认识,他更多地从主体感受的角度来界定这一概念。他认为,民族是一种想象的共同体,是一种特殊的文化的人造物。③ 这种主观性的定义尽管在某种程度上虚化了有关民族特征的某些文化标志,比如人种体格特征、语言等等,但它的好处是有助于分析和理解民族意识主体的内在因素及其发生的演变。

---

① 见《辞海》,上海辞书出版社1989年版,第2032页。
② 参见刘禾:《现代汉语的中-日-欧外来词》,《跨语际实践——文学,民族文化与被译介的现代性(中国,1900—1937)》,三联书店(北京)2002年版,第395页。
③ 本尼迪克特·安德森的定义是:"民族是一种想象的共同体——并且,它是被想象为本质上有限的,同时也享有主权的共同体。"参见《想象的共同体——民族主义的起源与散布》,吴叡人译,上海人民出版社2003年版。

据相关研究,"民族主义"(nationalism)一词在英语传统中出现于1844年,其基本含义是对于一个民族的忠诚和奉献,特别是指一种特定的民族意识,即认为自己的民族比其他民族优越,特别强调促进和提高本民族文化和利益,以对抗其他民族的文化和利益。它在形态上表现为某种情绪和情感,以及文化情结、思维风格、行为方式、社会和政治运动、意识形态等等,因此,关于民族主义的定义有许多种。而对于中国来说,民族主义完全是一个外来词汇,作为一场社会思潮和社会运动,更是从西方传播而来的。从文化意义上说,民族主义现象本身具有某种非理性的特点。对于个体而言,假如没有民族及国家作为其存在的依托,一个人是无法发展的,如果离开了他(她)所属的文化价值系统,一个人便失去了对生活意义的理解。另一方面,民族主义涉及集体性的忠诚和行动,是与血亲、种族、宗教并列为最强有力的四种集体性忠诚力量,具有对民族成员的精神感召力和整合社会的力量,它能使政治力量具有合法性,因而可以成为一种重要的社会意识形态。当它在现代历史上表现为现代国家建构的内在要求状态时,又是一个社会的现代化过程,是现代民族主体的一种"民族自我意识"觉醒的表达,也就是说,民族主义是全球现代化进程中民族国家的自我意识。①

按照上述关于民族主义的定义,民族意识就是立足于民族主体角度的民族主义在情感和意识中的表现,是主体对于民族的情感和观念的体现。本书的主旨不是系统地探讨中国现代民族主义运动和思潮的发展历史,而只是从中外文学关系的某一个层面,即在对外来文学资源中处于弱势民族文化的文学思潮和作家作品在中国的译介及其影响中所体现的民族意识的考察,着意于民族意识在20世纪中国文学现代化过程中所发挥的功能。因此,在本书的论述当中,在应用民族、民族主义等概念的时候,一方面不完全排斥前一种把民族视为一种本质性存在的定义,因为它毕竟是现代社会处理和区分人类群体关系、个体与群体的认同关系的已经公认并且至今依然有效的概念范畴之一,而且,这种区分毕竟是以人种、语言、文化传统等某些外在特征为依据。同时,本书的论述也汲取了本尼

---

① 参见徐迅:《民族主义》,中国社会科学出版社1998年版,第40—43页。

迪克特·安德森关于民族主义的主观式定义中的某些合理因素。综合这样两方面的考虑，本书选取了"民族意识"这一概念，以突出中国文化和文学的现代化过程中，在中国主体（既指个体，也指个体之集合的民族主体）面对传统和外来文化资源，进行文学的变革和创造的时候，民族性因素在其中所起的重要作用，强调民族认同感和民族凝聚力对各种文化选择所发挥的功能。本书将通过特定的视角，即通过弱势民族文学在20世纪中国的译介及其在中国文学中的影响和接受的具体情形，考察作为一种现代社会思潮的民族主义运动在中国的展开情形，而且特别关注它对作为现代知识分子的中国作家所曾产生的作用和影响，分析他们在对待中外文学关系，在文学观念的新旧变革，在文学活动及其策略选择中所具有的潜在作用。

而弱势民族概念是在"弱小民族"这一历史概念的基础上加以修正而使用的核心论述概念。20世纪上半期，正是中国为建立现代民族国家而经受了空前动荡和变迁的时期，同时，这也是世界范围内民族主义思潮的高峰时期。① 如果说19世纪的两次鸦片战争、八国联军的北京暴行还没有从根本上折损清政府老大帝国的威仪的话，1895年中日甲午战争一举溃败于东邻小国日本这一似乎出乎意料的结局，使清帝国经受了空前强烈的刺激，它不仅催生了现代民族意识的觉醒，而且开始令国人将两次鸦片战争中受西方列强逼迫的经验联系起来，直接面对屈辱和受压迫的弱势民族境遇。1904年，陈独秀在其政论《说国家》②中论述国际大势时，就从中国的遭遇，讲到国家民族主义，并将世界分为"被外国欺负"的国家和列强国家两大类，前者指波兰、埃及、犹太、印度、缅甸、安南（越南）等国，后者指"八国联军"的英、俄、法、德、意、美、奥、日等。到1921年他所发表的《太平洋会议与太平洋弱小民族》③一文中，则正式出现了"弱小民族"这一概念，用以指称印度、波兰等殖民地国家。这表明，至少从那时开始，"弱小民族"概念就已经在中国现代话语中出现。之后，在五四运动前

---

① 参见英国埃里克·霍布斯鲍姆：《民族与民族主义》，李金梅译，上海人民出版社2000年版。
② 载《安徽俗话报》第5期，1904年6月14日。
③ 载《新青年》第9卷第5号。

后的中外文化和文学译介中,则被广泛地运用,成为一种普遍性的社会话语。

在整个20世纪中国的话语表述中,和"弱小民族"相关的概念还有"被压迫民族""第三世界民族(国家)"等多种。前者在中国现代话语中的出现几乎与"弱小民族"同时,但这个概念显然更加突出了强弱民族之间的直接冲突,并更强调这种冲突在政治经济权力、领土完整等显性方面的体现。不过,若用来描述具体历史情境中民族文化的多元关系,特别是描述这种关系在情感和价值领域的复杂情形,描述它们在相关的文学艺术实践中的各种体现,则不如"弱小民族"来得灵活,因为民族文化间的关系复杂多元,相互间的矛盾也并不一定同时见诸于政治和军事冲突,甚至也不一定以激烈的冲突形态表现出来。而"第三世界民族(国家)"这个概念,起始于毛泽东的"三个世界"划分的理论[①],随后在世界政治话语表述中得到广泛的传播,也逐渐用于民族文化地位和关系的理论表述[②]。美国学者弗雷德里克·杰姆逊(Fredric Jameson)则将这一概念运用到对于晚期资本主义时代世界文化格局的分析中。这个概念在内涵和使用方式上与"弱小民族"比较接近,但由于其出现较晚,若用于描述跨越整个20世纪的相关文化现象,则似乎并不适宜。因为,若按此理论的民族国家划分,"三个世界"中的许多对象在20世纪初期还没有形成或者正在形成之中,因此本书不予采用。此外,在其他不同的历史分析话语中,相似或相近的概念还有"现代化后发国家(民族)""殖民地半殖民地国家(民族)"等等多种,所有这些概念的分析语境、相对应的概念及其内涵的侧重点都有所不同,在本书对相关现象的分析中,它们可以与"弱小民族"概念相互参照、印证。

民族主义本来就是在民族强弱的对立、争斗中成长起来,传播开来的

---

[①] 1974年2月,毛泽东根据当时世界各种基本矛盾的发展变化,将世界各国分为:苏联、美国两个超级大国为第一世界,亚、非、拉及其他地区的被压迫民族和发展中国家(包括中国)为第三世界,处于两者之间的发达国家为第二世界。

[②] 参阅 L. S. 斯塔夫里阿诺斯:《全球分裂:第三世界的历史进程》,商务印书馆1993年版,以及他的《全球通史》第七版中译本,吴象婴译,北京大学出版社2005年版。

一种社会思潮。① 同时,中国现代民族意识的觉醒又恰恰是在其强势民族之林被压制、被凌辱的经历中产生,而不是像西方国家那样在一种居于社会内在发展之下的民族自信、民族扩张和冒险的情景下生长起来的。因此,现代中国人从民族意识觉醒的一开始,就处于一种民族生存的焦虑之中。换句话说,正是弱势民族的处境,才导致中国现代民族意识的觉醒。在这种生存焦虑中对其他民族国家的文化做出的评判和取舍,就难免会以他民族与本民族的强弱对比和相互关系作为参照,并对对象做出一系列富有情感色彩和价值立场的反应:对傲视全球的西方列强爱恨交加——一方面忍受着强权下的屈辱,同时又不得不承认这些西方国家从器物到体制乃至文化的先进和发达;对那些比自己更弱小、处境更加危难,甚至已经完全殖民化了的国家,如波兰、印度、匈牙利以及非洲、南美等殖民地国家和地区,则在同情中包含一种对自身生存命运的深深的恐惧,而对其中敢于反抗命运、进行不懈奋斗最终获得独立解放的民族国家,则感到一种精神上鼓舞和激励;介于两者之间的情况则有点微妙:对于某些原本与自己民族地位相当,而后来居上甚至反过来以势压人的国家,如沙皇俄国(包括斯大林时期奉行大国沙文主义的苏联)和日本,则在钦佩之中夹杂了些许不甘,以及对自身一再错失民族发展良机的自责和反思。这样,我们便在对于世界民族关系的认识中自然而然地引入了强与弱、压迫与被压迫的对比关系的参照。在这种对比关系中,中国民族的自我意识在现代百年历史中基本上都认同于"弱势"地位。直到又一个世纪之交的来临,经过新时期以来三十多年的改革努力,中国民族的整体实力才有了大幅度的提高,在国际国内的一片"崛起"声中,民族的自我意识才开始有某种实质性的转变。因此,在强弱对比中确立自身的民族地位,是一种自然而然的情绪化的对象分类和评估机制,也是一种社会整体动

---

① 西方学术界向来认为西欧为民族主义的发源地。本尼迪克特·安德森则将世界民族主义运动分为四个冲击波。第一波是18、19世纪之交的南北美洲的独立运动,它是殖民地宗主国英、西、葡对殖民地移民的制度性歧视所造成的。第二波是全欧各地对于美洲和法国革命模式的"盗版"与拉丁文衰落、民族语言兴起等多种因素汇聚的结果。第三波是第二波"在欧洲掀起的滔天巨浪撞击统治阶级古堡高耸的石墙后所反弹涌现"的官方民族主义。最后一波就是第一次世界大战后亚非殖民地的独立运动。

员的有效途径,它为居于不同政治立场,代表着不同社会集团的政治权力的意识形态提供了历史和现实依据。因此,作为社会革命家的列宁曾经说过:"必须把压迫民族的民族主义和被压迫民族的民族主义区别开来,把大民族的民族主义和小民族的民族主义区别开来"①,通过这种强弱之间的对比与区分,可以简捷而有效地确立对民族主体世界处境的认知,从而在民族成员之间形成有效的身份认同。

所以,在本书的论述中,对于近代以来世界民族的"强/弱"的分类选择依据也是如此。本书所谓"弱势民族",不是指某个民族在历史或者当下的政治主权、经济和文化地位相比于主要发达国家/民族而言为"弱",相反有的其实并不弱小甚至颇为强盛,有的的确很弱但并不在当时中国文化与文学的视野中具有明确的意识,自然也并没有纳入本书的研究和观察视野中,这并不是我有意违背历史事实甚至是常识,而是旨在**以历史境遇中中国主体的视域为依据所做出的区分与选择**。在这个意义上,本书所谓的强势与弱势的区分,是居于现代中国民族主体的自我认同方式而展开的。无可否认的是,这种自我认同也是相对的,但这种相对性也并非臆想的产物,而有一定的历史依据,比如相应时期中国的国家民族在主权、经济、军事与文化上所具有的实力,但本书更强调的则是一种特定历史语境中的民族心理认同,而这种心理认同的根源正是当时的文化经验,或者是历史经验的心理后遗症在文化上的折射。

强弱本来只是一种相对的概念,它在很大程度上也是一种从主观立场出发,从与自身的对照中给予对象的一种判断,这种判断一方面勾勒了对象,同时也借助这种勾勒表明了主体的自我身份认同。"弱势"作为主体认同的"镜像",体现在比较意识觉醒后的中西文化比较中,具体到文化传统、思想资源、社会体制乃至文学、语言、文字等方面。这样重新"自我认同"的结果,在总体上得出民族文化在世界格局中的"弱势"定位。从发生角度看,它是一种由外在受辱地位而导致的文化认同上的民族意识的自我定位。民族的强弱总是相对的,并带有主观性的,它不是可以通过数

---

① 参见列宁:《关于民族或"自治化"问题》,《列宁全集》第36卷,人民出版社1959年版,第631页。

据测量的,而且又随着民族关系的变动、本民族处境地位的变迁而发生相应的改变。而"弱势民族"这一概念,正好可以体现这种主观性和变动性。

需要说明的是,这是对"弱小民族"加以适当修正的产物。尽管"弱小民族"这一概念相对于其他概念来说,不仅在中国语境中产生较早,几乎与现代民族意识的觉醒同步,而且可以较为贴切有效地描述民族文化之间的关系,但其中的"小"字仍然容易引起某种误解,因此,本书将"弱小"调整为"弱势"一词,一方面意在更加凸现民族关系中的文化地位和情感、价值态度及其象征表现;另一方面考虑到这种调整,更便于描述20世纪后半期中外关系中的民族意识及其在文学中的体现。不过,如果明了作者在本书的论述中对于"小"的用意不在于民族国家的人口、领土甚至单纯的经济等外在实力,而主要侧重于民族文化、民族心理及其象征表现的话,"弱势"与"弱小"在精神内涵上几乎是一致的。因此,除了在引述20世纪上半期相关材料时,仍严格遵照历史事实,出现"弱小民族"或"弱小民族文学"概念外,在本书作者的论述当中一律以"弱势民族"和"弱势民族文学"替代"弱小民族"和"弱小民族文学"来表述这一核心概念。

与"弱势民族"一样,"弱势民族文学"这一概念,也是在修正"弱小民族文学"概念基础上的选择。而"弱小民族文学"这一概念,是中国20世纪上半叶在对外国文学和文化思潮的翻译和介绍中所特有的概念,与此相近的还有"被损害民族的文学"等名词。它的出现正是近代以来中国知识界和文学界出现的以民族整体为视角的世界观的产物,从思想渊源来看,"弱小民族文学"概念的出现,与中国近代民族意识的觉醒和民族主义的兴起有关,它同样是中国近代民族主义思潮在文学领域的伴生物。对于近现代中国文学的变革而言,"弱小民族文学"这一概念的出现,在思想背景上至少可以追溯到梁启超的民族主义思想与对近代文学观念的提倡,他的《新民说》《小说与群治之关系》等著名论文正是其民族主义思想在文学观念中的鲜明体现。这些观点,包括章太炎的早期民族意识的提倡,都对陈独秀、鲁迅等新一代知识分子产生了重要的影响。与此同时,这一概念被沿用于对外国近现代文学的译介实践中。鲁迅、周作人、茅盾等新文学作家很可能是这一名词最早也是最主要的倡导者。从周氏兄弟的早年翻译开始,到1921年《小说月报》"被损害民族文学专号"出版时,这一名词已经被普遍接受,并开始产生较为广泛的影响。之后经过种种改头换面,作为对某些国家民族文学形象的描述而在中外文学关系的叙述中延续下来。

由于本书的主要分析对象是文化和文学现象,不是在政治学、经济学、历史学和地理学等意义上,而是在充分考虑到认识主体的自我意识前提下的文学和文化历史的论述,所以,在笔者看来,在描述20世纪中外文学关系,特别是分析中国文学主体对于外来资源的选择和评价时,都不如"弱势民族文学"①这个概念来的恰当。与上述其他几个相关概念相比,它更突出了这个集合概念背后的民族主体意识,便于在不同的时代背景下考察民族主体意识的确立和变化。

在这一点上,"弱势民族文学"这一概念,正如安德森对"民族"的定义一样,是一种"想象的共同体",它的具体所指在20世纪动荡的世界历史中,随着民族地位的升降,随着中外关系的变迁而发生相应的变化。关于"弱势"概念,还可以做如下进一步界定和分析。

"弱势"概念所显示的跨文化视角,首先体现的是一种历史视角,而非单纯的现实立场,尤其不是指当下及20世纪末至今的当下立场。比如,中国、印度近三十年来在国力上日渐强盛,连带着文化自信也日益增强,那么何来"弱势"之说呢?这种质疑就是基于当下的现实世界格局而遗忘了近代以来的历史。其次,基于一种相对立场而不是客观指标。强弱是相对而言的,比如国土的大小,人口的多少,文化传统的深厚与否,并无绝对的指标;再次,文化的强弱势是一个谱系图,而非一种二元之分。这一谱系图,随时随地会发生变化。因此,这个课题所聚焦而运用的"弱势"概念,是在历时场景的还原中的描述性概念,而非一种本质性的界定;是对一种主观性判断及其认同关系的历史指认,而非一种客观性界定。至于本质主义、种族主义的种族优劣论更与本研究论题和论域无关。

进一步说,这里的"弱势"不是一种"自然"的性质,也不是可以定量、定性的对象物的客观性质,其本身就是中外文化与文学的历史展开中的

---

① 为区别引用的历史概念和本书作者在论述中使用的概念,论述中凡涉及前者均将用引号,如"弱小民族""弱小民族文学"等。

一种文化和话语建构,一种自我认同和心理与文化上的判断。类似于天文学中的"视运动"现象,它与天体的运行有关,但不是天体运动的客观呈现,但对这种话语及其文化意识的解构性分析,不是简单地取消其意义,而是企图解释这种文化意识的传统及其演进,在中国文化文学主体的现代进程中的功能。这种自我意识作为一种文化惯例,是在强—弱对比的互动中形成,实际上是指中国主体在具体的历史境遇中所愿意加入的某一族性类型,是一种文化互动(cultural interaction)的结果,因为国际关系文化身份与文化认同,是以文化为界定标准的。因此,"弱势"不是"自然"的固定特征,不是纯粹的同一性,而是一种历史时空中的文化规范和文化惯例,是一种主观认同和判断。这里的分析,是对这一在文化与文学史上"客观存在"的"主观认同态度"和"文化惯例"所进行批判性分析,即在解构的同时分析其发生的缘由,在历史时空中说明其所反映的民族文化矛盾心态,以期揭示它在中国文化与文学的现代进程中的特定的文化功能。

因此,所谓"弱势民族",其含义并非一成不变,它是相对于本民族国家的现状及其在世界格局中的地位而言的。居于这种变化,在考察20世纪中外文学关系时,必须注意到,作为一种现代文学话语,"弱势民族文学"的具体所指也不是固定不变的,它在中国现代文学话语的整体中具有相对性和流动性的特征,对它的语义分析也必须放在具体的历史语境中,综合考察主客体两个方面的因素。这种语义的变迁,一方面取决于运用这一话语的主体意图及其政治、文化立场,如20世纪30年代中期的"民族主义文学"提倡者与鲁迅、周作人和茅盾等人之间在译介的用意上就有着很大的不同。另一方面则在客观上又取决于对世界局势和国内现实文化复杂变化的分析。自西方资本主义起始以来,强势民族与弱势民族本身的消长更替不断,先是荷兰、葡萄牙,后是西班牙,再是英国、法国、德国,而在第一次、第二次世界大战中,在战争中形成的对立和联合阵营又在一定程度上使民族间的强弱关系发生了改变。相应的,站在中国立场上看其他民族,强、弱民族的指认也会有所更改,这在第二次世界大战前后对意大利文学和日本文学的译介态度上就有体现。作为法西斯主义在欧亚起源地的意大利和日本,他们在国际关系中的实际地位和民族形象与弱势民族有着很大的区别。在30年代之前,他们也曾被中国看作是"弱势"的又最先起步进行现代化的民族,但30年代特别是卢沟桥事变之后,中日两国在政治和军事上的对立和意大利法西斯的兴盛,对于日本和意大利文学在中国的译介产生了很大的影响,反映在具体译介过程中,则体现为数量的减少和对具体作家作品的排斥和选择等方面,而在当时,正是中国译介"弱势民族文学"的一个高峰时期。

与社会政治话语中"弱小(势)民族"/"列强"相互对应一样,在20世纪中外文学关系史上,"弱小民族文学"也是作为西方文学的对照而存在的。这样看来,汉语文化中"弱势民族文学"的所指,既是相对于这一时期中国的世界地位和民族处境而言,同时在中外关系中又是相对于中国与西方强势国家的关系而言的,是作为弱者而看到的弱者。由此可以理解,在20世纪各种场合下对这一概念的使用中,其所指偶尔也会包括俄国和日本,但一般都将这两个国家排除在外,因为甲午以后的日本、近代以后的俄国特别是十月革命以后的苏联,已经摆脱了"弱势"和"被外国欺负"的地位,相对于中国而言已经进入"强国"之列。而到20世纪下半期,同样对于这些国家文学的翻译,"弱势民族文学"的概念即使偶尔出现,频率也不高了。由于新中国的成立,冷战格局的形成,对于外国文学的民族身份的区分也大多带上政治意识形态的眼光。往往以社会主义、民主主义等带有政治意识形态的词语将那些国家与具有强大的资本主义传统和国家实力的民族国家区别开来,或者以"兄弟""同志"等拟人化的称谓来指代。到20世纪70年代中期,随着毛泽东的"三个世界划分理论"的出现,又常常以"第三世界"国家来称呼那些民族国家,文学的命名也随之变化为"第三世界文学"。不过,尽管名称发生了某些变化,但这里仍然可以抽象出某种稳定的语义,借用后现代话语,那就是中国主体居于现代化后发国家的地位,在世界民族格局中以主观化的方式对于同处于劣势地位民族的一种命名。反映在文学的译介态度上,不管世界格局发生了怎样具体的变化,这种主观化的命名方式仍基本延续了原来的取向。

因此,20世纪弱势民族文学的译介所指,从国别(区域空间)角度看来,一般可以指称这样一些对象:1.欧洲弱势民族(英、法、德、意等国之外的欧洲诸国)的文学在中国的译介;2.除日本外的其他亚洲国家(印度、朝鲜、越南、土耳其等国)的文学在中国的译介;3.非洲、拉丁美洲及其他被殖民地区的文学,等等。

还有一点不得不需要说明的是,上述对于民族情感的分析,无论如何都是一种居于众多个体表现的某种概括和集合,而这种概括和集合,事实上总是以忽略某些特异个体的情感与思想差异为前提的。因为,作为一个群体集合的民族,对于任何一种历史事件或者哪怕是一种集体境遇,其情感和意识的反应都是千差万别的,这种差异性和多样性在文学艺术的创作中体现得尤其明显。而一旦需要对某种历史整体加以描述或者评判,就免不了做出这种概括和取舍,这也是所有关于整体性描述和叙事的宿命。同样,对民族文化和文学关系的描述本身就是一种概括性的表述,它总是以某种程度的抽象和对极端现象的舍弃为前提的,这也是民族文学关系总体研究本身的局限,这种局限需要更加多视角的、具体的研究加以补充。

## 三

弱势民族文学的译介与中国文学的现代化,是一个带有学科交叉性质的课题,它不仅涉及传统的国别文学(20世纪中国文学)史中的中外文学关系研究,也与传统的"外国文学研究"和新兴的翻译文学史研究相关。

在已有的中国现代文学史研究中,把外来文化和文学作为中国文学现代化的一个重要资源,将中外文学关系作为文学现代化这一开放进程中的一个维度(而不是将这一进程视为一种封闭的、本质化和政治化的过程),这在20世纪80年代以后的研究中已经被普遍接受。其在陈思和的"新文学整体观"和钱理群等"20世纪中国文学"的文学史叙述体系中都有相应的表述。钱理群等学者曾经在《20世纪中国文学三人谈》[①]中有过相关的论述,他们在讨论文学民族性问题时认为,20世纪中国文学就其基本特质而言是现代中国的民族文学,它既是世界文学化的,又是民族文

---

[①] 钱理群、陈平原、黄子平的《20世纪中国文学三人谈》,最初于1985年分三次刊登于《读书》第79、80、81期。

学化的,两者间相互联系、相互对立,在矛盾的统一中实现着文学的现代化。在论及20世纪中国文学的参照系时,钱理群在西方文学和中国古代文学之外,还特别提出了亚、非、拉文学的参照系,指出其与中国现代文学在共同面对欧风美雨冲击下做出现代调整以获得新生之经历的共同性。这些论述,已经明确地意识到弱势民族文学的参照对于中国文学现代化进程的历史意义和功能。不过,限于既有的叙述体系,对于弱势民族文学译介的具体论述在迄今为止的国别文学史中仍无法有相应的展开。在中国现代文学史研究的其他相关叙述中,一般都把弱势民族文学译介作为20世纪初期外来文学思潮中的一个相对孤立的片断看待。新时期文学批评中对于"寻根文学"的评论也曾涉及民族意识对于中外文学交流中的选择和接受的影响问题,但似乎并没有联系整个现代文学进程来给予整体考量。而在传统的"外国文学研究"领域,尽管很早就有关于非西方国家文学(又被称为"东方文学""拉美文学""非洲文学"等等)的论述,但往往把译入语的文本直接与对象国文学本体等同起来,明显忽视了翻译实践在参与本民族文学过程中的历史维度,更没有将这些弱势民族文学在中国的译介本身,作为一种跨语际实践的创造域看待。因而无法真正在对象国文学与中国文学现代化进程之间建立具体的实质性的联系,就好比在画框里欣赏一幅具有异国情调的图画,而有意无意地忽视了弱势民族文学的具体呈现与主体之间的历史和现实关系。而翻译文学史研究是在当代翻译文化理论的启发下兴起的一门跨文化学科,在本人参与的由谢天振教授主编的《中国翻译文学史(1898—1949)》中,居于翻译实践对译入语文化的特殊功能的认识,对20世纪中国语境下的外国文学翻译史实做出尽可能系统的梳理[1],其中就包括弱势民族文学的译介史实的描述。只是限于体例和篇幅,无法就这部分跨语际的文学实践所包含的创造性内涵及其对于中国文学现代化的功能做出具体的论述,因此,在这个意义上,本书的论述也可以说是对于这部分论述的进一步拓展和引申。

---

[1] 由谢天振主编的《中国翻译文学史(1898—1949)》2004年已由上海外语教育出版社出版。其中除西欧和俄国之外的欧洲部分和亚洲部分的翻译史实由笔者执笔。署名为查明建等著的《20世纪外国文学翻译史》(湖北教育出版社2010年版)中的东南北欧及亚洲文学翻译部分,也有本人执笔,这部分资料若有疏漏与讹误,当由我负责。

# 绪 论

本书中的展开论述,将以中外文学关系作为论题进入口,以外来文学的译介及其影响/接受作为基本论述框架,同时引入弱势民族文学以及与之对应的强势民族文学概念(即通常所称的西方或欧美国家文学),力图将被中西文学关系的强大话语所遮蔽了的中国与弱势民族文学关系为考察对象,检点20世纪中国对于弱势民族文学译介的具体过程及其成果,厘清其在各个时期的译介背景和译介内容,以期弥补现有的中外文学关系研究在此方面的不足。

从这一具体角度入手,本书将考察弱势民族文学进入中国的时间和被接受的具体情况,同时结合其在中国的影响和接受情形,通过与西方强势文学的译介和接受语境的对照,考察中国文学主体的内在反应,从而初步揭示其在中国文学现代性的起源、构成及其演变过程中的特殊作用,以期引起学界对这一中外文学关系层面的关注,努力将这一边缘性的学术话语纳入中国文学现代性的探讨空间,完整地揭示作为现代化后发国家的中国现代文学的特殊性质,显现中国文学现代性的多元、复杂的内涵。需要说明的是,尽管本书的论题涉及民族身份、民族意识、民族主义思潮及其相关理论,但无意于系统讨论近现代中国文学中的民族主义问题;同样,本书虽然涉及翻译文化研究理论,并与前者一样,在问题的提出和论述的推进等方面,颇受这些理论成果的启发,但并无意于为这些理论提供印证。不过,要在论述中实现上述目的,不仅需要相当的学术素养和积累,还要求研究者具有深厚的跨文化理论准备。在这个意义上,本课题只是就此论题所做出的一点努力而已。

在论述的具体展开方式上,笔者尝试采取历史叙述与个案分析相结合的方法,本课题展开部分的论述,即是对20世纪弱势民族译介历史的分阶段叙述。不过,笔者认为,具体的个案分析同样重要,而且同历史描述相互参照,可以较为完整地呈现出这一译介、接受和建构历史的全貌。比如,可以选取在中外文学关系中具有重要影响,同时又具有世界性影响的作家,具体分析他们与中国文学的姻缘,以及他们的创作在中国的译介、影响和接受过程,并尽力从以下几个方面进行讨论:他们与中国有何具体的交往活动?他们在中国分别是怎样被译介的?他们是通过哪一种语言中介被译介的?译介的具体文化语境如何?曾经引起怎样的反应和评价？这些作家的哪些思想和艺术因素曾被中国主体接受，又有哪些被拒绝、改造了？他们在多大程度上被作为弱势民族文学（作家）对待的？又在多大程度上是通过西方主流文化的眼光来接受的？等等。从20世纪中国文学发展的整体而言，在具有重大影响的弱势民族作家名单中，值得做个案分析的包括印度的泰戈尔、波兰的显克维奇和莱蒙特、匈牙利的裴多菲、捷克斯洛伐克的恰佩克、保加利亚的伐佐夫、智利的聂鲁达、古巴的阿莱霍·卡彭铁尔、秘鲁的巴尔加斯·略萨、哥伦比亚的马尔克斯和阿根廷的博尔赫斯，等等。对这些具体的中外文学关系个案，作者将在随后的研究中作进一步的探讨。另外，正如上述翻译的文化研究已经证明的那样，民族文学交往中的语言中介问题，不是简单的语言转换所能涵盖的，在具体的历史情景中，采用哪一种中介语言完成文学的译介过程，必然使这种译介及其对象带上这种语言所包含的民族文化因素，而被中国人称为世界语（Esperanto）[①]的国际语言，则是一种人造的辅助语，它的诞生、传播和据此展开的文化交往实践，都具有相当浓厚的理想色彩，在中国现代文化语境中，它曾经对弱势民族文学的译介发挥了很大的作用。对世界语在弱势民族中译过程中发挥的特殊文化作用的研究，一方面可以从一个特定的角度勾勒这一语言文化思潮在中国的演变历程，同时也可以借以凸显和探讨语言中介在民族文学交往中的文化功能。

---

[①] 关于"世界语"的具体分析，参见拙文《中外文化交往中的世界语运动》，载《杭州师范学院学报》2004年第3期，本书第9章有详述。

# 第一章

# 中外文学关系视域中的文学东欧

## 第一节 从地理东欧到政治东欧

"东欧"作为一种国际区域划分,有着特定的文化内涵,它是冷战时期形成的一个特殊的地缘政治概念。表面看来,东欧是一个地域性称谓,但实际又对其地理内涵进行了明显的修正,比如苏联的东欧部分显然不曾包括在内,相反,习惯上又将巴尔干中南部的保加利亚、罗马尼亚、前南斯拉夫和阿尔巴尼亚纳入其中,从而体现其特定的政治、历史、社会和文化内涵。这种诸国并称的方式,几乎贯穿了整个20世纪的世界历史叙述,尤其在第二次世界大战后的相当长时间内,因为特定的世界政治格局,更加凸显了"东欧"这一概念的政治文化内涵。而在中外(特别是近代以来)文化与文学关系的意义上,这一概念的地缘政治与文化意义显得更加突出。中国与东欧文学的关系由此也就成为中外文学关系中具有特殊意义的一个组成部分。

自然地理意义上的东欧，是指较少受大西洋和地中海海流影响，接近乌拉尔山和伏尔加河流域的地区，实际上主要指俄国的欧洲部分和其他独联体的欧洲成员国。而地缘政治意义上的"东欧"，则包括了地理位置上的中欧东部四国，即波兰、捷克、斯洛伐克和匈牙利，以及东南欧及巴尔干半岛除希腊以外的罗马尼亚、保加利亚、阿尔巴尼亚和前南斯拉夫诸国。前者由北至南横贯欧洲大陆中部，是连接欧洲东西部的桥梁；后者地处欧、亚、非交汇处，西南隔地中海与北非相望，东南与土耳其的欧洲部分接壤，扼三大洲之咽喉要道。因此，地缘政治意义上的东欧，在很大程度上是一种受特定时空规范的政治文化概念。自欧洲近代民族国家出现之后，以维也纳体系(Vienna System,1814)和第一次世界大战后的凡尔赛体系(Versailles System,1918)为历史渊源，特别是在第二次世界大战后，那些地处中南欧与巴尔干地区，不同程度地受苏联控制，在政治上实行共产党领导的人民民主制度，走上社会主义道路，经济上多采用计划经济体制的国家。它们以二战所确立的"雅尔塔体系"(Yalta System,1945)为国际关系框架，是同以美国为首的西方资本主义阵营及地缘政治意义上的"西欧"相对应的，以苏联为首的(苏联之外的欧洲)社会主义阵营国家。

自20世纪90年代以来，这里的情况已发生相当大的变化：首先，德意志民主主义人民共和国(东德)已经从这个概念中分离出去(1990年10月东西德合并)；其次，捷克与斯洛伐克各自独立(1992年7月)；第三，南斯拉夫联邦共和国已分解成若干个民族国家，包括先后分离并独立的斯洛文尼亚、克罗地亚、马其顿、波黑；最后，连"南斯拉夫(联盟共和国)"这个延续了近80年的国家名词也变成了"塞尔维亚和黑山"(2003)，2006年黑山宣布独立，2008年科索沃宣布脱离塞尔维亚宣布独立，至此，前南斯拉夫在不到20年的时间里分裂为7个国家。那么，"东欧"作为二战后形成的地域政治概念，其所指已经从90年代之前的7国(即波兰、匈牙利、捷克斯洛伐克、保加利亚、罗马尼亚、南斯拉夫、阿尔巴尼亚，此外另有东德)已经分化(或归并)为14个主权国家了。如此，我们还是否有足够的理由把他们放在一起进行讨论呢？特别是作为比较文学和文化的研究者,当我们在讨论中外文化和文学关系的时候,这样的归并处理方式还有没有理由和价值?如果有,那又是什么呢?

英美政治学者对"东欧"这个概念及其所指有过不少相关论述。英国的苏联东欧问题专家本·福凯斯(Ben Fowkes)在十多年前就曾预言:"'东欧'这一术语将来很可能不再被人使用,代替它的可能是'中欧'和'巴尔干欧洲'这两个术语。"①的确,以西欧强势国家的眼光看来,东欧国家始终没有形成一个鲜明统一的国际形象,因为它在历史上的"有好几个世纪都被看作是东方四个大帝国——德意志、哈布斯堡、俄罗斯和奥斯曼帝国——的一部分,在国际上或全世界几乎看不出有什么鲜明的民族特性。这个地区对于欧洲来说也是遥远的、陌生的,只有匈牙利和波兰除外"②。不过,如果我们换一个角度看,东欧诸国极其特殊的地理位置,以及这一地区在近现代的政治版图始终变化不定的特点,本身就是东欧诸国在历史演变中所体现的共同特性。在这一点上,还是那位本·福凯斯的话或许有其道理,他紧接着上述那句话后又说:"但对历史学家来说,'东欧'这一术语是不可缺少的"③,至少,它反映了一个特定时期的特殊历史现象。

东欧地区在近代之后虽然分属不同的民族国家,但从地缘政治到历史文化传统,都有着明显的相似性和关联性。

从地理位置看,东欧诸国地域相邻,位于欧洲大陆中东部和欧亚非咽喉要冲,又夹在俄、德、法、意等大国之间,因此从地缘政治考虑,它们在历史上既是诸大国相互争夺、企图占领或者控制的地区,也是国际势力争取并加以同化的对象,同时在各个历史时期,还分别受到来自周边大国的政治、经济和文化的影响。

长期以来,东欧处于欧洲大国之间,饱受侵扰与控制,因为在争夺欧洲和世界之时,诸列强差不多都以中东欧为突破口,自古以来影响、侵略

---

① 本·福凯斯:《东欧共产主义的兴衰》,张金鉴译,中央编译出版社1998年版,第1—2页。
② 特里萨·拉克夫斯卡-哈姆斯通、安德鲁·捷尔吉主编:《东欧共产主义》,林穗芳译,黑龙江人民出版社1984年版,第1页。
③ 本·福凯斯:《东欧共产主义的兴衰》,张金鉴译,中央编译出版社1998年版,第1页。

和控制过这个地区的国家,古代有罗马帝国、拜占庭帝国,中世纪有土耳其奥斯曼帝国,近代有奥匈帝国、沙皇俄国、德国,现代有第三帝国、苏俄和美国等。尤其在17世纪"三十年战争"(1618—1648)为标志的近代欧洲国际关系形成的时候,东欧地区的早期国家均已灭亡,各民族寄人篱下,受尽异族的奴役和统治。此后两个多世纪,欧洲战争频仍,最后中欧地区的弱小国家都沦为大国宰割的对象。一次大战结束后,东欧虽先后建立起现代民族国家,同样仍是诸大国所构建的凡尔赛体系安排的结果。二次大战后,地缘政治意义上的东欧出现了。东欧国家相继走上社会主义道路,但其历史原因除共产党领导人民进行抵抗或反法西斯的英勇斗争外,还与法西斯国家的失败和美苏对欧洲的重新划分紧密联系在一起。之后在整个"冷战"时期,东欧更是生存于两极格局的框架内。除走上不结盟道路的南斯拉夫外,其他东欧国家无不生活在一个充满矛盾与困惑的时代里。冷战后的中欧中断了社会主义道路和与苏联的依附关系,但他们的返回欧洲之路仍受制于美国、西欧和俄罗斯等大国集团。

如果把东欧置于整个欧洲历史发展的视野中,欧洲的四大半岛即亚平宁半岛(意大利)、比利牛斯半岛(西班牙、葡萄牙)和斯堪的纳维亚半岛(挪威、瑞典等)都曾先后崛起并主导欧洲乃至世界发展的大国。与其他三个半岛均受单一文明的影响不同,东欧地区不仅缺乏对一种文明的认同感,而且承载着不同文明间的冲突。这样,处于不同文明和政治文化的交汇处并深受它们的影响,是东欧在地缘政治意义上之重要性与特殊性的体现。

正是在这个意义上,东欧地区是强大国际势力范围间的"破碎地带",英国学者艾伦·帕尔默(Alan Palmer)更是把保、匈、波、罗、南等国称为"夹缝中的六国",并称"今天的东欧舞台上是三种不同文明的互动:西欧的天主教/新教文明、东正教文明和伊斯兰教文明"①,他借用地质学大陆板块学说,认为东欧东正教板块就夹在西北方的西欧天主教板块和东南

---

① 艾伦·帕尔默:《夹缝中的六国——维也纳会议以来的中东欧历史》,于亚伦等译,商务印书馆1997年版,第7—8页。

## 第一章　中外文学关系视域中的文学东欧

方的穆斯林板块之间,他们之间的分界线处的碰撞就像板块断层处那样常常引起地震。① 进一步说,构成东欧社会发展最重要、最根本的要素就是东西方不同文化的既互相排斥、相互冲突,又相互影响、相互渗透、相互融合,这种融合与冲突的不同文明是外来的而非内生的,他们自己的文明渊源,在各个历史发展阶段不同程度地被外来文明所吞没,这取决于东欧地区长期以来受制于大国关系或现实的国际体系。

当西欧诸国在16、17世纪启动资本主义现代化的时候,东欧诸国几乎都处于被占领的屈辱地位,尽管到19世纪中叶它们先后不同程度地取得了民族自主并开始了现代化进程,但与西欧国家相比,其现代化的外激性、滞后性和非自主性是共同的,在这个意义上,他们拥有相似的国际境遇,相近民族历史记忆。仅20世纪的百年里,这一片土地就经历了政治、军事、经济和社会的一次次激荡和冲击。20世纪初兴起的国际共产主义及苏维埃运动,波及了此地并产生巨大的影响;第一、第二次世界大战的烽火硝烟中,这里的民族无一幸免,都相继成为各大帝国利用和瓜分的对象,沦为法西斯德国占领和残杀的土地。二战之后,世界进入冷战时代,在两大意识形态的对立和"北约""华约"两大国际阵营的长期对峙中,东欧诸国作为民主主义人民共和国,因地处于两大对立阵营的交界地带,同样也付出重大的历史代价。战后初期,保加利亚、波兰、匈牙利、捷克和南斯拉夫等国领导人,曾结合各自特点,对社会主义发展做出不同探索,但也在斯大林的东欧政策和华沙条约的推动下几乎全部夭折。②

总之,正因为他们大都反复遭受强国的侵略、压制甚至瓜分,并始终难以摆脱作为周边列强争夺对象的处境,因此,反对列强的侵略和奴役,

---

① 艾伦·帕尔默:《夹缝中的六国——维也纳会议以来的中东欧历史》,于亚伦等译,商务印书馆1997年版,第22页。
② 保加利亚共产党领导人季米特洛夫(Dimitrov Mausoteum,1882—1949)首创作为向社会主义过渡的"人民民主制度",它在政治上实行多党议会民主制,经济上实行多种所有制混合并存。波兰工人党总书记哥穆尔卡(Gomulka,1905—1982)、南斯拉夫的铁托(Josip Broz Tito,1892—1980)、捷共总书记哥特瓦尔德(Klement Gottwald,1896—1953)等均先后各自进行了制度探索。但1948年"欧洲九国共产党和工人动情报局"的成立成为当代东欧历史的转折,除南斯拉夫与苏联公开冲突外,其余七国全部纳入华沙条约体系,无条件地成为冷战对立阵营一方的组成部分。

反对外部势力的各种占领与同化企图,争取和保卫国家的独立与自由,努力探索自主的现代化发展道路——尽管长期以来,在种种外部压力和内部牵制下,这种努力常常难以成为现实,但这仍然——是这些国家所共有的民族性格。

直到20世纪90年代初,随着东邻大国苏联的解体,东欧地区的历史似乎开始了新的一页,以中东欧国家为主体的华沙条约国纷纷进行体制改革,由原来的一党制演变为多党民主选举的议会制度,进入21世纪后又先后加入欧盟组织,几乎不约而同地完成了所谓"回归欧洲"的转型,但从这种纷纷然的举动中,我们似乎仍可以看出他们之间在处境、利益、选择上的共同之处。

## 第二节　从文化东欧到文学东欧

从文化角度看,东欧诸国同处东西文化的交界地带,都有着深厚的历史文化传统,区域内各国民族间交往密切,文化习俗上又相互影响,其民族文化在差异中体现出明显的相近特征。一方面,东西方宗教文化在这个地区同时具有较大影响,天主教、东正教和伊斯兰教在东欧地区同时拥有各自的信众,具有程度不同的影响力。波兰、捷克、斯洛伐克、匈牙利等受西欧拉丁文化影响较深,居民大多信奉天主教;保加利亚多数居民受东正教影响;阿尔巴尼亚居民多信仰伊斯兰教;而罗马尼亚则既有天主教徒,也有东正教徒;南斯拉夫(指前南地区)更是由多民族组成,三种宗教同时存在,其中斯洛文尼亚、克罗地亚人信奉天主教,塞尔维亚、黑山和马其顿人多信奉东正教,波黑穆斯林信奉伊斯兰教。多种信仰并存的格局,使这一地区的宗教文化在差异中显现了一种多元混成的特点。因此,在不同历史时期,东欧诸国都会因不同的历史机缘,分别受到来自西欧和俄罗斯及亚洲等不同地区的文化影响。

另一方面,尽管都有被外族占领或奴役、控制的历史,甚至不乏被迫使用占领者语言的屈辱体验,但自近代以来,她们始终保有自己的民族特性,捍卫了语言与文字的民族独立性,基本上什么民族讲什么语言。东欧的语言几乎成为各民族的重要标识之一。即使暂不考虑各少数民族,仅就主要民族的语言来说,东欧就有10多种,他们分属2个语系(印欧和乌拉尔语系)、4个语族(拉丁、斯拉夫、乌戈尔和阿尔巴尼亚)和5个语支(西斯拉夫、南斯拉夫、阿尔巴尼亚、东拉丁和匈牙利)。

宗教与语言是铸就民族文化非常重要的因素,它既可以凝聚民族向心力,通过共同的信仰与语言增进民族认同感,同时又强化民族排他性,有可能引发民族间的对立与冲突,相对而言,宗教在这方面的作用则更加明显,而东欧地区的主要民族信仰中,伊斯兰教与基督教自中世纪以来就处于尖锐的对立状态中,十字军东征就是突出的例子,而基督教内部的天主教与东正教自11世纪以来也一直处于隔绝状态。语言与宗教的多元各异,反过来也反映了东欧民族分布的复杂性,而这种复杂性还体现在其他两个方面,即少数民族的普遍化和民族人口的交叉分布。除上述主要民族之外,东欧地区还有土耳其、吉普赛及犹太等许多少数民族。而各民族人口分布交叉错综,呈现出历史学家所称的马赛克式分布状况。

这种民族、语言与宗教信仰复杂混成的特点,熔铸了东欧诸国各自的民族文化传统,并在历史、文化特别是文学创作中积累了深厚、丰富而独特的成果。尤其是进入20世纪后,东欧文学更是取得了绚丽多彩的成就,为世界文学创造出许多杰出作品。100多年来,东欧地区已经有7位作家获诺贝尔文学奖,其中波兰4人:显克维奇(Henryk Sienkiewicz,1846—1916,1905年获奖)、莱蒙特(Wyadysyaw Reymout,1868—1925,1924年获奖)、米沃什(Czesfaw Mifosz,1911—2004,1980年获奖)、西姆博尔斯卡(Wislawa Szymborska,1923—    ,1996年获奖);塞尔维亚1人:安德里奇(Ivo Andric',1892—1975,1961年获奖);捷克1人:塞弗尔特(Jaroslav Seifert,1901—1986,1984年获奖);匈牙利1人:克尔蒂斯(又译伊姆雷·凯尔泰斯,2002年获奖)。除此之外,在前后两个世纪的文学历史中,还出现了波兰的密茨凯维奇(A. Mickiewicz,1798—1841);匈牙利的裴多菲(Peitofi Sander,1823—1849)、约卡伊·莫尔(Jokai Mor,1825—1904)和莫尔纳(Molnar Ferenc 1878—1952);保加利亚的埃林·彼林(Elin Pelin,1877—1949)、伐佐夫(Ivan Vazov,1850—1921)、卢卡契(Ceorg Lukacs,1885—1971);捷克的恰佩克(Karel Capek,1890—1938)、米兰·昆德拉(Milan Kundera,1929—    )和哈维尔(Václav

Havel,1936—2011)等一大批具有世界声誉的作家。

## 第三节　东欧文学的共同特点

地缘政治的相邻、历史经验的相似和文化传统上的亲缘关系,使得东欧各国的文学,尤其是 20 世纪以后的文学,也呈现出一些共同的特性,而这些共同倾向,又都与西欧,特别是东邻大国俄罗斯有着不可分割的联系。19、20 世纪之交,东欧诸国都延续着前两个世纪的浪漫主义和现实主义文学余绪。到 20 世纪初,随着工人运动与社会主义思潮的勃兴和传播,紧随西欧和苏俄之后,东欧国家也相继出现了无产阶级革命文学流派,至第一次世界大战时期达到顶峰。第二次世界大战期间及其后,反法西斯文学在这里同时兴盛;战后的五六十年代,东欧诸国一度都引进苏联的社会主义现实主义并奉为典范,并不同程度地排斥了其他文学流派,民族文学的发展都一度受阻。同时,伴随着苏联政局的先后变动,东欧国家也相继引发了一系列的政治和文化事件,对他们的文化和文学均带来重大影响:1953 年的苏联"解冻"思潮、1956 年的波匈事件、1968 年捷克"布拉格之春",等等。进入七八十年代的改革时期,东欧地区一度封闭的格局被打破,来自西方的各种文化和文学思潮纷纷涌入,替代了俄苏文化和文学思潮长期占主导的影响地位,存在主义、荒诞派文学、象征主义、印象主义、意识流、新现实主义、实证主义、符号学等等纷沓而来。特别是在苏联解体所引发的"东欧剧变"之后,自 90 年代开始,西方议会民主和市场经济成为东欧国家的基本社会形态,东欧社会进入重大转型时期,文化和文学的多元化日渐明显,作家的价值取向与写作态度也发生了根本性的变化:文学界对社会主义时期文学进行了普遍的反思和批判;对其中的许多文学现象进行重新定位;对以往湮没无闻的作家作品进行发掘和平反;对"流散"域外的文学大力发掘和彰显;对西欧和北美文学不断加以引进,等等。所有这些,成为东欧近 20 年文化和文学发展的共同格局。

当然,文学是一种多元繁复的文化存在,即便是一个作家在不同时期的创作,也不应该以一种理论模式来加以概括,更何况是整个国家和民族的文学,更何况是如东欧地区这样包括了多个民族的文学,何以用这种

"整体性"和"统一性"的概念和方式去概括呢？这种概括在多大程度上有它的意义？这样的质疑当然有其合理性。将"东欧文学"作为一个整体的概念加以探讨，的确是在有限的程度上体现其理论意义的。但笔者认为，这种有限度的意义，正是在讨论中国与东欧文学的关系这个问题时，更具体地说，正是居于中国文学主体的立场，探讨东欧文学对于现代中国的意义时，或者是讨论文学东欧在现代中国的形象问题时，才体现其特殊的价值。进一步说，大抵对于民族文学关系的讨论，其实都蕴含着一个理论前提，即承认一个民族主体某种程度的统一性，也就是将一个民族作为一个相对统一的整体，且认为它具有某种集体的意识和记忆，集体的文化性格以及对未来的共同向往，这是我们分析民族文学特点，探讨国际民族文学和文化关系的起点，它在根本上与文学创作的个体性、独特性并无矛盾与对立，而是分析问题的不同层次。这就意味着，民族文学关系的讨论暂且搁置了民族整体内部的种种差异，包括阶级、时代、性别的不同，政治意识形态和宗教信仰的差别，审美态度和文学观念的个体特征等因素，而在讨论东欧文学对现代中国的意义问题时，这种相对"统一性"则更显其不可忽略的意义。

# 第二章

# 清末民初东欧文学汉译的滥觞

近代以来的中国,有关中东欧16国的记载,始于19世纪中叶。从19世纪40年代起,就有林则徐的《四洲志》(1841)、魏源的《海国图志》(1842)、徐继畲的《瀛寰志略》(1848)等世界地理类著述涉及中东欧地区的地理、民族、历史与文化知识的记述。另一方面,自鸦片战争后,中国清政府向英、德、美、日、法、俄等16国派遣的使臣与领事在给朝廷的"咨送日记"中,也对中东欧有更直接的相关记载,比如黎庶昌的《西洋杂志》、曾纪泽的《出使英法俄日记》、薛福成的《出使英法义比四国日记》等。另外,在薛福成等翻译的《巴尔干列国志》(1901)中也有罗马尼亚、塞尔维亚、保加利亚、黑山等国的介绍。但若撇开上述日记或者游记文本所具有的文学属性,这些文本所书写的内容基本都没有涉及对象国家的文学历史与现状。

自19世纪末开始,随着世界格局的变动,中国与东欧之间的关系发生了一系列重大变化。从东欧诸国的历史文化在中国译介向度看,这种变化也是空前的。它主要体现在两个方面:首

## 第二章　清末民初东欧文学汉译的滥觞

先,译介的主体不再只是西方的传教士,中国敏感的知识界开始主动关注、介绍和讨论东欧国家的历史与文化;其次,从文学关系的角度看,20世纪初开始,东欧诸国的历史文化及其形象,开始与中国文学发生直接关联,随后又正式开始译介东欧文学作品,由此两者之间文学关系才开始真正体现"相互"的特征。在这个意义上,清末民初开启了现代以来中国与东欧文学关系的新时代,也成为东欧文学在中国译介及其影响的滥觞。

这一新的历史开端,与19世纪末、20世纪初中华民族积贫积弱的世界境遇紧密相关。19世纪中叶以降,经过两次鸦片战争,一系列西方列强强加的不平等条约的签署,中华帝国遭受空前的威胁与挑战,中日甲午战争失败后,亡国之虞更加笼罩着整个帝国。20世纪初,义和团运动溃败,《辛丑条约》后,帝国主义列强对中国的侵略更加深入,对中国的榨取、掠夺和奴役加重,标志着中国的进一步半殖民地化,民族危亡愈益严重。

中国历来就有总结、编撰前代历史为当代统治者鉴的传统,在近代中国遭受列强侵略,逐步沦为半殖民地国家,以致面临瓜分的危险。清醒的官僚士绅忧心焦虑,维新派人士更是大声疾呼。为了反对外国侵略,争取民族独立,挽救危亡,往往利用一些国家被瓜分、灭亡的历史,用来作为中国救亡图存和变法维新的史鉴,以警戒清朝统治者,唤醒国人。张之洞在1904年为自强学堂所作的《学堂歌》就有"波兰灭,印度亡,犹太遗民散四方。埃及国,古老邦,衰微文字多雕丧。越与缅,出产旺,权利全被他人攘。看诸国,并于强,只因不学无增长。中国弱,恃旧邦,陈腐每被人讥谤"①的辞句,并被广为传唱。"亡国史鉴"便成为中国近代,特别是20世纪初年救亡图存的一种主流话语。当时介绍的亡国史对象包括波兰、朝鲜、埃及、印度、越南、缅甸和菲律宾等国。据统计,1901—1907年间,国内出现了30余部"弱小"国家的"亡国史"译述,原作者几乎全是日本人。②

---

① 张之洞:《张之洞全集》(第六卷),河北人民出版社1998年版。
② 陈平原、夏晓红编:《二十世纪中国小说理论资料》(第1卷),1897—1916,北京大学出版社1997年版。据陈平原的统计,当时流行的"亡国史"著述,原作者几乎全是日本人,这可能与日本明治维新之际同样遭受外来势力的威胁和民族意识的觉醒相关。

## 第一节　波兰"亡国史鉴"与汪笑侬的新京剧《瓜种兰因》①

正是在这一"亡国史鉴"的话语思潮中,作为曾经和正在遭遇外国侵略和亡国命运的东欧诸国的历史,作为这一"史鉴"材料的一部分,开始进入中国人的视野,其中,与中国文学最早发生直接关联,也最早为中国知识界、思想界所介绍的是波兰。

波兰亡国史是晚清爱国史学中外国亡国史的一种,它包括由国人编译或著写的关于波兰亡国历史的书籍、文章以及关于波兰亡国的报道。根据邹振环在《清末亡国史"编译热"与梁启超的朝鲜亡国史研究》②一文的统计,20世纪初亡国史译本单行本中,以朝鲜亡国史数目最多(7种),印度、埃及亡国史其次(各为4种),波兰亡国史有3种,之外还有波斯、安南、土耳其等国亡国史数目较少。相比于朝鲜、印度、安南等国,波兰有着独特的历史与特征。

维新派在这场救亡图存的改良运动中,非常重视利用史书这一载体。早在1896年8月29日的《时务报》就刊载了梁启超编写的《波兰灭亡记》,着力描述波兰沦为俄罗斯之亡国奴后的惨状:1830年,"俄王谕波人,自七岁以上,凡穷困及无父母者,徙置边地,初则夜拘幼孩,继则白昼劫夺"。1830年5月17日把波兰无数小孩解往西伯利亚时,"父母号哭攀援,愿与偕行,军士怒,殴伤路地,血肉狼藉,阒衖溢轨"③。1898年7月24日,康有为也著有《波兰分灭记》七卷(三册),作为递呈光绪皇帝的奏折,其中叙述波兰因政治腐败,从一个欧洲大国终被强国瓜分灭亡的历史,据康有为自己记述,光绪帝读后"为之啼嘘感动"④。

---

① 陶绪:《晚清民族主义思潮》,人民出版社1995年版;卡尔·瑞贝卡著,高瑾等译:《世界大舞台——十九、二十世纪之交中国的民族主义》,生活·读书·新知三联书店2008年版。
② 邹振环:《清末亡国史"编译热"与梁启超的朝鲜亡国史研究》,《韩国研究论丛》第2辑(1996),第325—355页。
③ 梁启超:《波兰灭亡记》,《时务报》1896年8月29日。
④ 中国史学会编:《戊戌变法》(第四册),神州国光社1953年版。

## 第二章　清末民初东欧文学汉译的滥觞

20世纪初的几年里,日本历史学者涩江保(Shibue Tamotsu)①的《波兰衰亡战史》就有多个汉语译述本。包括:(1)1901年译书汇编社的编译本《波兰衰亡战史》;(2)1902年开明书店译本《波兰衰亡史》;(3)1902年江西官报社译本《波兰遗史》,陈澹然译;(4)1904年上海镜今书局译本《波兰衰亡史》,薛蛰龙译述,署名"江苏薛公侠"。另外可能还有广智书局版译本(未见书)。可见波兰亡国史在当时的政治和知识话语中被关注的程度。

在译书汇编社译述本的序言中,作者分析了波兰灭亡的原因,认为国王公选制导致各党分裂、相互倾轧、人心不思统一,强国的干涉,人民不得与政等是导致波兰亡国的三个主要原因,由此给当时的中国提供警鉴。薛蛰龙译述的《波兰衰亡史》,前面刊有南社成员柳亚子(署名"中国少年之少年柳人权")的"序"文。当时才18岁的革命青年柳亚子,读了《波兰衰亡史》译文后不胜慷慨激昂,更激发其反清革命的热情。在"序"文中以波兰亡国历史激励民众反对清廷和帝国主义瓜分中国,认为中国人当学习波兰"拒俄志士前援后继,项背相望,临之弹雨枪林而不惧,投之冰天雪窖而不悔"的坚强意志,学习波兰"爱国党之团结,哥修士孤(今译科希秋什科,波兰民族英雄)之运动",敢于"扬旗击鼓,问罪于圣彼得堡"的斗争精神;学习波兰籍人士参加俄国虚无党,进行反对沙俄专制统治的革命气概。他认为,只要中国人民"能如波兰不忘祖国之精神","则彼异种称王者""即断不能久践我土而久食我毛"。柳亚子肯定"吾友蛰龙译《波兰衰亡史》,于保种敌忾之旨三致意焉。十年血战,九世复仇,波兰之成功不远矣"。希望国人读《波兰衰亡史》,能使"我民族其猛醒,我民族其借鉴,我民族其毋自馁",勇敢地进行争取民族自由独立的斗争。薛译本全书六章,并有附录:波兰灭亡后之状况。该书于"甲辰四月十五日印刷,同年五月初十日发行"。

除上述维新派人士的引述和涩江保著作的多个译本之外,当时还有许

---

① 涩江保(1857—1930),号羽化,日本近代汉学者和传播西学的启蒙著译家,江户时代著名的儒医和汉学家涩江抽斋之子。他曾在当时日本最有名的出版社之一博文馆出版著作、译著,据说达150部之多,包括黑格尔的《历史哲学》等。20世纪初,他所编撰或翻译的《法国革命史》《社会学》,以及不少战史方面的著述,都曾被翻译成中文发表,在当时中国的学界有相当的名气。

多讲述波兰亡国史的报刊文章。如1901年《杭州白话报》发表的《波兰国的故事》①,1902年《经济丛编》的《波兰灭亡始末记》②,1903年《外交报》的《波兰亡国之由》③,1904年《俄事警闻》刊发的《讲俄国和普奥两国瓜分波兰的事》④,等等。后者还特别提醒读者,当时"俄国对中国的情形,是同对波兰一样的,从前既能共普奥瓜分波兰,现在就能共各国瓜分中国"。

这种兴盛一时的亡国史鉴论述,在民众尤其是知识界产生了很大的影响,也为包括东欧文学在内的弱势民族文学在中国的译介准备了相应的思想与文化的接受条件。据周作人1902年3月9日的日记记载,《波兰衰亡战史》书出不久,青年鲁迅当即购阅此书,这也是引发周氏兄弟大力倡导和实践东欧等弱势民族文学译介的最初、最重要的触发点,具体容后详述。另外,当时在章太炎致柳亚子书信中,也提到此书的译者"蛰龙",事后40年,柳亚子在题为《五十七年》⑤的自传里所作的说明中,还记得有薛蛰龙所译的《波兰衰亡史》等书,说明此书当时确曾引起学界广泛注意。不仅如此,这种影响还深入到话语方式的内部,并包涵了对波兰的历史评价的变化,也即对波兰的所指从"亡国"之鉴逐步转变为体现当代波兰人民争取斗争的所在地,以至于在有关世界格局和中国问题的论述中,"波兰"一词已经从名词变为动词,是"波兰我"?还是"美利坚我""德意志我"?这是被压迫的中国人的命运选择。⑥

20世纪初叶的这一亡国史鉴思潮,包括对东欧历史的叙述,不仅体现为历史、政论和思想领域,也反映在文学领域中。波兰亡国史在当时中国文学艺术中的直接反映,就是1904年问世的新京剧《瓜种兰因》,在这一剧作中,波兰历史作为题材得以直接呈现。

---

① 署名"独头山人说"。《杭州白话报》1901年第1、2、3期。
② 作者定州王振尧。《经济丛编》1902年第15、16册,"历史"。
③ 《经济丛编》,1903年第27册"历史",录自《外交报》。
④ 《俄事警闻》,1904年,第44、49、50、52、54、56号。
⑤ 柳亚子《五十七年》,《文学创作》,1944年,第3卷第1期。
⑥ 参见《江苏》杂志1903年4月27日刊发的《哀江南》一文,作者写道:"支那而不自立也,则波兰我……支那而自理也,则美利坚我,德意志我。"《浙江潮》与《江苏》都是1903年由留日学生创刊的杂志,同时颂扬波兰人民、波兰社会党为民族主义而斗争的事迹。

作为中国近代京剧的积极的改革者,汪笑侬(1858—1918)以波兰亡国史为题材,创作了新京剧《瓜种兰因》,一名《波兰亡国惨》《亡国惨史》,1904年8月7日,于上海春仙茶园首演。主要演员有汪笑侬、沈韵秋、刘廷玉、何家声等。该剧主要依据上述涩江保的《波兰衰亡史》内容改编而成,是京剧舞台上第一个"洋装新戏",剧本叙述波兰与土耳其开战,由于内奸的破坏和统治者的妥协,最后兵败乞和,丧权辱国,从而揭示"不爱国之恶果"。这是中国戏剧(京剧)史上首次将外国题材搬上京剧舞台,实为海派京剧之嚆矢。在该剧登台上演的同时,剧本也公开发表。8月20—30日,《瓜种兰因》剧本在《普钟日报》连载,署名"笑侬",包括《庆典》《祝寿》《下旗》《惊变》《挑衅》《奉诏》《遇险》《卖国》《通敌》《廷哄》《求和》《见景》《开议》,共13场。随后不久,《警钟日报》有复印单行小本刊行,陈独秀主编的《安徽白话报》也据以转载。

## 第二节 李石曾译《夜未央》和许啸天的"波兰情剧"

据现已掌握的材料可知,东欧文学作品最早在中国的翻译,当开始于20世纪初叶,也是以波兰开始的。1906年,近代翻译家吴梼(字丹初,号亶中,生卒年不详,浙江钱塘——今杭州人)从日文版(田山花袋译,1902年版)转译了波兰作家显克维奇的小说《灯台卒》(今译《灯塔看守人》),原署"星科伊梯撰、[日]田山花袋译、钱塘吴梼重演"),发表在当年的《绣像小说》第68—69期上。尽管吴梼的翻译选择同样也与近代中国民族危亡的处境及其民族意识觉醒的时代思潮有关,但如果从当时的社会影响而言,这个波兰小说的中译本在普通民众中的影响力,倒不如相关的改编或者翻译戏剧。前者是指汪笑侬的《瓜种兰因》,后者就是波兰剧作家廖亢夫(Leopold Kampf,1881—?)的话剧《夜未央》("Am Vorabend")的翻译。它不仅是最早的外国戏剧中译,也是中外文学关系史上有明确目的的外国文学中译的开端。

李石曾(1881—1973),名煜瀛,李鸿藻之子,1902年冬以驻法公使随员身份赴法国,先后在法国巴斯德研究院和巴黎大学学习生物,但热心于"普及学术改革社会的宣传",并与张静江、吴稚晖等人创办中华印字局,组织成立"世界社",宣扬无政府主义,出版各种中文期刊,在上海设立发行所面向各省发售,先后编辑出版《世界》画报、《新世纪》杂志和大型画传《近世界六十名人》等,而由于他们与巴黎演剧界的关系,翻译出版戏剧作品也是他们活动的重要内容。

1908年李石曾从法文翻译了廖亢夫的三幕话剧《夜未央》(同时译出的另一部戏剧为莫里哀的《鸣不平》)。《夜未央》译自法文,原名为 *Le Grand Soir*。该剧从1907年12月23日开始在巴黎美术剧院演出,在巴黎引起轰动。法文版剧本由 Robert d'Humiere 自德文(廖亢夫以德文写此剧)翻译,刊登在1908年2月8日出版的 *L'Illustration Théâtrale*(《戏剧画报》第81号)上。该剧以1905年的俄国某大城市为背景,表现俄国虚无党的著名女英雄苏菲亚暗杀沙皇的故事。主人公桦西里在秘密印刷所工作期间,与联络员安娥相爱,被情感与义务的矛盾、现实压迫与行动乏力的焦虑所困,于是决定寻找别一种使命。面对印刷所被破坏和镇压升级,革命者筹划刺杀巡抚,桦西里承担了刺杀任务,最终在安娥的配合下,牺牲个人完成使命。

在翻译过程中,李石曾通过出演《夜未央》的法国演员德·珊诺(De Sanoit),得以结识了原作者廖亢夫,并请求廖亢夫为中译本作序。廖亢夫是波兰进步戏剧家,从他1908年夏为李石曾的中译本所写序言看,他很可能也是无政府主义的信仰者:

> 吾甚喜吾之《夜未央》新剧,已译为支那文,俾支那同胞,亦足以窥吾之微旨。夫现今时世之黑暗,沉沉更漏,夜正未央,岂独俄罗斯为然?吾辈所肩之义,正皆在未易对付之时代。然总而言之,地球上必无无代价之自由。欲得之者,惟纳重价而已。自由之代价,言之可惨,不过为无量之腥血也。此之腥血,又为最贤者之腥血。我支那同胞,亦曾留连慷慨,雪涕念之否乎?吾属此草,虽仅为极短时代一历史,然俄罗斯同胞数十年之勇斗精神皆在文字外矣。支那同志,其哀之乎?抑更有狐兔之悲耶?①

---

① 见阿英编:《晚清文学丛钞》(小说戏曲研究卷),中华书局1960年3月第1版,第306页。阿英所编该文注为"失名译",实为"李石曾译"。

## 第二章　清末民初东欧文学汉译的滥觞

李石曾当时信奉无政府主义,他之所以翻译这个具有浓重政治色彩的剧本,也与辛亥革命前夕革命党的暗杀风潮有关。李石曾与廖抗夫一样,都觉得戏剧可以激发民众反抗黑暗专制的热情和战斗精神。

该译本最早于1908年由法国万国美术研究社刊(一说巴黎中国印字局)出版,在国内通过设在上海的世界社发行,广州革新书局于同年10月出版单行本。译本的问世,不仅为演剧界打开一个新的窗口,推动了中国新剧的变革,而且在整个文学界和广大读者中,都产生了持续性的影响。

译本出版当时,上海的青年许啸天(1886—1948,啸天生)就在章太炎的推荐下读到此剧,读后十分兴奋,随后也促使他开始戏剧创作和演剧的改良。许啸天是我国现代话剧运动的开创者和促进者之一。他在40年后回忆当时的情景:

> 那时,我只有十九岁,一方面在章太炎(炳麟)、邹蔚丹(容)所办的《苏报》上投稿,一方面由章介绍给我几本翻译的剧本读。第一本,是《黑暗时代之一线光明》,第二本,是《夜未央》,第三本,是《鸣不平》。除《鸣不平》是讽刺剧外,其他两本,都是描写帝俄时代虚无党地下工作时的艰苦情形。那时,我正加入光复会,更觉深切味……待到我参加秋瑾先烈革命工作失败潜逃来上海以后,第一个见到于佑任;于氏正办《民呼报》,向我要稿件,我便大胆的开始写第一部剧本《多情的皇帝》……用意是在发扬民主精神。①

文中所说的《多情的皇帝》即《多情之英雄》。此剧是否在《民呼报》刊出待查,但可以看到,他写作此剧的动机来自于《夜未央》等译剧。从1911年第2卷第1期起,《小说月报》连续发表许啸天编译的八幕剧《多情之英雄》,并标注为"波兰情剧",也被戏剧史称为"改良新剧"。它是根据波兰历史故事编译,描写女主人公儿依萨为哥修士孤殉情,儿依萨因与陆军上将哥修士孤恋爱受阻,绝望之际,举枪自杀。虽说表现因爱与嫉妒的悲剧,但作者将爱情与亡国之背景联系起来,体现了民族悲剧与个人爱情悲

---

① 许啸天:《我与话剧的关系》,原载《永安月刊》115期(1948年永安月刊社出版),转引自袁进主编:"鸳鸯蝴蝶派散文大系"《艺海探幽》,上海东方出版中心1997年版,第310页。

剧的紧密关联。许啸天在剧本附言中，借波兰喻中国的现实境遇道："此波兰故事也。国之将亡，必有其所以亡之原因。国民不爱国而逞私欲为之，大前提也。呜呼，灭六国者六国也。山河暗淡，狐鼠纵横。吾观是剧而有不能已于怀者。"他的另一个剧本《残疾结婚》①同样是一出革命与恋爱悲剧，也同样讲述了波兰历史故事，波兰少将笛克生与爱人格兰茜力抗俄军压迫失败，两人带着伤残结婚后又双双自尽。

这种直接取材于波兰故事的编剧方式，也是早期中外文学关系中的一个特有现象，虽说上述许啸天的两个剧本情节不是直接取自于《夜未央》，却是在后者的启发与激励下展开的。这种从外国历史或直接从外国文本中取材改编的做法，在当时和之后的中国文学史上，也不限于许啸天一人。例如，1915年4月在成都出版的《娱闲录》半月刊第十八册中，还出现了根据李石曾《夜未央》译本改写的"虚无党小说"《铁血》，署名"觉奴"。

李译《夜未央》在当时的影响以及在中外文学关系史上的意义，也可以从另外两个史料，即中国新文学史上的重要人物胡适和郑振铎的评价得以印证。

青年时期的胡适，也记录了对《夜未央》译本的阅读感受："1911年读西剧《夜未央》一过。是书叙俄国虚无党逸事，中有党人爱一同志女子，其后此人将以炸弹毙一酷吏，临行时与所欢别，二人相视而笑。其人忽变色曰'吾今生又多此一笑'，此等语大似吾国明代理学家临难时语，非有大学问不能道也。"②

又十年之后，郑振铎对李石曾当时翻译的《夜未央》和《鸣不平》两个剧本回忆道："那个时候正是中国革命潮闹得最厉害的时候，所以他们鼓吹革命的人，把这两篇东西介绍来，不惟是戏剧翻译的元祖，恐怕也是有目的的文学作品介绍的第一次呢。"③

这种影响，也体现在译本的出版印行的数量上：到1928年5月，《夜

---

① 许啸天：《残疾结婚》，载《小说月报》1910年第1卷第5期。
② 胡适1911年正月初三日记，引自《胡适的日记》上册，中国社科院近代史研究所、中华民国研究室编，中华书局1985年版，第18页。
③ 郑振铎：《现在的戏剧翻译界》，载《戏剧》第一卷第二期1921年5月9日，民众戏剧社编辑，中华书局出版。

未央》的李石曾译本已经是第 4 版;至 1933 年为止,先后至少有三个版本行世,重印不少于八次。而青年巴金不仅热切地共鸣于李译,在看到法文原本后,不满于李石曾的处理方式,忍不住又将此剧重译一遍,译名改为《前夜》,由上海启智书店 1930 年出版,其在读者中的影响也更大,这是后话。

## 第三节　周氏兄弟与《摩罗诗力说》《域外小说集》

鲁迅与周作人兄弟关注进而译介东欧文学,当然与世纪之交的民族处境和国内思想文化的背景有关,更与他们的个人志向与文化选择有关。1906 年夏天,归国完婚又返日的鲁迅,携弟弟周作人一起在东京住下,正式开始了弃医后的从文生涯,"第一要著"是要改变国民的精神,"发人之内曜",而"善于改变精神的是,我那时以为当然要推文艺"①,不过文艺不是鲁迅当时改变国民精神、建构民族未来方案的全部,只是其中重要的一部分,而译介外国文艺不仅是革新中国文学计划的一部分,也是其改变国民精神计划的一部分。

周氏兄弟来到东京后,起初的一个计划就是联合许寿裳、袁文薮、陈师曾等友人办一份思想文化类的杂志,即后来夭折了的《新生》。从随后几年周氏兄弟所呈现的成果来看,他们的工作主要体现为论述和移译两个方面。而这两方面工作的标志性体现,就是鲁迅相继在《河南》杂志发表的系列论文和兄弟合译的《域外小说集》。前者即《人之历史》《摩罗诗力说》《科学史教篇》《文化偏至论》《破恶声论》和《裴彖菲诗论》;后者包括出版《域外小说集》一、二册和其他文学译作。因此,尽管《新生》没有办成,但对于他们的计划而言,这两方面成果的问世,也已经变相实现了《新生》杂志创办的初衷,按周作人说法,"在后来这几年里,得到《河南》发表理论,印行《域外小说集》,登载翻译作品,也就无形中得了替代,即是前者

---

① 鲁迅:《〈呐喊〉自序》,《鲁迅全集(第一卷)》,人民文学出版社 1981 年版,第 415—421 页。

可以算作《新生》的甲编,专载评论,后者乃是刊载译文的乙编吧"[①],这"乙编"的工作,其实还应包括中长篇的《红星佚史》《劲草》《匈奴奇士录》《炭画》《神盖记》《黄蔷薇》等文学译作在内。

在这一系列计划的实施过程中,年长并已经历弃医从文之抉择的鲁迅,当然起着总体的主导作用,周作人明显受到兄长的影响,两人心有默契、携手协作又各有分工侧重(两人在思想、文艺观念乃至践行上的分歧、失和是后来逐步呈现的)。如果说鲁迅对整体的文化革新计划的思路更加宏观、清晰而具逻辑性思考的话,周作人对文学的兴趣更加纯粹一些。所以这一时期鲁迅的重点是理论表述,而周作人的精力更多地放在翻译上。从语言的各自擅长看,鲁迅通日文、德文,周作人则英文能力好。所以,在对英文资源的汲取利用上,周作人起到重要作用,不仅是他们译作中的主要源文本都来自英文本,他们还以类似林纾译述的方式,合作翻译了《裴彖飞诗论》和《域外小说集》中的部分篇目。

本节虽然不承担在总体上论述周氏兄弟早期思想及其文化活动的任务,但他们在20世纪初期有关东欧文学的译介,也只能放在上述总体框架中,并且将周氏兄弟的工作关联起来,才能看得清楚。其内容主要包括:鲁迅《摩罗诗力说》及"立意在反抗"的译介倡导;兄弟协作完成的《域外小说集》;周作人的其他译介工作。

《摩罗诗力说》是鲁迅在弃医从文后所写的一系列论文中的一篇,1907年写于日本,1908年3月发表于《河南》月刊第二、第三号,署名"令飞"。文章旨在"别求新声于异邦",向国人引荐"摩罗之言,假自天竺,此云天魔,欧人谓之撒旦","立意在反抗,指归在动作,而为世所不甚愉悦者",文章勾画其"流别影响,始宗裴伦,终以摩迦(匈牙利)文士"。文章虽也提及但丁、尼采、莎士比亚、柏拉图、弥尔顿、歌德、彭斯、济慈、爱伦德、柯尔纳、果戈理、易卜生等欧洲诗人、作家和思想家,但重点在于介绍英国拜伦、雪莱等浪漫主义传统下从俄国到波兰、匈牙利等国的浪漫主义"复仇诗人",认为起自拜伦的精神传统,"余波流衍,入俄则起国民诗人普式庚(普希金),至波兰则作报复诗人密克威支(密茨凯维奇),如匈加利(匈

---

[①] 周作人:《知堂回想录八一"河南——新生甲编"》,河北教育出版社2002年版。

牙利)则觉爱国诗人裴彖飞(裴多菲)……此盖聆热诚之声而顿觉者也,此盖同怀热诚而互契者也","上述诸人,其为品性言行思维,虽种族有殊,外缘多别,因现种种状,而实统于一宗;无不刚健不挠,抱诚守真;不取媚于群,以随顺旧俗;发为雄声,以起其国人之新生,而大其国于天下"。文章的第八、第九部分正是重点论述东欧地区四位"摩罗诗人",包括三位波兰诗人和一位匈牙利诗人。鲁迅以更多的笔墨论及波兰诗人,除起决于波兰文学自身的特点外,也与波兰的亡国历史和上述有关世纪之交中国思想文化界的"亡国史鉴"传统有关,在次年发表的《破恶声论》中,也再次提及:"至于波兰印度,乃华土同病之邦矣,波兰虽素不相往来,顾其民多情愫,爱自繇,凡人之有情愫宝自繇者,胥爱其国为二事征象,盖人不乐为皂隶,则孰能不眷慕悲悼之……俾与吾华土同其无极。"①

鲁迅写作《摩罗诗力说》,主要参考了丹麦文艺评论家、文学史家勃兰兑斯(Georg Brandes,1842—1927)的《波兰印象记》的英译本,第八章专论波兰诗人那部分,更是直接以勃兰兑斯的相关介绍作为论述基础。由于鲁迅的英文能力有限,无法直接利用英文论著,这部分的参考主要得自于周作人口述。

《波兰印象记》原著出版于1888年,1903年出版英译本。内容大体分为两部分。前半部分在"观察与欣赏"标题之下介绍作者四次去波兰旅行与做演讲(在沙俄、奥统治区)时当时国家的情况和人民的情绪。波兰与波兰人给勃兰兑斯(犹太人的身份)留下了很深的印象,他对波兰的民族解放运动寄予深切的同情和全面的支持。他曾经说过:"波兰是一种象征,是人类最崇高的因素而为了它斗争的象征。在欧洲的任何地方,在世界各地,谁为自由而斗争那么同时也是为波兰斗争。"后半部分就是所提到的"19世纪波兰浪漫主义文学"。作者指出了当时异军突起的波兰浪漫主义诗歌兴起的原因和发展过程,它的特色、成就和缺陷。波兰浪漫主义立足于亡国民族对自己存在意义的肯定。国土被瓜分后,诗歌代表了民族心声,民族观念渗透了文学的一切。

鲁迅借用勃兰兑斯书中的这一部分为论述材料,在了解波兰诗人和

---

① 鲁迅:《破恶声论》,1908年12月5日《河南》月刊第8号,署名"迅行"。

波兰19世纪文学特征的基础上,组织自己的论述。《摩罗诗力说》的第八章从勃兰兑斯的论述入手,介绍了波兰的三位伟大诗人:密茨凯维奇(A. Mickiewicz,1798—1841)、斯沃瓦茨基(J. Slowacki,1809—1849)和克拉辛斯基(S. Krasinski,1812—1859)以及他们为波兰独立而创作的文学生涯。前两位作家被鲁迅称为所谓的"复仇诗人",而克拉辛斯基被称为"爱国诗人"。

在对这三位诗人的介绍与评价时,鲁迅还有所侧重。他特别介绍的是主张以武力反抗,被称为"复仇诗人"的密茨凯维奇和斯沃瓦茨基,可是对在复仇中看不到民族出路,主张"彼主爱化"的克拉辛斯基,只在这章的最后用了寥寥数语,甚至没提到他的任何一部作品,这显然是鲁迅有意识的选择,以此凸显其激励复仇、反抗,张扬精神以拯救民族危亡的宗旨,而对波兰浪漫主义文学做这样系统而详细的介绍,在中外文学关系史上还是第一次。

《摩罗诗力说》的第九章重点论述匈牙利爱国诗人裴多菲(Petöfi Sándor,1823—1849)。这位出生于布达佩斯的"沽肉者之子"也是鲁迅特别喜爱的诗人,后来更因为鲁迅而成为中国家喻户晓的外国诗人之一。鲁迅不仅在《摩罗诗力说》里介绍了裴多菲的生平和创作特色,称其"纵言自由,诞放激烈","善体物色,着之诗歌,妙绝人世",是一个"为爱而歌,为国而死"的民族诗人。

次年,鲁迅又与周作人一起,翻译匈牙利作家爱弥儿·籁息(Reich E.)的《匈牙利文学史》之第二十七章《裴彖飞诗论》,该书由贾洛耳特(Jarrold and Sons)书局1898年出版,"冀以考见其国之风土景物,诗人情性",工作方式与翻译《红星佚史》一样,周作人口译,鲁迅笔述。完成译文后,即将稿件投给《河南》杂志,本拟分上下篇发表,上篇刊发于1908年8月5日第7号,署名"周逴"(周作人的笔名)。下篇则因《河南》停刊而未能发表,之后原稿也佚失。① 比起《摩罗诗力说》中论述的扼要,这篇译文

---

① 周作人:《鲁迅的故家》。参见陈福康:《〈裴彖飞诗论〉是不是鲁迅的译著》,对该文的翻译、发表过程做出了详尽的考辩。

## 第二章 清末民初东欧文学汉译的滥觞

中对裴多菲的介绍则要详尽得多。之外,鲁迅还在日本旧书店先后购置裴氏的中篇小说《绞吏之绳》,又从欧洲购得德文版裴多菲诗集、文集各一册。

《域外小说集》的翻译,是与前述系列论文的写作同时进行的。1909年,鲁迅与周作人在东京神田印刷所相继自费出版了他们的第一部译作《域外小说集》,共两册,收作品16篇。译文为文言。鲁迅后来说它佶屈聱牙,似有不满的地方。初版时,曾有序言一篇,作者云:

> 《域外小说集》为书,词致朴讷,不足方近世名人译本。特收录至审慎,译亦期弗失文情。异域文术新宗,自此始入华土。使有士卓特,不为常俗所囿,必将犁然有当于心,按邦国时期,籀读其心声,以相度神思之所在。则此虽大涛之微沤与,而性解思维,实寓于此。中国译界,亦由是无迟暮之感矣。

《域外小说集》第一册于1909年3月出版,收小说7篇;第二册于同年7月出版,收小说9篇,周氏兄弟的翻译于1908—1909年间进行。其中鲁迅据德文转译三篇,其余为周作人据英文翻译或转译(其中《灯台守》中诗歌亦由他口译,鲁迅笔述)。书在东京付梓,署名"会稽周氏兄弟纂译",周树人发行,上海广昌隆绸庄寄售。序言、略例,皆出自鲁迅手笔。鲁迅曾说,当时他们"注重的倒是在绍介,在翻译,而尤其注重于短篇,特别是被压迫的民族中的作者的作品。因为那时正盛行着排满论,有些青年,都引那叫喊和反抗的作者为同调的"①,总括一句,旨在标举"弱小民族文学"。

这16篇作品中,就有波兰作家显克维奇《乐人杨珂》(编入第一集)和《天使》(又译为《安琪儿》)、《灯台守》(一译《灯塔看守人》(编入第二集);波斯尼亚(即后来的南斯拉夫,今属波黑)穆拉淑维支的《不辰》(通译《命该如此》),占16篇中的4篇。而初版两册都分别附"新译预告",第一册后面的新译预告有:匈牙利育珂(约伊卡·莫尔)的《冤家》《伽萧太守》、波兰显克维奇的《灯台守》,后者已经在第二册中收入了;第二册新译预告

---

① 《南腔北调集·我怎么做起小说来》,《鲁迅全集》,第四卷,人民文学出版社1981年版,第392—395页。

有：匈牙利密克札式的《神盖记》（通译《圣彼得的伞》）。其中有两位东欧作家的三篇作品。以后周作人继续从事译介，1910—1917年间共完成21篇，1921年《域外小说集》由上海群益书社出版增订本时一并收入。其中包括新增的两篇东欧作家作品，一是波兰显克维奇的《酋长》；一是波斯尼亚穆拉淑维支的《摩诃末翁》。前者译出后曾投寄上海的书店，不用，稿子也弄丢了；后来他用白话文重新翻译了一遍，发表在《新青年》第五卷第四号（1918年10月15日）上，此后才收入新版的《域外小说集》。

其实，这里所说的21篇，只是针对1921年新版的《域外小说集》而言的。在《域外小说集》的翻译过程中，周氏兄弟各有分工，相对而言周作人在具体翻译中做得比鲁迅更多些，尤其是其中不多的几个东欧作家作品，几乎都是周作人翻译的。事实上，周作人在《域外小说集》之外，对东欧文学状况的关注和翻译还有许多值得提及的史实。而在东欧国家中，波兰与匈牙利是最为他们关注的，也介绍最用力的。这里承续上两节的内容，先以有关波兰的内容为主，有关匈牙利部分的其他内容，留待下节再补充和展开。

早在1906年刚到日本之初，周作人就在鲁迅的影响下，对外国文学尤其是弱小民族国家的文学给予积极的关注。周作人后来多次回忆这期间的读书生活时说到，他们当时特别重视波兰和匈牙利，"因为他们都是亡国之民，尤其值得同情"[①]。又说，"民国前在东京所读外国小说差不多全是英文重译本，以斯拉夫及巴尔干各民族为主，这种情形大约到民十还是如此"[②]。早在1907年所写的《读书杂拾》一文中，周作人已经对波兰女作家爱理萨阿什斯珂（Eliza Orzeszko）等做了篇幅颇长的评述。[③]

另外，波兰作家显克维奇的中篇小说《炭画》的译稿在1908年底已基本完成，也是兄弟合译，并由鲁迅修改誊正的，不过迟至1914年才由文明书局出版。这部译稿先后投寄给商务印书馆的《小说月报》社和中华书局，均被退回。其中商务印书馆的退稿信（1913年2月17日）称："行文

---

① 周作人：《知堂回想录》，河北教育出版社2002年版，第237页。
② 周作人：《匈牙利小说》（载《书房一角》），河北教育出版社2002年版，第11页。
③ 周作人：读书杂拾（一）、（二），分别初刊于《天议报》第7期、第8—10期合刊，1907年9、10月。见钟叔河编：《周作人散文全集》第1卷，广西师范大学出版社2009年版，第62、70、71页。

生涩,读之如对古书,颇不通俗,殊为憾事。"那时人们不大能够接受运用古文的直译。此书后于1914年4月才由文明书局出版,1926年北新书局重版。1949年后周作人又用白话文重新翻译了一遍,收入《显克微支短篇小说集》(人民文学出版社,1954年版)一书中。其旧本卷首有1909年2月所作的《小引》,这里既有对作家的准确介绍,也有对中国国内形势的委婉嘲讽:

> 显克微支名罕理克,以一千八百四十五年生于奥大利属之波兰,所撰历史小说数种皆有名于世,其小品尤佳,哀艳动人,而《炭画》一篇为最……自云所记多本实事,托名"羊头村",以志故乡之情况者也。民生颛愚,上下离析,一村大势,操之凶顽,而农女遂以不免,人为之政亦为之耳。古人有言,庶民所以安其田里,而亡叹息愁恨之心者,政平讼理也,观于"羊头村"之事,其亦可以鉴矣。

## 第四节 周氏兄弟与匈牙利文学的早期译介

与18世纪末被三次瓜分、19世纪前后从欧洲地图消失120多年的波兰相比,匈牙利的境遇似乎要好许多,尽管1848年的匈牙利革命被奥地利与沙俄镇压,但1867年总算结束了长达20年的巴哈封建专制统治,建立了奥地利哈布斯堡王朝控制下的匈牙利王国,走上了城市资本主义道路。因此,19世纪末至第一次世界大战前夕的二十多年中,相对于积贫积弱的半殖民地中国而言,匈牙利的近代历史中既有反抗外敌、争取民族独立的斗争经验——这一点与波兰相似,也是这一时期中国之匈牙利形象的主要方面;同时偶尔又作为资本主义现代化未来想象的参照——这方面在当时的中国表现不多。又因为中古时期匈牙利民族与中国有着特殊的关联①,所以在清末民初的中外关系尤其是中国与东欧关系话语中,匈牙利也是仅次于波兰,被最早关注的国家之一。

早在19世纪末,维新变法失败后侨居国外的康有为,就在他的日记

---

① 古代中国与匈牙利地区的关联,有两个重要节点:一是西汉时期匈奴人西迁;二是元代蒙古族西征。虽然中外史学界对此有争议,但都不能否认这两个关联性本身。

里记下与匈牙利民族代表会面的经过。而梁启超在1902年所撰的《匈牙利爱国者噶苏士传》,就是以匈牙利爱国者罗易·噶苏士争取匈牙利民族独立,揭露奥匈政府罪恶,被下狱后坚持斗争,终为匈牙利贵族的卖国行为所累而失败的事迹,在颂扬噶苏士英雄行迹的同时,探讨匈牙利独立革命失败的原因(所以该作的副标题为"匈国之内乱及其原因")。

这样的民族英雄叙事,在世纪之交的当时不仅盛行于政界和精英知识界,也在普通民众中有着广泛的认同度。如浙江萧山的一位"鸳鸯蝴蝶派"作家韩茂棠(韩天啸),就曾以噶苏士的事迹为题材,创作了传奇、弹词剧《爱国泪传奇》。还曾部分刊登于1910年1月(18—21日、25日、26日)的《申报》"小说"栏,体裁标注为"历史小说爱国泪传奇",署名"萧山湘灵子编"。据研究考证,该剧作于1908年11月之前①,《申报》仅刊出该剧的第一出《恸哭》,第二出《国会》未登载完。

剧前有《叙事》一篇,叙述剧中主人公匈牙利路易噶苏士的主要事迹。称其为"匈牙利一爱国大英雄","欲牺牲一身,以供国,为同胞谋自由幸福",倡言自主,狂呼独立,震动全匈。后奥相梅特涅下令,被逮下狱三年。出狱后继续坚持斗争,揭露奥政府之罪恶。后以掌权的古鲁家卖国以图自免,"于是匈牙利仍为奥地利奴隶矣"。剧中感叹:"呜呼,生存加里之心,没洒但丁之泪,英雄末路,孰有甚于噶苏士哉!"故剧名《爱国泪传奇》。第一出剧中路易·噶苏士上场,前有开场词云:

江山危卵,国耻何时洗?莫道英雄气短,破怒涛蛰起风云变,看男儿肝胆猛着先鞭。(《绕地游》)

国民与有兴亡责,叹身世,两渺然,只留忧国泪涟涟。健儿准备先身手,为国捐躯趁少年。(《鹧鸪天》)

剧中主人公还提醒读者(观众):

我今抱定一自由独立的主义,赤手空拳,希望造成一光辉照耀的匈牙利,以为黄种荣(噶苏士系黄种),以为历史光。

第一出后附有"西河渔隐"的批注,也说明报纸编者及其希望读者对

---

① 邬国义:《湘灵子韩茂棠剧作小说考述》,《安徽大学学报》2015年第5期。

此作出的解读期待。云：

> 剧本中多系子虚乌有，未有演实人实事者，有之自饮冰主人《新罗马传奇》始，现在剧本中，洵称第一杰构。此本熔铸西史，均系实人实事，其气魄意境，与《新罗》略相仿佛。
>
> 记者于近世爱国英雄中，最崇拜噶苏士，故极力描写，一言一语，均有寄托，阅者试细味之。

由此可见，此剧写匈牙利争取自由独立的故事，无论是个人与国家兴亡的关联，还是对匈牙利民族种姓（黄种，与中华民族的相关、相似）的强调，都是突出了激励种姓，呼唤民族英雄，以期中国摆脱列强凌辱而独立自强的主题与宗旨。

另一方面，梁启超还在中华民族的未来想象中虚构了中国半个世纪后万国"来朝"的景象。1902年发表的《新中国未来记》中想象1962年新中国的上海主办世界博览会，首都南京又有盛大庆典，包括英、俄、日、菲在内的各强国元首、钦差都来签订万国太平条约，其中特别提到"匈牙利总统和夫人"，同样也基于匈牙利的民族独立革命对中国志士的鼓励，和匈牙利民族东方起源的神秘的亲切感。

上节说到周氏兄弟有关匈牙利文学译介的三个史实：一、1908年初，鲁迅在《摩罗诗力说》中介绍了裴多菲的生平及其创作，并提及其他匈牙利作家如魏勒斯马尔提、奥洛尼等诗人的名字。二、同年又与周作人一起，翻译匈牙利文学史家爱弥儿·籁息（Reich E.）的《匈牙利文学史》之第二十七章《裴彖飞诗论》并部分刊发于《河南》月刊。三、在1909年上海商务印书馆出版的《域外小说集》二集的预告中，就说明周作人已经翻译了作家密克扎特的《神盖记》第一卷，并经鲁迅仔细修改。此外还有约卡伊·莫尔的《伽萧太守》的预告，但最后都未能问世。下面的叙述将在此基础上进行。

其实，早在1907年所写的《读书杂拾》一文中，周作人已经对波兰女作家爱理萨阿什斯珂（Eliza Orzeszko）、匈牙利诗人裴多菲等做了篇幅颇长的评述。① 又回忆当时的情景是,"办杂志不成功,第二步的计划是来译书",但"翻译比较通俗的书卖钱是别一件事,赔钱介绍文学又是一件事"②,不过两者也可以很好地结合。据周作人《墨痕小识》记载,周氏兄弟译述的小说《红星佚史》刊印后,他和鲁迅从商务印书馆得到了 200 元的稿酬。凭着这笔收入,二人购买了一套 15 册的屠格涅夫小说集,还有所得不易的育珂摩耳(即约卡伊·莫尔)的小说、勃兰兑斯《波兰印象记》等。后来周作人根据那本育珂摩耳小说的英译本,即"1906 年在本乡真砂町的相模屋旧书店,卖得匈牙利作家育珂摩耳(Jókai Mór)小说《骷髅所说》的英文版"。③

而这时这本英文版的育珂摩尔小说集,以及这位英译者 R. Nisbet Bain 的其他育珂摩尔译作,带出了出版其译作的伦敦 Jarrold and Sons 书店,引发了周作人和鲁迅对匈牙利、波兰文学的兴趣并成为他们了解前者的主要渠道。对此,20 年后的周作人在《黄蔷薇》一文中有具体的回忆:

> 此外倍因翻译最多的书便是育珂摩耳的小说,——倍因在论哀禾的时候很不满意于自然主义的文学,其爱好"匈加利的司各得"之小说正是当然的,虽然这种反左拉热多是出于绅士的偏见,于文学批评上未免不适宜,但给我们介绍许多异书,引起我们的好奇心,这个功劳却也很大。在我个人,这是由于倍因,使我知道文艺上有匈加利,正如由于勃兰特思(Brandes)而知道有波兰。倍因所译育珂的小说都由伦敦书店 Jarrold and Sons 出版,这家书店似乎很热心于刊行这种异书,而且装订十分讲究,我有倍因译的《育珂短篇集》,又长篇《白蔷薇》(原文 A Feher Rozsa,英译改称 Halil the Pedlar),及波兰洛什微支女士(Marya Rodziewicz)的小说各一册,都是六先令本,但极为精美,在小说类中殊为少见。匈加利密克扎特(Kalman Mikzsath)小说《圣彼得的雨伞》译本,有倍因的序,波思尼亚穆拉淑

---

① 周作人:《读书杂拾》,初刊《天议报》第 7 期、第 8—10 期合刊,1907 年 9、10 月。
② 周作人:《关于鲁迅之二》,《鲁迅的青年时代》,河北教育出版社 2002 年版,第 126 页。
③ 周作人:玛伽尔人的诗(1940 年),收入《旧书的回想记》,见《书房的一角》,河北教育出版社 2002 年版,第 5—6 页。

## 第二章　清末民初东欧文学汉译的滥觞

微支女士(Milena Mrazovic)小说集《问讯》，亦是这书店的出版，此外又刊有奥匈人赖希博士(Emil Reich)的《匈加利文学史论》，这在戈斯所编《万国文学史丛书》中理特耳(F. Riedl)教授之译本未出以前，恐怕要算讲匈加利文学的英文书中唯一善本了。好几年前听说这位倍因先生已经死了，Jarrold and Sons 的书店不知道还开着没有，——即使开着，恐怕也不再出那样奇怪而精美可喜的书了罢？但是我总不能忘记他们。①

这里，周作人提到了育珂摩尔的短篇集和长篇小说，提到了密克扎特的《圣彼得的伞》、赖希的《匈牙利文学史》，还有勃兰兑斯的《波兰印象记》、洛什微支的小说，等等。对于这位未成谋面的译者，他在内心是以先生视之的：

倘若教我识字的是我的先生，教我知道读书的也应该是，无论见不见过面，那么 R. Nisbet Bain 就不得不算一位，因为他教我爱好弱小民族的不见经传的作品，使我在文艺里找出一点滋味来，得到一块安息的地方，——倘若不如此，此刻我或者是在什么地方做军法官之流也说不定罢？②

正是凭着这些购得的书籍，这时期的周作人在《域外小说集》之外，还翻译了匈牙利作家育珂摩尔的中篇小说《匈奴奇士录》和《黄蔷薇》和诗人密克札忒(Mikszath Kalman)的《神盖集》等。

1908 年，约卡伊·莫尔(育珂摩尔)的小说《匈奴奇士录》由周作人以文言译出。这是作者 1877 年所著的长篇小说，原名《神是一个》(*Egy az Isten*)。周作人说："里面穿插恋爱政治，写得很是有趣。"1908 年 8 月商务印书馆出版，6 万余字。中篇小说《黄蔷薇》在 1910 年译出，这是周作人用文言翻译小说的最后一本。后于 1920 年经蔡元培介绍卖给商务印书馆，迟至 1927 年 8 月才出版。当时他还写过一篇《育珂摩耳传》，详细介绍这位匈牙利著名作家的生平和创作，只是一直没有发表。关于匈牙

---

① 《夜读抄·黄蔷薇》(1928 年作，1934 年刊"北新"初版本，署名"周作人")。
② 同上。

利密克札式的《神盖记》(通译《圣彼得的伞》)。周作人后来回忆说:"《神盖记》的第一分的文言译稿,近时找了出来,已经经过鲁迅的修改,只是还未誊录,本来大约拟用在(《域外小说集》)第三集的吧。这本小说的英译,后来借给康嗣群,由他译出,于 1953 年由平明出版社印行。"这三个译本都有详细的序文介绍作家与作品。

  弱小民族文学在中国译介的近代起源,肇始于西方列强的入侵和近代中国的民族主义思潮的兴盛。在思想背景上至少可以追溯到章太炎和梁启超的早期民族意识的提倡和梁启超对近代文学观念的提倡,他的《新民说》《小说与群治之关系》等著名论文正是其民族主义思想在文学观念中的鲜明体现。这些思想和文学观念影响较为广泛,尤其对陈独秀、鲁迅、周作人等新一代知识分子产生了重要的影响。具体而言,在五四新文化运动之前,中国对外国文学较大规模的翻译活动,起始于中日甲午战争。中日战争的惨败事实,令当时中国士大夫中的有识之士深感国势积弱的屈辱和窘境,迫切需要学习西方先进文化,而翻译文学也就在此社会热潮中兴起。因此,近代以后至民国之前的文学翻译活动本身,就是以强烈的民族自强和认同意识作为动力的。不过,当时虽有梁启超对文学翻译的提倡,有林纾、周桂笙、苏曼殊、伍光建等人的翻译实践,并且其中也有诸如波兰、挪威、丹麦、匈牙利、希腊等一些弱小民族作品的翻译,但译介较多的还是英、法、德、俄、美、日等强势国家的文学。对弱小民族文学特殊而明确的认同意识即使在富于变革意识的近代文人群体当中也还没有形成。

  因此,从对外国文学的译介活动在国内所产生的社会影响,以及这种译介实践与社会思想和文学思潮相呼应的角度看,20 世纪最早对弱小民族文学真正有意识的提倡和译介,首先应该是鲁迅和周作人兄弟。

  周氏兄弟特别是鲁迅的提倡和译介实践,不仅开辟了 20 世纪中国对于弱小民族文学译介的先河,而且其深远的影响波及了整个现代文学 30 年的历史。在 20 年代,由于他们的影响,使文学研究会这个人数众多、地位特殊的文学社团成为译介弱小民族文学最为得力的作家群体,并出现了如茅盾、郑振铎、刘半农、冰心、王统照、许地山、赵景深、王鲁彦等一大批重视此类作品译介的新文学作家和翻译家。而30年代的左翼作家群体在这方面的努力,以及其间在对于弱小民族文学评价上所发生的某种变化,也与鲁迅的影响密切相关。

综上所述,中国对中东欧文学的译介虽稍晚于西欧,但如果将观察视野超出文学的范围则可以发现,现代中国对中东欧特别是波兰和匈牙利的关注,在19、20世纪之交曾经形成一个特定的文化热点,这也是中东欧文学在中国译介的文化语境和开端。这个开端在题材和方式上从"亡国史鉴"的编创开始,在体裁上以戏剧为其主要肇端,然后进入小说等文体和"专业化"的译介。这种专业化不仅体现为对波兰、匈牙利作家作品的直接移译,也体现为周氏兄弟以直译方式对早期意译、编译方式的反拨。这样的开端既然与近代中国的世界境遇相关,也就预兆了20世纪中国翻译文学史的一个重要线索和基调,即对于弱势民族文学的译介,将始终作为欧美文学译介的一种对位和补充,发挥其独特的情感价值和文化功能。

# 第三章

# 五四新文化运动时期弱势民族文学的译介

## 第一节 该时期弱势民族文学译介概述

自五四新文化运动至 20 年代末这一段时期，是 20 世纪以东欧文学为代表的弱势民族文学在中国译介的第一次高峰期，并且，这种译介实践对同时期的新文学创作也发生了特殊的影响。所谓"被侮辱被损害民族文学"和"弱小民族文学"，应该是在五四新文学运动时期经常被新文学群体所提及的名词。以文学研究会为核心力量的《新青年》杂志和《小说月报》是引介弱势民族文学最为有力的团体和媒介。

《新青年》杂志在 1915 年创刊至 1921 年改版期间，先后刊登了挪威、波兰、丹麦、印度、西班牙、葡萄牙、希腊、南非、等弱国文学的许多译作。特别是在 1918 年之后，其译介的重心明显地

## 第三章　五四新文化运动时期弱势民族文学的译介

从对欧洲现实主义和唯美主义文学的翻译,转向俄国、日本以及弱小民族文学,其中包括易卜生、显克维奇、普鲁斯(1847—1912)、安徒生、泰戈尔(1861—1941)等作家。特别是1918年所刊登的"易卜生号"①,对中国文坛所产生的影响就更大了。这一时期,鲁迅、周作人、沈雁冰等新文化人士是译介弱小民族文学的最为得力的提倡者和实践者。尽管从《新青年》这一刊物所译介的外国文学的整体来看,弱小民族文学所占的比重并不很大,而且即使像易卜生这样的作家,不论是对象本身还是在其译介过程中所建构的中国式形象,都与弱小民族文学这一概念的内涵有着一定的距离。但是,这一时期的《新青年》杂志,毕竟因为鲁迅、周作人、茅盾等人的参与,已经体现出对被压迫的弱小民族文学的重视。

20世纪20年代,在弱小民族文学译介方面规模和影响更大的新文学期刊当属改版后的《小说月报》,其具体的译介情形容后再叙。

作为积极提倡弱小民族文学的文学团体,文学研究会在这一方面的译介实践,除了《小说月报》之外,还通过其机关报《文学旬刊》(后改为《文学周报》)以及《文学研究会丛书》等出版物形式展开。后者就包括了泰戈尔的4本译作以及许多日本、俄国、东欧和北欧作家作品的翻译。另外,许多在弱小民族文学译介方面做出重要贡献的译介者,都是文学研究会的成员,除上述重点介绍的诸人外,还有郑振铎、刘半农、冰心、王统照、许地山、赵景深、王鲁彦等等。

这样,到20年代末期为止,弱小民族文学的译介在中国已经具备了相当的规模,概括起来,其中译介较为详细的弱小民族国家有:东欧的波兰、匈牙利和保加利亚,北欧的挪威、丹麦和瑞典,西欧的西班牙,南欧的意大利和亚洲的印度等国家。对于这些国家的文学,不仅有许多文学历史和文坛现实的概况介绍,而且有多位作家的代表性作品得到翻译和评述。其中介绍作品较多,并在中国的当时和以后特别有影响的作家包括:波兰的显克维奇、匈牙利的裴多菲、丹麦的安徒生和印度的泰戈尔等,尤其是泰戈尔的译介在这一时期引起了整个新文化阵营的共同关注,不仅直接在文学的主题、体裁和表现手法等方面成为现代中外文学深层交往

---

① 载《新青年》1918年第4卷第6期。

的典型事件,而且还远远超出了文学的范畴,在思想文化领域触动了新旧转型时期的中国社会,推动了中国新文化运动的开展和深入,在文学和文化领域产生广泛而深远的影响。此外影响稍逊于(至少在当时)前两位的作家还有:波兰的密茨凯维奇、普鲁斯、莱蒙特(1867—1925),匈牙利的莫尔纳(1878—1952)、密克柴斯(通译米克沙特,1847—1910),保加利亚的伐佐夫(1850—1921)、斯塔马托夫(1869—1942)、埃林·彼林(1878—1949)等等。

在所有这些弱小民族作家作品的译介中,除了与五四新文化运动具有深层契合的上述鲁迅和周作人两位作家之外,还有两种情况值得注意:一是译介者出于当时的某种观念和情感的需要,企图通过翻译介绍得以曲折地传达主体意识的,在今天看来,我们可以在这个时期的某种文化和审美倾向、主体立场与被译介的对象之间找到这样那样的明显的联系。比如波兰的显克维奇、密茨凯维奇、普鲁斯,匈牙利的裴多菲,保加利亚的伐佐夫等作家的浪漫主义和爱国主义主题和情感,以及印度的泰戈尔所表现出来的强烈的民族意识与五四时期普遍的民族认同感之间就有着不可分割的联系。甚至在堂吉诃德的性格和国民性的批判、在安徒生的童话与五四时期新文学所提倡的人道主义的"童心"(周作人等)和"爱的哲学"(如冰心)之间,都可以找到某种精神联系。另一种情况则是,被介绍的某些作家尽管出自弱小民族国家,但已经得到西方世界的承认,并具有世界性的广泛影响。在20年代被译介的上述作家中,当时就有波兰的显克维奇(1905)、印度的泰戈尔(1913)、波兰的莱蒙特(1924)等作家在被译介到中国的时候,已经获得诺贝尔文学奖,但是,其中除了泰戈尔、显克维奇等作家外,其余诸位其实并没有在当时引起中国读者多大的注意。

在20世纪上半期的弱小民族文学在中国的译介历史中,无论从译介的数量还是从国别分布的广度来说,20年代都是最为繁荣的一个时期。① 不过,对照五四时期的时代文化背景,特别是对照当时国内文坛对于英、法、德、美等强势民族文学的译介来说,弱小民族文学的译介并没有成为

---

① 参见笔者所撰《东南北欧文学的译介》和《亚洲其他国家文学的译介》,谢天振主编:《中国现代翻译文学史(1898—1949)》,上海外语教育出版社2003年版。

## 第三章　五四新文化运动时期弱势民族文学的译介

当时中外文化和文学交往中的主流。首先,给五四新文化带来巨大震动的主要是西方强势民族的思想、文化和文学,中西文化的对立冲突、优劣论辩等问题,是当时国内思想、文化和文学界讨论最为热烈的课题。正是先进的西方(西欧和美国)民族的国力、文化的强势压力,刺激中国知识分子形成了新的世界观念和民族认同,并在这一世界观下关注中华民族的命运。因此,中西关系自然而然地成为中外关系中最为尖锐、最为醒目,也包含了最为复杂的文化矛盾的部分,成为时代话语的主流。其次,相应的,在中外文学关系中,西方文学也最受国人关注。即使在新文化运动的倡导者中间,西方文学的发展演变一直是中国文学变革和发展的主要参照。从陈独秀的《现代欧洲文艺史谭》,到胡适之对于写实主义的提倡,都是在和欧洲文学历史的对照中,从进化论的逻辑推导出新文学变革的实践方案,甚至像茅盾这样的弱小民族文学的积极译介者,在这一点上也受到很深的影响。① 因此,如果从当时强弱势两种类型的外国文学在中国的译介及其影响的对照而言,即使在这个阶段,弱小民族文学的译介仍然不是时代文化和文学的主流话语。

20世纪初,中国社会的民族意识觉醒和民族主义思潮的兴起,为包括东欧地区在内的弱势民族文学的中译和引进准备了相应的接受文化土壤,而周氏兄弟在世纪初的先行努力,也在文学界、翻译界逐步产生了一定的影响,这种影响并不仅仅局限于所谓的新文化与新文学人士。

向来被归于通俗文学阵营的"鸳鸯蝴蝶派"作家周瘦鹃(1895—1968),在其编译的《欧美名家短篇小说丛刊》中,也包含了多篇东欧弱小民族文学作品。该书于1917年3月由上海中华书局出版,全书分上、中、下三卷,再版更名为《欧美名家短篇小说丛刻》。这也是中国现代文学史上继《域外小说集》之后的第二部短篇小说翻译专集。三卷译文中共收入

---

① 茅盾在1921年刚刚接手《小说月报》时,曾积极提倡新浪漫主义,即早期现代主义文学,但受到胡适的批评,胡适的理由是,欧洲文学之发展出新浪漫主义,是已经有长期写实主义作为基础,而中国新文学没有这种写实的准备,因此不宜超越写实的阶段,盲目提倡新思潮,其思路明显是进化论的,而且以欧洲文学的发展为参照。参见宋炳辉:《茅盾:都市之夜的呼号》"第三章,文学研究会的批评家",上海教育出版社2000年版,第38—61页。

50篇译作,其中英国作家作品17篇,法国作家作品10篇,美国作家作品7篇,俄国作家作品4篇,德国作家作品2篇,之外,意大利、匈牙利、西班牙、瑞士、丹麦、瑞典、荷兰、塞尔维亚、芬兰作家作品各1篇,英、美、法以外各国的作品,都集中在第三卷内。其中包括匈牙利作家育珂摩尔(Jokai Mor,1749—1904,原署"玛立司(土育)堪")的《兄弟》和塞尔维亚作家掘古立克的《一吻之代价》。全书在每篇译作之前,译者都冠于作家小传,简述作者生平和创作业绩。

鲁迅与周作人尤其对周瘦鹃此书在选目采集之广泛,绝不仅限于英、法诸国的做法,"大为惊喜,认为是'空谷足音'"。当时,鲁迅正在民国政府的教育部任职,其工作之一就是负责审查教科用书及相关书目。周瘦鹃的这一译作也是送审书目。据周作人回忆,鲁迅"见到这部《欧美小说译丛》,特地携回S会馆,(与周作人一起——引者注)仔细研究,几经斟酌,乃拟定了那一则审查意见书",意见书中肯定,译者"用心颇为恳挚,不仅志在娱悦俗人之耳目,足为近来译事之光",是"昏夜之微光,鸡群之鸣鹤矣",并特别指出,"其中意、西、瑞典、荷兰、塞尔维亚,在中国皆属创见,所选亦多佳作"。

当然,这一时期译介东欧国家文学最积极,也最具目的性和系统性的,当属以鲁迅、周作人、茅盾为代表的新文学作家。

## 第二节 周氏兄弟对"弱小民族文学"的倡导及其译介实践

"弱小民族文学"在中国译介的近代起源,肇始于西方列强的入侵和近代中国的民族主义思潮的兴盛。前一章所述已经体现的这种思潮的社会文化领域的反映,在思想背景上,它至少可以追溯到章太炎和梁启超的早期民族意识的提倡以及后者对近代文学观念的提倡。梁启超的《新民说》《小说与群治之关系》等著名论文正是其民族主义思想在文学观念中的鲜明体现。这些思想和文学观念影响较为广泛,尤其对陈独秀、鲁迅、周作人等新一代知识分子产生了重要的影响。具体而言,在五四新文化运动之前,中国对外国文学较大规模的翻译活动,起始于中日甲午战争。中日战争的惨败事实,令当时中国士大夫中的有识之士深感国势积弱的

## 第三章　五四新文化运动时期弱势民族文学的译介

屈辱和窘境,迫切需要学习西方先进文化,而翻译文学也就在此社会热潮中兴起。因此,近代以至民国前的文学翻译活动本身,就是以强烈的民族自强和认同意识作为动力的。不过,当时虽有梁启超对文学翻译的提倡,有林纾、周桂笙、苏曼殊、伍光建等人的翻译实践,并且其中也有诸如波兰、挪威、丹麦、匈牙利、希腊等一些弱小民族作品的翻译,但译介较多的还是英、法、德、俄、美、日等强势国家的文学,对弱小民族文学特殊而明确的认同意识,即使在富于变革意识的近代文人群体当中也还没有形成。

因此,从对外国文学的译介活动在国内所产生的社会影响,以及这种译介实践与社会思想和文学思潮相呼应的角度看,20世纪最早对以波兰、匈牙利等东欧国家为代表的弱小民族文学真正有意识的提倡和译介,首先应该是鲁迅和周作人兄弟。如上章所述,早在1907年,鲁迅在《摩罗诗力说》中就竭力推崇包括波兰作家密茨凯维奇(1798—1855)、斯洛伐茨基(1809—1849)、克拉旬斯奇(1812—1859),匈牙利诗人裴多菲(1823—1849)等。从这些名字可以看出,他们都是弱小民族作家或者是站在弱小民族立场为其独立自由和反抗外民族强权而呼号呐喊的"斗士式"作家,"其为品性言行思惟,虽以种族有殊,外缘多别,因现种种状,而实现于一宗:无不刚健不挠,抱诚守真;不取媚于群,以随顺旧俗;发为雄声,以起其国人之新生,而大其国于天下"。虽然这里没有使用"弱小民族"这个概念,但其译介之立意在反抗的弱小民族文学的意图是十分明显的,其介绍推崇的立意与后来的倡导和实践是一脉相承的。这种译介意图的明确的表述,鲁迅在30年代的回忆中有明确的表述,说那时自己的兴趣并非创作:

> 注重的倒是绍介,在翻译,而尤其注重于短篇,特别是被压迫的民族中的作者的作品。因为那时正盛行着排满论,有些青年,都引那叫喊和反抗的作者为同调的。
>
> 那时满清宰华,汉民受制,中国境遇,颇类波兰,读其诗歌,即易于心心相印。

鲁迅的这种理念也影响了二弟周作人,乃至后来的三弟周建人。周作人在1917年发表的《一蒉轩杂录》四则中,就包括《波阑之小说》一则,载该年《叒社丛刊》第 4 期,署名"启明",介绍波兰近现代小说创作的概况。与此同时,从留学日本时期开始,周氏兄弟也开始了弱小民族文学的翻译实践,周作人的译介时间延续更长,对东欧文学的具体译介成绩也更多。虽然二周对外国文学的译介视野开阔,但对包括东欧在内的弱势民族文学的译介,一直是他们这项工作的重要组成部分。在中外文学关系史上,他们不仅倡导最早,影响最大,也身体力行,客观上奠定了中国现代译介东欧弱小民族文学的基础。之后,还在他们所主持的《新青年》《文学》《译文》等许多文学刊物和译介丛书中,继续提倡对弱小民族文学的译介,成为中国对东欧文学译介与接受史上的标志性内容。

在五四新文化运动时期,尤其是 1918—1923 年间,周作人陆续译出一批东欧短篇小说,其中颇有一些是当年从事《域外小说集》时打算翻译的作品,还有一些是《域外小说集》所译介作家的相关作品,分别在当时的报刊发表。其中包括东欧作家的作品有:波兰作家显克维奇的小说《酋长》,什罗姆斯基的小说的《诱惑》《黄昏》,匈牙利作家约珂莫尔的小说《爱情与小狗》。《酋长》一篇周作人早在留日期间就用文言文翻译过,后来投稿后不仅出版未果,稿件也遗失了,这次正好以白话文译出,正好也标志了周作人的文学翻译进入了白话时代。该作发表于 1918 年 10 月 15 日发行的《新青年》第五卷第四号。什罗姆斯基(Stefan Zeromski)的小说《诱惑》和《黄昏》先是发表在《新青年》第七卷第三号(1920 年 2 月 1 日发行)。这三篇波兰小说和一篇匈牙利小说译作后来收入译文集《点滴》(上、下)由北京大学出版部 1920 年 8 月初版发行。后来,开明书店又出改订本全一册,更名为《空大鼓》,1928 年 11 月初版,1930 年 5 月二版,1939 年 8 月三版。

之后,周作人又先后翻译了 4 位波兰作家的 7 个短篇小说,即显克维奇的三个短篇小说:《波尼克拉琴师》《二草原》和《愿你有福了》,初刊《新青年》第八卷第六号(1921 年 4 月 1 日发行)。普洛斯的短篇小说《世界之霉》,初刊《新青年》杂志第 8 卷第 6 号(1921 年 4 月);短篇小说《影》,初刊《小说月报》12 卷 8 号(1921 年 7 月)。还有戈木列支奇的《燕子与蝴蝶》和科诺布涅支加的《我的姑母》(分别刊载于《小说月报》第 12 卷第 8、10 号,1921 年 8、10 月)。之外还有亚美尼亚作家阿伽洛年的《一滴牛乳》、保加利亚作家伐佐夫的《战争中的威尔珂》,等等。这些由周作人翻译的东欧文学作品,后来都收入《现代小说译丛(第一集)》,于1922年5月初版,上海商务印书馆印行。此书虽然署名"周作人译",其实是鲁迅、周作人和周建人三兄弟合作的成果。全书共30篇译文,鲁迅译了9篇,周作人译18篇,四弟周建人翻译了3篇,其中包括波兰作家式曼斯奇的短篇小说《犹太人》。此前周作人已有翻译的短篇小说集《点滴》问世,《现代小说译丛》继乎其后,都体现了以白话文来介绍"弱小民族文学"的实绩。冠名"第一集",似乎预告有个大的计划,如同当初两兄弟合作翻译《域外小说集》之打算"继续下去,积少成多,也可以约略绍介了各国名家的著作了"。兄弟怡怡,合作译介东欧文学的例子,更可以从周作人的《周建人译〈犹太人〉附记》一文看出。此文曾附在译文后发表于《小说月报》第12卷第9号(1921年7月18日发行),文中说明,波兰作家式曼斯奇的《犹太人》一篇,是由周建人依据英国般那克女士英译《波兰小说集》译出,周作人按照巴音博士的世界语译本《波兰文选》给予校对,但校对时"发现好几处繁简不同的地方,决不定是哪一本对的",遂又由鲁迅以德译本式曼斯奇的小说集再校,互相补凑,最后完成了译稿。然而,《现代小说译丛》的续集未及开译,兄弟即告失和,这计划也就中断了。此外,周作人还翻译了波兰作家忒玛耶尔小说《故事》,载《时事新报·学灯》1921年9月10日,署名"仲密",又载《文学周报》13期,署名"周作人"。翻译波兰作家诃勒涅斯奇的论文《近代波兰文学概观》,载《小说月报》第12卷第10号(1921年8月25日发行),署名"周作人"。1922年又发表《你往何处去》一文,介绍徐炳昶、乔曾劬的译作,即显克维奇的《你往何处去》,称其为"历史小说中难得的佳作"。文章载《晨报副刊》9月2日,署名"仲密",后收入《自己的园地》。

## 第三节 茅盾与《小说月报》对译介东欧文学的贡献

中国现代文学史上,除鲁迅、周作人之外,对东欧文学译介最用力,影响最大的当属著名作家、批评家和编辑家茅盾(1896—1981,原名沈雁冰,1928年后渐以茅盾之名行世)了。与周氏兄弟相比,虽说他对东欧及其他弱势民族文学的译介,在时间上要晚十年左右,而且其译介实践在当时就得到前者的大力支持,包括在一定程度上受他们的影响,但从译介所取得的客观效果来说,一方面茅盾接续了周氏兄弟在晚清民初以来对弱势民族文学译介的传统,同时也借助于五四新文学社团(文学研究会)的影响力和期刊(《小说月报》等)园地的作用,将这一传统进一步发扬光大。

与周氏兄弟一样,茅盾对东欧国家文学的译介,同样有着世界文学的整体眼光和对于弱势民族文学的独特关注,有着明确的指向性和理论意识。他对被压迫民族的文学和俄国文学予以热切关注。由于有意识地引进对现实人生产生影响的作品,茅盾作为编辑者并不想展开介绍外国文学的庞大系统工程,而是面对中国社会与中国文学的发展现实,进行针对性的译介工作。他在当时给周作人等人的信中,就表明了对翻译问题的看法:"我现在仔细想来,觉得研究是非从系统不可,介绍却不必定从系统(单就文学讲),若定照系统介绍的办法办去,则古典的著作又如许其浩瀚,我们不知到什么时候才能赶上世界文学的步伐,不做个落伍者!""翻译《浮士德》等书,在我看来,也不是现在切要的事;因为个人研究固能惟真理是求,而介绍给群众,则应该审度事势,分个缓急。"这种观念既是来自于茅盾世界文学的眼光和他对新文学发展的理想,同时也很快在鲁迅和周作人那里得到积极的回应和强有力的支持与帮助。

茅盾参与《小说月报》局部栏目调整的"半革新",即负责"小说新潮栏"是从第 11 卷 1 号(1920 年 1 月)开始,而接任主编全面推行《小说月报》的革新是从第 12 卷 1 号到 13 卷 12 号,即从 1921 年 1 月到 1922 年 12 月。在其担任主编的两年间,《小说月报》完全是在商务印书馆答应茅盾所提出的"馆方应当给我全权办事,不能干涉我的编辑方针"条件下运作的。上任伊始,他就给《小说月报》以高端前沿的定位,他在给李石岑的信中说到,希望读者与同仁以"英国的 Atheneum(雅典娜杂志),美国的 Dial(即 The Dial 杂志),或是法国的 Mercure de France(《法国信使》杂志)"的标准来评判《小说月报》,并给以意见和建议,这也体现了年轻茅盾的世界性眼光和建设中国新文学的宏大抱负。因此,在译介方针上,突出更有现实针对性的弱势民族文学,同时以即时的外国文坛信息的介绍作为开拓国内文坛视野的手段,故而拟开设"译丛"和"海外文坛消息"

## 第三章　五四新文化运动时期弱势民族文学的译介

栏目：

>　　海外文坛消息，我打算自己写，因为我定阅了不少欧美的报刊，例如《泰晤士报》的《星期文艺副刊》，《纽约时报》的《每周书报评论》等等，其中尽有这类消息。这是新门类，大概会受人欢迎。

自1921年主持《小说月报》的革新后，茅盾依托鲁迅、周作人等文学研究会主将的支持，在该刊发表了大量弱小民族文学译作和介绍文章，还推出"被损害民族的文学号"（第十二卷第十号，1921年10月发行），仅中东欧国家文学就包括波兰、捷克、塞尔维亚、保加利亚、克罗地亚、立陶宛、拉脱维亚、爱沙尼亚8个民族的作家作品，以及芬兰、犹太、希腊、乌克兰、亚美尼亚等其他小国文学情况。茅盾在《小说月报》"被损害民族的文学号"的编者引言明确说明了译介与倡导"被损害民族的文学"的意图及其基本情况。引言第一部分即以"为什么要研究被损害的民族的文学"为题，指出：

>　　一民族的文学是他民族性的表现，是他历史背景社会背景合时代思潮的混产品！我们要了解一民族之真正的内在的精神，从他的文学作品里就看得出——而且恐怕惟有从文学作品中去找，才找得出。
>
>　　凡在地球上的民族都一样的是大地母亲的儿子；没有一个应该特别的强横些，没有一个配自称为"骄子"！所以一切民族的精神的结晶都应该视同珍宝，视为人类全体共有的珍宝！而况在艺术的天地内是没有贵贱不分尊卑的！
>
>　　凡被损害的民族的求正义求公道的呼声是真的正义真的公道。在榨床里榨过留下来的人性方是真正可宝贵的人性，不带强者色彩的人性。他们中被损害而向下的灵魂感动我们，因为我们自己亦悲伤我们同是不合理的传统思想与制度的牺牲者；他们中被损害而仍旧向上的灵魂更感动我们，因为由此我们更确信人性的沙砾里有精金，更确信前途的黑暗背后就是光明！
>
>　　因此，我们要发刊这"被损害的民族的文学号"。

《引言》第二部分"这些民族所用的语言文字"，则介绍了专号所涉及的八个民族的族类、语言等简况。八个民族归入四类：即斯拉夫种、新犹太、希腊和阿美尼亚。其中与今天的中东欧地区有关的是斯拉夫与阿美尼亚两部分。斯拉夫种包括波兰、捷克、塞尔维亚、克罗地亚、乌克兰、保加利亚、斯洛文尼亚等。并指出,这里"介绍的几个被损害的民族大都有独立的语言……因其环境与历史各不相同,所以他们的文学也各有异彩"。在该专号的《被损害民族的文学背景的缩图》一文中,茅盾也指出:"应特别注意与该民族文学产生有关的三点。第一,属于何人种;第二,因被损害而起的特别性;第三,所处的特别环境。"

  从这两段话可以看出,茅盾借助《小说月报》大力译介被损害民族文学的动机和目的就非常清晰。编者希望并相信:相似的国情可以激发人们对于被损害民族文学的接受兴趣;译介被损害民族文学,可以带给中国读者强烈的心理暗示,并激励中国的新文学建设;因为文学可以振作民族精神,最终实现强国理想。这样的信念与努力,既属于茅盾,同时也是革新后的《小说月报》或者说属于文学研究会同人的。

  这些话也清楚地表明了编者推出这样一个专号,和当年的周氏兄弟有着同样的思路:通过被损害民族与中国同处于被压迫地位的国情相似性,激起人们的心理共鸣,或是因其不幸而同情,或是因其奋发而振作。

  事实上,在茅盾一开始接手《小说月报》,以文学研究会代理机关刊物的角色实施新文学期刊的编辑实践的当时,就与当时在北京的鲁迅、周作人、郑振铎等相互呼应,并得到了周氏兄弟的强有力的支持。因为茅盾没有保存鲁迅、周作人的书信,而鲁迅1922年的日记也因太平洋战争而遗失,因此无法确切考辨茅盾与鲁迅的最早通信情况。但最晚在1921年的4月8日,鲁迅日记中就记有"晚得伏园信,附沈雁冰、郑振铎笺"。鲁迅在13日即回复茅盾,18日就"以《工人绥惠略夫》译稿一部寄沈雁冰",自此,茅盾开始与鲁迅频繁通讯,据鲁迅日记记载,之后不到9个月时间内,彼此书信往返五十多次。从鲁迅给周作人的信中,可以间接透露出茅盾与他通讯的主要内容。比如1921年4月8日给周作人的信中说到"雁冰令我做新犹太事",9月4日的信中所提及的"雁冰又曾约我讲小露西亚(即乌克兰——引者注)"。据相关研究,在茅盾主持《小说月报》革新的两年间(1921、1922),鲁迅提供了9篇稿件,其中短篇小说创作2篇,即《社戏》和《端午节》;译介作品7篇,仅给"被损害民族的文学号"就提供了

## 第三章 五四新文化运动时期弱势民族文学的译介

4篇译文包括4个译后附记,包括保加利亚作家跋佐夫的《战争中的威尔珂》,捷克评论家凯拉绥克的《近代捷克文学概观》(署名唐俟)两个中东欧作家作品。前者转译自德译本《勃尔格里亚女子与其他小说》,作品歌颂了农夫威尔珂的爱国热情,并抗议统治者在兄弟民族之间挑起的战争,鲁迅在附记中赞扬伐佐夫"不但是革命文人,也是旧文学的轨道破坏者,也是体裁家……"后者节译自凯拉绥克《斯拉夫文学史》第二卷第11、12两节与19节的一部分。文章论述了自1848年欧洲革命后到19世纪末叶捷克民族文学发展概况以及各时期著名作家的创作,鲁迅在译后记中称赞"捷克人民在斯拉夫民族中是最古老的人民,也有着最富的文学"。

这一期"被损害民族的文学号"中译作者除鲁迅和茅盾自己外,还有周作人、沈泽民和胡天月等。周作人翻译的《波兰文学概观》(波兰珂勒温斯奇著)和短篇小说《姑母》(波兰科诺布涅支加著),沈泽民翻译的《塞尔维亚文学概观》(Chodo Mijatovich 著)和塞尔维亚作家的《强盗》(Lazarevic 著),胡天月译述的《新兴小国文学述略》等都属于中东欧国家文学概况和作家作品译介。

这一时期茅盾与鲁迅的通信主要是为约稿、荐稿,并且讨论如何革新《小说月报》,当然也包括有关弱小民族文学的译介问题。就在1921年7月茅盾筹备10月号的"被损害民族的文学号"时,就去信周作人,也通过周作人向鲁迅约稿。信中说:

> 现在拟的论文题目是:1,波兰文学概观……2,波兰文学之特质……3,捷克文学概观;4,犹太新兴文学概观;5,芬兰文学概观;6,塞尔维亚文学概观。其中除(2)是译,余并拟作。(1)、(3)两篇定请先生(指周作人——引者注)做,(4)、(5)、(6)三篇中拟请先生择一为之。关于(4)的,大概德文中很多,鲁迅先生肯担任一篇否?……上次鲁迅先生来信,允为《小说月报》译巴尔干小国之短篇,那么罗马尼亚等国的东西,他一定可以赐一二篇了。如今不另写信给鲁迅先生,即诣先生转达为感。

在经过一年的革新实践后,沈雁冰更进一步明确地阐发了自己译介弱小民族文学的意图:

> 我鉴于世界上许多被损害的民族,如犹太如波兰如捷克,虽曾失却政治上的独立,然而一个个都有不朽的人的艺术,使我敢确信中华民族哪怕将来到了财政破产强国共管的厄境,也一定要有,而且必有不朽的人的艺术!而且是这"艺术之花"滋养我再生我中华民族的精神,使他从衰老回到少壮,从颓丧回到奋发,从灰色转到鲜明,从枯朽力爆出新芽来!在国际——如果将来还有什么"国际"——抬出头来!

当然,这一时期茅盾自己身体力行,翻译了大量包括中东欧在内的弱小民族文学作家作品,持续译述了相关国家与地区的文坛状况。就中东欧文学在现代中国的译介史来看,茅盾的贡献尤其突出。具体体现在以下几个方面:

首先,全面关注中东欧各国的文学。茅盾在五四新文学运动初期开始截止于20世纪20年代末,他对于中东欧文学的译介就涉及了波兰、匈牙利、南斯拉夫、塞尔维亚、罗马尼亚、捷克、格鲁吉亚、亚美尼亚、克罗地亚、保加利亚、斯洛文尼亚等十多个国家,除影响重大的《小说月报》外,茅盾还先后在《时事新报·学灯》《民国日报·妇女评论》《文学旬刊》《文学周刊》《诗》《妇女杂志》等报刊上发表中东欧文学译作,加上其借助社团和期刊平台对译介活动的策划编辑,可以说全面开创了现代翻译文学史上对中东欧文学的译介格局。尽管茅盾本人只掌握一门外文(英文),他对于中东欧文学的译介基本都借助于商务印书馆所属的东方图书馆的英文图书和订阅的《泰晤士报》的《星期文艺副刊》《纽约时报》的《每周书报评论》等英文报刊而获取,但这也恰好为其获取对象国家及地区较为全面的文学历史和发展现状、选择具有国际影响的作家作品,提供了有利的条件。

其次,翻译数量多,影响大。茅盾所身体力行和积极倡导的对中东欧国家文学的译介,在五四新文学运动时期的外国文学翻译整体中,虽然绝对数量没有西欧、北美文学多,但若从中东欧文学在中国的译介历史看,这一时期茅盾的这部分工作,不仅在数量上远远超过了上一个时期(见前章),而且由于借助于新文学的社团与期刊平台的动员力与影响力,使得

## 第三章　五四新文化运动时期弱势民族文学的译介

这时期的译介工作体现了持续性,这种传统一直延续到30年代的《文学》杂志、《译文》杂志,乃至新中国时期的《译文》——《世界文学》杂志。这也使茅盾成为中国现代翻译文学史上继鲁迅、周作人之后,对包括中东欧文学在内的弱势民族文学译介传统的最重要的继承者和光大者。仅在主持《小说月报》工作的两年内,茅盾所翻译的短篇小说大多是弱小民族国家的作家作品,据统计,仅1920年就有译作30余篇,1921年多达50余篇。而在其策划的"被损害民族的文学号"一期中,他自己就翻译了14篇小民族作家作品,其中包括爱美尼亚作家作品2篇(首),波兰2篇(首),格鲁吉亚1篇(首),捷克3篇(首),塞尔维亚1篇(首)等中东欧作家的作品。这一时期茅盾所译的外国文学作品,除其他单行本之外,后来结集为翻译作品集《雪人》与《桃园》,先后由开明书店(1928)和文化生活出版社(1935)出版,其中包括许多中东欧国家的作家作品。

再次,译介所涉及的文类较为全面,译介方式立体多样。茅盾这一时期对中东欧文学的译介,所涉及的文类既有诗歌(如发表于"被损害民族的文学号"上的《杂译小民族诗》,共十首,载《小说月报》第12卷第10号,1921年12月10日)、戏剧(如匈牙利剧作家莫尔奈,即莫尔纳尔(Ferenc Moinar,1878—1952)的戏作《盛筵》,载《小说月报》第13卷第7号,1922年7月10日出版,署名"冬芬")、小说,又有神话、游记及其他散文作品的翻译,也有研究论著的译述。在研究论著的译述中,既有对象国的文学历史和整体状况的介绍(如《南斯拉夫的近代文学》,斯塔诺伊维奇(Milivoy S. Stanoyevich)著,佩韦译,载《小说月报》第14卷第4号,1923年4月10日出版,后收入《近代文学面面观》),对发展现状的跟踪(如《捷克三个作家的新著》),又有重点作家作品的介绍和分析。同时,茅盾个人及其策划的对中东欧文学的译介方式多样,或者借助作品译文的前、后记介绍作家生平及其创作特点,介绍与该作家相关的文学思潮概况,或者专门译述外国研究者的论著。有两个例子可以说明茅盾译介工作的特点。

早在沈雁冰接手《小说月报》之前,他就翻译了波兰作家热罗姆斯基(Stefan Zeromski,1864—1925)的短篇小说《诱惑》,译文发表在《时事新报》副刊《学灯》1919年12月18日,这篇小说两个月后又有周作人(译作什罗姆斯基)的译本,发表在《新青年》第7卷第3号上(见上节),后收入译文集《点滴》及其改订本《空大鼓》,先后由北京大学出版部(1920)、开明书店(1928)出版。这个时候,他还没有与身为北京大学教授的周作人取得联系(据茅盾的回忆,他们的直接联系应该在一年以后的1920年底,筹备成立文学研究会之时),两人在几乎相同的时间,翻译了同一位作家的同一部作品,虽是一种历史的巧合,也可以见出在译介中东欧文学方面的契合。茅盾在译文之后,又有译后记如下:

> 译完了这篇,有些意思,也就写在下面。这篇东西的注意,我看只是篇终'他的灵魂……自由'两句话。修道的教士强把一个人活泼泼的理智用到枯寂虚无的地方,自以为是解脱尘俗,实在是灵魂上的大锁条。雁冰记,二九·十一·一九一九。

> 这一篇倘然和 Hewvg Wthuy Jones 的 "Miehael and his lost Omgel"一剧比较看,那就更有可研究的地方。我看两篇的意思仿佛,不过作法不同罢了。——雁冰又记

两段附记,不仅表明了译者对作品人物的批评性评价,还进而引入相关主题的戏剧文本加以对照,以启发读者和研究者做进一步的思考。这样的做法,充分体现了茅盾的译介实践的本土文学建设立场,待到他自己编辑文学刊物《小说月报》,策划外国文学翻译的时候,他更可以放开手脚,实现其立体地译介外国文学的意图。这样的情形,这里也举一例。

刚接手《小说月报》不久,茅盾翻译了匈牙利作家拉兹古(Andreas Latzko)的短篇小说《一个英雄之死》,发表在《小说月报》第12卷第3号(1921年3月10日)上。译文之后的附记"雁冰注"中,首先介绍作者拉兹古为一名匈牙利军官,在第一次世界大战的意大利战场受伤后,写了一本谴责战争的系列战事小说 Menschen im Krieg(《战中的人》)。然后引述法国作家罗曼·罗兰的长篇评论,介绍此书中的6个短篇小说:

> 从第一页到最后一页,反抗的声浪,哓哓不曾止过一刻;但在最后一篇中,却明明白白地写出来:一个从战争回来的兵,杀了一个以战争牟利的人!

最后,茅盾又作出译者自己的评述:

> 这一次大战后所产生的有价值的——也许是永久价值——战争小说,如巴比塞的《火》和拉兹古的此篇《战中的人》,都是写在战场上的人的痛苦;如马丁纳(Marcel Martinet)的 Les Temps Mandits(一首诗),和乔芙(P. J. Jouve)所做的各诗(Vous êtes des hommes, Poème contre le grand crime, Danse des Morts 等诗),都是转而描写居家之人的痛苦的;犹如威尔士(H. G. Wells)的 Mr. Britling sees it Through 则讲到苦痛一面少而言及了解一面多;又如哥特林(Douglas Goldring)的 The Fortune, a Romance of Friendship 则分析地描写这场大祸的动因与人类所以不能趋避的缘由的:凡诸长篇短著,中国都不曾译过,实在觉得有些寂寞,我所以译了这篇。

在这段不长的文字里,译者在介绍所译文本的出处和作者生平的同时,已经将欧洲不同国家、不同作者、不同题材的战争文学作品联系起来,寥寥数语,勾勒了一幅欧洲文学所折射的第一次世界大战图景,体现了其敏锐的感受力和开阔的文学视野。茅盾长期关注战争文学、战争与文学的关系,之后不久就编译了长篇评论《欧洲大战与文学》《欧战给与匈牙利文学的影响》等。但从这个译者附记可以看出,这样关注和用心,早在20世纪20年代初期就已经开始了。

## 第四节　朱湘与他的《路曼尼亚民歌一斑》

五四前后,中东欧国家的诗歌也开始进入中国读者的视野。以罗马尼亚诗歌为例,早在1922年,沈雁冰就开始关注罗马尼亚的大诗人爱明内斯库,他在当年11月10日发行的《小说月报》第13卷第11号的"海外文坛消息"栏目中,发表了《罗马尼亚两大作家》的人物介绍,讲到爱明内斯库,并节译了他的诗作《一个达契亚人的祈祷》:

> 我愿拦住我生命的去流,被一切人推在一边的,直到我的眼枯干而无泪,直到世上一切都成为我的仇敌,直到我不再能认识我,直到我的恳求与悲哀使我僵硬像石头,直到我能够诅咒我的母亲;只有到了那时候,最大的憎恨方能看起来有些像是爱,而那时或者我能忘却

我的痛苦,而能死。

文学研究会诗人朱湘(1904—1933)是最早开始罗马尼亚诗歌翻译并出版译诗集的。早在1922年10月,就翻译了"路马尼亚民歌"二首《疯》和《月亮》;12月又译出《干姊妹相和歌》,分别刊登于《小说月报》第13卷第10、12号上。1924年3月,朱湘翻译的罗马尼亚民歌《路曼尼亚民歌一斑》由上海商务印书馆出版。这也是朱湘发表的第一部译诗集,被列入"文学研究会丛书"。1986年出版的《朱湘译诗集》中收录了该集包括朱湘所译的罗马尼亚民歌14首。按序分别为:《无儿》《母亲悼子歌》《花孩子》《孤女》《咒语》《干姊妹相和歌》《纺纱歌》《月亮》《吉普赛的歌》《军人的歌》《疯》《独居》《被诅咒的歌》和《未亡人》。另外,朱湘还写了"序""采集人小传"和跋文"重译人跋"。

这些译作的蓝本,是罗马尼亚旅法作家埃列娜·沃格雷斯库(Elena Văcărescu,1886—1947)以法语辑录出版的《丹博维查的歌者》(Le Rhapsode de la Dambovitza)的英译本 Bard of the Dimbovitza。关于其出处,朱湘的序中交代,这是埃列娜·沃格雷斯库女士"费了几年心血,在丹博维查县里,从农人口中采集民歌"而成的,"所靠的不是人为的格律,却是天然的音节"。另外他还介绍罗马尼亚民歌的存在生态和艺术特点:民间艺人弹着乐器"考不查",挨家挨户地游唱;"这些附歌与本歌有时一点关系也没有,有时却有极美的关系。更有些时候,本歌没有什么好处,附歌却极有文学价值"。

"采集人小传"是朱湘对埃列娜·沃格雷斯库及其作品背景的介绍。朱湘在文中称:"埃列娜这家的人,自18世纪中叶起,历代都在罗国文坛上有极大的影响与极高的名望。"这样评价沃格雷斯库家族在罗马尼亚文学中的地位,把握相当妥切。关于《丹博维查的歌者》,朱湘推测"大概是在1887年到1890年的时间成书的",因为该书的英译本是1891年出版的。

为了"供给与读者一些在译文外的有用的材料,以补助他们的探求",朱湘以较多的笔墨写了"重译人跋"。在这里,他将原书中反映出的罗马尼亚民族的性格、心理和民族民情简单归纳为四点:"生性忧郁,酷好战争,亲友自然,迷信鬼神",并分别列举了所译民歌中的例子来说明。同时,他还分析了形成这些民族特征的历史原因:"他们所以这样忧郁大概是为了他们的国家从古到今一直被外人所侵犯蹂躏,他们从来没有得到过片刻以上的安宁的原故。"又如:"正因为他们家国的幸福被他国所骚扰剥夺了,他们就极力地看着喜爱战争——保护家国的惟一兵器。"朱湘深为罗马尼亚民歌"好战"而惊叹,他对此的理解是,因为"他们也多成是势逼至此呵",也即正体现了罗马尼亚民族奋起反抗外敌的英勇悲壮之举。"亲友自然"是朱湘从所接触到的民歌中窥见的罗马尼亚民族与大自然相互融合,俨然一体的情景。关于"迷信",或许是朱湘翻译过程中的主观感受,它主要来自罗马尼亚民歌中所反映的那些民俗内容。在这方面,朱湘还将中罗两国民间关于"天上落一颗星,地上就要死去一个人"的说法做了比较,指出二者的相似性。

朱湘认为,"民歌是民族的心声,正如诗是诗人的。又如从一个诗人的诗可以推见他的人生观、宇宙观、宗教观,我们从一个民族的民歌也可以推见这民族的生活环境、风俗和思想";"从一个民族的民歌可以推见这民族的生活环境、民族和思路。从另一方面看民歌内包的,或文学的价值固然极有趣味,从这一方面看民歌外延的或科学的价值也是极有用处的。"他本人也正是以这样一种积极、科学的态度译介罗马尼亚民歌的。尽管由于历史条件的限制,使他无法更全面地考察研究罗马尼亚民歌,但这些译诗客观上开创了罗马尼亚诗歌汉译的先河,使中国读者开始了解本来十分陌生的罗马尼亚这个中东欧民族。

## 第五节　其他文学期刊对中东欧文学的译介

如果从报刊媒体的角度来观察五四新文化运动暨20世纪20年代中东欧文学在中国的译介,则可以看到,除《新青年》《小说月报》等期刊或开风气之先,或有大量译介之外,还有其他期刊也参与了对中东欧文学的介绍工作。

有关《新青年》及《小说月报》的译介情况,上述已有涉及,这里再做一些概括。作为新文化同仁杂志的《新青年》月刊对中东欧国家文学的译介,主要体现在鲁迅兄弟及茅盾等人的工作中。这一时期,除一般性报道外,《新青年》还登载过波兰、匈牙利的文学作品。如周作人译的波兰作家热罗姆斯基的《诱惑》《黄昏》,载1920年2月,第7卷3号;沈雁冰编译的《十九世纪及其后的匈牙利文学》连载于1921年6月,9卷2、3号,等等。

1921年文学研究会成立,这个重要的新文学社团"以研究介绍世界文学,整理中国旧文学,创造新文学为宗旨",其译介外国文学的特点就是对俄国、东欧等被损害民族的译介极为重视,加以茅盾革新并主持新的《小说月报》,作为文学研究会的代理机关刊物。自此,《小说月报》便成为这一时期译介包括中东欧文学在内的弱势民族文学最用力的期刊。据统计,《小说月报》改革后的第12卷到终刊第22卷为止,共发表39个国家的304位作家的作品共804篇。

茅盾主持改革后的《小说月报》在1921年的第12卷明显增加了中东欧文学译介的数量。这年10月还出版了"被损害民族文学专号",在我国第一次全面系统介绍东欧文学。茅盾在这期专号的引言中(署名"记者")专门阐释了"为什么要研究被损害的民族文学",特别对斯拉夫语言文字的特点做了介绍,列举了俄文、波兰文、捷克文、塞尔维亚文、克罗地亚文和斯洛文尼亚文的词汇例子,说明其相像之处,这是中国学者对斯拉夫语言研习的最早例证之一。

专号所登载的三篇关于波兰、捷克、塞尔维亚文学的概述,包含了丰富信息,对这些国家的代表性作家都有提及。译文之后大都附有译者撰写的附记,介绍作者生平、民族背景,并对其创作做简要评述。如鲁迅在《近代捷克文学概观》的附记中,称赞"捷克人在斯拉夫民族中是最古的人民,也有着最富的文学"。在《战争中的威尔珂》的附记中,称伐佐夫"不但是革命的文人,也是旧文学的破坏者,也是体裁家"。这种做法也是周作人、茅盾的译文中所一贯采用的。

这一期内容广泛,其中有关于东欧国家或民族的文学发展概况、小说和诗歌、绘画与雕塑作品的图文占绝大部分,另外还介绍芬兰、乌克兰、犹太、希腊和波罗的海、中亚地区国家或民族文学的内容。其中东欧部分内容包括:

## 第三章 五四新文化运动时期弱势民族文学的译介

波 兰:诃勒温斯奇的《近代波兰文学概观》和科诺布涅支加(今译科诺普尼茨卡)的小说《我的姑母》,均为周作人译;科诺普尼茨卡的诗作《今王》和阿斯尼克(今译阿斯内克)的诗作《无限》,沈雁冰译。

捷克(波西米亚):凯拉绥克的《近代捷克文学概观》,唐俟(鲁迅)译;具克(今译切赫)的《旅程》,冬芬(茅盾)译;散尔复维支的诗作《梦》和白鲁支(今译贝兹鲁奇)的诗《坑中做的工人》,沈雁冰译。

保加利亚:跋佐夫(今译伐佐夫)的小说《战争中的威尔珂》,鲁迅译。

塞尔维亚:Chedo Mijatovich 的《塞尔维亚文学概观》,沈泽民译;拉扎莱维奇的小说《强盗》,沈泽民重译;斯坦芳维支的诗作《最大的喜悦》,沈雁冰译。

克罗地亚:森陀卡尔斯基《茄具客》,沈雁冰译。

《小说月报》的专号形式,影响巨大,之后也为其他文学期刊所采用。自此,东欧文学开始较多地进入中国,吸引了一大批译者和读者。据初步统计,1921—1931年《小说月报》发表东欧文学的译文多达115篇,是我国20年代译介东欧文学最多的期刊。

除发表翻译作品外,《小说月报》还刊登了许多关于东欧文学的评论与报道。茅盾在其编写的"海外文坛消息"栏目中,发表了不少反映东欧作家、作品和文学大事的短文和简讯。他和郑振铎主持的"现代世界文学者传略"栏目,仅在1924年就专题介绍了匈牙利的莫尔奈、海尔齐格,南斯拉夫的柯苏尔、柯洛维支,波兰的布什比绥夫斯基、莱蒙特、推忒玛耶尔,捷克的白支洛支、白息那、斯拉梅克、马哈、齐拉散克、沙伐、捷贝克等东欧作家。

如前所述,《小说月报》是由商务印书馆出版经营,即便革新之后,也只是文学研究会的代理机关刊物。文学研究会真正的机关刊物是《文学旬刊》。它于1921年5月10日创刊。先后由郑振铎、谢六逸、叶绍钧、赵景深等人负责编辑。自1923年7月第81期起改名《文学》(周刊),均附在上海《时事新报》发行。1925年5月第172期起定名《文学周报》，脱离《时事新报》，开始按期分卷独立发行。第4卷起由上海开明书店出版。到第8卷时，改由远东图书公司印行。1929年12月出至第9卷第5期休刊，前后共出380期。其创刊号《文学旬刊宣言》声明，该刊"为中国文学的再生而奋斗，一面努力介绍世界文学到中国，一面努力创造中国的文学，以贡献于世界的文学界中"。与《小说月报》一样，该刊也非常注重对中东欧文学的译介，先后译介了不少作家作品和文学概况，主要集中于波兰、匈牙利和保加利亚三国的文学。如1925年刊发有茅盾（署名"雁冰"）编译的《波兰小说家莱芒忒》（通译莱蒙特，刊1月5日第155期），化鲁（胡愈之）编译的《再谈谈波兰小说家莱芒忒的作品》（8月16日，第186期）。又有茅盾（署名"玄珠"）编译的《匈牙利文学史略》（1924年4月28日，第119期），（胡）愈之翻译 Fngen Heltar 的小说《伯爵的裤子》（1924年5月19日，第122期），仲持（胡仲持，胡愈之之弟）翻译的莫列兹琼伽的小说《错投了胎》（1926年1月24日，第209期）；保加利亚文学有胡愈之译籁诺甫《迷的书选译》（1926年5月16日，第225期），茅盾（署名"沈雁冰"）译伊林潘林的小说《老牛》（1926年7月18日，第234期），钟宪民译斯泰马托夫小说《在坟墓里》和《海滨别墅》（1928年3月11日第307期，6月3日第319期），等等。

另外，还有其他文学或者文化团体的刊物也对中东欧文学有相应的介绍。他们包括：

《语丝》周刊。这是由梁遇春、周作人、鲁迅、林语堂、钱玄同、孙伏园、俞平伯、刘半农等参与的文学周刊，于1924年11月在北京创刊，语丝社因此而得名。1926年，作家鲁彦翻译了保加利亚诗人安娜·卡吕玛的《天鹅的歌》（载第92期），保加利亚作家遏林违林的小说《眼波》（载同年第96期）。1929年，署名"爱涛"翻译了三首南斯拉夫诗歌，伊万·开卡的《孩子们与老人》、安·格·麦士斯的《邻舍》和拉柴力维基的《井边》，分别刊载于1929年的第5卷第1、2、3期。

《莽原》周刊、半月刊。这是于1925年4月24日成立于北京的莽原社社刊，莽原社因此而得名。主要成员有鲁迅、高长虹、黄鹏基、尚钺、向培良、韦素园、韦丛芜等。《莽原》周刊开始由鲁迅主编，1926年以后改为半月刊,1927年12月《莽原》半月刊出至第2卷第24期停刊。韦素园于1925年8月发表波兰作家解特玛尔的小说《鹤》(载该年第17期),次年,曹靖华翻译有显克维奇的《乐人杨坷》(载该年第19期)。

《狂飙》周刊。由高长虹主办的《狂飙》周刊(1924,北京;1926,上海)也相继四次刊登了鲁彦的译作,它们是《波兰民歌四首》(1926年11月第5期)、显克维奇的小说《提奥克庞》(1926年12月第12期)和《天使》(1927年1月第13期)以及拉脱维亚作家 J. Gulbis 的小说《黄叶》(1927年1月第16期)。

《朝花》周刊、旬刊。这是朝花社的社刊,朝花社于1928年11月在上海成立,由鲁迅、柔石、王方仁、崔真吾、许广平创办的一本刊物。1929年相继刊发了由梅川翻译的《裴多菲诗二首》、裴多菲《诗二首》和英国作家 Genung 的小说《沛妥斐》,分别刊载于《朝花》周刊1929年第7、10、11期,梅川还翻译了保加利亚作家伊林潘林的《黑的玫瑰花》,刊于同年《朝花》旬刊第1卷第1期。崔真吾(署名"真吾",1902—1937)翻译的《捷克的近代文学》、捷克作家斐鲁克的小说《奥斯忒拉伐》和凯沛克兄弟的小说《岛上》,分别刊于《朝花》旬刊1929年第1卷第2、3期。还有岩野译匈牙利作家摩尔那(即莫尔纳)的小说《银柄》,在《朝花》周刊1929年第7期。

《奔流》月刊。这是鲁迅先生在上海创办并亲自主编的第一份文学刊物。1928年6月20日创刊,北新书局发行,1929年12月20日出至第2卷第5期停刊,共出版15期。鲁迅对此刊费力甚多,不仅亲自抄定"《奔流》凡例五则",阐明该刊宗旨为:"揭载关于文艺的主张、翻译,以及介绍",致力于介绍无产阶级革命文学理论,他还精心撰写了《编校后记》12篇,并亲笔题写刊头、设计封面。1929年7月第2卷第3期,刊载了孙用翻译的匈牙利作家 F. Herezeg 的小说《马拉敦之战》,同年8月的第4期还刊登了白莽(即殷夫)翻译的匈牙利诗人裴多菲的一组作品《黑面包及其他》、孙用翻译的保加利亚作家伐佐夫的散文《过岭记》和石心翻译的波兰作家密兹凯维支的诗歌《青春的颂赞》。

《太阳月刊》和《海风》周报。两者都是文学社团太阳社的刊物,分别创刊于1928年和1929年。太阳社1927年秋成立于上海,发起人为蒋光慈、钱杏邨(阿英)、孟超、杨邨人等,主要成员包括夏衍、洪灵菲、顾仲起、楼适夷、殷夫、冯宪章、任钧、迅雷等。1928年3月第3期，刊发了绍川翻译的保加利亚作家Liljanov的散文《达怒蒲的秘密》，1929年《海风》周报相继刊发了楼适夷翻译的波兰作家勃频斯基的小说《弥海儿溪亚》（第4期特大号，译者署名"舒夷"）和波兰作家柯尔支柴克的小说《资本家的灵魂》（第12期，译者署名"适夷"）。

从以上刊发中东欧译作的期刊及其背景可以看出，它们或者是文学研究会的会刊，是《小说月报》译介方针在另一平台的体现，或者是五四新文学运动之后兴起的其他新兴文学社团的社刊，但都有一个共同点，就是与鲁迅及茅盾等新文化运动倡导者早期倡导的对弱势民族文学译介的传统有精神上的渊源，即便是太阳社主办的刊物，虽然在整体艺术观念上与鲁迅有所不同，但其所刊发的中东欧作家作品的译者也与鲁迅的这种翻译传统有着明显的传承关系。从译者来看，除鲁迅、周作人、茅盾外，还有巴金、沈泽民、胡愈之、王鲁彦、赵景深、施蛰存、冯雪峰、林语堂、楼适夷、孙用、李霁野、钟宪民等，分别从事过东欧多国或者某一国文学的译介工作。

当然也有一些例外的情况。比如，小说《孽海花》的作者，被视为近代著名小说家、出版家的曾朴，虽然不属于新文学阵营，但也赞同五四新文学的基本主张，认为中国文学应开辟"新路径"，输入外国新文学，注入新血液以扩大中国文学领域；他也赞扬"为人生而艺术"的观点，提倡纯净的大众化的白话文和"平民文学"。1927—1931年，曾朴与长子曾虚白在上海创设真美善书店，创刊《真美善》杂志（"真美善"语出法国革命时期文学口号），在大力介绍法国文学文学的同时，也刊发了一些东欧文学的译介。1928年2月，曾虚白就翻译了匈牙利作家稽斯法吕提（Kisfoludi）的小说《看不见的伤痕》，载《真美善》第1卷第8期。之后，又有汪倜然翻译波兰作家育珂摩尔的小说《有48颗星的房间》和赵景深译保加利亚作家伊林潘林的小说《黑玫瑰》，分别在《真美善》1929年4月第3卷第6期和5月第4卷第1期。

而商务印书馆出版的《小说世界》这种以俗文学为主要定位的杂志，也曾刊登过茅盾等人的东欧文学译作。如茅盾（署名"沈雁冰"）译裴多菲小说《私奔》(载 1923 年 1 月第 1 卷第 1 期)、匈牙利密克柴斯的小说《皇帝的衣服》(载 1923 年 1 月第 1 卷第 3 号),署名 Cn 女士翻译的波兰显克维奇的小说《上帝保佑你》(载 1926 年 10 月第 14 卷第 17 期)等。

# 第四章

# 20世纪三四十年代东欧文学的译介

## 第一节 三四十年代中东欧文学译介概述

20世纪30年代的中国,一方面是北伐之后的国民政府相对统一了在大部分国土各自称雄的军阀割据势力,是蒋介石政权统治中国的巅峰时期或称民国之"黄金十年";同时各种政治对立包括国共斗争形势更加复杂,以国际左翼运动为背景的中国左翼文化运动也最为活跃;而西方列强的在华势力依然享有一系列政治、经济等特权。日本作为东亚帝国主义的势力则从东北一隅逐步扩大,历经1931年的九·一八事变、1937年的七·七事变和八·一三淞沪之战的全面侵华战争,其军国主义侵华势力扩张至华北、中原,乃至除了西南、西北边域之外的整个中国,同时中国人民的抗日战争也相继展开。在这个抵抗外

## 第四章　20世纪三四十年代东欧文学的译介

敌并且伴随国共之间的内战、摩擦和合作的时期里,包括中东欧文学在内的弱小民族文学在中国的译介,在总体上仍基本延续了20年代的发展势头,直至1937年全面抗战开始,尤其是以北平、上海等文化中心为代表的城市先后失去相对稳定的文化活动与文学翻译出版的条件后,东欧文学的翻译也受到全面冲击,数量则有明显减少。

到30年代,许多在前一个时期已经开始被译介的东欧作家中,除了显克维奇等作家只有少量新译作品,多旧译重版之外,大部分作家的译介在30年代都有新的进展和深入;比如,匈牙利爱国诗人裴多菲的长诗《勇敢的约翰》由孙用译出(上海湖风书局,1931);保加利亚作家伐佐夫、斯塔马托夫、埃林·彼林等,都有了进一步的介绍。同时,30年代还为中国读者带来了一些新的中东欧作家面孔及其作品。如捷克小说家涅鲁达、恰佩克等,都有了相应的介绍。由于这个时期中东欧文学译介在数量和规模上都有了重要进展,本章将有具体的分述,这里不做展开,而对40年代的情况稍作概述。

因为20世纪40年代中国遭遇连绵不断的战争,因此对外国文学的译介带来了很大的影响。在这一时期的东欧文学译介中,一部分内容是延续了30年代对于裴多菲、显克维奇等著名作家的译介。但与此同时,这一时期的译介具有与前一时期不同的特点,这主要体现在期刊、书籍出版因战争影响而萎缩,导致译介总体数量明显减少,与前20年相比尤其如此;另一方面,由于战争文化的压力,民族意识空前高涨,因此,文化和文学界,包括读者大众对于强势民族特别是法西斯主义盛行国家的文学,在总体上往往有一种天然的排斥感(除非是这些国家的反战文学)。相反,一些在题材和主题上反抗殖民者侵略的现实、体现争取民族独立和解放斗争要求的作家作品的译介有明显的增强。比如,波兰、匈牙利等被长期受到挤压乃至分割的国家,对其文学的译介仍然相对较多。

在这一时期波兰文学的中译中,虽然显克维奇这样大作家的译作已经明显减少,只有施蛰存所译的《胜利者巴尔代克》和贺绿波翻译的《爱的变幻》两个中篇小说。但同时却第一次出现了两个女作家的名字,一是E.奥热什科娃(1841—1910),她是活跃在19世纪后期的带有革命倾向的现实主义作家,一生著作极丰,1942年由钟宪民所译的长篇小说《孤雁泪》(又译《玛尔旦》,通译《玛尔达》,1872)是作者早期作品中最有影响的一部。该作描写一个小贵族出身的城市妇女,在父夫相继去世后出外谋生,最后惨死的经历,呼吁妇女的生存权利。该书中译本于1942年由重庆进文书店出版,1944年重版,1947年、1948年又有上海国际文化服务社再出两版,在读者中影响不小。另一位女作家是20世纪波兰革命作家华西列夫斯卡(1905—1964),1939年后侨居苏联。当时中国所译她的作品除《到乌克兰去》等4个短篇外,还有代表作长篇小说《泥濯上的烈焰》(通译《池沼上的火焰》,苏桥自英语转译,桂林建文书店1942年出版)和《被束缚的土地》(穆俊译,香港海燕书店1941年出版)。1924年获诺贝尔文学奖的莱蒙特,之前只有少量短篇小说在中国译出,而在这一个时期里,他的那部反映1905年革命前后沙俄占领下波兰农村各种矛盾状况的"伟大的民族史诗式的作品"《农民》由费明君自日文转译出版(上海神州国光社,1848年11月出版)。

在对匈牙利文学的译介中,出现了类似的趋势。伏契克(1903—1943)的报告文学《绞索勒着脖子时的报告》(通译《绞刑架下的报告》),由刘辽逸自俄文转译,1948年先后由大连和佳木斯的光华书店出版。此外,还有霍尔发斯的长篇小说《第三帝国的士兵》,由黎烈文自法语转译,译文先由《现代文艺》连载(自1940年第3期至1941年第6期),后由福建永安改进出版社出版,1943年上海文化生活出版社再版。培拉·伊诺斯(1895—1974,通译伊列什)的长篇小说《喀尔巴阡山狂想曲》,由郑伯华自俄文转译,桂林远方书店1944年5月出版。伊列什是匈牙利当代著名作家,早年曾因参加革命而长期流亡苏联,并担任"无产阶级作家国际联盟"的秘书长和文学杂志的编委。在二次大战中投笔从戎,屡建战功,并亲自参加解放布达佩斯的战斗。《喀尔巴阡山狂想曲》是作者1939—1941年间创作于苏联的一部自传性长篇小说,作品描写了一个革命者的战斗历程。在原作出版三年后就被译成中文出版,可见及时。

概括地看,20世纪三四十年代中东欧文学中译,与上个时期相比,大致有这样几个特点:第一,译介的作家作品涵盖了更多的中东欧国家,参与译介活动的人数更多,所涉及的作家作品也更多。第二,茅盾、巴金、王鲁彦、孙用、钟宪民等一批作家翻译家为中东欧文学的译介做出了重要贡献,尤其以茅盾的译介不仅数量多而且影响大。第三,一些重要的文学期刊以"专号"的方式集中译介中东欧文学为主的外国文学作品,尤其是《文学》杂志、《矛盾》月刊相继推出的"弱小民族文学专号"影响最大。第四,除分散在各类报刊上的翻译文本及介绍研究文章外,出版了一批中东欧文学作品的单行本译著,从而使流播的范围超出了报刊读者之外。第五,由于中东欧国家语言的限制,其译介活动基本上借助于第三种语言转译者居多,其中最多的是英语,而最有特点的是世界语(Esperanto),虽然这种方式从世纪之初就已开始,但从译介的成果来看,这个时期体现得最为突出,这部分内容也将在本章作专门叙述。最后,从中东欧文学译介的数量来看,这时期的前半段即 30 年代呈现出较为兴盛的局面,全面抗战之后的后半期则明显减少,但正是在民族矛盾与民族战争最激烈的时代里,中东欧文学所体现的弱势民族经验及反抗侵略争取独立的精神倾向,更加切合当时的读者期待和社会心理,因此对中东欧文学的认同也在一定程度上超越了原有的政治势力和文化派别,对中国文学带来了更深入的影响。

以下拟对这一时期中东欧文学在中国的译介作展开论述。

## 第二节　茅盾、巴金、王鲁彦、孙用等翻译家的译介贡献

如上一章所述,茅盾是中国现代史上对中东欧文学的译介贡献最大的作家、翻译家之一。如果限于这一译介领域的开创性而言,鲁迅、周作人之外,当属茅盾无疑;就其实际影响力而言,他在 20 世纪三四十年代对中东欧文学的译介的影响肯定超过周作人,几乎与鲁迅不分伯仲;而就具体成绩来说,茅盾对中东欧文学的译介甚至要超过周氏兄弟。

与鲁迅、周作人相比,茅盾在这方面的译介,延续了五四时期的注重弱小民族文学译介的传统,并在 30 年代继续引领这一传统,进一步发扬光大。具体表现为:

第一,影响力显著。茅盾是鲁迅、周作人之后在中东欧文学译介中影响最大的新文化人士。他在继 20 年代初期主编《小说月报》之后,这一时

期又与鲁迅等一起，编辑《文学》《译文》等杂志，大力译介包括中东欧文学在内的外国文学。尤其是与鲁迅一起，在1934年5月1日出版的《文学》月刊第2卷第5号"弱小民族文学专号"，集中发表包括中东欧文学在内的弱势民族文学35篇(首)，其中他本人就有多达6篇小说翻译和1篇研究文章。除土耳其作家Resik Halid(译者署名"连琐")和秘鲁作家Lopez Albujar(译者署名"余声")的两个作品在此不论外，还有4篇中东欧作家的作品：

一是波兰作家K. P. Tetmajer的小说《耶苏和强盗》，茅盾以"芬君"署名，译文前有附记云：作者"1865年生于塔特洛山地。波兰的天才诗人。曾在克拉科大学毕业。著作有抒情诗及戏曲小说及小品文，各多种。《在山麓》是短篇小说集，都为塔特洛的故事，塔特洛的方言引入波兰文学，此为第一次"。

二是南斯拉夫女作家淑芙卡·克伐特尔(Zofuka Kveder)的《门的内哥罗的寡妇》，译者署名"牟尼"(即茅盾)，在附记中也介绍了"门的内哥罗"地方的地理、民族及其历史，同时也介绍了这位女作家及其创作的概况，"作者淑芙卡·克伐特尔是女流小说家；又是南斯拉夫的著名妇女主义者(Feminist)，他的小说大都用斯罗伐尼文字写的，但也用捷克，塞尔维·哥罗地亚以及德文。此篇是她的短篇集《巴尔干战事小说》中的一篇"。

三是克罗地亚(茅盾译为"哥罗地亚Croatia")作家伊凡·科尼克(Ivan Krnic)的小说《在公安局》，译者署名"丙申"(即茅盾)。

四是罗马尼亚作家密哈尔·萨杜浮奴(Michail Sadoveanu)的小说《春》，译者署名"芬君"(即茅盾)。译者依英文：World Fiction第1号(1922年8月)所载Adrio Val的英译文转译。前记中译者这样介绍作者：他"是近代罗马尼亚最有名的作家。他是摩尔达(Moldava)省的人。曾为国家剧院的监督。在罗马尼亚近代的文学运动——要从民俗风土中去汲取题材的文学运动，萨杜浮奴就是一个主角。他曾经办过多种杂志，其中最有名的就是《罗马尼亚生活》。他的作品大都是'罗马尼亚的'热情，感抒情的美"。

最后是那篇译介文章。茅盾署名"冯夷"编译了题为《英文的弱小民族文学史之类》的文章,介绍了英语世界的一系列有关弱小民族文学史著作,不仅有助于当时的普通读者和研究者,也为我们提供了作者自己认识和介绍中东欧文学发展状况的具体线索。

第二,茅盾对中东欧文学译介所涉及的国家最多。除波兰、匈牙利这两个当时译介较多的国家外,还有捷克(波希米亚)、斯洛伐克、罗马尼亚、南斯拉夫、保加利亚、塞尔维亚、克罗地亚,以及亚美尼亚、格鲁吉亚等国的文学。

第三,茅盾是当时所有中东欧文学译介者中最具全局与整体视野的。他的译介不限于中东欧地区的一国、一人或者某一种文类的翻译,译介层次丰富多样;有地区或国别文学发展概况的介绍,这在20年代就有《欧战给匈牙利文学的影响》(B. 佐尔纳 / Bela Zolnai,元枚译,《小说月报》第13卷第11号,1922年11月10日)、《南斯拉夫的近代文学》(斯塔诺伊维奇 / Milivoy S. Stanoyevich,佩韦译,《小说月报》第14卷第4号,1923年4月10日,后收入《近代文学面面观》)等,也有具体的作家作品的译介,涉及小说、诗歌、散文、戏剧和研究各个文类。

作家巴金(1904—2005)一生翻译了大量外国文学作品,其中也翻译了一部分中东欧作家作品。早在五四运动前后,少年巴金正为无政府主义的反抗精神所陶醉,读到了李石曾翻译的波兰剧作家廖亢夫的话剧《夜未央》。十年之后在追述阅读李石曾译本时激动地写道:

> 大约在十年前吧,一个十五岁的孩子,读到了一本小书。那时候他刚刚信奉了爱人类爱世界的理想,有一种孩子的梦幻,以为万人享乐的新社会就会与明天的太阳同升起来,一切的罪恶就会立刻消灭,他怀着这样的心情来读那一本小书,他底感动真是不能用言语形容出来的。那本书给他打开了一个新的眼界,使他看见了另一个国度里一代青年为人民争自由谋幸福的奋斗之大悲剧。在那本书里边这个十五岁的孩子第一次找到了他底梦景中的英雄,他又找到了他底终身事业。他便把那本书当作宝贝似地介绍与他的朋友们。他们甚至把它一字一字地抄录下来,因为那是剧本,所以他们还把它排演过

几次。这个小孩子就是我,那本书就是中译本《夜未央》。

不过,后来巴金对李石曾译本的处理方式不太满意,于是萌生了自己翻译的念头。李石曾的译文是用当时流行的半文半白的汉语表述。一方面,他不仅翻译了剧本的对话和场景描述,还翻译了舞台指示,因此译文多达二百多页。另一方面,他也居于自己的文化交流理念,删减了某些情节。在《夜未央》重印时,李石曾表达了对文化间交流的看法。他认为,直接翻译外国戏剧可能还不是表现剧本意图及其意义的最佳途径,因为不同文化间总是存在着一定的差异,因此,"中国演西剧,不必一定要用西国衣冠……不一定要用纯粹的西装与完全的西式"。年青的巴金在为《夜未央》的剧情而感动的同时,又对李石曾的译本有自己的看法,尤其是在他留学巴黎,读到法文译本之后,对这些被李译所"删节的地方,不太满意",回忆早年所读时的情景,"仿佛做了一个苦痛的,但又是值得人留恋的梦","它还保留着与我同时代的青年底梦景",于是"便动笔来重新把它译过",1930年,巴金的译本在上海启智书店出版,题为《前夜》。但1937年文化生活出版社再版时,又改名为《夜未央》。1943年又有重庆版(渝一版)印行。

值得一提的是,在巴金译本出版后,同为四川籍的女演员赵慧深(1914—1967),以巴金译本为底本,改编创作了题为《自由魂》的多幕话剧,该剧本1938年由上海杂志公司出版。赵慧深是四川宜宾人,著名学者、古典戏曲专家赵景深之妹,曾因主演《马路天使》《雷雨》(繁漪)而成名。改编者将剧情背景移植到1937年秋沦陷后的北平。剧中人物情节均已中国化,但所表达的强烈的民族救亡主题,仍与《夜未央》有着明显的模仿与对应关系,这也可以从两剧人物的名字看出:桦西里/李曦华,苏斐亚/苏菲,安娥/史薇娜,马霞/马霞,安东/扬棣,葛高/葛志高,巡抚/大汉奸桂某,苏沙/小平,于方/姑父刘维奇,歌剧院/新民大戏院,血钟/血钟。而编剧、演剧者乃至观众都不避讳改编与仿作,在抗日烽火年代成为"国防剧目"之一而盛演一时。

从译本后续流传的记录可知,不止一代人的记忆支撑了一部异国作品在中国的令人回味的历史。可以看出,《夜未央》一剧的翻译与流播深刻地参与并且丰富了20世纪的中国文学。

除《夜未央》之外,巴金还翻译过保加利亚那密若夫(通译多勃里·内米罗夫,Dobri Nemirov)的短篇小说《笑》(原名《里多》)和罗马尼亚伏奈斯蒂的《加斯多尔的死》。尤其值得一提的是匈牙利世界语作家尤利·巴基(Julio Baghy,1891—1967)的中篇小说《秋天里的春天》。正是在这篇作品情绪的感染下,他后来创作了中篇小说《春天里的秋天》,作品哀婉动人的抒情基调,与尤利·巴基的作品异曲同工,十分契合。

作家王鲁彦(1901—1944)也是中东欧文学译介的积极参与者。鲁彦早年在北京大学旁听鲁迅的课程,与鲁迅有着深刻的精神联系,是鲁迅引导王鲁彦认识到文学在改变人的精神、改变社会方面的巨大作用,从而与文学结下不解之缘。特别是1925—1926年间,王鲁彦与鲁迅有过较多的私人交往。频繁的接触和交流,使王鲁彦不可避免地在翻译和创作上受到鲁迅很大影响,以致有评论家把叶绍钧、王鲁彦、许杰、许钦文、胡也频、冯文炳等人称为"鲁迅派"的作家。王鲁彦取笔名"鲁彦"(其原名叫王衡),便有模仿鲁迅之意。在翻译外国文学方面,王鲁彦也以鲁迅为榜样,注重介绍俄国和东欧弱小民族的文学。他说:

> 无论如何弱小的国家都有它们自己的灵魂。或者,我们可以说,正因为它们弱小,受压迫,被损害,它们的灵魂愈加沉痛,愈加悲哀,而从这里所发出的呼声愈比大国的急切、真挚、伟大。文艺正是从灵魂中发出来的呼声,我因此特别爱弱小民族的文艺。在它们文艺的园地里,我常常看见有比大国的更好的鲜花。

自1922年起,鲁彦就开始从世界语翻译外国文学作品。相继在《小说月报》《狂飙》《矛盾》《文学》《文艺月报》《语丝》《文艺月刊》等刊物发表译作。其中包括如下中东欧作家作品:《显克维支小说集》(北新书局,1928)、《世界短篇小说选》(亚东图书馆,1928),波兰先罗什伐斯基的中篇小说《苦海》(1929)、短篇小说集《在世界的尽头》(1930),南斯拉夫米尔卡波嘉奇次的长篇小说《忏悔》(1931),波兰显克维奇的短篇小说集《老仆人》(文学书店,1935)等,成为从世界语翻译外国文学作品数量最多的作家(翻译家)。其中大部分是保加利亚、波兰和捷克、匈牙利等中东欧国家的文学。

　　翻译家孙用(1902—1983)也是中东欧文学译介的重要人物。孙用原名卜成中。祖籍浙江萧山,生于杭州。1919年杭州宗文中学毕业后,长期在邮局工作,自学英语和世界语。自1922年起开始在《小说月报》发表译作,也因翻译投稿而结识鲁迅,得到鲁迅的鼓励和肯定,并在文学翻译的取向上深受鲁迅的影响。先后出版的译作有波兰作家戈尔扎克等的《春天的歌及其他》(短篇小说集,上海,中华书局,1933),保加利亚作家伐佐夫的《过岭记》(短篇小说集,上海,中华书局,1931),爱沙尼亚诗集《美丽之歌》《保加利亚短篇集》(上海,正言出版社,1945)等。

　　其中特别要提及的是,孙用所译匈牙利诗人裴多菲的长诗《勇敢的约翰》。这是一部长篇童话叙事诗,裴多菲的代表作。它以流行的民间传说为题材,描写贫苦牧羊人约翰勇敢机智的斗争故事。孙用是据世界语译本转译的。在出版时得到鲁迅的大力推荐,还亲自校对,并在1931年4月1日写了《〈勇敢的约翰〉校后记》,终于当年十月在上海湖风书店出版。中间的几经周折,鲁迅在校后记中有交代:

> 这一本译稿的到我手头,已经足有一年半了。我向来原是很爱Petöfi Sándor的人和诗的,又见译文的认真而且流利,恰如得到一种奇珍,计画印单行本没有成,便想陆续登在《奔流》上,绍介给中国。一面写信给译者,问他可能访到美丽的插图。
>
> 译者便写信到作者的本国,原译者K. de Kalocsay先生那里去,去年冬天,竟寄到了十二幅很好的画片,是五彩缩印的Sándor Bélátol(照欧美通式,便是Béla Sándor)教授所作的壁画……这《勇敢的约翰》的画像,虽在匈牙利本国,也是并不常见的东西了。
>
> 然而那时《奔流》又已经为了莫名其妙的缘故而停刊……便绍介到小说月报社去,然而似要非要,又送到学生杂志社去,却是简直不要,于是满身晦气,怅然回来,伴着我枯坐,跟着我流离,一直到现在。但是,无论怎样碰钉子,这诗歌和图画,却还是好的,正如作者虽然死在哥萨克兵的矛尖上,也依然是一个诗人和英雄一样。

可以见出,鲁迅为该译本的问世,倾注了多少心血。此外,孙用后来还从其他语种翻译波兰诗人密茨凯维奇的代表作《塔杜须先生》及《密茨凯维支诗选》,为嘉奖他翻译波兰文学的成就,波兰政府授予他密茨凯维奇纪念章。

钟宪民,约1910年生于浙江崇德,世界语者,卒年不详。1927年时为上海南洋中学学生,课余学习世界语,是年给鲁迅写过信,曾为商务印书馆《学生杂志》编过世界语栏,还编过《世界语捷径》。1929年在南京国民党中央党部宣传部国际科任职。将《阿Q正传》译成世界语于1930年于上海出版合作社出版。自1928年起发表从世界语转译的外国文学作品,先后翻译了长篇小说2部、中篇小说2部、长诗1部和若干短篇小说,几乎全部集中在匈牙利、保加利亚、波兰和捷克等中东欧国家。其中包括尤利·巴基的长篇小说《牺牲者》(1934)、波兰短篇小说集《波兰的故事》等,尤其以波兰作家奥西斯歌的长篇小说《玛尔达》(又译孤雁泪、玛尔旦、北雁南飞)影响最大。奥西斯歌,即波兰女作家 E. 奥热什科娃(Eliza Orzeszkowa,1841—1910)的作品《玛尔达 Marta》于1872年出版,是其早期作品中最有影响的一部,带来了世界性的声誉。该译本1929年7月由北新书局(上海)初版,40年代又出了4个版本(进文书店,重庆,1942、1944年11月;上海国际文化服务社1947年10月、1948年9月),值得一提的是,这本小说在60年代的中国台湾非常盛行,琼瑶小说《一帘幽梦》男主人公楚濂和《心有千千结》男主人公若尘的藏书中,都有这一本波兰女作家的悲情小说。之后,还翻译了尤里·巴基的长篇小说《在血地上》和波兰世界语作家费特凯的中篇小说《深渊》等作品。

## 第三节 《文学》《矛盾》等文学期刊对中东欧文学的译介

时间推移至20世纪的30年代,弱小民族文学在中国的译介虽然在数量上比20年代有所减少,但总体上仍基本延续了20年代的发展势头,参与这方面译介活动的人数则更多。在跨语际实践的意义上,这时期的译介活动以一种特殊的途径和方式,发挥着文学的社会功能。但"弱小民族文学"这一概念,在进一步被读者认可的同时,也引发了不少歧义。这种歧异乃至争论主要体现为两种倾向。以左翼知识分子为主体的新文学群体继续五四新文化时期的思路,借助对弱小民族文学的译介,配合文学理论、文学批评和文学创作等其他文学话语,在中外文学的沟通中曲折地表达了对时势的态度。在他们那里,五四时期所形成的"弱小民族文学"的概念一直得以沿用,并基本形成了稳定的所指。而"民族主义运动"的提倡者、参与和同情者对弱小民族文学的译介活动所采取的态度则显得相对复杂,他们中的倡导者往往居于官方意识形态立场而倡导"民族主义文学"运动,并利用弱小民族文学中的民族意识,强调现有权力文化体制——国民党文化统治的合理性。从今天来看,对于后者的弱小民族文学的译介实践活动及其所产生的历史意义,也应该作具体的分析。不过,如果仅从中外文学交往的角度看,他们的译介至少在客观上有助于国人对这些国家文学的进一步了解。上述这两种情形分别集中体现为一些杂志的专号和译文集的出版。

如上所述,20世纪三四十年代中东欧文学译介在发表与出版形式上的一个特点:一是出现了一批译作的单行本,包括长篇作品与中短篇作品的结集,也包括以中东欧国别为书名的译文选本。如1936年,上海生活书店出版了由徐懋庸、黎烈文等翻译的《弱小民族小说选》。鲁迅在同年去世后,这一译介传统在新文学的第二代作家中得到继续。1938年,上海启明书局出版了由鲁彦翻译的《弱国小说名著》,收有王鲁彦、艾芜、施蛰存、卞之琳、赵景深、孙用、钟宪民等人翻译的弱小民族文学作品;二是一些重要的文学杂志,集中刊发包括中东欧文学在内的弱小民族文学译作,产生了很大的影响,这也是上一个阶段《小说月报》之《被损害的民族文学专号》这一传统的延续。这一节将重点介绍《文学》月刊、《矛盾》月刊的"弱小民族文学专号"。

《文学》月刊是20世纪30年代发行的大型文艺刊物中寿命最长,影响最大的文学期刊。1933年7月创刊于上海,由鲁迅、茅盾、郑振铎、叶圣陶、郁达夫、陈望道、胡愈之等10人集体编辑,他们中的大多数都曾积极倡导或参与对弱小民族文学的译介。该刊自1933年7月1日出版第1

期,到 1937 年 11 月上海沦陷后停刊,共出版 8 卷 53 期。从编辑阵容可以看出,它是以左翼文化为主导倾向,以左翼作家为主,又团结了一批自由作家的新文学阵地。其中,茅盾既是其发起人之一,又是组织者和实际编辑工作负责人。在该刊存在的 4 年多时间里,承担过这份期刊编辑工作的有郑振铎、傅东华、黄源、王统照和茅盾。不过,前四位都曾在版权页编辑者的位置上挂名,而茅盾则由于特殊原因只能在幕后工作,但却只有他从始至终地参与了《文学》的编辑工作。因此可以说,这份刊物和《小说月报》《文艺阵地》《笔谈》等期刊一样都倾注了茅盾的心血。

在 1934 年 5 月 1 日出版的第 2 卷第 5 号上,《文学》杂志推出了"弱小民族文学专号"。专号刊发的内容,包括署名"化鲁"(即胡愈之)的《现世界弱小民族及其概况》和茅盾所作的题为《英文的弱小民族文学史之类》(署名"冯夷")两篇译介文章,并刊载有亚美尼亚、波兰、立陶宛、爱沙尼亚、匈牙利、捷克、南斯拉夫、罗马尼亚、保加利亚、希腊、土耳其、阿拉伯、秘鲁、巴西、阿根廷、印度、犹太等 17 个国家的 26 位作家的 35 篇(首)作品,其中大部分都是中东欧地区的文学作品。

如上节所述,在这些译作中,茅盾本人就亲自翻译了 6 篇小说,并撰写 1 篇研究文章,其中包括 4 篇中东欧作家的作品。此外,还有胡仲持译的亚美尼亚作家西哈罗尼安(Avetis Aharonian,1866—1948,亚美尼亚作家、政治家和民族运动领袖)的小说《更夫》和周觉译《狱中》,杜承恩译波兰小说家、诗人斯特凡·热罗姆斯基(Stefan Zeromski,1864—1925)的小说《在甲板上》,鲁彦译立陶宛作家 Vineas Kreve 的小说《啄木鸟的命运》和捷克作家 Josef Limanck 的《唐裘安的幻觉》,裴子译爱沙尼亚作家 Mait Metsanurk 的小说《敬虔的人》,天虹译匈牙利作家费伦克·摩尔拿(即莫尔纳 Ferenc Molnar)的小说《不会学好的人》,叶籁士译匈牙利诗人裴多菲的小说《晚秋》,竺君译捷克作家撰伯·槎德(K. M. Capek-Chod 1860—1927)的小说《在卷筒机上》,孙用译罗马尼亚作家勃拉太斯古(I. AI. Bratescu)的《说谎的尼古拉》,卞之琳译罗马尼亚作家西撒·彼忒理斯科(Cezar Petresco)的《算账》,杨启光(契元)译保加利亚作家艾琳·培林的《梦想家》,梭甫译保加利亚作家伊凡·伐佐夫的《乐乍老头子在看着》和叶籁士译保加利亚作家史米能斯基(Hristo Sminenski)的《楼梯的故事》等14篇中东欧短篇小说。其中大部分译作都附有译者的前记或者后记,介绍作者及其国家的历史、文化与文学状况,或者概括作者的创作特点等等。比如,孙用的《说谎的尼古拉》是从T. Morariu的世界语译本《黑暗与光明》中选取转译的,他在译文的前记中转述了原文作者在罗马尼亚文坛中的地位极其创作特点:

> 在现代的罗马尼亚文学中,勃拉太斯古是有了世界的声名的。他生于1868年。他的主要而普遍的作品是两个短篇小说集:《黑暗与光明》和《在真理的世界上》。他的小说和随笔特重深细的心理分析,有明白而适当的表现手腕,藉此,所以他的每一句都似乎将灵魂的顷刻永久不变。他的作品成了罗马尼亚的大众的和家庭的宝藏。勃拉太斯古是一个深入的探索者,尤其关于儿童的灵魂。

卞之琳的《算账》则转译自法国《蓝杂志》1933年16期,原译名 *Règlement de Comptes*,原译者B. Nortines,译者在附记中除说明译本来源外,还简要介绍了原作者的相关信息:

> 西撒·彼忒理斯科,罗马尼亚当代名作家,1892年生,1931年获得国授散文奖,所作长短篇小说一部分已译成意大利、捷克等文本。

除此之外,茅盾在该期的补白和插图中,也安排了大量中东欧等弱小民族文学与文化的信息。该期共有十条补白,其中涉及中东欧国家文学的就有一半,它们是:《乌克兰民歌片段》《波兰名作家:一、莱芒脱(即莱蒙特)》《波兰名作家:二、什朗斯基》、《捷克戏剧家加拉·撲伯》、《南斯拉夫抒情诗一首》等。在该期前几页的插图中,编者还安排了许多对象国概况或者作家的图片,包括《摩尔拿及其手迹》(即匈牙利作家莫尔纳)、《史米能斯基画像》(保加利亚作家)、《彼多斐像》(即匈牙利诗人裴多菲)、《什朗斯奇》等作家像或手迹,以及《捷克斯洛伐克的建国祭》《大战后保加利亚建设之成绩》《波西米亚的铁工厂(捷克民族工业建设之一班)》《匈牙利的农民(烟斗是他们的好朋友)》《波兰风景》等图片。由此可见茅盾作为编者在全方位介绍中东欧国家文学、文化及政治、经济方面的用心。

就在《文学》月刊推出"弱小民族文学专号"后不到一个月,《矛盾》月刊也推出了"弱小民族文学专号",集中刊发了一批包括中东欧文学在内的弱小民族文学译作。《矛盾》月刊1932年4月创刊于南京,自第2卷第1期(1933年1月)起由南京移至上海出版,至1934年6月终刊,由矛盾出版社出版,共出版16期。这是一份具有国民党政府官方背景,在其推动的民族主义运动中应运而生的文学期刊。

1931年九·一八事变和1932年八·一三事变之后,中苏关系随即解冻和复交,民族主义文艺运动在对外关系上由反苏逐渐向抗日转变,发表了不少抗日的作品。这一时期,具有官方背景的潘子农、徐苏灵、汪锡鹏等文人组成了矛盾出版社,在国民党官方的资助下,创办了《矛盾》月刊,继续从事民族主义文艺的组织活动,并成为后期民族主义文艺运动的中坚之一。就在倡导"民族主义文艺"的同时,开始组织和刊登"弱小民族文学"的译介文章,这在20世纪上半期的弱小民族文学的译介过程中,是一个较为特别的现象,也充分体现了中国文化现代化过程的内部复杂性。《矛盾》月刊的"弱小民族文学专号"就是在这种复杂的背景下,于1934年6月1日推出的,这是《矛盾》月刊的第3卷第3、4期合刊。

就从参与这期专号的译者来看,虽然有一部分明显带有国民党政府的官方色彩,但其中的作者和译者多为具有中间色彩,甚至包括许多左翼文人在内,如施蛰存、王鲁彦、孙用、黎锦明、伍蠡甫等,就很难将他们归于所谓"御用文人"之列。

这也从一个侧面可以看出,在民族矛盾日渐激烈的时代背景下,弱势民族文学在中国文化中被接受程度的加大。另外,虽说《矛盾》月刊原本有官方背景,但当刊物办到第三年(1934)时,也面临着经费紧缺、常常拖欠稿费的局面,而编者在这种情况下仍组织"弱小民族文学专号",也有读者因素的考虑。事实上这期专号同时也是该刊的终刊号,编者徐苏灵在题为《读者·作者·编者》的终刊词中的话,可以作为上述判断的印证:

> 在四面债户(印刷所、报馆、广告公司、房东、电话局和被欠着稿费的作家们,都是《矛盾》的债户呢。)的楚歌中,挣扎着把这三、四期合刊的"弱小民族文学专号"编妥,自己叹了一口深长底慰安底气,而事实上我又替《矛盾》增添了一笔债了……关于这专号的内容,我更

不敢说什么,一方面是因为当我写这闲话的时候,全部的稿件还正在印刷机上旋转着呢。一方面就是恰恰在我们这专号出版之前,《文学》也有一个同样性质的专号先我们出版了。好在我们的目录没有和题目的冲突,所以为梦想也不致会太使读者失望吧。

这期"专号"中,共编入 16 个"弱小民族"国家的 24 篇译作,所涉及的文体包括小说、诗歌、散文和戏剧,另外还有两篇译介文章《新土耳其诗人奈齐希克曼》(徐迟)和《西班牙散文作家俞拿米罗》(金满城)。其中包括波兰、匈牙利、捷克、罗马尼亚、保加利亚、立陶宛、爱沙尼亚等 7 个中东欧国家、15 位作家(诗人)的 15 篇译作。具体篇目如下:

施蛰存译波兰作家斯蒂芬·什朗斯奇(Stofan Meronski)的小说《强性》。文后附记:作者为"近代波兰的一个大作家,因为他正如显克维奇一样,是个社会的悲观主义者,所以在他底忧郁情感看来,恶是世界的本体";"他短篇中的杰作……有一篇显着讽刺的名字的叫做《强的女性》,描写一个女子将她个人的幸福牺牲于一个理想的服务,在她底真正的'西昔夫思之劳役'(什氏著名长篇之名,题目取材于希腊古典,西昔夫思者,古柯林思之王,被谪人间作搏运巨石上山之劳役者之后,以一个乡村小说教师的地位悲哀可怜地死去)"。

钟宪民译匈牙利作家 Tamas Talu 的小说《五年》。

亚轮译立陶宛作家 J. Biliunas 的小说《幸福的灯火》。

章铁民译罗马尼亚玛丽皇后(Marry)的英文小说《战士与十字架》。译者前记介绍了玛丽皇后的生平,称"她的作品最能抓住多数民众的意识,并且打动过罗马尼亚的农民的心。这篇……收在《世界短篇小说选》里面。译者爱她能够紧张地写出民族精神和宗教思想抗争,结果是为了救赎一帮卫国的壮士,耶稣亲自捐了他的十字架来当柴烧,多么耐人寻味!原名是'What Valise Saw',想使题目更明显一点,便大胆杜撰了一个。好在译者有这样的自由"。

苏灵译保加利亚作家 Dimitr Ivanov 的《一个官员的圣诞节》。

顾仲彝译捷克剧作家 Karel 与 Josef Capek 六幕剧《亚当——创造者》。

## 第四章　20世纪三四十年代东欧文学的译介

孙用根据1932年出版的世界语本《爱沙尼亚文选》选译了"较现代的"5位诗人的5首诗歌,总题为《爱沙尼亚诗选》,同时转译了世界语本中卷首所载的 N. Anderson 和 A. Oras 合著的《爱沙尼亚文学概说》一文。这五首诗是:(1)考度拉的《你为什么哭呢》。"L. Koidula(1843—1936)是新闻记者 J. V. Janrsen 的女儿,奠定了爱沙尼亚的抒情诗和戏剧的基础。她的爱过的和描写自然的诗歌表现了无比的天才。"(2)雅各里的《诗人之心》。"Jakob Liiv,生于1859年。他是倾向于形式的,古典主义的诗歌的。对冷静的诗式的重视,使一般的注意研究诗之技巧问题上去。"(3)苏脱的《是时候了》。"K. E. Soot 生于1862年。他的地位是在于十九世纪的感伤的抒情诗和浪漫的谣曲以及同世纪末的象征主义之间的。他虽然老是有着忧郁的沉思的倾向,然而也有以轻灵的笔致而成功的时候"(4)约翰里芙的《落花》。"Juhan Liiv(1864—1913)是诗人,他是在爱沙尼亚文学中最动人的,最悲剧的人物之一。他以新闻记者终其一生,兼职得不到物质上的安定。他的生命的大部分时间都充满为了每日面包的工作以及神经质的幻想。然而也正因了他的神经病——气候变成了狂疾——使他有了诗的灵感,他的诗是充满了幻想,深刻的生活,热烈的自然的。他是雅各里扶的弟弟。"(5)哈伐的《我不能再沉默了呀》。"A. Haeva,生于1864年。他是考度拉之后的女诗人,她的爱国诗和情诗正就是前者诗的续篇。她的抒情诗是很受了同时代的德国诗的影响的。她又是莎士比亚和隔得的译者。"

孙用从1925年出版的世界语本《保加利亚文选》选译了"5篇篇幅较短的,其作者也是较现代的",总题为《保加利亚诗选》,其中"最为中国熟识的,而在他本国也最有名的伐佐夫"。具体篇目是:(1)安特尔金的《一时和永久》。"I. S. Andrejchin,生于1872年,是在索菲亚的中学教书的。他的早年的作品的题材是关于社会的。其后他刊行了译本诗集《新歌集》,显露了对于近代主义和印象主义的倾向。"(2)赫力斯托夫的《十四行》。"K. Hristov,生于1875年,在年轻的时候,他就是最有力的抒情诗人之一。保加利亚语到了他的手里,就达到了极度的活泼、弹性、和谐、准确的地步,在别的诗人中,是很少见的。他也翻译了许多外国文的诗。"(3)启林格诺夫的《像鲜花的凋谢》。"S. Chilingirov 生于1881年,他是

71

多年的教师和议员。他著作了许多的诗歌和小说,文学的和政治的作品。他的印行的著作,有儿歌,抒情诗,诗的小说,剧本,诗剧,游记,等等"。(4)拉吉丁的《渴望》。"N. V. Rakitin,生于1885年。他的对于生产地巴尔干的儿时的印象,永远使他和自然相联系,这,他是爱着的,歌唱着的。他已经印行了许多本的诗集。受国家的年俸。"(5)格伯的《你忧郁着》。"D. Gabe,生于1886年。在1906年,她发表了她的第一部作品。她歌唱着恋爱和往事。她翻译了波兰诗人们的结集,也译出了密子吉微支的《塔兑须先生》。"

除《文学》《矛盾》两个杂志之外,三四十年代还有《译文》《文艺月刊》《小说月报》《新时代》《青年界》《文艺杂志》等文学期刊,也发表了不少中东欧国家的译作。

## 第四节 民族话语的意识形态性和知识分子的不同选择

从20世纪20年代后期开始到抗战全面爆发,中国社会正处于一个政治权力多元并存,民族内部和内外文化矛盾丛生,社会冲突激烈的时期。随着蒋介石国民政权的建立、国共两党之间的分裂和日本相继对东北、华北,乃至全中国的侵略,中国社会的阶级矛盾和民族矛盾同时趋于激烈,阶级意识和民族意识都被催逼到一个空前强烈的程度。反映在文艺思潮的流变方面,就是在新文学阵营内部分化的同时,左翼文艺思潮和民族主义文艺思潮在政治和文化现实的剧变中各自展开。① 前者应和了国际左翼文化思潮的发展和变化而在国内日益活跃起来,30年代初,包括中国左翼作家联盟在内的中国左翼文化界总同盟的成立及其活动的展开是其明确的标志。同时,在国民党政治权力机构的支持和赞助之下,民族主义文艺运动也在30年代初一度兴起并产生了一定的影响。正是在这种复杂的历史文化情景中,居于不同政治立场,采取不同文化态度的中

---

① 对民族主义文学思潮的评价,文学史从来沿用自30年代以来左翼知识分子的批判话语,实际忽视了民族主义的当时历史处境中的合理性,故不能将其提倡和参与者全部归入国民党御用文人之中。近年来学术界对此开始有客观的评述,参见李新宇、倪伟的相关论述。

## 第四章  20世纪三四十年代东欧文学的译介

国知识分子,对各种政治和文化思潮以及相应的文学思潮采取了各自不同的态度,这在弱小民族文学的译介方面,集中地体现在鲁迅、茅盾等左翼文学运动主将在20世纪上半期前后阶段所体现的不同态度上,也体现在新文化阵营内部对此问题的态度分野上,还表现在他们与民族主义文艺思潮之间的对立中。这也从一个特殊的侧面,说明了中国文学现代化的复杂构成。

在中国现代翻译文学史上,周氏兄弟有着极为重要的地位。他们(尤其是鲁迅)对于弱小民族文学译介的倡导和实践,在以后的文学历史中发生了很大的影响。据统计,周作人一生译述共有110万字,无论从译作的总量以及所涉文学的国籍,还是从涉及的作者之多,都是现代翻译家中少有与之相匹的。[①] 其中,从20世纪初期到20年代初,周作人的翻译除了译介日本和欧洲的近现代文学之外,最为关注的就是俄国及其他弱小民族文学的译介了。早在1909年,他就翻译了显克维奇的中篇小说《炭画》(1914年,北京文明书局出版),1911年又翻译了育珂摩尔的中篇小说《黄蔷薇》等。在周作人这一时期的翻译活动中,无疑以《域外小说集》最为重要。[②] 他也一再提及其当时翻译外国文学作家作品的用意:"当时我所最为注重的是波兰,其次是匈牙利,因他们都是亡国之民,尤其值得同情","中国革命运动正在发达,我们也受了民族思想的影响,对于所谓被损害与侮辱的国民的文学,更比强国的表示尊重与亲近"。[③] 而其兄鲁迅则是开拓和倡导弱小民族文学译介最早同时影响最大的人,虽然他在《域外小说集》时期的译介影响有限,但其所介绍的俄国、北欧诸国、波兰等国家和地区反映人民苦难和民族解放运动的作品,在现代翻译文学上开创了一种新的局面,客观上奠定了译介弱小民族文学作品的基础。之后,他还在

---

[①] 参见王友贵:《翻译家周作人》,四川人民出版社2001年版。

[②] 其中周作人翻译了13篇,包括收入第一集中的波兰显克维奇的《乐人扬柯》、俄国契可夫(即契诃夫)的《戚施》和《塞外》、迦尔洵的《邂逅》、英国淮尔特(即王尔德)的《安乐王子》等5篇。第二集中的芬兰哀禾的《先驱》、美国亚伦波(即爱伦坡)的《默》、法国摩波商(即莫泊桑)的《月夜》、波斯尼亚穆拉淑维支的《不辰》《摩珂末翁》、波兰显克维奇的《灯台守》《天使》和俄国斯蒂普涅支部的《一文钱》。还有翻译小说集《点滴》《现代小说译丛》(第一集)、《陀螺》(1925,北京新朝社)等。

[③] 参见《周作人回忆录》,湖南人民出版社1982年版,第23页。

其所主持的《文学》《译文》等许多文学刊物和丛书中,继续提倡对弱小民族文学的译介。而且,鲁迅当时对弱小民族文学译介的提倡具有明确的意识,他在后来这样概括他的意图:

> 注重的倒是绍介,在翻译,而尤其注重于短篇,特别是被压迫的民族中的作者的作品。因为那时正盛行着排满论,有些青年,都引那叫喊和反抗的作者为同调的。①

> 那时满清宰华,汉民受制,中国境遇,颇类波兰,读其诗歌,即易于心心相印。②

茅盾是除鲁迅、周作人之外,在五四新文学运动期间对于弱小民族文学译介最为积极的倡导者和实践者。如上所述,他在主持改版后的《小说月报》期间,所翻译的短篇小说大多是弱小民族国家的作品。据统计,仅在1920年,他就有译作三十余篇,1921年则多达五十余篇。与鲁迅一样,茅盾的倡导和翻译实践同样具有明确的意图:

> 我鉴于世界上许多被损害民族,如犹太如波兰如捷克,虽曾失却政治上的独立,然而一个个都有不朽的人的艺术,使我敢确信中华民族哪怕将来到了财政破产强国共管的厄境,也一定要有,而且必有,不朽的人的艺术!而且小说这"艺术之花"滋养我再生我中华民族的精神,使他从衰老回到奋发,从灰色转到鲜明,从枯朽里爆出新芽来!在国际——如果将来还有什么"国际"——抬出头来!③

> 三四年来,为介绍世界被压迫民族的文学之热心所驱迫,专找欧洲小民族的近代作家的短篇小说来翻译。当时的热心,现在回忆起来,犹有余味。④

---

① 参见鲁迅:《南腔北调集·我怎么做起小说来》,《鲁迅全集》第4卷,人民文学出版社1981年版。
② 参见鲁迅:《"题未定"草(三)》,《鲁迅全集》第6卷,人民文学出版社1981年版,第335—336页。
③ 参见茅盾:《一年来的感想与明年的计画》,载《小说月报》1921年第12卷第12期,署名"记者"。
④ 茅盾:《雪人·自序》,1927年4月作,载《雪人》,开明书店1928年5月版。

鲁迅、周作人和茅盾等新文学运动的发起者和早期参与者对于弱小民族文学译介的积极提倡,不仅留下了可观的译介成果,并且因为其在文坛的地位及其影响,对新文学的第二、第三代作家和翻译家也产生了很大的影响效应。在上述那些着力于弱小民族文学译介的许多成员中,绝大部分都直接受他们——特别是鲁迅的影响,许多在弱小民族文学译介方面成就突出的译者,大部分都是(或者曾经是)与鲁迅比较亲近,或者对鲁迅怀有敬意的人。事实上,鲁迅和茅盾对于这一方面的努力几乎贯穿了他们各自的一生。

本来,在对于外国文学的译介和接受的选择方面,即使在新文化阵营内部,也有着一贯的分野。一般而言,以留学英、美、法、德为主的自由派知识分子,在对待外国文学的汲取态度上,都倾向于留学所在国的西方文学,而很少顾及其他弱小民族的文学状况。而注重弱小民族文学译介的往往是那些留学日本、俄国或者是直接从本土成长起来的带有激进倾向的知识分子,这些作家或者翻译家,后来多多少少都与左翼文学阵营有关,有的干脆是其中的骨干分子。尽管这两类知识分子在对外汲取的取向上有着明显的差异,而且从表面看来,后者更直接地体现出一种弱小民族的抗争意识,但两者的背后同样是以一种民族的认同意识作为前提的,即同样是以中国近代以来被凌辱的现实作为他们对于中国文化和文学革新方案的逻辑起点。随着五四新文化运动的退潮,新文学阵营内部在思想和文化观念上的分化日益明显,即使是早期深受其兄长影响,积极倡导并实践弱小民族文学译介的周作人,在五四运动退潮后也逐渐转向对日本文学和古代两希(希腊和希伯来)文学的译介工作。尤其是30年代以后,知识界和文学界对于弱小民族文学译介的实践及其观念上的分歧更加明显。比如,鲁迅与林语堂关于弱小民族文学译介的争论就是一个例子。同是从五四新文化运动走过来的新文学作家,林语堂则将这种对弱小民族文学的译介列为"文化八弊之一"而加以批评,称:"其在文学,今日绍介波兰诗人,明日绍介捷克文豪,而对于已经闻名之英美法德文人,反厌为陈腐,不欲深察,求一究竟……此种流风,其弊在浮,救之之道,在于学。"①而鲁迅则反驳道:"世界文学史,是用了文学的眼睛看,而不用势利眼睛看的,所以文学无须用金钱和枪炮作掩护,波兰捷克,虽然未曾加入八国联军来打过北京,那文学却在,不过有一些人,并未'已经闻名'而已。"②

其实,即使对于鲁迅、茅盾这样一贯坚持译介弱小民族文学的新文学作家来说,他们对于这一实践活动的提倡,在20世纪上半期的不同阶段,也有不同的态度,这与当时国内文化格局的变化以及他们自身的认识态度的变化有关。这就必须从30年代兴起的"民族主义文学"思潮说起。与这一时期的民族主义社会思潮相对应的民族主义文学思潮,在当时错综的民族矛盾和国内政治文化格局中呈现出复杂的面貌,而处于不同政治与文化立场的知识群体,都在弱小民族文学的译介实践及其态度上有所表现,或者在看似相似的译介活动背后,其实包含着明显不同的出发点。这在整个20世纪上半期的弱小民族文学的译介过程中,或许是一个较为特别的现象,它也充分体现了中国文化现代化过程的内部复杂性。

自1928年蒋介石政权建立之后,政治意识形态的凝聚力便成为其巩固政权所必需的手段之一,国民党阵营本来就具有的民族主义理念和思想倾向被进一步大力发展起来,并且被赋予强大的功利主义诉求。从理论上讲,国民党的立国纲领"三民主义"本身就包含了民主、人权等知识分子启蒙主题的核心内容,也应该包括社会平等和大众解放的内容,但在实际政治操作中,它们却只是一纸空话,只有民族主义蜕变为国家权力企图控制社会思想,实现文化统一的思想核心。加之蒋介石个人观念中的儒家思想基础和民族主义倾向,使占据了统治地位的国民党政权一心只想在"爱国主义"和"传统文化"的旗帜下统一民众的思想文化和社会舆论,毫不顾及现代知识分子对传统文化的批判和在这种批判中形成的以民主和人权为核心的社会理想,也不考虑被压迫阶级因贫穷和苦难而酝酿着的阶级反抗情绪和翻身欲望,而只是一味为了政权的稳定而千方百计扑灭它。从政权控制与政治稳定的实用目的出发,他们对个人自由的张扬

---

① 见林语堂:《今文八弊》,载《人间世》28期1935年5月20日。
② 见鲁迅:《"题未定"草(三)》,《鲁迅全集》第6卷,人民文学出版社1982年版,第356页。

和阶级翻身的鼓吹都显得深恶痛绝,因此理所当然地鼓动和支持所谓的"民族主义文学运动"。一些御用文人正是利用了这一权力资源,借助于这一文学话语,为政治国民党统治进行意识形态话语编织,如上海的《前锋周报》《前锋月刊》和《现代文学评论》①等就在倡导"民族主义文艺"的同时,开始组织和刊登"弱小民族文学"的译介文章。

不过,从整个国际国内的文化背景看,民族主义思潮本身又有着比较复杂的构成,其中果然包括了前述国民党政权的意识形态维护,并在文艺界寻找他们的一些代理人(如"民族主义文艺运动"的提倡者王平陵、朱应鹏等),他们是在不同于五四新文化的思想和政治背景上,接过这一现代话语,为权力意识形态服务,这一点早在当时就被鲁迅、瞿秋白、茅盾等左翼作家所揭露和批判。② 对于这些"民族主义者"此时倡导和译介弱小民族文学,茅盾认为,他们不是多情地对民族解放运动表示支持,而是把欧、亚一些国家富有民族特点的文艺,作为"民族主义文艺"的同调或援手,以达到他们的政治和文化目的。但是,除了其中的少数御用文人具有明显的政治动机之外,民族危亡的客观现实所引发的民族情绪高涨仍然是大多数译介者的主要动机因素。站在今天的立场上看,对当年"民族文学"的提倡者或者同情者,我们还不能一概以国民党政权的"鹰犬"视之,何况,在文学理论的倡导和外国文学的译介之间还不能完全画上等号。这种复杂的情形反映在"弱小民族文学"的译介活动方面,还表现为对民族主义的提倡者与具体译介成员之间的交错,译者的主观意图和翻译实践的客观效果之间的区别等等。比如 30 年代在南京出版的《矛盾》月刊③,虽然带有国民党政府的官方色彩,但其中的作者和译者多为具有中间色

---

① 这三份刊物,不仅在观点上相近,作者成员也有交叉,且均由上海现代书局出版。《前锋周报》创刊于 1930 年 6 月 22 日,终刊于 1931 年 5 月;《前锋月刊》于 1930 年 10 月创刊,至 1931 年 4 月终刊,共出版 7 期;前者由黎锦轩,后者由朱应鹏、傅彦长编辑,《现代文学评论》,由李赞华编辑,1931 年 4 月创刊,至 1931 年 10 月终刊,共出 7 期。

② 参见茅盾:《民族主义文艺的现形》,载《文学导报》第 1 卷第 4 期,署名"石萌"。《民族主义文学的任务和运命》,1931 年 10 月 23 日,见《鲁迅全集》第 4 卷,人民文学出版社 1981 年版,第 311—312、320 页。

③ 《矛盾》月刊自 1932 年 4 月创刊至 1934 年 6 月,共出 16 期,其中 1934 年 6 月 1 日出版的第 3 卷第 3、4 合期为"弱小民族文学专号"。

彩、甚至包括许多左翼文人在内。它在1934年所推出的"弱小民族文学专号"中,刊有秘鲁、波兰、丹麦、捷克、匈牙利、立陶宛、罗马尼亚、马来西亚、芬兰、新犹太、澳大利亚、保加利亚、朝鲜、西班牙、葡萄牙、爱沙尼亚等16个国家24篇作品,另外还有两篇译介文章《新土耳其诗人奈齐希克曼》(徐迟)和《西班牙散文作家俞拿米罗》(金满城),译者包括施蛰存、王鲁彦、孙用、黎锦明、伍蠡甫等文人,就很难将他们归于国民党御用文人之列。

　　正是针对30年代政治文化局势的转变,民族矛盾、阶级矛盾的激化及其纠缠复杂形势,鲁迅和茅盾对弱小民族文学译介采取了不同于以往的另一种态度和实践方法。他们站在左翼无产阶级文化的立场上,对有着国民党政权背景的"民族主义文艺运动"则采取激烈的批判态度,竭力凸现其阶级论的立场。茅盾指出,民族主义文学运动不过是统治阶级欺骗工农的手段,在革命与反革命斗争尖锐时,它就"迅速法西斯蒂化",鼓吹"用机关枪,大炮,飞机,毒气弹,屠杀遍中国的不肯忍受帝国主义及国民党层层宰割的工农群众!屠杀普罗文学家!"①而鲁迅则尖锐地斥责民族主义文学的"实质原是上海滩上久已沉沉浮浮的流尸……发出较浓厚的恶臭"。民族主义文学的信徒,不过是洋奴变来的破坏工人运动的特务而已。他们以"民族"为幌子,掩盖阶级矛盾,为买办阶级服务,充当统治阶级的鹰犬,他们对于自己的民族只是"尽些送丧的任务"②。对"民族主义"权力话语压抑阶级对立和压迫的事实,鲁迅和茅盾等新文化人士不惜采取偏激的态度和反对立场,由此也延伸到民族主义运动倡导者所借以发挥的弱小民族文学的译介活动中,这一时期,他们几乎停止了这一方面内容的译介,而把目光更多地转向俄苏和日本的左翼文学。

　　对照鲁迅和茅盾等新文化人士前后态度的转变,我们可以更进一步看到,民族主义话语在具体历史语境中的不同内涵,它在不同的场合,被不同的主体所引用、伸发,都会产生不同的结果。同时从这些集作家、翻译家身份于一身的个体身上,可以看到他们的译介活动与文学创作之间的互动关系及其所产生的社会影响,也可以看到翻译活动本身所包含的

---

①② 茅盾:《民族主义文艺的现形》,载《文学导报》第一卷第四期,署名"石萌"。

意识形态含义,以及受意识形态影响的程度;看到翻译活动与文学思潮之间的密切关系。正是充分意识到了其中的意识形态含义,才使他们对同一事物采取了截然不同的态度。

到20世纪40年代,随着抗日战争的全面爆发,尽管还存在着国民党政府统治区、共产党领导的抗日根据地和日本统治区等不同的权力和文化区域,但民族认同和民族反抗意识已经成为时代社会文化的主流。不过,一方面大规模的战争环境极大地冲击了对外国文学的译介和出版活动;另一方面,时代需要直截了当的民族呐喊,从社会功利的角度而言,战争文化使得那种借助于文学译介活动来表达现实态度的方式显得过于委婉曲折,或者简直趋于无效。因此,这一时期的作家和翻译家对于外国文学的译介,除了与战争关系密切的一些作家作品如战争纪实类作品外(虽然在西南大后方、上海孤岛等某些时期和区域仍有一些人在作可贵的坚持),外国文学译介在数量和质量的总体上要低于前两个时期,弱小民族文学的译介也不例外。

总之,在20世纪上半期的中外文学关系中,尽管对西方文学的译介在数量和详细程度方面基本上占有绝对优势,但弱小民族文学译介同样也是一项重要的内容,特别是在外来压力增大,民族矛盾激化,民族主义思潮高扬的某些历史时期,这一方面的译介显得特别活跃,同时又反过来推动了民族主义情绪的高涨,它与文学创作和文学思潮相互呼应,构成了中国现代文化和文学内部的一系列复杂的矛盾纠葛,成为中国文学现代化的不可忽视的一翼。

# 第五章

# 共和国时期弱势民族文学译介与民族文化建构

## 第一节 前30年弱势民族文学的译介

1949年10月中华人民共和国的成立,确立了中华民族的现代主权和领土完整,使中国在历史上第一次将民族主权和领土两者均获得基本统一(中国台湾、中国香港、中国澳门等地区①除外),民族意识空前高扬,从而为政府动员社会力量进行进一步的社会变革,实现社会的现代化提供了前所未有的机遇。

---

① 中国台湾、中国香港和中国澳门地区在这一时期对外国文学的翻译和介绍,与20世纪上半期相比显得尤其重要。尤其是自60年代起,台港地区对于西方现代主义文学的译介对本土创作产生了重大的影响,这在与大陆地区的对照中显得更加突出,它在中外文学关系史上的意义值得进一步探讨,限于本书的论题,这里暂不作讨论。因此,本书中的相关统计数字,都是以中国大陆地区为准。

## 第五章 共和国时期弱势民族文学译介与民族文化建构

不过从整体上看,新中国红色政权的建立,同样是列宁所说的出于国际帝国主义链条上最薄弱之环节的革命成功,所以,中国在战后也不得不归于冷战的两大阵营中,并且必须在两者之间做出明确的立场选择。中国共产党在掌握政权的一开始所做出的在政治和国际关系上向以苏联为代表的社会主义阵营"一边倒"的决定,既是出于这个政党的一贯理想、纲领和意识形态的选择,也是在新的世界格局中出于民族利益的最大现实考虑。经济发展落后的客观现实,仍然时时提醒着中华民族的世界处境,民族意识也必须再度成为动员社会力量的有力手段。与此同时,反映在对外文化交往的策略上,则不得不逐步放弃了 20 世纪上半期特别是五四新文化运动时期的开放态度,对于西方文化特别是西方现代文化采取敌对、批判和排斥的态度。并且,与文化和文学领域的其他工作一样,新中国成立之后的外国文学翻译,也被纳入民族文学建构的整体规划之中。1951 年全国翻译界的精英们在北京召开了"第一届翻译工作会议",1954 年又召开了"全国文学翻译工作会议",文学翻译逐步成为这个新兴国家文化蓝图的一个组成部分。

这种文化策略导向及其组织化的后果,在新中国成立初期的文学翻译实践中很快就显露出来。早在新中国成立前夕的 1949 年 7 月,作为新中国文艺领导人的周扬和茅盾,一方面批判以现代派诗歌为代表的欧美西方国家的文学,另一方面强调,应该加强对苏联和其他新民主主义国家文学的学习和介绍。① 创刊于 1949 年 10 月,由茅盾主编的中华全国文学工作者协会(1953 年后更名为中国作家协会)机关刊物《人民文学》杂志的发刊词,在涉及对外国文学时这样表述:"我们的最大的要求是苏联和新民主主义国家的文艺理论,群众性文艺运动的宝贵经验,以及卓越的短篇作品。"②具体到外国文学的翻译实践中,表现为对俄苏文学的全方

---

① 参见周扬:《新的人民的文艺》,茅盾:《在反动派压迫下斗争和发展的革命文艺》,谢冕、洪子诚编:《中国当代文学史料选》,北京大学出版社 1995 年版,第 19—46 页。
② 见《人民文学》1949 年第 1 期。

位的系统译介。① 而对于欧美西方文学,虽然译介工作仍未间断,但选择范围也已经开始发生相应的变化,大都则以 19 世纪之前的古典文学,尤其是反映阶级压迫和民族矛盾的作品为主,而对现当代文学的介绍则主要限于"革命文学",即那些以反映反抗外敌入侵、反抗国内统治政权为题材的作品。② 而这两种对于外国文学的选择条件的限制,恰好在某一个区域获得了统一,即在对东欧"人民民主国家"文学的译介方面,政治意识形态的选择正好与民族意识的高扬相互重叠,这些国家和民族既在政治阵营的划分上同属以苏联为首的社会主义阵营,又是原来意义上的弱势民族国家,因此对其文学的译介也就获得了文学价值和政治正确的双重保证,翻译活动自然就比较频繁。除此之外,那就是大量译介亚、非、拉弱势民族国家的文学了。

对外国文学资源译介的这种意识形态导向和控制,以及译介主体对于这种导向的适应和选择,还进一步表现在它适时而做出的不断调整上。随着国际关系的一系列重要变化,对外国文学译介的整体选择也有所调整。一方面,自斯大林去世开始,特别是从 50 年代后期起,由于中苏关系发生的微妙变故,社会主义阵营内部发生了某种程度的分裂,中国对于波兰、匈牙利、南斯拉夫等东欧国家的社会变革也持批评和保留态度。另一方面,为了最大限度地赢得国际支持,加强与非西方国家间的文化联系,巩固世界反殖民主义阵营,以维护民族独立,保卫民族文化,中国对于其他弱势民族国家采取了同情、援助等外交政策,亚、非、拉国家便成为中国的当然盟友。③ 反映在文化和文学交流领域,相对于新中国成立初期而言,苏联文学的译介明显减少,波兰、南斯拉夫、罗马尼亚、匈牙利等东欧

---

① 据陈玉刚统计,新中国成立后的 7 年中,"仅人民文学出版社(包括作家出版社)就翻译出版了 196 种俄苏文学作品"。俄国古典文学虽仅占俄苏文学翻译种数 10% 左右,但在 1949—1953 年也达 114 种。见《中国翻译文学史稿》,中国对外翻译出版公司 1989 年版,第 347 页。

② 见国家出版事业管理局版本图书馆编辑的《1949—1979 翻译出版外国古典文学著作目录》,中华书局 1980 年版。

③ 茅盾在《为了亚非人民的友谊和团结》中曾指出这些文学译介主要是"为了促进亚非各国的文化交流"。郭沫若的《对亚非作家会议的希望》也认为,它有助于"加强亚非各国人民的团结,有利于各国人民反殖民主义和维护民族独立的斗争"。分别载《译文》1958 年第 9 期,《文艺报》1958 年 17 期。

## 第五章 共和国时期弱势民族文学译介与民族文化建构

国家的文学译介也随之减少,与此同时则开始大力译介亚、非、拉弱势民族国家的作家作品。作为中国作家协会和中国社会科学院外国文学研究所主办的大型外国文学翻译月刊,《译文》杂志①从创刊伊始就大力介绍苏联、东欧和朝鲜等国的文学作品,考虑到出任杂志主编的是从20年代起就大力倡导弱势民族文学译介的茅盾,这种选择倾向就更容易理解了。1958年,该刊在第9、10两期,连续推出了"亚非国家文学专号",11月号又设有"现代拉丁美洲诗特辑"。1959年《译文》杂志更名为《世界文学》后,同年2月号上主要刊登的就是亚、非、拉美文学的翻译,4月号则又开辟了"黑非洲诗选"栏目。这样,自50年代后期至60年代中期,全国出现了一个亚、非、拉美国家文学的译介热潮。其中许多亚、非、拉美国家的文学,在新中国成立之前是很少或者根本没有过任何译介。比如在新中国成立之前,对印度文学的译介除了泰戈尔等少数现代印度作家外,古典文学中也只有迦梨陀沙(Kalidasa,约330—432)极个别的作家被介绍到中国来,更是很少有人直接从梵文翻译古典作品,因此,"和我们有二千年文化交流关系的邻国印度,他的古代和近代文学名著,对我们几乎还是一片空白"②。其他国家如土耳其,则只有纳齐姆·希克梅特(Nazim Hikmet,1902—1963)的几首诗;波斯文学则几乎只有1928年郭沫若翻译的欧玛尔·海亚姆(一译莪默·伽亚谟,Ghiyasoddin Abual-Fath Omar Khayyam,1048—1122)的《鲁拜集》,而且也是从菲茨杰拉尔德(Edward Fitzgerald,1809—1883)英译本转译的;同样,阿拉伯文学也只有《一千零一夜》的节选,等等。这些情况在新中国成立后的几年里则都有了很大的

---

① 自1953年1月起,《译文》杂志改名为《世界文学》月刊。1966年又改为双月刊,并由曹靖华任主编,但办刊方针和对于外国文学的择取策略则基本延续了茅盾时期的风格,还提出了对"塔什干精神"的倡导。塔什干即首次"亚非作家会议"的举办地。1958年10月7日,在苏联的塔什干(今乌兹别克斯坦共和国首都)召开首次亚非作家会议,茅盾率领中国作家代表团赴会,包括巴金、刘白羽、许广平、萧三、戈宝权等出席了会议。会议倡导亚洲和非洲等第三世界作家的团结和文学交流,共同对抗以美国为首的西方世界。在之后的几年里,几乎每年都有相关的作家互访活动。就在"文化大革命"爆发前夕的1966年6月,还在北京举行了"亚非作家紧急会议",郭沫若在会上发表题为《亚非作家团结反帝的历史使命》的长篇讲话。与此同时,《世界文学》停刊。

② 见茅盾在1954年全国文学翻译工作会议上的报告,《为发展文学翻译事业和提高翻译质量而奋斗》,载《译文》1954年10—12月号。

改变。相对而言,同时期西方文学的翻译则明显减少,英、法、美等国文学更是限于数十部古典文学作品。

不过,如果从新中国成立后17年的外国文学翻译总量来看,苏联文学仍然在其中占很大的比重。据统计,从1949—1966年的17年间,外国文学翻译书籍总印数不低于1亿册,平均每种达2万册。其中苏联作品遥遥领先,17年间占总量的一半以上。① 在新中国的最初7年里,仅人民文学出版社(包括作家出版社)就翻译出版了196种俄苏作品。尤其以苏联作品的译介最为详尽、及时。同时,除东德(即德意志民主共和国)以外的其他东欧国家作品也有大量译介。17年间这些国家的古典文学作品(指19世纪之前)的翻译有八十多种、一百多位作家的数百篇作品,其中包括波兰文学密茨凯维奇的长篇小说《塔杜施先生》和《密茨凯维奇诗选》等,还有陈冠商翻译的显克维奇的长篇小说《十字军骑士》和《显克维支中篇小说选》,施蛰存、周启明(周作人)翻译的《显克维支短篇小说集》,吴岩翻译的莱蒙特的长篇小说《农民》,捷克文学有萧乾翻译的哈谢克(Jaroslav Hasek,1883—1923)《好兵帅克》,孙用翻译的《裴多菲诗选》,等等。另外,对这些国家的现当代文学的翻译则体裁多样,出版有反映当代生活的许多短篇小说集,如《阿尔巴尼亚短篇小说集》(徐萍等译,作家出版社,1961)、《阿尔巴尼亚现代短篇小说集》(多人合译,作家出版社,1964)、《南斯拉夫短篇小说集》(高骏千译,作家出版社,1957)、《捷克小说选》(魏荒弩译,晨光出版公司,1950)《捷克诗歌选》(魏荒弩编译,晨光出版公司,1950)、《保加利亚短篇小说集》(陈登颐等译,光明书局,1952),等等。到50年代末至"文革"前夕,这一类翻译因政治原因才逐渐减少。而其他北欧国家的文学也有一定的译介,但数量相对于20世纪上半期的二三十年代则明显减少。其中值得一提的是这一时期对丹麦作家安徒生的童话作品的翻译,这是由叶君健直接从原文陆续译出,译本曾于1955、1958年多次出版,成为几代读者喜爱的童话作品,影响广泛。此外,丹麦

---

① 卞之琳:《十年来的外国文学翻译和研究工作》,载《文学评论》1959年5期。1949年10月—1958年12月为止,俄苏作品共3,526种,占这个时期翻译出版外国文学艺术作品总量的65.8%强,总印数8,205,000册,占总量的74.4%。

## 第五章 共和国时期弱势民族文学译介与民族文化建构

现代作家尼克索的作品,也从 50 年代起被介绍到中国,而且对其作品的译介也比较全面,其代表作 4 卷本的长篇小说《征服者贝莱》,是北欧最早反映工人运动的作品之一,这是施蛰存以法文译本参照英文本译出的。另外还有尼克索的《蒂特三部曲》(由邹绿芷等自英文转译)、《红莫尔顿》第一卷(徐声越自俄文转译)、《尼克索短篇小说选》(杨霞华自俄文转译)等等问世。

相对于 20 世纪上半期的外国文学译介而言,20 世纪下半期对于亚、非、拉弱势民族文学的译介,成果尤其显著。大部分此类国家文学的译介都经历了从无到有的过程,大大扩展了中国读者和文学界对外国文学的视野。新中国成立后的 17 年间,中国大陆先后出版了印度尼西亚、柬埔寨、马来西亚、泰国、缅甸、锡金、巴基斯坦、阿富汗、伊拉克、黎巴嫩、约旦、以色列、马达加斯加、埃塞俄比亚、南非、智利、墨西哥、危地马拉、哥伦比亚、委内瑞拉、巴西、阿根廷等 35 个亚、非、拉国家的文学作品,范围之广,数量之多,是中国翻译史上所空前的。

而其中翻译最多的是朝鲜和越南文学。对越南文学的译介同样是以反映其民族独立解放的现代文学为主,影响较大的包括越南共产党领袖胡志明(1890—1969)的《狱中日记抄》(人民文学出版社,1960)。现代著名作家中译介较多的有,越南诗人素友(1920— )的《越北》(颜保等译,作家出版社,1956)、《素友诗集》(《人民文学》,1960),武辉心的长篇小说《矿区》(黄敏中译,作家出版社,1956),阮公欢(1903—1977)的长篇小说《黎明之前》(谭玉培译,上海文艺出版社,1960),阮庭诗的长篇小说《决堤》(岱学译,作家出版社,1964)和诗集《战士》(松柳等译,作家出版社,1965),苏怀(1920— )的短篇小说集《西北的故事》(张均等译,作家出版社,1957)等。此外还有综合性的译本如《越南现代短篇小说集》(北大东语系越语专业师生合译,人民文学出版社,1960)等等,共计七十多部集。[①] 同样,对朝鲜文学也以现代文学为主,17 年间共有一百多种作品(集)翻译出版,是同期我国翻译数量最多的外国文学之一,这与中朝两国

---

① 陈玉刚:《中国翻译文学史稿》,中国对外翻译出版公司 1989 年版。

的政治体制和在朝鲜"南北战争"期间结下的友谊有关。也因此,这一时期朝鲜民族文学的翻译只限于朝鲜(即朝鲜民主主义人民共和国),而与"大韩民国"几乎隔绝。最有影响的是20世纪三四十年代朝鲜左翼作家的作品,如李箕永(1895—1984)的长篇小说《土地》(冰蔚等译,作家出版社,1957)、《故乡》(李根全、关山译,上海新文艺出版社,1957),韩雪野(1900—?)的长篇小说《大同江》(李烈等译,人民文学出版社,1959)、《黄昏》(武超等译,上海文艺出版社,1959)、《塔》(冰蔚译,上海文艺出版社,1960),等等。此外还有赵基天(1913—1951)的《白头山》(余振译,1951,适夷译,1953,作家出版社)、《生之歌》(李烈等译,作家出版社,1954)、《赵基天诗集》(适夷等译,作家出版社,1958),及崔曙海(1901—1932)的《崔曙海小说集》(李圭海译,人民文学出版社,1959),黄健(1918—    )的《盖马高原》(冰蔚译,作家出版社,1960),千世峰(1915—    )的《白云缭绕的大地》(冰蔚译,人民文学出版社,1963)和韩成的剧本《等着我们吧》(冰蔚译,中国戏剧出版社,1956),等等。而朝鲜古典文学只有《春香传》(冰蔚等译,人民文学出版社,1956)和《沈清传》(梅峰译,中国戏剧出版社,1959)等。另外,这期间印度文学作品翻译有三十多种,包括小说、诗歌、剧本多种文体,涉及泰戈尔、普列姆昌德(Premchand,1880—1936)等近十位作家,此外还有季羡林、金克木等人翻译的迦利陀娑的古典作品等等。日本文学译介的重点则在无产阶级作家如小林多喜二、德永直(1899—1958)、宫本百合子(1899—1951)等人的现实主义作品。先后出版了《小林多喜二选集》3卷、《德永直选集》4卷、《宫本百合子选集》4卷等等。

拉丁美洲和非洲诸国的文学在这一时期也有不少译介。50年代末60年代初,人民文学出版社组织翻译出版了"拉丁美洲文学丛书"系列,其中包括的重要作家作品有:1959年出版的库尼亚(巴西,Euclides Rodriguse Pimenta de Cunha,1866—1909)的《腹地:卡奴杜斯战役》(长篇小说,贝金译)、纪廉(古巴,Nicolas Guillen,1902—1989)的《纪廉诗选》(亦潜译)、阿尔维斯(古巴,1847—1871)的《卡斯特罗·阿尔维斯诗选》(亦潜译)、巴尔玛(秘鲁,1833—1919)的《秘鲁传说》(长篇小说,白婴译)、《深渊上的黎明》(墨西哥小说,曼西西杜尔著,林荫成、姜晨瀛译)、《时候

## 第五章 共和国时期弱势民族文学译介与民族文化建构

就要到了》(巴西长篇小说,巴侬姆著,秦水译)、《阴暗的河流》(阿根廷长篇小说,伐莱拉著,柯青据德语转译),以及 1960 出版的《远征-圣保罗的秘密》(巴西长篇小说,斯密特著,吴玉莲、陈绵译),还有作家出版社 1961 年出版的《利约短篇小说集》(智利短篇小说集,利约著,梅仁译)、1962 年出版的《风暴中的庄园》(乌拉圭长篇小说,格拉维那著,河北大学俄语教研室译)等 10 部译作,这是第一次大规模的对于拉美文学的译介。

这一时期在中国影响较大的拉丁美洲作家要数智利诗人聂鲁达(Pablo Neruda,1904—1973)和巴西小说家亚马多(Jorge Amado,1912—2001)了,他们的作品在中国的译介,当然与他们的共产党身份背景和作品中所反映的政治倾向有着直接的关系。聂鲁达是智利共产党党员,一度曾是智利国会的议员。1946 年后流亡国外,从事世界和平运动,曾经三次到过中国旅行和访问,1950 年获得加强国际和平列宁奖金,1952 年结束海外流亡生活返回智利,1957 年担任智利作家协会主席,1971 年获诺贝尔文学奖。自新中国成立初期开始,聂鲁达就被译介到中国来。1951 年有他的三本诗集中译本出版:《让那伐木者醒来》(袁水拍译,新群众出版社 1951 版,此书后由人民文学出版社于 1958 年重版)、《聂鲁达诗文集》(袁水拍编译,人民文学出版社 1951 年初版,1953 年重版)和《流亡者》(周绿芷译,文化工作社 1951 年版)。到 1957 年,还翻译出版了由苏联学者库契布奇科娃和史坦恩合著的《巴勃罗·聂鲁达传》(胡冰、李末青译,作家出版社出版)。之后,相继又有邹绛据俄文本转译的《葡萄园和风》(上海文艺出版社,1959)和王央乐翻译的《英雄事业的赞歌》(作家出版社,1961),在 50 年代的中国诗坛产生了较大的影响。而另一位南美作家亚马多的生平同样富有传奇色彩,他在 30 年代加入了巴西共产党,曾数度入狱或者流亡,也担任过由巴西共产党主办的《圣保罗报》的主编。他在 40 年代创作的以农村为背景的小说三部曲代表作,到 50 年代都有了中译,即《无边的土地》(吴劳译,文化工作,1953 年版;作家出版社,1958 年版)、《黄金果的土地》(郑永慧译,作家出版社,1956 年版)和《饥饿的道路》(郑永慧译,新文艺出版社,1956 年版;作家出版社,1957 年版)。

这种对于亚、非、拉弱势民族国家文学的译介,扩大了中国读者的外国文学视野,丰富了外国文学译介的对象,客观上纠正了 20 世纪上半期中国作家创作外来资源上的偏颇格局,显然具有长远的积极的意义。但是,同时也可以看到,当时这种以作家的政治立场和身份以及作品的政治意识形态倾向作为翻译选择主要标准的功利性态度和译介方式,由于人为地对于现代欧美文学给予排斥和抵制,从而使中外文化和文学关系从五四时期的开放逐渐走向狭隘的封闭,从以西方文化作为民族现代化的主要参照,演变到先是主要以苏联为代表的社会主义文化作为交流对象,后又在强调"独立自主,自力更生"的时代主流话语下,只对亚、非、拉美弱势民族文学开放,使民族意识走向片面的自我肯定。特别是在50年代末以后,随着极左政治的逐步抬头,民族文化发展的格局日渐趋于封闭。

另外,在新中国成立后的17年间,一些弱势民族特别是(北)朝鲜、罗马尼亚、南斯拉夫、古巴、阿尔巴尼亚、墨西哥等国的电影译制[①],也在国内产生了较大的影响。影响较大的作品有:匈牙利的《一寸土》(1951年)、《为了十四个生命》(1955年)、阿尔巴尼亚的《伟大的土地》(1955年)、《山鹰之歌》(1961年)、《他们也在战斗》(1962年)、《特殊任务》(1963年)、《我们的土地》(1964年)、《渔人之家》(1961年),波兰的《华沙一条街》(1952年),罗马尼亚的《多瑙河之波》(1961)、《风暴》(1961),南斯拉夫的《当机立断》(1956),保加利亚的《警钟》(1953)、《在压迫下》(1954),捷克斯洛伐克的《好兵帅克》(木偶电影,1954),等等。作为一种直观的影像展现,这些电影作品呈现了这些社会主义国家的革命历史和现实生活,对于建构新中国的民族文化意识及其世界想象,有着甚至比文学作品更为直接和广泛的作用。

从新中国成立初期至"文化大革命"前夕,这种带有片面性的民族意识逐渐与极左政治相结合而走向极端,使整个外国文学的译介几乎趋于完全停止。至1966年"文革"爆发时,差不多所有的外国文学作品都被打上各种各样的罪名而遭受排斥、批判、禁止,在公开出版物当中,只留下诸如阿尔巴尼亚作家拉扎尔·西里奇的小说《教师》(戈宝权译,作家出版社,1966年2月)、朝鲜作家金载浩的戏剧《袭击》(北大朝鲜语教研室译,

---

[①] 朴风学、崔溶洙:《朝鲜电影剧本集》,延边大学朝语系72届工农兵学员译,人民文学出版社1977年4月版。

第五章　共和国时期弱势民族文学译介与民族文化建构

作家出版社上海编译所,1966年3月)等极少数作品。而"文革"前期由于政治斗争处于高潮阶段,所有文学出版业几乎陷于停顿。一直到70年代初的"林彪事件"之后,国内的政治秩序和文化秩序得到极为有限的恢复,才又有一些内部出版物[①]登载少量苏联、美国、日本和越南等国的文学作品,不过,其中大部分又都是作为内部批判的材料出现。到文革末期,随着文化秩序的部分恢复,出版业也相应重新启动,这样,尽管对于外国文学译介的政治限制没有太多的变化,但毕竟已有一些作品重新得到翻译出版。如老挝作家伦沙万(通译占梯·敦沙万)的小说《生活的道路》(梁继同、戴德中译,人民文学出版社,1975年6月)、《莫桑比克战斗诗集》(王连华、许世全译,人民文学出版社,1975年7月)、《朝鲜短篇小说集》(李尚植等著,张永生译,人民文学出版社,1975年8月)、玻利维亚作家阿尔西德斯·阿格达斯(Alcides Arguedas,1879—1946)的小说《青铜的种族》(吴建恒译,人民文学出版社,1976年3月)、《朝鲜诗集》(崔荣化等著,延边大学朝语系72届工农兵学员译,人民文学出版社,1976年5月)、何塞·黎萨尔(Jose Rizal,1861—1896)反映菲律宾反抗西班牙殖民者的小说《不许犯我》(陈尧光、柏群译,人民文学出版社,1977年10月)、巴基斯坦乌尔都语诗人伊克巴尔(Muhammad Iqbal,1877—1938)的诗集《伊克巴尔诗选》(王家瑛译,人民文学出版社,1977年11月),等等。

## 第二节　后30年弱势民族文学的译介

到20世纪七八十年代的"新时期"改革开放之时,中国社会又处于一个新的历史关头,民族国家重又面临新的挑战和机遇。从世界格局来看,在经历了冷战时期的两大意识形态阵营的政治、经济和文化的长期对垒之后,中国社会经过自身的变革,重新回到了理性的起点。中国知识分子逐渐摆脱了意识形态的束缚,获得了新的开放的世界眼光,确立了民族文化的地位,也获得了新的民族文化身份认同。但与20世纪一二十年代和

---

[①]　如上海创刊于1973年11月的《摘译》(外国文艺),就刊登有苏联、美国、日本等国家的现当代文学作品翻译以及部分文艺理论。

抗战时期的民族处境有所不同的是,尽管前者在经济上处于明显的落后地位,甚至因为经历了"文化大革命"的停顿而严重加大了与世界先进国家(西方国家)的距离,按照当时的说法,中国的国民经济已经"处于崩溃的边缘"了。但经过30年的社会主义建设(尽管期间经历许多曲折和倒退),作为一个独立的民族国家,毕竟已经具有一定的实力。同时,由于没有外族政治和军事的直接侵略,国家民族的地位没有受到根本性的威胁,民族的政治地位也相对稳固。因此,面对西方先进的政治体制、经济体制和文化的发达局面,深深的"民族落后意识"成为知识分子的进行社会批判和改革的现实前提。这样,世界化和西方化再次成为社会变革的目标,"走向世界"的现代化叙事成为压倒一切的社会主流话语。七八十年代之交,在国内一批激进的知识分子当中,刮起了一股"蓝色文明"①风暴,他们对于以"黄色"为象征的中国文化传统采取激烈的批判态度,这就是极端西方化和世界主义思潮在当时中国思想文化领域的突出表现。但这种西方化思潮倾向,其实是以民族复兴的急迫要求作为重要动力的,其自我批评的背后恰恰是以民族意识的再次觉醒为前提的。因此,在经过一段时间的流行之后,自80年代后期开始,对于民族传统的继承和民族身份的认同要求便再次浮出水面,民族意识重又抬头。

　　从文艺思潮的角度来看,在"新时期"指出西方现代派文艺思潮大兴神州之后,特别是在思想文化界受到80年代初期的政治挫折之后,对于西方现代派文学学习、模仿和探索的创作实践也日渐转向晦涩,"寻根文学"随之兴起,文艺界的主流话语又转向了对于民族传统文化的发掘和探索。因此,80和90年代外国文学在中国的译介,尽管在总量上一直处于不断上升、不断繁荣的过程当中,但如果从翻译选择的趋向来看,这两个阶段分别呈现出各自不同的特征来,而在这两个时期里,弱势民族文学译介的地位、功能和被重视的程度也不尽相同。

　　先看80年代的情况。自七八十年代之交开始,随着对外开放政策的逐步实施,中国大陆整个文化和文学领域对于外国文学的态度也发生了

---

①　"蓝色文明"作为"黄色文明"相对的概念,被用来指称西方和中国文明传统,出自电视专题系列片《河殇》,在20世纪80年代风靡一时。

## 第五章 共和国时期弱势民族文学译介与民族文化建构

相应的变化。1977年10月《世界文学》杂志的复刊,就是新时期之初恢复外国文学译介的标志性事件。不过,在新时期伊始,基本上还是延续了十七年对于弱势民族文学译介的路数。一开始,苏联文学与欧美经典文学的译介得到恢复,图书市场曾出现了外国文学经典销售的空前热烈的场面,每有一本如巴尔扎克、列夫·托尔斯泰、高尔基等作家的经典作品重新印刷出版,书店门口就会排起购书者的长龙。不久之后,随着整个外国文学译介活动的恢复,对西方现代文学的介绍也很快得以展开,并且同样激发了中国读者和作家们的阅读和创作热情。另一方面,在西方文学大量引进的同时,弱势民族文学的译介也逐渐多了起来。据不完全统计,1980年共出版发表外国文学100部(篇),其中属于弱势民族文学的仅10部(篇)①,而这个比例在80年代后期则有很大的变化。不仅如此,弱势民族文学的译介内容也逐渐出现了一些新鲜因素,其中包括拉丁美洲当代文学在内的作家作品也逐渐进入译介者的视野,并埋下了触发中国当代文学创新的生命种子。

在80年代的大部分时间里,弱势民族文学的译介对象不断扩大,欧洲文学中除了希腊和罗马的古典文学外,主要译介了部分东、南欧社会主义国家如阿尔巴尼亚、保加利亚、罗马尼亚、南斯拉夫和捷克斯洛伐克等国的作品,如阿尔巴尼亚诗人米吉安尼(Migjeni,1911—1938)的诗歌《我们是新时代的儿女》(萧曼译,人民文学出版社,1978)、保加利亚诗人瓦普察洛夫(1909—1942)的《瓦普察洛夫诗选》(周熙良译,上海译文出版社,1978)、罗马尼亚诗人考什布克(一译科什布克,George Cosbuc,1866—1918)的《考什布克诗选》(冯志臣译,人民文学出版社,1979)、罗马尼亚小说家马林·普列达(一译普雷达,Marin Preda,1922—1980)的《吃语》(卢仁译,外国文学出版社,1979)、南斯拉夫作家伊沃·安德里奇(Ivo Andric',1892—1975)的小说《德里纳河上的桥》(周文燕、李雄飞译,人民文学出版社,1979)、捷克作家哈谢克的《好兵帅克历险记》(星灿译,外国文学出版社,1983)、伏契克的《绞刑架下的报告》(蒋承俊译,人民文学出

---

① 这个统计据陈鸣树主编《20世纪中国文学大典》所录的译文目录得出,虽并不完整,但仍可以大致反映出80年代初在外国文学译介中强/弱民族文学的比例。

版,1985)等。此外,作为传统弱势民族的波兰文学则仍以介绍显克维奇①等作家为主,不过值得一提的是,在1978至1980年不到3年的时间里,先后出版了显克维奇的长篇历史小说《十字军骑士》(陈冠商译,上海译文出版社,1978)、《你往何处去》(侍桁译,上海译文出版社,1980)和《显克微支中短篇小说选》(陈冠商译,江苏人民出版社,1979)。至此,这位波兰近代伟大作家的代表性作品几乎全部有了中译本。

亚洲部分的译介则以朝鲜文学居多,有朝鲜作家金永根的长篇小说《钟声》(葛振家、冯剑秋译,外国文学出版社,1979)、赵基天(1913—1951)的诗歌《白头山》(张琳译,人民文学出版社,1978)、郑成勋的小说《回声》(田华麟译,吉林人民出版社,1978)等。而对印度文学的译介除了季羡林的印度古典史诗《罗摩衍那》的翻译(人民文学出版社,1980、1981)和金克木的《伐致可利三百咏》(人民文学出版社,1982)外,对现代印度文学的译介还有:泰戈尔的诗歌《采果集》(汤永宽译,《百花洲》1980年第3期)和小说《素芭》(冰心译,《北方文学》1982年第5期),以及克里山钱达尔(Kreshanchandar,1914—1977)的《一个少女和一千个追求者》(伍蔚典译,湖南人民出版社,1981)、普列姆昌德的《有儿女的寡妇》(殷洪元译,《外国文学》1981年第1期)和《印度现代短篇小说选》(黄保生、倪培根译,人民文学出版社,1978),而这些作家作品的翻译,差不多都是对于50年代甚至现代时期译介活动的继续。

在阿拉伯和伊斯兰文学的译介中,对黎巴嫩作家纪伯伦(Khalil Jibran,1883—1931)的翻译同样延续了自20年代以来的传统,这一时期又有冰心翻译的散文诗集《沙与沫》(载《外国文学》季刊,1981年第2期)和散文集《先知》(湖南人民出版社,1982),以及《纪伯伦散文选》(韩家瑞等译,《世界文学》1980年第3期)、《雾中船》(小说,葛继远译,载《外国文学》1985年第8期)等。只有埃及作家纳吉布·马哈福兹(又译纳吉布·迈哈福兹,Najib Mahafuz,1912—2006)的名字是新的,他的中短篇小说《一张置人死地的钞票》(范绍民译,载《译林》1980年第2期)、《木乃伊的

---

① 陈冠商接连翻译出版了显克维奇的长篇历史小说《十字军骑士》(上海译文出版社,1978)和《显克微支中短篇小说选》(江苏人民出版社,1979)。

## 第五章 共和国时期弱势民族文学译介与民族文化建构

觉醒》(孟早译,载《外国文学》1980 年第 6 期)、《暴君》(静子译,载《外国小说》1989 年第 2 期)开始了其在中国的传播,1988 年获得诺贝尔文学奖。

在对拉丁美洲诸国文学的译介中,一开始也延续了 17 年的传统。如:《拉丁美洲现代独幕剧选》(王央乐译,人民文学出版社,1978),墨西哥的神话小说《羽蛇》(何塞·罗佩斯·波蒂略,宁希译,人民文学出版社,1978)和委内瑞拉罗慕洛·加列戈斯①(Romulo Gallegos,1884—1969)的小说《堂娜巴巴拉》(白婴、王相译,人民文学出版社,1979)。还有智利的两位诺贝尔奖得主,即诗人米斯特拉尔(Gabriela Mistral,1889—1957)和聂鲁达的作品都有进一步的译介,前者有诗集《柔情》(赵振江、陈孟译,漓江出版社,1986),后者有《聂鲁达诗选》(王永年译,《世界文学》1980 年第 3 期)、《聂鲁达诗选》(蔡其矫译,《诗刊》1980 年第 9 期)、《布尼塔基的花朵》(炜华译,《外国文学》季刊 1981 年第 1 期)等。特别是对聂鲁达的作品译介,80 年代初开始又一次出现众多译本。据不完全统计,这一时期至少有 5 种聂鲁达的诗歌和散文编译本②。到 90 年代,又有 8 种译本,其中,仅他的回忆录《我曾历经沧桑》就有 3 种译本③。此外还有《聂鲁达爱情诗选》(陈步奎译,四川文艺出版社,1992)、《情诗·哀诗·赞诗》(漓江出版社,1992)、《漫歌》(江之水、林之木译,云南人民出版社,1995)和中英文对照的《二十首情诗与绝望的歌》(李宗荣等译,中国社会科学出版社,2003)。从 50 年代开始,这位智利诗人对中国当代诗坛,特别是对当代政治抒情诗产生了不可忽视的影响。而另一位共产党作家巴西的亚马多,在 80 年代之后也仍保持强劲的译介势头,到 90 年代初,不仅几乎将这位

---

① 罗慕洛·加列戈斯曾作为民主行动党候选人当选为委内瑞拉共和国总统,后在军事政变中被推翻,流亡墨西哥,其创作活动到 50 年代基本结束。
② 《聂鲁达诗选》,邹绛译,四川人民出版社 1983 年版;《诗歌总集》王央乐译,上海文艺出版社 1984 年版;《聂鲁达诗选》陈实译,湖南人民出版社 1985 年版;《孤独的玫瑰:当代外国抒情诗选》钱春绮译,上海译文出版社 1986 年版;《聂鲁达散文选》,江志方译,百花文艺出版社 1987 年版。
③ 它们是:《我曾历尽沧桑:聂鲁达回忆录》,刘京胜译,漓江出版社 1992 年版;《聂鲁达自传》,林光译,东方出版中心 1993 年版(1996 年重印);《回首话沧桑:聂鲁达回忆录》,知识出版社 1993 年版。

作家自流亡之后的主要作品全部翻译出来,而且有的还有若干重译本,先后有《拳王的觉醒》(郑永慧译,湖南人民出版社,1983)、《加布里埃拉》(徐曾惠译,长江文艺出版社,1984;孙承熬译,上海译文出版社,1985)、《浪女回归》(陈敬咏译,长江文艺出版社,1986)、《死海》(范维信译,黑龙江人民出版社,1987)、《弗洛尔和她的两个丈夫》(孙成熬、范维信译,云南人民出版社,1987)、《厌倦了妓女生活的特雷沙·巴蒂斯塔》(文华译,北方文艺出版社,1988)、《大埋伏》(孙成熬、范维信译,云南人民出版社,1991初版,1995再版)等7部长篇小说出版。

不过,在80年代的外国文学翻译实践中,最能体现弱势民族译介之新鲜因素的,有如下两个方面的内容,值得专门论述。

首先应该提及的是从80年代初开始的对拉丁美洲诸国当代文学的译介。如上所述,之前国内对于拉美文学的译介,一般都限于20世纪中叶之前的近代文学,主要是指19世纪拉美独立革命时期的浪漫主义文学和20世纪初期的现实主义与自然主义文学。而对拉美当代文学的介绍,则主要限于比如智利的聂鲁达、巴西的亚马多等几位共产党或者左派作家。而对于19、20世纪之交(其跨度约有30年时间)的现代主义文学则基本没有译介,这一点与同时期对于欧美现代主义的态度及其文化背景相似。而对于自50年代开始发展起来的拉美当代文学,特别是对兴盛于60年代的所谓拉美"爆炸文学",在当时还没有来得及做出反应,就因为政治意识形态的原因而不得不停止。新时期开始后,拉美"爆炸文学"在整个世界特别是西方社会所获得的惊人影响,使得中国的研究和译介者产生极大的兴趣,在延续五六十年代对于拉美文学译介传统的同时,拉美当代文学作为一种既在整体上区别于西方文学,同时又具有明显的西方现代主义因素的弱势民族文学,被热切地介绍和讨论。其中的一些重要的作家作品也相继被介绍进来。相对而言,阿根廷的博尔赫斯、哥伦比亚的加西亚·马尔克斯、秘鲁的巴尔加斯·略萨等是最受人瞩目的作家。

哥伦比亚作家加西亚·马尔克斯(Garcia Marquez,1928—2014)作品最早的中译起始于1980年。是年《外国文艺》第3期发表了由赵德明等翻译的马尔克斯短篇小说4篇;1982年10月,包括这些作品在内的《加西亚·马尔克斯中短篇小说选》(赵德明等译)由上海译文出版社出

## 第五章 共和国时期弱势民族文学译介与民族文化建构

版。几乎就在该书出版问世的同时,马尔克斯被瑞典皇家科学院授予当年的诺贝尔文学奖,此举显然立即引起中国文坛和广大读者的瞩目。作为来自第三世界国家的作家,获得如此高的世界声誉,受到西方主流世界的如此认同,似乎给急于"走向世界"的中国当代作家预示了一种努力的方向和成功的希望。1984年,马尔克斯的获奖代表作《百年孤独》的中译本问世,并几乎同时有了两种译本:一是由黄锦炎翻译,上海译文出版社的译本;一是高长荣翻译的北京十月文艺出版社译本。从而在中国出现了一股译介马尔克斯的热潮,许多报纸、文学期刊和文学出版物中,关于马尔克斯的翻译、介绍不计其数。并立即成为中国当代文坛长期谈论和学习模仿的一个对象。在普通读者甚至是某些专业研究者的眼里,以马尔克斯为代表的拉美魔幻现实主义似乎就代表了拉美现代文学的一切,以至于把博尔赫斯、略萨等具有完全不同文化倾向和文学追求的拉美当代作家,也归于"魔幻现实主义"之列。① 据不完全统计,到2001年为止,在中国大陆马尔克斯作品翻译的单行本就有二十多种,其中还不包括刊发于报纸和期刊的译文在内。总之,他的几乎所有作品至此都有了中译,并及时地追踪他当下的创作。

阿根廷作家豪尔赫·路易斯·博尔赫斯(Jorge Luis Borges,1899—1986)在中国的译介最早起始于1981年。《世界文学》在是年第6期发表了由王永年翻译的一组"博尔赫斯作品小辑"。到1983年,先后又有《当代外国文学》(第1期)和《外国文学报道》(第5期)发表"博尔赫斯短篇小说3篇"(王永年译)和《结局》(解崴译)。同年,《博尔赫斯短篇小说集》由上海译文出版社出版(王央乐译)。博尔赫斯被智利诗人聂鲁达称为"影响欧美文学的第一位拉丁美洲作家",他的小说和散文对于中国先锋小说具有重大的影响,当时活跃在文坛上的残雪、余华、马原、孙甘露等作家,几乎都从这位阿根廷作家身上汲取了诸多养分②,从而使博尔赫斯成为中国文坛最受欢迎和瞩目的当代外国作家之一。到90年代末,浙江文艺

---

① 直到21世纪初,还有人将博尔赫斯作为"魔幻现实主义"作家谈论而受到批评。参见文鸣:《老调不应重弹》,载《中华读书报》2002年11月1日。

② 参见张新颖《博尔赫斯与中国当代小说》,载《上海文学》1990年第2期。

出版社推出了5卷本《博尔赫斯全集》,包括小说卷(王永年、陈泉译)、诗歌卷(上下册,林之木、王永年译)和散文卷(上下册,王永年、徐鹤林译),其中包括了几乎全部的博尔赫斯创作。另外,还有《作家们的作家——博尔赫斯谈创作》(倪华迪、段若川译,云南人民出版社,1995)、《博尔赫斯与萨瓦托对话》(奥尔兰多·巴罗内整理,赵德明译,云南人民出版社,1999)、《博尔赫斯谈诗论艺》(凯林-安德·米海列斯库编,陈重仁译,上海译文出版社,2002)、《博尔赫斯七夕谈》(J. L. 博尔赫斯、F. 索伦蒂诺著,林一安译,光明日报出版社,2000)以及博尔赫斯的传记《博尔赫斯八十忆旧》(巴恩斯通编,西川译,作家出版社,2004)译著等等。

秘鲁作家巴尔加斯·略萨(Mario Vargas Llosa,1936—  )的译介及其影响,要逊色于前面两位。与博尔赫斯一样,作为拉美"结构现实主义"文学的代表作家,他在中国同样有被误解成"魔幻现实主义"的遭遇,而这种遭遇又都与马尔克斯的赫赫名声有关,这既反映了中国读者对于拉美当代文学之丰富、多元格局了解的有限,同时也说明加西亚·马尔克斯的影响之大。不过,对于略萨的译介和影响虽然不如马尔克斯和博尔赫斯,但自80年代初到20世纪末,译介数量也不在少数。从他创作的第一部长篇小说《城市与狗》(赵绍夫译,外国文学出版社,1981年10月)率先被翻译成中文之后,又有《青楼》(韦平、韦拓译,云南人民出版社,1982年2月)、《狂人玛伊塔》(孟宪臣、王成家译,云南人民出版社,1988)、《胡利娅姨妈与作家》(赵德明等译,云南人民出版社,1993)、《酒吧长谈》(孙家孟译,云南人民出版社,1993)、《绿房子》(孙家孟译,云南人民出版社,1996)以及作家的创作谈《谎言中的真实:巴尔加斯·略萨谈创作》(赵德明译,云南人民出版社,1997)。而后面的5种,都是云南人民出版社以"拉丁美洲文学丛书"的名义推出的。这套丛书与五六十年代人民文学和作家出版社出版的丛书同名(如上所述),这也体现了拉丁美洲文学译介传统在新时期的延续。而略萨则是这套丛书中所介绍的唯一一位秘鲁作家,却也是在丛书中翻译介绍作品最多的作家。2010年获诺贝尔文学奖之后,中国再次掀起略萨译介的热潮。

值得特别提及的另一种弱势民族文学译介内容,便是从80年代后期开始对于捷克流亡作家米兰·昆德拉(Milan Kundera,1929—  )的译

## 第五章 共和国时期弱势民族文学译介与民族文化建构

介。虽然关于昆德拉的创作及其在捷克和欧洲的影响情况,早在70年代末就多少被介绍到国内,80年代中期还有李欧梵的大力推荐,但其作品的翻译要直到1987年才开始。《中外文学》第4期刊登了赵长江翻译的短篇小说《搭车游戏》,该刊紧接着还登载了昆德拉的短篇小说中译《没人会笑》(第6期,赵锋译)。更有作家出版社接连推出的长篇小说《为了告别的聚会》(景凯旋、徐乃健译,1987年8月)和《生命中不能承受之轻》(韩少功、韩刚译,1987年9月),而尤以后者在中国文坛和读者中的影响为最大,从此在中国掀起了一股持续时间长、影响也较为深刻的"昆德拉热"。如果说,拉丁美洲的"爆炸文学"在中国引发的持久热情,是因为其在整体上表达了现代化后发民族面对全球化进程时的生存处境和文化遭遇,从而触发了中国文学创作对于西方化倾向的某种反思,那么,对于昆德拉的热情,则除了同样面对西方强势民族文化的共同处境之外,还加上中国与捷克之间曾经在政治经济体制、意识形态和文化权力格局以及知识分子处境上更多的相似点。关于昆德拉在中国的译介及其与中国作家之间的多层次关联,本书将专章论述。

上述关于新时期弱势民族文学在中国的译介和接受的两个重要兴奋点,在20世纪的最后十年中得到了有力的延续。体现在拉美文学的译介方面,就有从80年代末开始,由云南人民出版社出版的"拉丁美洲文学丛书",其中包括综合性的中短篇作品选集、作家长篇作品或者个人选集和创作谈三个系列。综合性的作品集共有6本,分历代名家诗歌、现代诗歌、散文、短篇小说、微型小说和中篇小说几个专题。作家长篇作品和个人选集系列包括阿根廷、哥伦比亚、巴西、墨西哥、秘鲁、乌拉圭、智利、尼加拉瓜、委内瑞拉、古巴、危地马拉等12个国家28位作家的33部(集)作品。作家创作谈系列则包括略萨、科塔萨尔([阿根廷]Julio Cortazar, 1914—1984)、马尔克斯、奥·帕斯([墨西哥]Octavio Paz, 1914—1998)、何塞·多诺索([智利]Jose Donoso, 1924—1996)、若热·亚马多、卡彭铁尔([古巴]Alejo Carpentier, 1904—1980)、博尔赫斯等8位作家,可谓规模宏大。此外,上海译文出版社、译林出版社和黑龙江人民出版社等也有大量拉丁美洲文学译著出版。在21世纪刚刚开始时,上海译文出版社还推出了"米兰·昆德拉作品系列",使昆德拉的作品的译介与其创作完全

97

保持同步。这一系列译介以及相应的研究实践，对于80年代中国文学中"寻根文学""先锋文学"创作思潮，和90年代以来多元化创作的形成相继都起到触发和推动作用。只是由于中国加入国际版权公约之后的国外作品版权的限制，外国文学作品在世纪之交的翻译，在总体上比八九十年代有所减少，再加上英、日等强势语言的冲击，国内小语种翻译人才出现明显的断档现象，这样，亚、非、拉美等地区弱势民族文学的翻译出版在总体数量上出现了相对的萎缩。① 但随着全球化时代的到来，随着国际文化交往的日益频繁，从长远的角度来说，正常的国际文学交流的趋势毕竟不可阻挡，相信全面开放的外国文学的译介局面一定会成为一种常态，因此，对于亚、非、拉美等地区弱势民族文学的译介肯定会越来越频繁、丰富和全面。

## 第三节　本土文化规范与外来文学的创生性

　　由于同为弱势民族——现代化的后发国家的相似的国际地位，自新中国成立后的50年代开始，中国对于亚、非、拉美弱势民族文学的译介活动，便继续得到主流读者的鼓励、推崇和欢迎，加以新的民族国家建立伊始，国家意识形态的主流文化参与并支持这种通过跨语际、跨文化译介来建构民族文化的工程。因此，这些弱势民族国家文学的翻译出版，在总量上大大超过了20世纪上半期的50年，并且由于在其中的前30年间对西方现代文化和文学的普遍压制和拒绝，欧美现代文学在中国的译介远远不如二三十年代多。而50年代对于苏联和东欧文学的译介也很快因为国际关系的变动和意识形态的因素而趋于停顿，这样三个因素的相加，使得这一时期前30年的外来文学译介活动中，亚、非、拉美弱势民族文学相对而言就成为外来文学资源中特别瞩目的一个主体部分。而在这半个世纪的后20年时间里，由于文化环境的相对开放和意识形态的逐渐淡化，外来文学的译介逐渐趋于一个多元化的开放境地。与前30年相比，这一时期亚、非、拉美文学的译介，虽然在其自身格局上有了重大的变动，原来

---

① 参见《拉美文学翻译出版出现断档》，载《文汇读书周报》2003年3月14日。

## 第五章　共和国时期弱势民族文学译介与民族文化建构

那些带有明显的政治色彩、负载了狭隘的意识形态功能的作家作品和文学思潮的译介,比如朝鲜、阿尔巴尼亚、越南等国家在社会主义体制下的创作文本的翻译,自然趋于减少,即使仍有相关的译介事实发生,相对于前30年来说,也明显缺乏读者的广泛认同。但总体而言,20世纪最后20年的弱势民族文学译介的绝对数量,仍然保持了相当大的规模。

不过,亚、非、拉美弱势民族文学译介数量的多少,并不决定其在译入语文化环境即中国当代文学空间中的文学和文化功能。相反,后者才是决定其生命的延续和再生的决定性力量。纵观20世纪下半期的弱势民族文学译介及其在中国的命运,真正在中国文学系统中产生影响的弱势民族作家、作品或者思潮并不多,除去前30年不论,就拿前者与新时期西方现代主义文学在中国的译介和影响相比较,也要逊色许多。在20世纪末短短的20年里,欧美现代各种文学思潮和作家作品在中国文坛上掀起了一阵阵波澜,甚至号称西方现代文学和艺术百年来的各种思潮,在十多年里就演绎了一遍,如果不论其"演绎"的创造性程度,至少在形式上看似乎是不争的事实。而弱势民族文学思潮或者作家作品在20世纪后50年的中国文坛能够产生比较重大影响的,在50年代似乎只有巴西小说家亚马多、智利诗人聂鲁达等寥寥几位;在新时期,情况则有了明显的变化,至少有以马尔克斯、博尔赫斯和略萨等作家为代表的拉丁美洲作家群,还有昆德拉这样的东欧作家,以及像阿拉伯、非洲等地区的其他作家,都在中国读者界和中国文坛相继产生了令人瞩目的影响,相对于中国文坛原有的文学传统而言,他们的进入,各自带来了新颖的文学新元素和新模式,刺激、启发了中国当代文学的多元发展。进一步来说,这些外国作家的创作文本在源语文化环境中的艺术原创性、艺术地位和影响,也不能绝对地决定其在译入语文化中的作用和地位。相反,是译入语本土文化(中国文化)的语境和规范,决定了外来文学对于中国文学创生性的发挥。这里所谓创生性[①],是指某一种不同于现行的文学模式及其元素对当代文学创

---

[①] 这里的创生性,类似于伊文·佐哈尔的能产性(productive),他在关于静态和动态经典的论述中,以能产性区分两者,并进一步将是否具有能产性作为文学经典模式的一级类型(primary)和二级类型(secondary)的标志。参见伊文·佐哈尔:《多元系统论》,张南峰译,载《中外文学》2001年8月第30卷第3期。

作产生启发和触动,从而导致富有新质的、创造性文本产生的可能性与潜力。

因此,在民族文化和文学的交往活动中,除非民族国家的权力机构出于意识形态或者主权独立的迫切需要,推行国家民族主义的文化政策,采用权力控制的手段,对外来文化加以强制性的过滤,否则,民族意识和世界意识的胶着、矛盾和冲突,始终是弱势民族国家文化和文学在对外交往以及自身发展进程中的一个重要主题——其实强制性的过滤或者排斥正是这种矛盾的极端化体现。这种矛盾集中体现了本土(译入语)文学主体在民族内外文学和文化交流状态下对本土与世界、个体选择与社会责任、民族文化建构与文学审美等问题的两难处境。五六十年代中国对外国文学的译介,特别是对弱势民族文学的译介背景,应该属于前者,而新时期以后的情形则更多地属于后者。

与五六十年代弱势民族文学译介的虚假地位相比,新时期亚、非、拉美和东欧国家文学在中国的译介,虽然重新面临了西方强势文学译介的巨大压力和几乎悬殊的对比,但毕竟其本身也获得了一种开放多元的译入语文化环境,从而能够与西方强势文学一起在中国文化和文学空间中进行竞争,既争夺读者的赏识,也争夺作家和研究者们的青睐,同时更显示各自与本土文学的亲和力,在中国当代文化和文学的系统中发挥自己的创生性潜质。

20世纪八九十年代中国开放多元的文化背景,不仅通过跨语际、跨文化的交往实践,在中国文化语境中造就了马尔克斯、博尔赫斯、昆德拉、略萨、艾特马托夫这样具有强大创生性作家的声誉,同时也在弱势民族文学与西方强势文学的竞争中,凸显了一系列相关的文学和文化问题。比如,在全球化日益成为现实的时代,文学中的本土主义和世界主义的矛盾、对立和共存、转换的辩证问题,面临着从未有过的历史情景,在这个问题之下,文学的民族性和世界性这一并不新鲜的问题一再通过其他不同方式,在新的文化时空中呈现出来,比如,怎样看待诺贝尔文学奖?第三世界国家的文学如何被世界认同?如何面对全球化的霸权话语和弱势文化的原教旨主义抗争?等等。这些问题有的当然已经远远超出文学的范畴,但同时也会对文学和文化交往产生深刻而全面的影响。在这些问题上,同属拉丁美洲的两位作家:马尔克斯与博尔赫斯在中国的译介及其影响/接受的对比,也许是一个十分有趣并意味深长的现象。他们当中,马尔克斯的创作虽然也带有浓郁的西方现代主义色彩,但似乎更具有南美文化的地域性特色;而博尔赫斯表面上在其写作中极力排斥文化的地域性,而被西方文学界视为具有超越性的"作家的作家",但骨子里同样则与南美阿根廷的历史与文化密切相连。而他们在中国的译介和影响,虽然在同一个时空背景之下发生,甚至被许多作家同时作为模仿和学习的对象,但对他们的阐释和理解似乎有着明显的分野。其间包含的问题意味深长,值得深入的分析和探讨。另外,在文学研究层面上,关于弱势民族(第三世界)文学创作的动力问题——文学发展的动力来自于对强势文化和文学的接受、抵抗还是自身传统的创造?文学的审美独立性和文化功利性对于第三世界民族文学来说是不是一种天然的两难?前者是不是有一种普适性的文学标准?等等。这些问题虽然并非在弱势民族文学的译介和接受视阈可以全部解决,但讨论这些问题,却也离不开这一视阈的观照。本书接下来的章节里,将截取若干片断或者个案,尽可能在这一种问题意识中展开有限的讨论。

# 第六章

# 现代中国视域中的裴多菲·山陀尔
—— 以《格言诗》中译为阐释中心

如果把文学翻译视为一种特定意义上的写作,那么,某些外国作家及其作品在现代中国的翻译实践中所受的特别关注和特殊境遇,应该可以折射出某种文学精神传统在中国现代文学中的存在与延续,也可以从某个层面反映出时代或民族文学的性格特点,尤其当这些翻译和阐释者又大多一身二任,即在中国现代文学史上,他们既是重要的文学翻译家,又是重要作家和文学活动家的时候,情况或许更是如此。如果有必要以某种方式把现代翻译文学史纳入中国现代文学史的叙述,类似这样的个案或许应该加以特别关注。

## 第一节 裴多菲的中国形象与他的"格言诗"

匈牙利爱国诗人裴多菲(Petöfi Sándor,1823—1849)的四

## 第六章　现代中国视域中的裴多菲·山陀尔

句格言诗：

> 生命诚可贵，
> 爱情价更高，
> 若为自由故，
> 两者皆可抛。

在现代中国有着公认的知名度，几乎成为汉语文学空间的一个组成部分了，然而它又明明白白的有着属于裴多菲的产权标识。说起裴多菲，最为中国读者熟悉的，无过于他的那首格言诗《自由·爱情》了。稍稍扩大一点，大约要数他的《民族之歌》(1948.3.13，又译作《国歌》)和《我愿意是激流》(1947.6)。前者是激昂慷慨的政治抒情诗，写于1848年诗人发动佩斯起义(3月15日)的前夕，他呼吁匈牙利人民反抗奥地利帝国统治，体现了作为民族解放斗士的一面；《我愿意是急流》则是他写给伯爵之女森德莱·尤里娅的一首热烈又缠绵的情诗。"文革"过后，中国女作家谌容又让其小说《人到中年》(1980)的男女主人公傅家杰、陆文婷反复吟诵，再经明星演员达式常、潘虹在同名电影①中"广而告之"，自然令不少人耳熟能详。世纪之交，它更以对照阅读的方式，与朦胧诗人舒婷的爱情诗《致橡树》等作品一起，被编入高中语文课本，如此，这位19世纪匈牙利短命的革命诗人的浪漫形象，便深深烙刻在中国"80后""90后"们的心里。

不过，这两者加在一起，也未必抵得过那四句格言诗的影响广泛。说得极端一点，正因为有那首格言诗的深入人心，才使另两首诗乃至整个裴多菲在一百多年的今天，仍赢得了不少的中国读者。谁知道有多少男女老幼，可以脱口吟出这首"五言绝句式"："生命诚可贵，爱情价更高，若为自由故，两者皆可抛"呢？它不仅简短易记，朗朗上口，其内涵也同时包含

---

① 谌容(1936— )原名谌德容，女，汉族，原籍四川巫山，生于湖北汉口，1957年毕业于北京俄语学院，任中央人民广播电台音乐编辑和翻译。后任中国作协北京分会专业作家、中国国际交流协会理事等。其《人到中年》，刊于《收获》(上海)1980年第1期，获中国作家协会第一届全国优秀中篇小说一等奖。由她改编的同名电影1982年由长春电影制片厂摄制，王启民、孙羽根导演，达式常、潘虹分饰男女主角，曾先后获金鸡奖、文化部优秀影片奖和百花奖。

了政治和爱情的双重意蕴,更重要的是因为鲁迅,正是鲁迅在殷夫身后"替"他发表了这一译本。

1933年2月7日,在殷夫等五烈士三周年祭之际,住在大陆新村的鲁迅,悲愤中写下了那篇著名的悼文《为了忘却的纪念》,文中引录了那同样著名的四句译文,它是烈士生前随手写在(德译本裴多菲诗选)该诗原文旁边的批注。如此,才将这一我们熟知的"译本"公之于世,流传开来。如果没有鲁迅和他的《为了忘却的纪念》,不要说这首格言诗,甚至整个裴多菲形象,在中国读者的心目中,或许会是另外的情形。

这话其实并不过分。许多人知道,裴多菲的这首题为《自由·爱情》的格言诗,在中国不止一种译本。据笔者的收集,较有影响的译本就有八个或者更多。但我们又不得不承认,源于殷夫手笔的五言古体式的译本是最为流行的。这里强调"源于"两字,是因为前引四句,实在已不是原原本本的殷夫译本,而在流传中不知不觉有所修正了,这一点容后交代。这里先要说的一点是,为我们所熟悉的"五言古体式"译本,是几十年来流传于中国的过程中,多个译本之间"自然竞争"的结果。

SZABADSAG,SZERELEM(自由,爱情)

Szabadság, szerelem!(自由,爱情!)
E kettö kell nekem.(我需要这两样。)
Szerelmemért föláldozom(为了我的爱情)
Az életet,(我牺牲我的生命,)
Szabadságért föláldozom(为了自由,)
Szerelmenet.(我将我的爱情牺牲。)

(pest, 1847. január I.)(佩斯,1847.1.1)

该诗原为匈牙利民歌体诗,所谓"格言诗"本非诗题,只是标明它在体式上的特点而已,真正的诗题应是"自由,爱情"。原诗匈牙利文如上,括号中为字句对照的直译。

## 第二节 "格言诗"的七个译本

其实,在鲁迅《为了忘却的纪念》所引殷夫版译本之前,至少已有三个中译本了,译者依次是周作人、沈雁冰(茅盾)和殷夫自己。

周作人是用四言六行的文言体翻译的,署名"独应",载《天义报》1907年第8、9、10册合刊:

> 欢爱自由,
> 为百物先;
> 吾以爱故,
> 不惜舍身;
> 并乐蠲爱,
> 为自由也。

这里的"并",通摒;蠲(juān)者,免除、舍弃也。这是该诗至今所见最早的中译。

1923年是裴多菲诞辰一百周年,当时正主编《小说月报》的沈雁冰在该刊第14卷第1号发表了《匈牙利爱国诗人裴都菲百年纪念》一文,其中所引述该诗被译为如下六行自由体:

> 我一生最宝贵:
> 恋爱与自由,
> 为了恋爱的缘故,
> 生命可以舍去;
> 但为了自由的缘故,
> 我将欢欢喜喜地把恋爱舍去。

第三个译本就是殷夫自己的了。1929年5月,殷夫给主编《奔流》月刊的鲁迅寄去一篇译稿,即奥地利作家 Alfred Teniers 所作的裴多菲传记《彼得斐·山陀尔形状》。14日,鲁迅收到来稿,马上决定刊用,并致信殷夫欲借用 Alfred Teniers 的原本以作校对,殷夫接信后亲自将书送去鲁迅住处,这便是他们的第一次见面。6月25日,译文校毕,鲁迅又去信，认为"只一篇传，觉得太冷静"，并让人给殷夫送去珍藏多年的德译本裴多菲集。这两本"莱克朗氏万有文库本"裴多菲集，是他留日期间从德国邮购而得的。他建议殷夫从中再译出十来首诗，与 Alfred Teniers 的传记一同刊出。这就是后来发表在《奔流》（第 2 卷第 5 期"译文专号"，1929 年 12 月 20 日）上的题为《黑面包及其他（诗八首）》的 9 首裴多菲译诗。其实一起发表的还有一首，那就是《彼得斐·山陀尔形状》一文所引的那首七言两行的《自由与爱情》：

> 爱比生命更可宝，
> 但为自由尽该抛！

其实，这才是在殷夫生前有意发表的《自由·爱情》译本。1931 年 2 月 7 日，23 名共产党人在龙华被国民党枪杀，其中包括殷夫等鲁迅所认识的五名左翼青年作家。悲愤中的鲁迅翻开殷夫留下的那本"莱克朗氏万有文库本"裴多菲诗集，在这首《wahlspruch》（格言）诗旁，他发现了殷夫用钢笔写下的那四行译文。于是，在为烈士两周年祭而写的《为了忘却的纪念》中，鲁迅把它抄录了下来。从此，裴多菲的这首短诗便广为流传，成为众多青年爱国志士的座右铭：

> 生命诚宝贵，
> 爱情价更高；
> 若为自由故，
> 二者皆可抛！

另外三个译本分别由孙用（1902—1983）、兴万生（1930—　）和飞白（1929—　）所译，都相继发表在新中国成立之后。其中，孙用译自世界语本；兴万生是匈牙利文学翻译家，直接从匈语译出该诗；飞白是湖畔诗人汪静之之子，自己也写诗，他自学多种欧洲语言，所译该诗也依匈牙利文。以下分别是这三个译本的译文①：

---

① 第一首收 1951 年文化工作社出版的《裴多菲诗四十首》，孙用译；第二首初收江苏人民出版社 1986 版的《裴多菲抒情诗选》，兴万生译；第三首收《诗海：世界诗歌史纲·传统卷》，漓江出版社 1989 年 8 月版，飞白译。

自由,
爱情!
我要的就是这两样。
为了爱情,我牺牲我的生命;
为了自由,我又将爱情牺牲。(孙用译)

自由与爱情,
我都为之倾心!
为了爱情,
我宁愿牺牲生命;
为了自由,
我宁愿牺牲爱情。(兴万生译)

自由,爱情——
我的全部憧憬!
作为爱情的代价我不惜
付出生命;
但为了自由啊,我甘愿
付出爱情。(飞白译)

对照原文我们可以看出,它们的共同点是都依原文的自由体式,用散体译出;语义逻辑上也都比较忠实于原作。但具体处理方式各有不同。相对而言,兴万生译本与原诗最为接近,从体式、语序到韵律,近乎直译,也许是规范化翻译最为理想的译本。孙译将原诗首行拆分为二,又将第3、4和5、6行分别合并,分分合合间,变异出原诗所没有的由短至长的梯形格式,同时原诗并不严格的尾韵似在译本中更加淡化了。飞白译本看似对应了原诗的行数、语序和尾韵,但3、4和5、6句之间也有语序调整,体式上形成了长短相兼的特点。

在外国文学翻译史上,一诗多译、一书重译的情况并不少见。但短短6行的一首格言诗就有那么多译本,而且受到鲁迅、周作人、茅盾、殷夫等两代新文学重要作家的关注,实在并不多见。这当然与中国新文学对外来文学思潮开放传统的大背景相关,但更重要的是与以鲁迅为精神核心的对"摩罗诗人"和弱势民族文学传统的大力译介的传统密不可分。其实,与上述七种译本相关的六位译者中,周作人、茅盾、殷夫和孙用四位,都与鲁迅有直接的交往,即使是兴万生、飞白这样的职业翻译家,他们对裴多菲的兴趣和译介实践,也都间接地受鲁迅精神传统的影响,因此,说鲁迅是近百年裴多菲中译史的灵魂,一点不为过。

从20世纪初开始,以东欧为代表的弱势民族文学就是鲁迅译介外国文学以催生中国新文化、新文学的关注重点,而在东欧作家中最受鲁迅推崇的,除波兰作家密茨凯维奇外,就是这位匈牙利肉品商人的儿子("沽肉者子")了,"他是我那时所敬仰的诗人。在满洲政府之下的人,共鸣于反抗俄皇的英雄,也是自然的事"①。早在留日期间的1907年,鲁迅就在《摩罗诗力说》②中介绍了裴多菲的生平和创作特色,称其"纵言自由,诞放激烈","善体物色,着之诗歌,妙绝人世","刚健不挠,抱诚守真;不取媚于群,以随顺旧俗;发为雄声,以起其国人之新生,而大其国于天下",是一个"为爱而歌,为国而死"的民族诗人。次年又翻译匈牙利作家籁息(Reich E.)的《匈牙利文学史》之《裴彖飞诗论》一章,"冀以考见其国之风土景物,诗人情性"③。他还在日本旧书店先后购置裴氏的中篇小说《绞吏之绳》,又从欧洲购得德文版裴多菲诗、文集各一(就是后来借给殷夫的那两本)等。1925年再译裴氏抒情诗5首(载《语丝》周刊),并在之后的《诗歌之敌》《〈中国新文学大系·小说二集〉序》《七论"文人相轻"——两伤》等诗文中一再引用裴氏的诗作。尤其是1925年所作的散文诗《野草之七·希望》,引用裴多菲"绝望之为虚妄,正与希望相同!"一语,给裴氏原话的轻松语义赋予了深刻的思想内涵,并成为鲁迅思想深度内涵的重要组成部分,更是他熟知并创造性阐释裴多菲的典型一例。

---

① 见鲁迅:《〈奔流〉编校后记十二》,《鲁迅全集》第7卷,人民文学出版社1981年版,第159页。
② 见鲁迅:《鲁迅全集》第1卷,人民文学出版社1981年版,第63页。
③ 见鲁迅:《〈裴彖飞诗论〉译者附记》,《鲁迅全集》第10卷,人民文学出版社1981年版,第415页。

## 第六章　现代中国视域中的裴多菲·山陀尔

不仅如此,上述其他裴氏译介者,除殷夫之外,其弟周作人所译此诗,正是与鲁迅一起留日,并受其影响而共同译介弱势民族文学的时候;茅盾的译介理念同样也受鲁迅很大的影响。孙用本是杭州的一个邮局职员,他与鲁迅的相识几乎与殷夫相似,即因在《奔流》月刊发表莱蒙托夫的译诗(1929年),而与担任主编的鲁迅先生开始交往,随后又将其据世界语译出的裴多菲长诗《勇敢的约翰》寄给鲁迅,鲁迅看后即称"译文极好,可以诵读"[①],还认真地校阅修改,甚至为此书的出版垫钱,并亲自制作插图,写校改后记。经两年的努力,译作终于1931年11月在上海湖风书店出版。

其实,裴多菲中译和介绍者的名单还可以列出许多,其中包括沈泽民(1902—1933,茅盾即沈雁冰的弟弟,这又是一位早逝的革命家),诗人覃子豪(1919—1963)和冯至(1905—1993),作家赵景深(1902—1985),翻译家梅川(1904—?,原名王方仁),诗人吕剑(1919—2015)和翻译家冯植生(1935—　),等等。

本书无意梳理完整的裴多菲中译史。不过,如果从中国接受视域中的裴多菲形象的角度而言,裴多菲作品的中译特别是对其所作的阐释、围绕其所生发的话语,它们在中国文学话语中的焦点变化,都是应该加以考察的内容。它既体现于不同语境、不同主体对裴多菲作品的不同关注,也显现为对相同作品的不同理解与阐释。对此展开详细的论述,当然需要更多相关话语现象的汇总、排比与分析,非本书所能担当,但这里可以做一个简单的申述。概括起来,裴多菲在中国的译介和接受/阐释史似乎显示了这样的轨迹:在20世纪上半期,中华民族争取独立、摆脱外族凌辱的时代文化背景下,从鲁迅的个性觉悟与民族社会变革、个人与大众之关系的思考,到以殷夫为代表的左翼激进文人的爱情、自由与革命的浪漫主义激情和血染风采的浸润——在这一阶段,晚年鲁迅无疑担当了特别重要的角色。在这一时期中,小小一首"格言诗",绝对是裴多菲在中国接受中的焦点所在。到20世纪下半叶,经过冷战与"文革"之国内外政治意识形

---

[①] 见鲁迅:《〈勇敢的约翰〉校后记》,《鲁迅全集》第8卷,人民文学出版社1981年版,第315页。

态的长期桎梏,中国文化终于在 80 年代的启蒙思潮中走向开放,如此背景下裴多菲接受中,"格言诗"中的"生命""爱情"和"自由"似乎又有了新的时代内涵。而谌容小说所引裴多菲《我愿意是激流》这首单纯的爱情诗,在对"革命"反思之下的时代氛围中被广为传诵,其影响不能说超过了他的"格言诗",但至少成为裴多菲中国接受视域中的又一焦点。最后,这一新的接受焦点在世纪之交的接受视域中,被用来与当代中国诗坛具有标志性的爱情诗人舒婷的作品相并置、比较和阐释,尽管教科书的编撰与接受者决非同代人,青春期的叛逆往往会削弱乃至悖反课文所包蕴的价值训导,但无疑仍见证了这种影响的延续,它多少还是表征了在更年轻的中国人那里,革命裴多菲的弱化与爱情裴多菲的强化趋势。但是,这并不表明"格言诗"的影响力已经退出了裴多菲接受视域,它仍然牢牢占据了这一视域的中心地位。①

如此看来,在一百多年的历史中,裴多菲在中国所激起反响的变迁,似乎一步步荡涤、褪去了浪漫主义的革命激情,但他毕竟在中国社会、思想和文化的现代历程中,留下了一条长长的身影,而格言诗《自由·爱情》,就是这个身影最具标志性的手势。

## 第三节 "五言古体式"译本何以在竞争中胜出?

当然,无可否认的是,"格言诗"本身包涵了丰富的情感与价值内蕴,提供了跨越不同民族、不同文化与不同时代的对话、沟通与认同构架。原诗简短的六行,包蕴了生存中三个极其重要的价值概念:自由、爱情和生命。它们都是人生意义的重要旨归,但在不同的文化与时代,对具有不同的价值理念的个体,在不同的生存境遇中,有着不同的价值排序。"格言诗"的展开所呈现的正是裴多菲的价值选择:作为浪漫主义诗人,自由与爱情都是(区别于生物生命的)人生所必需,均是生命意义的核心体现;但若境遇非要从中做出选择,裴多菲的排序是:自由＞爱情＞生命。其中,

---

① 一个也许是片面的证据是,在目前中国大陆使用最广泛的中文搜索"百度(Baidu)"中,分别输入"生命诚可贵"和"我愿意是激流",得出的网页条目数分别为 1690,000 和 130,000。

如果说"爱情＞生命"所体现的浪漫主义(romanticism)价值,主要凸显对个体(自我或恋爱双方)生命意义的理解和尊重,那么,"自由＞爱情"则包含并超越了个体价值,为社群、民族和国家的存在特别是"消极自由"意义上对欺凌、豪夺和奴役的挣脱,提供了价值理念和情感抒发的通道。正是在这些多层次价值内涵指向的意义上,"格言诗"提供了一个简约明快的跨文化、跨时代认同与沟通的可能构架。

若是在这样的理论中看待殷夫"五言古体式"中译,不仅可以领悟其"创造性叛逆"的具体表现,更可以理解在众多译本中胜出的"内在"缘由。

与原诗相比,殷译首先放弃了一、二行的内容,变六行为四行。这在诗译中绝对是一个大胆举动,更是殷译有别于前述其他译本的最明显的不同。因为"自由,爱情！/我需要这两样"两句,在原诗中并非可有可无,除去音韵形式的因素不论,首句既强调了诗题,标举出"自由"与"爱情"两个核心价值意象,次句更突出两者同为生命意义所必需的难以取舍。如此放弃的代价,如果没有相应的补偿,肯定是翻译中的重大缺失。但殷夫的中译把焦点集中在后四行的内容上了。其次,更重要的是,殷夫对原诗后四行(两句),表达特定人生境遇中被逼无奈之价值选择内涵的语义序列,做了重大调整。原诗四行(两句)"为了我的爱情／我牺牲我的生命,／为了自由／我将我的爱情牺牲。"呈现为两个价值对比与选择(先在更重要与重要之间做选择,再在更重要与最重要之间做选择),虽然两次选择合并,可以得出"自由＞爱情＞生命"的价值排列命题(读者不妨试把原诗替换成两个形式逻辑的命题),但这种带有逻辑推理意味的"换算"过程,不太符合汉语思维的习惯,在汉语诗歌表述中就显得迂回有余而气势不足,也不利于磅礴激情的抒发。殷夫的处理方式是:在遵循原诗宗旨的前提下,利用五言古体式的汉诗形式,把三个价值意象按逐级提升的次序加以表述:"生命诚宝贵,／爱情价更高;／若为自由故,／二者皆可抛!"前三行各自标举一个价值意象,聚焦明确,层层推进,第三句则通过假设关系词"若……"(省略了"则")引出第四句,一个"皆"字,不仅蓄积了足够的气势,在语义关系上也勾连了第二句、第一句,从而形成全诗在语义与气势上的首尾呼应、回环往复的抒情效果。

## 第四节 "以讹传讹"背后的文化缘由

最后再交代一下所谓第八种"译本",也即本章第一节所引的四句。"译本"两字之所以加引号,只因它不是通常意义上的翻译,而是在引用流传过程中的变异性文本。对照一下可以看出,它是以殷夫(白莽)的译本为底子,只在首末两句各改一字,即将首句的"宝贵"改为"可贵",末句的"二"衍作"两"。之所以把"以讹传讹"的变异文本拿来分析,一则实在是因为它流播太广,且不说一般的口头传诵,或者网络中的引用,即便是白纸黑字的报刊文章,乃至那些专业性的论文,包括以外国文学译介、甚至专门讨论裴多菲该诗之不同译本的文章,在引用时一面注明是殷夫(白莽)所译,一面所引却又是我接下来说的所谓"第八种译本"。

这里我无意"咬文嚼字"地追究所谓学术规范,相反,对这样的衍讹与变异是饶有兴味。因为若仔细品味,这传讹之作还真有点儿意思,甚至还觉得,这种改动反使殷夫译本更加精彩完美了。首先,改"二"为"两",明显更加符合现代汉语对基数和序数词的区分,表达更加清楚精确;再说把"宝贵"的"宝"字改为"可",也有两点值得肯定:从词义看,"宝"属会意字(词),从"家"、从"玉",家中藏玉也,故现代汉语的"宝贵"一词,乃从珍稀、难得之实物的比喻义而来,词义被凝聚在对象化的喻体上,虽也含珍贵、不易获得之意,但显然没有副词"可"所蕴含的意义空间大。而"可"作为语气兼程度副词,既表示"值得",也表示强调,词义更多地体现出主体判断的倾向,故而与"宝"字相比,更富于意义的弹性(汉语中的"可"字极富意义弹性,吕叔湘等现代语言学家对副词"可"的词性、语义和语用有许多研究,可作参考),也更契合《自由·爱情》一诗所表达和强调的主体价值选择的主旨。从音韵形式看,"可贵"与"更高"也更对仗(尽管仍是"虚对"),这也符合殷夫译本把原作的自由体式格律化的翻译定向和动机。

或许会有朋友笑我,如此为错讹之文巧作辩护,有违翻译伦理。但既然"讹本"如此流行,必有某种道理吧。为使我的假设能增加一些说服力,我还做了一番"考证"。我们可以设问:到底是从何时、谁那里开始出现这一"错版"的殷夫译本呢?在有限的资料收集中往前追溯,我意外地发现

## 第六章　现代中国视域中的裴多菲·山陀尔

了一个"源头"①，那就是当代诗人吕剑写于 1953 年的一篇文章。时年正值裴多菲诞辰 130 周年，为纪念这位匈牙利爱国诗人，吕剑于当年元月写下了近 8,000 字的题为《裴多菲·山陀尔》的评论，并刊于《人民文学》月刊第 2 期。作者时任《人民文学》编辑部主任、诗歌编辑组组长。文章全面评述了裴氏的思想和创作，并引用了多首裴多菲译诗，当然也包括这首格言诗，有意思的是，引文后括号内虽标注为"白莽译（即殷夫）"，但首末句则分别是"生命诚可贵""两者皆可抛"了。这也就是我所谓的"第八种译本"。

不管诗人吕剑是有意的"偷梁换柱"还是无意间的错讹，或者这一变异还有更早的源头，但我想至少说明，这就是诗人吕剑所认可的那首裴诗，同时，它也反映出这个错讹译本在当时已然有一定的社会影响，并进而通过吕剑与《人民文学》的"名人名刊"效应，强化了这个错讹本的社会影响度。如果我们在紧绷的学术规范之中，偷偷地给自己放一次假，不去拘泥于版权和引文出处的言必有据，那么，这样的错讹又何尝不是一个美丽的错误②呢？

语言史上有这么一个"传奇故事"，说爱斯基摩语言中有几十甚至上百个有关"雪"的词语，那是因为他们生活在距离北极最近的大陆边缘地带，雪与生活的关系太密切了，因此他们的语言中不仅有"地上的雪"（aput），还有"正飘下的雪"（qana）、"堆积的雪"（piqsirpoq）和"雪堆"（qimuqsuq），等等。语义学家的解释是，语言反映并影响了人们对世界的看法，也反映了他们对世界的某种欲求。回到文章开头所说，假如把文学翻译，特别是身兼作家与译家的文学翻译看作某种特殊的写作的话，那么，区区一首小诗先后引来许多重要作家以及翻译家的注意，并演绎出这不同的文本，这不颇类似于一种特殊的同题创作么？裴多菲这位英年早逝，富于激进浪漫情怀和救世冲动的匈牙利诗人，其关于"自由"与"爱情"的区区一首小诗，却在从屈辱中挣扎并拼力夺回尊严的 20 世纪中国，赢得如此多的关注，拥有如此多的"译本"，正折射出现代境遇里的中国人对世界秩序和人类未来的某些共同看法和愿望。

---

① 这是笔者目前所能检索到的最早明显误植的，同时具有影响的材料。
② 这种"美丽的错误"似乎至今仍在延续。2011 年 4 月 20 日《中华读书报》第 19 版"国际文化"（838 期）发表题为《译史钩沉：缘何一首小诗，百年不衰？——评殷夫的一首译诗〈自由与爱情〉》一文，作者王秉钦，该文仍把殷夫译本中的"宝贵"与"二者"引为"可贵"与"两者"。

# 第七章

# 显克维奇、伏契克与布莱希特在中国的不同命运

## 第一节 波兰作家显克维奇的译介

在东欧国家中,波兰是一个文学大国,不仅其本身具有丰厚的文学传统,它在中国的文学翻译,也是东欧国家中较为突出的。波兰文学在 20 世纪中国的译介,是从波兰伟大作家显克维奇开始的。

显克维奇(Henryk Sienkiewicz, 1846—1916),一译显克微支、显克微奇等,波兰文学史上爱国主义文学创作的集大成者,杰出的波兰语言大师,他把波兰的小说创作推上了世界文学的高峰。1905 年因其在历史小说创作方面的突出成就获诺贝尔文学奖。显克维奇在中国的译介和影响早在世纪初就开始了。最早的中译,据说是 1906 年由日本译者田花山袋翻译的显克维

## 第七章　显克维奇、伏契克与布莱希特在中国的不同命运

奇（译作星科伊梯）的小说《灯台卒》。但有案可据的最早的翻译，是1909年周作人和鲁迅的翻译作品。而最早关注他的就是周氏兄弟。

鲁迅在《我怎么做起小说来》一文中提到，他早年在日本留学时所喜爱的小说作家中，就有显克维奇的名字。最早翻译显克维奇作品的是鲁迅和周作人。1909年在东京神田印刷所出版的《域外小说集》第一集和第二集中，就分别有显克维奇的小说《乐人扬珂》和《灯台守》《天使》（通译《酋长》）。其中，《灯台守》中的诗歌由鲁迅翻译。后将《域外小说集》两集合并，于1921年由上海群益书社出版，1936年还有再版。就在1909年，周作人还以文言体翻译了显克维奇的中篇小说《炭画》（现又译《炭笔素描》），后几经周折，终于在与鲁迅的共同努力下，于1914年4月由北京文明书局出版。在译序中称显克维奇"所撰历史小说数种皆有名于世，其小品尤佳，哀艳动人，而《炭画》一篇为最。"对这篇作品，周作人在1918年执教北大时，还专门对显克维奇及其创作概况作了分析，"显克微之作短篇，种类不一，叙事言情，无不佳妙，写民间疾苦诸篇尤胜。事多惨苦，而文特奇诡，能出于轻妙诙谐之笔，弥足增其悲痛，视戈戈耳笑中之泪殆有过之，《炭画》即其代表矣。"而其中的《天使》一篇，后以《酋长》为题，用白话体重译，发表在1918年《新青年》第5卷第4期上。到1926年，北京北新书局重新出版《炭画》时，周作人还特地写了《关于〈炭画〉》一文，对此译文的经历做了说明，并引用了他以前对作者和作品的评价，此文发表在《语丝》1926年第83期上。

到20年代，鲁迅与周作人继续大力引介显克维奇。1921年，他翻译显克维奇的小说《愿你有福了》（载《新青年》8卷6期），不久，又翻译了波兰珂勒温斯奇的《近代波兰文学概观》一文，并做了附记，载《小说月报》是年12卷10号的"被损害民族文学专号"，文中就有对显克维奇的介绍。刚刚执掌《小说月报》编辑大权的茅盾也积极译介这个诺贝尔奖的波兰得主。他撰写了《波兰近代文学泰斗显克微之》一文，载1921年12卷2期，对显克维奇的生平、创作概况、作品特点及其在文学界的评价做了较为系统的介绍。另外，赵景深也曾著文《有名的显克微传》（载《小说月报》1928年19卷9期），对国外显克维奇研究做了推荐。在1929年出版的《奔流》刊物上，发表了孙用根据世界语翻译的两首诗：《三个布德利斯》和《一个

斯拉夫王》，以及石心根据法文翻译的《青春的赞颂》。1955年孙用再次从英文翻译了《青春颂》。

这一时期对显克维奇作品的翻译达到高峰，值得一提的是他的长篇小说代表作之一《你往何处去》，在1922年由徐炳旭、乔曾敏译出，上海商务印书馆出版，此书后在30年代出了三版（1933年2月，1935年9月和1939年12月），在1948年出第5版，可见流传之广。

这一时期的译者中，除了上述几位外，王鲁彦是最用力的一个。他先后翻译了显克维奇的短篇小说《泉边》《宙斯的裁判》《老仆人》（分别载《小说月报》1924年15卷第11期，1925年16卷第4期，1927年18卷第3期）和《提奥克房》《天使》（分别载《狂飙》1926年第12期和1923年第13期），并集中了包括上述几篇在内的7篇小说，编辑了《显克微之小说集》，王鲁彦的翻译，依据世界语本，并与英文本相参照。之外还有叶灵凤译的《蒙地加罗》（1928年10月上海光华书局出版）、曹靖华译《乐人扬珂》（载《莽原》半月刊1926年第10期）、张友松译《地中海滨》（1928年上海春潮书局出版，自英语转译）。这样，无论从翻译的数量还是从所译作品的代表性看，20年代对显克维奇的翻译是相当可观的。

与此相对的是，20世纪三四十年代趋于低落。从收集的资料看，30年代只有作家论一篇，翻译作品一篇。前者署名南海冯六一篇翻译稿，原作者为Bugiel，国籍不详。后者为孙用所译的短篇小说《受祝福的》，也非首译。即周作人所译的《愿你有福了》，后"Cn女士"译为《上帝保佑你》，载《小说世界》1926年14卷17期。40年代也只有施蛰存所译的一个中篇小说，即反映波兰19世纪后期解放农奴后农村依然存在的黑暗现实的《胜利者巴尔代克》（通译《胜利者巴尔特克》），此译本先于1945年12月由福建永安十日谈社出版，1948年又由上海正言出版社再版。之外就是贺绿波所译的中篇小说《爱的变幻》，1946年上海亚洲图书社出版。因为显克维奇的作品大多以中长篇小说为主，所以，三四十年代的战乱现实可能是导致显克维奇小说翻译衰落的原因之一。

第七章 显克维奇、伏契克与布莱希特在中国的不同命运

## 第二节 捷克作家伏契克在中国的译介

与爱国诗人裴多菲相比,作为红色捷克的民族英雄和共产党领导人的尤里乌斯·伏契克(Julius Fucik,1903—1943),他在中国的形象就更具有政治和道德意味,成为革命英雄主义和理想主义的典型。作为捷克作家与文艺评论家,伏契克生于工人家庭,在俄国十月革命鼓舞下投身革命活动,18岁加入捷克共产党,曾任党刊《创造》和《红色权利报》的编辑。30年代积极参与反法西斯斗争。1941年,捷共中央组织遭破坏后,他参与组织新的地下中央委员会,并负责政策指导和新闻宣传工作。1942年4月24日,被叛徒出卖,在布拉格被捕,囚于近郊的庞克拉茨监狱,次年9月8日被杀害于狱中。就在被法西斯严刑拷打,随时处以绞刑的情况下,写成报告文学体的不朽之著《绞刑架下的报告》。其中,"我爱生活,为了它的美好,我投入了战斗""我为欢乐而生,我欢乐而死。""从门口到窗户七步,从窗户到门口七步。"及该书最后一句话:"人们,我爱你们!你们要警惕呵!"等语句,自1945年该书被整理出版后,在包括红色中国在内的社会主义国家阵营和西方左翼群体中长期广为流传,至今被译成九十多种文字,先后出版三百多次。在中国更是作为与《钢铁是怎样炼成的》《牛虻》齐名的青年政治道德教育的经典读物。

最早对伏契克作品的翻译,开始于东北解放区。刘辽逸根据俄译本转译的《绞索套着脖子时的报告》,由生活·读书·新知三联书店大连分部于1947年出版,第二年即重印,1951年又一次重印。之后该译本先后又于1952年、1955年和1959年分别为新文艺出版社(上海)、中国青年出版社(收入《伏契克文集》)和人民文学出版社再版。另一个译本是陈敬容从法译本转译、冯至根据德译本校订的《绞刑架下的报告》,1952年由人民文学出版社出版,该译本自1959年作为"外国现代文学名著丛书"之一,先后印刷10次,60万册。

1953年是伏契克英雄就义10周年,也是伏契克在中国的译介与传播的一个高潮。中国的读者因为有伏契克作品的上述两个译本的印行,已经对这位英雄有着广泛的共鸣,为了纪念伏契克,这一年又有多部有关

伏契克的传记资料出版,他们包括《尤里乌斯·伏契克》(库兹涅佐娃著,慧文译,上海出版社1953年版)、《尤利乌斯·伏契克日记论文书信集》(栗栖继、杨铁婴编译,北京群众书店1953年版)、《尤利斯·伏契克的生平和著作》(张萨槐编著,北京图书馆1953年版)和《和平战士伏契克的故事》(定兴著,广益书局1953年版)。同年,还有两部苏联话剧分别在中国翻译出版和演出。一是苏联作家托夫斯托诺戈夫创作的三幕话剧《绞刑架下的报告》,由陈山翻译,上海平明出版社出版;二是苏联剧作家布里亚柯夫斯基的四幕十二场话剧《尤利斯·伏契克》,由林耘翻译,先是在当年《剧本》杂志第7、8期上连载,后由上海新文艺出版社出版。同年,河北省话剧团排演了该剧,并在各地进行了几十场演出,反响轰动。① 紧接着,又有《尤里乌斯·伏契克》(库兹涅佐娃著,王羽、殿兴译,北京时代出版社1954年版)、《尤里乌斯·伏契克书传》(张景瑜著,出版社不详,1955年版)两本传记出版。另有两本画集印行,一是《伏契克画集》(欧阳惠著,上海人民美术出版社1955年版),另一本由捷克画家所作《尤里乌斯·伏契克画传》(凡茨拉夫·科别斯基序,ARTIA·PRAGUE出版社1955年版)也在书店出售。

  从60年代初开始,尽管由于中苏关系的日趋恶化,中国与苏东地区的文化、文学关系也发生了一定的变化,但并不影响伏契克在中国的译介和接受深入。1963年教育部中学语文教学大纲的目录中,列入了《绞刑架下的报告》的节选,即该书第三章的《二六七号牢房》,自此开始至今,这一篇目始终位列各种中学语文课本中,给几代中国人留下了深刻的记忆。这篇课文与同样入选中小学语文教科书的方志敏的故事(包括《可爱的中国》片段《清贫》)一起,为青少年学生构建了一组对应的中外共产党英雄狱中斗争的形象。1961年,捷克导演巴立克(Jaroslav Balik)执导拍摄了自传体黑白故事片《绞刑架下的报告》,长春电影制片厂1963年即完成了译制并公映。因此,在整个六七十年代,伏契克及其作品仍然是中国文学艺术中的红色经典。不过从翻译的角度而言,直到新时期开始之前,中国有关伏契克生平及其作品,大都是从俄、法、英等其他译本转译的。

  新时期开始后,这种局面才给予打破。1979年,蒋承俊从捷克原文

---

① 阿庚:《伏契克与〈绞刑架下的报告〉在中国》,载《文史精华》,1995年第8期。

## 第七章 显克维奇、伏契克与布莱希特在中国的不同命运

翻译的《绞刑架下的报告》由人民文学出版社出版（由戈宝权据捷文对照俄、英、法三种译本校订①），1983、1985年即先后重印。20世纪80年代初，还有两种以伏契克狱中故事为题材的连环画书《二六七号牢房》出版：一是由王时一改编、张洪年绘画，天津人民美术出版社1980年出版，仅第二版印数就累计10万册。二是白影、方隆昌绘本，湖南少儿出版社1983年出版。另外这一时期还出版了苏联作家格更加尔所著的《为欢乐而生：尤利乌斯·伏契克传》（宋洪训、李永全译，天津人民出版社1986年版）和伏契克妻子伏契克娃《回忆伏契克》（谷中泉等据俄译本转译，河北人民出版社1986年版），后者还有何雷译本（新华出版社1987年版）。至此，伏契克及其作品在中国的译介、传播与影响，已经构成了从作品文本翻译出版和研究，到话剧、电影，再到教科书和儿童连环画的立体格局。

1989年捷克爆发"天鹅绒革命"，与苏东其他国家一样，捷克的政治意识形态发生了变化，一股质疑伏契克作品真实性的思潮在捷克国内兴起，引发了激烈的争论②，捍卫伏契克一方为了驳斥这种怀疑，重新整理了伏契克当年的手稿，将最初出版时删节的片段、字句增补恢复后重新出版。这一事件传入中国，在中国出版界的呼吁下③，蒋承俊根据捷克注释新版进行重新翻译修订④，这就是人民文学出版社2004年版的《绞刑架下的报告》，而蒋承俊所译1995年漓江出版社版的该书，还是1979年译本的再版。虽然由于苏东局势的变化，中国思想界、文艺界以及广大读者对东欧变革进行了反思，尤其对斯大林时代的苏联及受其影响的东欧体制进行了质疑和反思，但作为红色经典的伏契克及其作品仍然有着广泛的读者和影响力。《绞刑架下的报告》在20世纪90年代还有多个译本出现，它们包括：刘捷生（山西高校联合出版社1995年版）、徐耀宗和白力丕（中国青年出版社1995年版）、寒阳（花山文艺出版社1998年版，据莫斯科苏联国家文学出版社1953年版编译）、杨实（新世纪出版社1999年版）等4个译本。21世纪之后，蒋承俊译本又有中国书籍出版社（2006）、国

---

① 戈宝权：《写在〈回忆伏契克〉中译本即将出版之际》，载《河北师范大学学报》，1986年第2期。
② 王义祥编译：《伏契克：英雄还是叛徒？》载《今日苏联东欧》，1991年第5期。
③ 叶至善：《尽快翻译出版新版本的"绞刑架下的报告"》，载《民主》，1995年第3期。
④ 蒋承俊：《关于全文〈绞刑架下的报告〉》，载《外国文学动态》，1997年第3期。

际文化出版公司(插图本,2006)、光明日报出版社(2008)、中国华侨出版社(2010)和时代文艺出版社(2011)等5个版本行世。此外还有巨富伟、贾艳丽(延边人民出版社2001年版)、朱宝宸(北京燕山出版社2003年版)、徐伟珠(浙江文艺出版社2005年版)、谢磊(广州出版社2008年版)和曾献(北京金城出版社2010年版)等5个版本。

## 第三节  东德戏剧家布莱希特在中国的译介及其影响

20世纪最伟大的戏剧大师,德国诗人兼小说家贝托尔特·布莱希特(Bertolt Brecht,1898—1956)的一生经历了三个时代和两次世界大战,20岁前生活在德意志帝国,之后在整个希特勒的第三帝国时期经历几度流亡,最后10年则在民主德国度过。尽管严格说来他在东德时期的文学活动才可归入政治地缘意义上的"东欧"文学,但作为一个"左派"共产党作家,他的主要文学活动及其影响,在本书所限定的视域内,仍然属于东欧文学的范畴,即对现代中国而言,布莱希特是作为第三帝国时期的马克思主义者和民主德国文学的最高代表被译介的。布氏在中国的最早译介者是著名戏剧学家赵景深(1902—1985),1929年7月在《北新》杂志①刊载所译《最近德国的剧坛》一文,其中介绍"白礼齐特"的早期剧作《夜间鼓声》,称其为表现主义转折的新写实主义作家。在40年代的抗日战争即二战时期,布莱希特更作为反法西斯作家而被进一步介绍和肯定。战时中国形成复杂多元的政治格局,但有趣的是,这位第三帝国的"左派"作家相继在中共割据地的延安、国民党统治中心重庆和日军占领的古都北京都有译介②。但真正大量的译介并形成广泛的影响,是在新中国成立之

---

① 《北新》杂志1929年7月,第3卷第13号,上海北新书局。
② 中共中央机关报《解放日报》(延安)1941年8月24—26日连载了《告密的人》,译者署名"天蓝",布莱希特译为"布列赫特"。时为中共中央长江局机关报的《新华日报》(重庆)1941年10月13—16日转载了这部"反法西斯短剧之一"。同年,"保茅"又译《两个面包师》(反法西斯短距之二),载《新华日报》1942年8月6日。两个短剧都是《第三帝国的恐惧与灾难》之片断。1944年,李衍在《中国文学》杂志(沈启无主编,1944年创刊于北京)第1卷第8至11期连载长文《战前欧美文学的动向及其代表作家》,其中有专节介绍"勃莱喜特",称其在"1930年早已以市民社会的讽刺家而驰名"。延安与重庆的译介都有中共背景,北京译介的政治背景有所不同,但译者也曾有过中共的履历,由此也可见进入中国的意识形态背景。

## 第七章 显克维奇、伏契克与布莱希特在中国的不同命运

后的五六十年代之交和"文革"之后的新时期。

1959年由黄佐临(1906—1994)导演、上海人民艺术剧院上演的《大胆妈妈和她的孩子们》是布莱希特在中国译介史上的标志性事件。其重要性体现在:当年正是中国与东德建交10周年,这也体现了布氏在中国视域中作为民主德国现代作家之杰出代表的形象地位;这是布氏剧作首次搬上中国舞台,标志着布氏在中国译介与影响的新的开始;率先选取一个目光短浅的小人物为在战争中谋生而不怕冒险、不计后果,终致家破人亡的悲剧这一具有反战和反法西斯意蕴的剧作搬上舞台,既是40年代译介传统的延续,同时再次印证了布氏译介中的政治意识形态因素①;最后,担任导演的黄佐临正是布氏在中译史上最为关键的人物,他对布氏作品的演出实践、介绍和阐释②,对中国戏剧和文学界产生了广泛而长远的影响。他为演出人员所做的报告即后来发表的《关于德国戏剧艺术家布莱希特》③一文,从布氏"剧作及其中心思想""舞台实践""戏剧理论""向布氏吸取什么"等四个方面,系统介绍布氏13部剧作的情节主题,首次介绍并阐释了"间离效果"(Verfremdung)、"史诗剧"(Episches Theatre,又译为叙事剧、辩证剧)的内涵,认为布氏的"间离效果"即"破除生活幻觉的技巧",目的是"诱导观众以批判的角度对待舞台上表演的事件";而"史诗剧"最根本的特点是"不激动观众的感情,而激动观众的理智",从而初步提出了以梅兰芳、斯坦尼斯拉夫斯基和布莱希特为代表的三类不同戏剧流派的看法,所有这些观点奠定了现代中国对布莱希特艺术的基本看法,也成为新中国第一次布莱希特译介热的核心内容。

自70年代末起,中国大陆再掀布莱希特热。这种热潮不仅体现在布氏戏剧的译介方面,更体现在舞台演出、理论探讨和本土创作借鉴方面,

---

① 这在当时另一位译介者,著名诗人卞之琳那里体现得更明显一些,他在长文《布莱希特戏剧印象记》中声明,此文的写作是应对"欧美反动文艺批评家"掀起的"反布莱希特运动",而布氏剧作的成就在于"它们的思想是马克思主义的,为社会主义和共产主义服务的;它们的艺术就是……为无产阶级革命政治服务而表现了独到的特色"。连载于《世界文学》1962年第5、6、7、8期,1980年由中国戏剧出版社出版单行本。

② 黄佐临30年代在英国留学时,就读到布莱希特发表的关于中国表演艺术的文章,从而对布氏戏剧创作和理论发生兴趣,是中国最早关注和接受布氏的人士之一。

③ 载《戏剧研究》1959年6期。

特别是对布氏与中国传统文化渊源和以梅兰芳为代表的戏剧表演体系之关系①的发掘,从而把对布氏的理解与中国戏剧现代化相联,使布氏与中国文学艺术的创造性进展发生深度关系。黄佐临、陈颙导演的《伽利略传》在中国青年艺术剧院(北京)的首演是一个新开端,自1979年3月起连演90场的空前盛况,也与中国香港、中国台湾地区的布莱希特热相呼应。在随后的近三十年里,没有任何其他外国剧作家能像布莱希特一样,有那么多的作品被反复搬上中国舞台②,相形之下,布氏剧本的翻译出版反而显得有些逊色,尽管比20年前也有明显进展③。不过,对布氏的研究和阐释则大有拓展,不仅出版了一批布氏评传和论著④,对布氏戏剧理论也有深入讨论,80年代初的关于戏剧观的争论⑤就围绕着布氏展开,而打破"三一律"和"四堵墙"的传统模式,叙事上注重叙述和表现而不再强调与现实生活同形同步,以叙述人串联剧情、结构戏剧,强调戏剧的舞台假定性和间离效果,强调创造多样的时空关系等,几乎成为新时期先锋戏剧理论共识。如上所述,如果说五六十年代的译介中布氏的政治身份起决定性作用,译介者在关注其戏剧理论与手法的同时,总不忘强调其马克

---

① 布莱希特对中国哲学、戏剧(京剧)和诗歌有着浓厚兴趣,他喜爱中国的老、庄、墨、孔,喜爱并翻译白居易、毛泽东的诗歌;尤其在观看梅兰芳的京剧表演后,受其启发,提出"陌生化""间离效果"等戏剧表演理论。布氏思想与艺术的中国渊源也是其在中国获得特别厚爱的重要因素。参见殷瑜博士的论文《布莱希特在中国:1949—2006》(未刊稿)。

② 据不完全的统计,布氏剧作已在中国上演的有:《大胆妈妈和她的孩子们》《四川好人》《例外与常规》《三毛钱歌剧》《措施》《高加索灰阑记》《伽利略传》《人就是人》《阿吐罗·魏的有限发迹》《大团圆》《第二次世界大战中的帅克》《第三帝国的恐惧和灾难》《潘蒂拉老爷和他的男仆马狄》《小市民的婚礼》《西蒙娜·马加的梦》《同意者/反对者》《巴奥》等17部。

③ 1959年由人民文学出版社出版的《布莱希特选集》(冯至编),收译作《卡拉尔大娘的枪》《大胆妈妈》《潘蒂拉先生和他的男仆马蒂》3部;而1980年由该社出版的《布莱希特戏剧选》(上、下卷)收8部,与选集相比,增加《三角钱歌剧》《第三帝国的恐惧和苦难》《伽利略传》《高加索灰阑记》《巴黎公社的日子》等5部剧作。

④ 仅80年代上半期,就有多部相关评传和论文集出版。包括:《布莱希特(1898—1956)》方维贵著,辽宁人民出版社1985年版;《布莱希特传》,克劳斯·弗尔克尔著,李健鸣译,中国戏剧出版社1986年版;《布莱希特研究》,张黎编选,中国社科出版社1984年版;《论布莱希特戏剧艺术》,中国戏剧出版社1984年版。

⑤ 80年代初的争论主要围绕戏剧的假定性与舞台幻觉、写实与写意、间离与移情、表现与再现等问题展开,戏剧理论家陈恭敏、丁扬忠、童道明等均发表论文,黄佐临则提出"中国式史诗剧"的主张(《中国式史诗剧——在上海第二届戏剧节座谈会上的发言》,《戏剧界》1984年第2期)。另参见杜清源《"戏剧观"的由来和争论》,载《戏剧艺术》1984年第4期。

## 第七章 显克维奇、伏契克与布莱希特在中国的不同命运

思主义作家的背景、反法西斯倾向及其文学的批判性,那么新时期则有大大拓展,布氏的政治身份在译介和阐释中虽继续发挥作用,但更凸显了其作为现代主义作家的创作特点,译介范围已扩展到小说和诗歌等文体,甚至对布氏理论的内在矛盾也有涉及。

更重要的是其在本土创作中所发挥的创生性效果。因为布氏的译介和阐释,启发了中国新时期戏剧形式和观念的革新,先后出现了高行健的《绝对信号》(1982)、《车站》(1983)、《野人》(1985),刘树刚的《十五桩离婚案的调查剖析》(1983)、《一个生者对死者的访问》(1985),刘锦云的《狗儿爷涅槃》(1986),朱晓平的《桑树坪纪事》(1987),魏明伦的《潘金莲》(1986),孟京辉《一个无政府主义者的意外死亡》(1998)等一批"实验戏剧"或"探索戏剧"作品,以及徐晓钟、林兆华、刘树刚、魏明伦、孟京辉等导演实践者。尽管这些实验作品的外来资源不限于布莱希特,但布莱希特无疑都是其中的重要组成。2000年获诺贝尔文学奖的法籍华裔剧作家高行健的剧作,就是创造性借鉴布氏戏剧艺术的突出例子。他是新时期中国作家中受布氏影响最深的作家之一,"布莱希特正是第一个让我领悟到戏剧这门艺术的法则也还可以重新另立的戏剧家。从这个意义上说,他对我日后多年来在戏剧艺术上的追求起了决定性的作用"。[①] 他的话剧《野人》[②]虽在影响上逊色于《绝对信号》和《车站》,但其对布氏戏剧艺术的创造性借鉴是最为圆熟的。这部融入了生态平衡、"野人"田野调查、汉民族起源(史诗《黑暗传》)和现代文明批判四个主题的剧作,把布氏的史诗剧理念、复调性结构、叙述剧和间离化手段熔铸于一炉。他显然得益于布氏的启发,并更加大规模地采纳了中国传统戏剧的丰富元素。不仅大大突破了一度在中国盛行的欧洲传统戏剧理念,在表现方式上,除引入中国传统戏曲的唱、做、念、打手法外,还将原始宗教仪式中的面具、傩舞和传统的歌舞、朗诵、说唱、傀儡、相声乃至皮影、魔术、杂技和日本相扑等艺术手段都融入其中,从而让戏剧不仅仅是语言的艺术,依照高行健自己

---

[①] 高行健:《对一种现代戏剧的追求》,中国戏剧出版社1988年版,第53页。另外参见高行健:《我与布莱希特》,《当代文艺思潮》,1986年第4期。

[②] 高行健:《野人》,《探索戏剧集》,上海文艺出版社编,上海文艺出版社1986年版。

的说法,是拣回了戏剧丧失近一个多世纪的许多艺术手段,形成一种真正意义上的"综合艺术"。他有意淡化情节,注重戏剧结构,借助叙述功能强化戏剧的空间性,大大拓展了观众的想象空间,使整个舞台构成一种复调的史诗艺术效果。

# 第八章

# 米兰·昆德拉在中国的译介及其接受

## 第一节 米兰·昆德拉在中国译介的概况

在自新时期起进入中国读者视野的当代外国作家中,出生捷克的旅法作家米兰·昆德拉(Milan Kundera,1929— )算得上是个佼佼者。这位出生于年轻、多事、多变的中欧小国(现在她又已一分为二了),曾有工人、爵士乐手、大学教授的职业身份,有共产党员、捷克新浪潮电影与"布拉格之春"的影响者或参与者、苏军入侵捷克后的受害者与1975年之后的流亡者等不同文化身份的作家,自20世纪80年代后期在中国掀起"米兰·昆德拉热"以来,不仅至今负有盛名,并对从普通读者到作家、批评家等各个文化层面都产生广泛影响。可以与其比肩的,大约只有美国的福克纳、哥伦比亚的马尔克斯、阿根廷的博尔赫斯和日本的川端康成等少数几位了。①

　　米兰·昆德拉最早是什么时候进入中国大陆视野的？最早的译介始于何时？其实，最早有案可稽的介绍，是从20世纪70年代末就开始了。②1977年第2期的《外国文学动态》就刊登了一篇署名"乐云"的题为《美刊介绍捷克作家伐错立克和昆德拉》的编译文章，其中对米兰·昆德拉的创作及其在欧美的影响作了简单介绍。但此文在当时所产生的影响显然相当有限。普通读者且不说，就是在专业研究者和文学批评界也没有像样的反应。显然，1977年的中国大陆文坛和中国读者群，还刚刚开始摆脱极左政治的统治，正处于"拨乱反正"的政治转折时期，"思想解放"运动还没有展开，文学还处在挣脱狭隘政治钳制的阵痛之中，还没有为接受米兰·昆德拉准备好足够的条件。如果说，作品翻译与作家作品介绍和研究是一个作家进入异域文化的两翼，那么，自米兰·昆德拉在中国的介绍到其作品开始被翻译出版，其间竟然有整整10年之久！10年之后，米兰·昆德拉作品的翻译才开始正式出现在大陆文学期刊上(中国台湾紧随其后)。在这10年间，除海外学者李欧梵的大力推荐外，只在偶尔介绍捷克文学状况时顺带提及而已。确切地说，在大陆出版物中，这10年间只有2篇相关的译介和评论文章。除李欧梵的一篇文章③外，只有署名"捷文"的《近20年来的捷克文学概况》(《外国文学动态》1981年第12期)一文中曾提及米兰·昆德拉的近况。这部分工作本来就少之又少，与同期对欧美文学的介绍简直不成比例。

---

①　在《20年影响中国青年的作家和思想家》所列举的9位作家中，就包括萨特、尼采、贝克特、卡夫卡、米兰·昆德拉、马尔克斯、博尔赫斯、福科和弗洛伊德。另外，在有人列举的"20世纪最有影响的外国作家"中，在新时期被中国广泛接受的作家中，也有米兰·昆德拉的名字。

②　《对话的灵光：米兰·昆德拉研究资料辑要1986—1996》(李凤亮编)是国内最为系统、丰富的米兰·昆德拉研究资料选辑，但无论是该书前言《后顾与前瞻：近十年来米兰·昆德拉翻译研究述评》(李凤亮著)，还是书后所附的资料目录中，都把米兰·昆德拉在中国最早的介绍追溯到80年代初，即"捷文"所撰的《近二十年来的捷克文学概况》，载《外国文学动态》1981年第12期，笔者所见的其他相关论述，也均从此说。

③　在《世界文学的两个见证——南美和东欧文学对于中国现代文学的启发》之前，李欧梵就著有《"东欧政治"阴影下现代人的"宝鉴"——简介米兰·昆德拉的〈笑忘书〉》一文，但首次发表不在大陆，后收入他的文集《中西文学的徊想》，三联书店香港分店1986年版，在大陆应该有少数读者。

## 第八章　米兰·昆德拉在中国的译介及其接受

直到 1987 年,《中外文学》第 4 期刊登了赵长江翻译的米兰·昆德拉的短篇小说《搭车游戏》,才开始了对这位捷克作家作品的正式介绍。这一年,《中外文学》紧接着刊登了米兰·昆德拉的短篇小说中译《没人会笑》(第 6 期,赵锋译),更有作家出版社推出的长篇小说翻译《为了告别的聚会》(景凯旋、徐乃健译,1987 年 8 月出版)和《生命中不能承受之轻》(韩少功、韩刚译,1987 年 9 月出版),而尤以后者在中国文坛和读者中的影响为最大,从此掀起了中国的"米兰·昆德拉热"。

自 1977 年至今,米兰·昆德拉进入中国已有四分之一世纪了,即使自 1987 年算起,也超过了 15 年。在这 15 年中,中国读者始终保持了对米兰·昆德拉的兴趣。其作品的翻译大致经历了两次高潮。一次是 80 年代末至 90 年代初,一次是 21 世纪初。第一次译介高潮期间①,其作品的中译除单篇作品发表于文学期刊外,仅以单行本形式出版的有:

《为了告别的聚会》(景凯旋、徐乃健译,1987 年 8 月,初版印数 17,000 册)

《生命中不能承受之轻》(韩少功、韩刚译,1987 年 9 月,初版印数 24,000 册)

《生活在别处》(景凯旋、景黎明译,1989 年 1 月,初版印数未注明)

《玩笑》(景凯旋译,1991 年 2 月,初版印数未注明)

《不朽》(宁敏译,1991 年 11 月,初版印数 31,000 册)

《笑忘录》(节译本),莫雅平译,北京:中国社会科学出版社,1992 年 10 月,初版印数 20,000 册

以上前 5 本均由作家出版社以《作家参考丛书》和"内部发行"的形式陆续推出。这也表明米兰·昆德拉的译介在一开始还与主流意识形态之间存在某种程度的抵牾,这在具体的翻译过程中,就表现为普遍存在的对原作的删节改动现象。此外,米兰·昆德拉唯一的短篇小说集《欲望的金

---

① 本书有关这一时期米兰·昆德拉中译情况,主要参考李凤亮主编《对话的灵光:米兰·昆德拉研究资料辑要 1986—1996》,中国友谊出版公司 1999 年版。

苹果》相继有两个译本出版：

《欲望的金苹果》①，曹有鹏、夏有亮译，长沙：湖南文艺出版社1989年7月初版

《可笑的爱情》，伍晓明、杨德华、尚晓媛译，合肥：安徽文艺出版社，1992年9月，初版印数10,000册

而米兰·昆德拉的创作论集《小说的艺术》在一年内就有三个译本出版：

《小说的艺术》，唐晓渡译，刘东校，北京：作家出版社，1992年2月，初版印数3,100册

《小说的智慧——认识米兰·昆德拉》，艾晓明编译②，长春：时代文艺出版社，1992年2月，初版印数6,500册

《小说的艺术》，孟湄译，北京：三联书店，1992年6月，初版印数9,000册

米兰·昆德拉的另一本创作理论著作《被背叛的遗嘱》，在1995年也出版了大陆版。③ 这两本论著在中国读者特别是中国作家和研究者中间引起了广泛的兴趣，也使人们对于米兰·昆德拉的小说观念和叙述特点有了深入的理解。需要说明的是，1992年中国加入世界版权公约，因为版权的限制，在这一阶段之后的几年里，大陆的米兰·昆德拉作品新译较少，但再版和重印不断，其中不少作品的印数都超过10万册。同时，许多大陆译者的译作在台港出版的现象较为突出④，其中大部分是大陆版的再版，但也有海外版在先大陆版在后的情况，如上述《被背叛的遗嘱》就是。经过这一阶段努力，米兰·昆德拉当时已经出版的大部分著作，都已

---

① 书名由译者所改，《欲望的金苹果》是原书中一个短篇小说的篇名，书中篇目与原作完全一致。

② 书中第一辑"米兰·昆德拉论小说艺术"就是《小说的艺术》一书的中译，之外，编译者还在该书中收入了米兰·昆德拉的一些作品序跋和访谈。

③ 此书初版由香港牛津大学出版社于1994年出版，孟湄译。大陆版由牛津大学和上海人民出版社联合出版，1995年12月出版，初版印数3,000册。

④ 参见李凤亮：《后顾与前瞻：近十年来米兰·昆德拉翻译研究述评》。

## 第八章 米兰·昆德拉在中国的译介及其接受

经有了中译本,并逐步使译介工作与作者的创作基本同步,如《生命中不能承受之轻》《被背叛的遗嘱》和《不朽》的中译本出版离原文初版时间,分别为三年、两年和一年[1],考虑到中国书籍出版的一般周期,可见中国文坛对于米兰·昆德拉关注的程度。

第二次译介高潮是在20世纪末至21世纪初。其特点是以重译和再版为主,也有少量新译,一方面是译本的大量重印甚至盗印以获取暴利;1998年由青海人民出版社推出"米兰·昆德拉系列"丛书,其中包括《生命中不能承受之轻》等5本,均为重译本,疑为盗版书[2]。另一方面是以认真的态度力图纠正初译本因为种种原因而存在的删节现象。这主要体现为三套丛书[3]的出版。1999年时代文艺出版社在"世界文学名著"丛书之名下,共推出8本米兰·昆德拉的小说译作,其中《不朽》(王振孙、郑克鲁译)、《缓慢》(严慧莹译)、《可笑的爱》[4](邱瑞銮译)、《生活在别处》(景凯旋、景黎明译)、《玩笑》(黄有德译)、《为了告别的聚会》(景凯旋、徐乃健译)和《生命中不能承受之轻》(马洪涛译)等7本均注明"全译本"字样,之外另有《生命中不能承受之轻》译本(周洁平译,未注明"全译本"字样),这里,除景凯旋等译的两本原来在大陆就有译本(有所删节)外,大部分都是之前中国台湾译本的大陆版[5],虽然其中的《缓慢》在大陆是初次出版。

---

[1] 《生命中不能承受之轻》1982年完成捷文原稿,1984年法译本初版,同年出版英译本,1987年9月中译本出版。《被背叛的遗嘱》1993年完成法文稿,同年法文初版,1994年即有中译本中国香港版,1995年有大陆版。《不朽》1988年完成捷文原稿,1990年1月出版法文初版,1991年5月中译本即出版,间隔只有短短16个月。

[2] 从上海图书馆书目检索而来,此套丛书共有《不朽》《生活在别处》《生命中不能承受之轻》《玩笑》《为了告别的聚会》5本。在此五种书之前均有中译。译者均为"安丽娜",且同在1998年出版。笔者在上图、复旦及互联网等多次检索,也没有发现"安丽娜"这位"翻译家"除此五种书外还有任何著作或译作问世。

[3] 除这三套丛书外,敦煌文艺出版社在2000年也在"大师名作系列"中出版了若干种米兰·昆德拉译作,其中包括《生命中不能承受之轻》和《欲望的金苹果》(此书非短篇小说集《可笑的爱情》,而是中篇小说《缓慢》和《身份》的合本),但笔者未见全套丛书,故暂不论。

[4] 即《可笑的爱情》,一译《好笑的爱》《欲望的玫瑰》(高兴、刘恪译,书海出版社,2002)、《欲望的金苹果》(曹有鹏、夏有亮译本)等。

[5] 其中,《不朽》,王振孙、郑克鲁译,时报文化出版企业有限公司1991年4月初版。《玩笑》,黄有德译,皇冠文学出版有限公司1995年6月初版。《缓慢》,严慧莹译,时报文化出版有限公司1996年6月初版。

第三套丛书规模最大,即上海译文出版社通过版权收购,自2003年2月起,开始陆续推出"米兰·昆德拉作品系列",共13卷,包括《玩笑》《好笑的爱》《告别圆舞曲》①《生活在别处》《笑忘录》《不能承受的生命之轻》《不朽》《雅克和他的主人》《小说的艺术》《被背叛的遗嘱》《慢》②《身份》③《无知》。虽然其中除《无知》外,大部分都是重译,但这是至今最大规模的米兰·昆德拉译作丛书。又因其在原文(或者外文译本)版本的选择、译者的组成和翻译过程中对原作者意图的尊重等方面,都做出了最大限度的努力,并纠正了之前许多译本中出现的许多错误,似乎预示了中国新一轮"米兰·昆德拉热"开始④。

这是就作品翻译而言,如果结合中国对米兰·昆德拉其人其作的介绍、分析和研究,可以说这种热情一直没有减退。尽管有关米兰·昆德拉的专著还很少见⑤。但相关评价和论述文章众多。据李凤亮搜集,仅1996年之前就有评论文章110篇,译文14篇。1996年之后的相关文字更是数不胜数。

在20世纪末尾文化信息爆炸、事件迭起的十多年,这股米兰·昆德拉热潮虽然谈不上轰轰烈烈,但也基本没有中断,它不仅表现在对其人其作的翻译介绍和研究阐释连续不断,并且从90年代起使米兰·昆德拉作品的汉译逐渐与作家的创作进程基本取得同步。这果然以新时期以来中外文学交往的正常化为前提,但同样和米兰·昆德拉与中国文学和文化语境的特殊契合有关。

---

① 即《为了告别的聚会》,一译《赋别曲》等。
② 即《缓慢》。
③ 此书大陆至少有三个译本。初译为《本性》(张玲、汤睿译,内蒙古文化出版社,1999),一译《认》(孟湄译,辽宁教育出版社,2000)。
④ 这套文集根据米兰·昆德拉的意见,全部采用其指定的法文"定本",有的经过作者亲自修订,并补上所有曾被删节的内容。自2003年4月首批4本推出,首印16.5万册在半月内销空,随后推出的《玩笑》《不朽》,首印10万册。《不能承受的生命之轻》首印15万册,并在一个月内加印2次,累计印数25万册。至9月,已经出版的7本总印数达80万册。见李鹏《到巴黎与米兰·昆德拉过招拿版权》,载《中华读书报》2003年9月17日第19版。
⑤ 限于笔者的视域,除上述李凤亮编辑的研究资料外,至今只见由李平、杨启宁著《米兰·昆德拉:错位人生》(四川人民出版社,2000)一书。

## 第二节 不约而同的选择：李欧梵与韩少功的译介

米兰·昆德拉从开始被介绍到中国，到引起文坛和读者的广泛瞩目，李欧梵的介绍和韩少功的翻译都起到了极其关键的作用，其意义也只有置于当时中国文坛的历史情景当中，才能给予恰当的说明。

美籍华人学者李欧梵的《世界文学的两个见证：南美和东欧文学对中国现代文学的启发》一文，发表在 1985 年第 2 期《外国文学研究》。文中对马尔克斯和米兰·昆德拉这两位作家都有介绍，其中就米兰·昆德拉则重点介绍了小说《生命中不能承受之轻》，也提及《笑忘录》①与《玩笑》，对米兰·昆德拉小说创作的主题和表现手法的等等特征，都有精彩的分析。李文对于米兰·昆德拉的代表作《生命中不能承受之轻》的分析，着重三个方面：一是肯定米兰·昆德拉存在性思考的主题：轻与重、轮回与不可重复、自由意志与命中注定的思考，通过以小见大的方式得以呈现，指出其通过小人物看历史、看国家民族命运的方式，将同情心和超越性紧密相连。二是指出其在小说结构和形式上对于散文和音乐的借鉴，空间化的叙事结构、夹叙夹议的行文方式和故意重复的表现手段，对于完成主题呈现的作用。三是肯定其对于东欧文学讽刺传统的推进：讽刺、反讽、嘲讽、玩笑、自嘲等米兰·昆德拉特有的手法和风格，为控诉文学提供了摆脱"哭哭啼啼"的姿态提供了有益的启示。值得注意的是，李欧梵的分析始终抱着结合中国现当代文学传统和现状的态度，是一种明显具有针对性的介绍。如果我们把文章中的一些论点与 1985 年前后文学思潮相对照，确会发现作者透辟的眼光。1985 年前后的新时期文坛，正是以写实手法为主的"伤痕""反思"和"改革"文学开始盛极而衰，而各种西方现代派艺术观念和表现手段遍地开花，但还没有真正在读者中形成广泛认同，同时，这"新老"两类写作态度和方式又都显现出各自的弊端或者偏颇，如何把沉重的历史和生存思考与活泼自由的叙事心态相结合，把具体的人生关注与超越性的哲理探索相统一，正是中国大多数作家欲努力追

---

① 李欧梵译作《人生的难以承受之轻》和《笑忘书》。

求的境界。在李欧梵看来,米兰·昆德拉的方式正是特别适宜中国新时期作家学习的一种。此文因为发表在专业性的研究期刊上,读者接触的机会总是有限,在当时一般读者中间不会引起多大的反应,多少还是显得有点寂寥。尤其考虑到,当时中国大陆还没有米兰·昆德拉翻译作品的发表,普通读者还无法领略米兰·昆德拉的创作风采,就不足为怪了。因此,它到底对当时和之后的中国文坛有多大的影响,现在仍难给予准确论定,后来也并不见有太多的作家、理论家提及。但仅就它在米兰·昆德拉的"中国之行"而言,有着十分重要的价值。仅以之后米兰·昆德拉在中国的译介及其影响的过程来看,也可以印证作者对于中国文坛走向的预见性。后来的事实证明,正是《生命中不能承受之轻》这部作品,首先在中国引起广泛的注意,并产生了重大的影响。

与李欧梵的介绍评论相对应的,是韩少功对于《生命中不能承受之轻》的翻译。尽管在同一家出版社出版的景凯旋、徐乃建翻译的《为了告别的聚会》要比韩少功译《生命中不能承受之轻》还早一个月,但后者在当时和之后的影响显然更大,也更具有典型性。韩少功在对米兰·昆德拉发生兴趣并最后选择其《生命中不能承受之轻》作为翻译对象之前,是否读过李欧梵的文章,或者受到李的看法的影响并不重要,很可能倒是一种不约而同的共识。① 韩少功在后来谈及他选择该书的缘由时,说是与他1986年的美国之行有关②,而自米兰·昆德拉的《玩笑》英译本1969年在美国出版至当时,相继已有《生活在别处》等5本小说(集)在美国出版,并先后两次获得"美国国家图书奖"。同时,米兰·昆德拉在世界其他国家范围内也已经引起轰动:《玩笑》先后被翻译成法、德、匈、英、意、西、土耳其、波兰、瑞典、丹麦、希腊、希伯来、芬兰等13种文字出版;先后获得法国"普里克斯·梅迪西斯最佳外国小说奖"(《生活在别处》)、两次"大英联邦"文学奖。特别是其1983年访问美国,被授予密执安大学荣誉博士学位,1984年《生命中不能承受之轻》英译本在美国出版,并获洛杉矶"时代

---

① 据韩少功自述,他在1986年向一位北京的朋友借阅了该书的英译本。

② 1986年7月23日—9月23日,韩少功与张笑天一起,应美国政府设立的"国际访问者计划"邀请赴美访问。

## 第八章　米兰·昆德拉在中国的译介及其接受

丛书小说奖"。因此,到韩少功访问美国的时候,正是米兰·昆德拉在美国文坛如日中天之时,而《生命中不能承受之轻》又是最新出炉的作品。《华盛顿时报》载文认为:《生命中不能承受之轻》是20世纪最伟大的小说之一,米兰·昆德拉藉此奠定了他世界上最伟大的在世作家的地位。加上米兰·昆德拉本人独特的身份和经历,和作品在主题和表现手法上新颖之处,引起韩少功的注意、兴趣、喜爱并进而萌发翻译此书的念头[①],就是顺理成章的事情了。

不过,韩少功作为新时期最有活力的青年作家之一,他对于中国新时期文学在当时的发展状况有着更加切身的了解。他对米兰·昆德拉的创作思想、艺术观念、表现手法都有自己的看法,同时对于其作为一个弱小民族作家的身份,有着同样的敏感考虑,这些因素,都程度不同地反映在他对米兰·昆德拉作品的选择、翻译特别是介绍评价中。相对于作为学者的李欧梵的理论介绍,和单纯译者的景凯旋等人的翻译,由于韩少功作为新时期文坛优秀作家的地位,使得他的选择和作品译介,具有更大的社会效应,这一举动标志着这位捷克流亡作家在中国真正发生影响的开始。同时,韩少功的翻译及其介绍中所体现出来的对于米兰·昆德拉原作的某些删节、过滤、回避等现象,也在其后整个米兰·昆德拉作品的中译过程中带有相当的普遍性。比如,韩少功译《生命中不能承受之轻》时删除了英文本第6章第16节整整三百多字。后在1995年修订版中才补入。另外对于原作中出现在被批评讽刺语境中的"共产党""共产主义""斯大林主义""极权主义"予以删除,如中译本初版第33—34页。在不便删节处,则加以抽象化改动。诸如此类的现象,在80年代中后期的米兰·昆德拉作品翻译中比较普遍,它往往集中于政治与性爱方面。《不朽》将原作中的"共产党"改成"政治党派""各种党派"或者"政治集团",这种模糊的译文使原作中的特指变成泛指,语言清晰度和逻辑性的丧失,也使作品前后语义混乱矛盾,在一定程度上削弱了米兰·昆德拉著作中显

---

① 他后来回忆说:"《生命中不能承受之轻》是我到美国的时候朋友给我介绍的,看了一些他的作品之后,觉得中国读者特别需要知道他,因为他写的情况同中国很接近,当时捷克也是社会主义国家。"见韩少功与许风海的对话《中国读者特别需要米兰·昆德拉》,载《博览群书》2002年第3期。

著的思辨色彩。而这些在翻译中最容易被删改、变动的地方,其实正是对于译入语原有文学系统最有潜在触动和启发的方面。

李欧梵的介绍和韩少功的翻译,一个以理论评述的方式,一个直接以作品翻译的方式,共同推动了米兰·昆德拉在中国的影响历程。他们的译介活动尽管采取的方式不同,时间稍有先后,在读者中的直接影响也大小不一。但在另一方面却又显现着一系列相同的特征:1. 他们对于米兰·昆德拉的重视、兴趣和译介活动的采取,都是感受了西方特别是美国文坛上的米兰·昆德拉热潮,都是阅读和采用了米兰·昆德拉作品的英文译本(而当时的英文译本恰恰是米兰·昆德拉本人所诟病的)而不是捷克或者法文本,这两者都意味着他们在接受和传播米兰·昆德拉的作品和小说观念的时候,西方特别是英美文化眼光已经发生了潜在和先期的作用,换一句话说,他们所接受的米兰·昆德拉,在相当程度上是经过英美等西方国家的文化过滤的。2. 他们瞩目于米兰·昆德拉,都与对象的东欧弱小民族文化背景以及和中国社会体制的相似性有关;他们的大力推荐和译介,都是建立在意识明确的,努力为中国新时期文学发展提供最有利的方向、途径和最成功经验的总体建构意识上,从文学发展的形态而言,都带有"理论先行"的味道。3. 他们的译介实践在以上两者之间都隐隐体现了某种程度的内在矛盾,它表现在选择米兰·昆德拉的起因与意图之间、源语文本与中介之间,归根结底,存在于他们文学观念的世界性标准与民族性特征之间。而这些特点,在整个对于米兰·昆德拉的译介过程中,具有相当的典型意义。

由于李欧梵的介绍特别是韩少功的译介,《生命中不能承受之轻》作为米兰·昆德拉代表作在中国拥有广大的读者群,产生了巨大的影响。不仅韩译本印数不菲,而且之后还出现了多种重译本。据笔者不完全统计,到2003年上海译文出版社推出的许钧自法文本重译为止,仅大陆就至少经有该书的10种版本。除上述两种外,还有青海人民出版社1998年安丽娜译本、时代文艺出版社1999年马洪涛全译本、九州出版社2000年周治平译本、敦煌文艺出版社2000年译本(译者不祥)、贵州人民出版社2001年译本(译者不祥)、时代文艺出版社2001年周洁平译本、吉林摄影出版社2001年张克译本(附带根据小说改编的电影《布拉格之恋》

光盘),另外还有中国盲文出版社 2002 年出版的有声读物本。其中有的是重译,有的很可能是对某个译本的盗版。

## 第三节 是什么打动了中国:昆德拉的影响因素分析

米兰·昆德拉一进入中国人的视线,首先引人注目的是,他作为一个出生于东欧①社会主义国度的作家,对于政治现状的批判态度。经历了极左政治长期统治的中国读者,很容易从这种政治反思和批判中找到认同。他在政治批判上的尖锐性和超越性,同样是吸引中国读者的一个重要因素。最早翻译《生命中不能承受之轻》的作家韩少功,在一开始就意识到中国读者特别需要米兰·昆德拉。他在该书的译序中特别指出了米兰·昆德拉作为一个东欧社会主义国家作家对于中国读者的独特借鉴意义:

> 东欧位于西欧与苏俄之间,是连接两大文化的结合部。那里的作家东望十月革命的故乡彼得堡,西望现代艺术的大本营巴黎,经受着激烈而复杂的双向文化冲击。同中国人民一样,他们也经历了社会主义发展的曲折道路,面临着对今后历史定向的严峻选择。那么,同样正处在文化震荡和改革热潮中的中国作者和读者,有理由忽视东欧文学吗?②

尽管当时米兰·昆德拉已经成为流亡作家,加入了法国国籍,但其祖国所属的政治制度和意识形态背景是首先引起韩少功注意的一个特征,因为这是米兰·昆德拉到当时为止的大部分的叙述背景,也是最容易引起中

---

① 米兰·昆德拉本人坚决反对通常把捷克归入东欧的做法,认为作为一个文化史概念,东欧指以拜占庭文化为传统的俄国,捷克则属于中欧,属于西方的一个部分,甚至是西方文化的摇篮。而将捷克归入东欧的做法,是从政治地理概念出发,把"雅尔塔会议"后形成的两极世界中的一极以"东欧"指称,是对于捷克等国文化特性的遮蔽和曲解。参见李凤亮编:《〈笑忘录〉跋——菲利普·罗思与米兰·昆德拉的对话》,第 520 页。本书从中国习惯用法,仍将捷克归入"东欧"。
② 见韩少功《小说:米兰·昆德拉之〈生命中不能承受之轻〉》,《生命中不能承受之轻》,作家出版社 1987 年版,第 6 页。

国读者共鸣的所在。自1985年开始,韩少功就积极倡导"寻根文学",在将引进西方现代主义文学思潮与弘扬民族文化的主流意识形态之间,找到了巧妙的结合点,莫言、郑万隆、王安忆等许多作家都有积极的呼应。韩少功本人的创作也正处于一个转折时期。他的小说《爸爸爸》,通过展示具有象征色彩的湘地民俗,探索者生命的起源、生存的艰难、生命的存在方式和意义,同时,体现了对于传统文化劣根性的强烈批判精神。因此在这一点上,他们可以在马尔克斯、艾特马托夫等外国作家身上找到启发。但是,这种借助古老文化遗风的象征性描写所进行的批判,很难直接面对当代生活的具体历史事件。而像韩少功这一代作家,虽然与上一代作家(他们是"反思文学"和"改革文学"的主力)相比其政治意识有所淡化,但仍然有着十分浓厚的关注现实变革的意识,因此,像米兰·昆德拉这样有着相似的政治意识形态和社会制度背景,对这种制度和文化的现实矛盾进行深切反思和批判的作家,自然会特别青睐了。

韩少功的这种态度,在其他作家那里也一再被印证。莫言也认为:"米兰·昆德拉生活在奉行极左体制的国家。他的政治讽刺小说,充满了对于极左体制的嘲讽。而且,这种嘲讽能够引发中国人的'文革'记忆,人们很容易对这些描写心领神会。"① 事实上,尽管中国文坛的"伤痕""反思"文学思潮80年代中后期已经消退,但并不表明中国作家和读者已无意于对历史和现实的反思批判,而是厌倦了七八十年代之交的那种简单化的批判方式,期待着一种更加有效的反思途径。因此,尽管米兰·昆德拉在某些欧美西方人眼里被看作是索尔仁尼琴式的政治极权主义的反对者,但他在中国的形象从一开始就不止于此,中国作家很容易就分辨出米兰·昆德拉具有索尔仁尼琴所没有的品质,他的幽默和机智以及怀疑主义的态度,他的现代叙事手法和艺术风格都与后者截然有别。在这个意义上,米兰·昆德拉的吸引力不仅在于这种批判的态度,更在其独特的批

---

① 见莫言、张炜等2002年8月16日在互联网上接受的采访《不同的面孔:中国作家谈米兰·昆德拉》,莫言之外,陈染也表述了类似的意思。浊夷:读书时间网址:http://www.biboo.com.cn/readingtime。

## 第八章　米兰·昆德拉在中国的译介及其接受

判方式。

其实,意识到米兰·昆德拉与索尔仁尼琴以及中国当时流行的反思文学模式的不同,并不需要多少艺术分辨力,因为米兰·昆德拉的小说还有一个十分明显的标识,那就是对于性爱的大量正面展示。在米兰·昆德拉的小说中,始终贯穿着性爱情节和场面,肯定米兰·昆德拉的创作显然无法绕开其中的性爱话题,而这个话题本身在当时中国的文学话语中,仍然多少是一种禁忌,这必然会激起读者的好奇与关注。更重要的是,米兰·昆德拉在小说叙事中将政治禁忌的破除与性禁忌的摧毁结合起来。

经历过"反右"和"文革"等历次政治运动的中国读者,对于迫害与被迫害有着刻骨的体验,因此,米兰·昆德拉早期小说的迫害主题,无疑对中国读者具有参考意义。在中国关于"文革"的叙事中,受害者往往以善良的面目出现。而米兰·昆德拉笔下的受害者同时又是施暴者,比如《玩笑》中的路德维克。只要压迫还在,憎恨和报复就会像癌细胞一样增长,而米兰·昆德拉笔下的波西米亚人的报复手段就是性,他们落入了欺骗与掠夺的荒诞与轮回之中。这样,对于性爱和情欲的探讨,反过来使得米兰·昆德拉的政治批判具有某种独特的力量,从而在对极权政治体制与社会的批判之外,还有更高一层的对人的批判与发现。

而新时期的中国小说中,不仅很少有人正面触动性禁忌,更没有人像米兰·昆德拉那样,直接将政治和性爱两个主题如此紧紧地结合,并且将两者同时加以形而上的提升,使之达到抽象的高度。当时的中国作家中,也不乏大胆通过性爱进行社会批判和人性探索的例子。张贤亮的《男人的一半是女人》和王安忆的"三恋"、《岗上的世纪》都是80年代中期引人注目的探索。但是,前者的性爱不过是进行政治批判的简单工具或者直接中介,性爱在作品主题中没有独立的地位;而王安忆出于某种艺术考虑,则在直面人物的性爱时多少有意模糊了时代政治因素。这两者都在一定程度上妨碍了对于政治现实和人性的探索、对于生存处境的反思。而米兰·昆德拉在处理政治和性爱两大主题的大胆独特方式,极大地刺激了同样经历过历史创痛的中国当代读者和作家。对于米兰·昆德拉来说,性爱与情欲是其探讨人的本质的一个入口,是照亮人的本质的一束强光。这种特有的主题及其叙述方式,恰好同时刺激了中国文学两根敏感的神经。后来作家陈染在谈及米兰·昆德拉的小说时,干脆称之为"政治化的性爱小说",认为米兰·昆德拉是一个"写性的高手",在他的笔下,一方面政治主题演绎为纯文学作品;另一方面,性也避免了那种低俗和小气。① 当然触动大了,也就必然会引来意识形态的压力,这也是作家出版社一开始就以"内部发行"形式出版米兰·昆德拉作品的原因。

政治批判、历史反思与性爱的独特结合使米兰·昆德拉充满吸引力,但米兰·昆德拉作品的耐人寻味之处则在于对具体历史事件和场景的超越与提升,以及独特的小说观念、文本结构和艺术手法。在米兰·昆德拉看来,小说是对于存在的探寻,是对于人的存在的现实性的质疑与批判,对存在的合理性追问和可能性的探索。"米兰·昆德拉也写政治,用强烈的现实政治感使小说与一般读者亲近。"但"对于他来说,伤痕并不是特别重要的,入侵事件也只是个虚谈的背景。在背景中凸现出来的是人,是对人性中一切隐秘的无情剖示和审断"。这样,米兰·昆德拉就由个别走向一般,由具体描摹走向抽象哲理分析,"由政治走向了哲学,由捷克走向人类,由现时走向了永恒"②。这种对于存在问题的关注,几乎体现在米兰·昆德拉的所有作品当中。许多中国读者也都予以热情的肯定。③ 这种对于存在意识的拷问,正好与当时西方存在主义哲学和文学思潮在中国的影响形成一种呼应。

米兰·昆德拉的吸引力,还在于其独特的小说观念和艺术手法。他围绕"轻与重""肉体与灵魂""忠诚与背叛""记忆与遗忘""媚俗""玩笑"等基本词,以之为核心进行构思,加以音乐性的共时结构的采用,使得他的

---

① 见莫言、张炜等2002年8月16日在互联网上接受的采访《不同的面孔:中国作家谈米兰·昆德拉》,莫言之外,陈染也表述了类似的意思。浊夷:读书时间网址:http://www.biboo.com.cn/readingtime。

② 见韩少功《小说:米兰·昆德拉之〈生命中不能承受之轻〉》,《生命中不能承受之轻》第6页,作家出版社1987年版。

③ 有许多研究文章,专以米兰·昆德拉作品中探讨的存在问题为专题,比如周国平《探究存在之谜》、俞吾金《铸造新的时代精神》、艾晓明《米兰·昆德拉对存在疑问的深思》、仵从巨《存在:米兰·昆德拉的出发与归宿》等等。见李凤亮编:《对话的灵光:米兰·昆德拉研究资料辑要1986—1996》中国友谊出版公司1999年版。

创作可以自由地融小说与散文于一体,将关于存在问题的哲理探讨与小说技巧随机结合。"受到乌托邦声音的诱惑,他们拼命挤进天堂的大门,但当大门在身后砰然关上之时,他们却发觉自己是在地狱里"①,这是对民族命运和人类命运、人类实践历史和现实生存状态怀疑、自嘲、反思和积极的对抗。而他的讽刺、反讽等等手法,那种历尽辛酸之后的无奈、荒诞与自嘲,对习惯于怒目金刚或者涕泪交零式的中国读者来说,就显得特别新颖有力。

于是,米兰·昆德拉的创作在中国新时期文坛发生了重大的影响。但这种影响往往是潜在的、无形的,你可以在某些作家的创作中感受到某种与米兰·昆德拉相通的一面,但却无法简单地归于米兰·昆德拉这一个单一的因素,但明显的是,与马尔克斯小说在中国有着众多模仿者不同,米兰·昆德拉这种小说观念、构思方式、表现手法或者文学风格,在之前的中国文学中很难看到。也许,后来受到读者广泛青睐的"黑马作家"王小波在这一点上颇得米兰·昆德拉的神韵,我们在他的"时代系列"中多少看到米兰·昆德拉的某种影子。

## 第四节  民族身份感的暗合:昆德拉的世界/民族文学意识

作为一个出生于东欧小国的流亡作家,能够在中国产生如此重大的影响,这里的原因值得探讨。它所反映出来的中国当代文学的世界/民族意识更应该分析,这可能不仅体现了中国文学主体对于世界文学的态度,更折射出中国文学本身的某些特征和在整体上的建构努力。

其实,米兰·昆德拉自己对民族身份的认同意识,向来有比较矛盾的地方,许多地方的表述也不尽统一,这也反映了他在身份认同上的内在冲突。而这种内在矛盾,既与他所具有的弱小民族母语文化在世界文化格局中的地位有关,也与他后来长期的流亡生涯的生存体验有着密切的联系。

米兰·昆德拉一方面自觉地认同于西欧文学的传统,始终认为捷克

---

① 米兰·昆德拉:《〈玩笑〉英译本序言》,《玩笑》,作家出版社1991年版,第6页。

属于中欧而非东欧,因为后者是属于拜占庭文化传统下的俄国文化圈,而中欧在米兰·昆德拉看来则应该是西方文化的一个组成部分,它不是东西方之间的桥梁,甚至倒是西方文化的摇篮。在艺术上,米兰·昆德拉声称自己倾心并继承了以塞万提斯、拉伯雷、狄德罗创造的,由卡夫卡、穆西尔、布洛赫和贡布洛维奇等中欧杰出作家所代表的后普鲁斯特欧洲小说传统。再加上他自1975年起加入法国国籍,不久又用法语写作,等等。这一切似乎明显地体现出米兰·昆德拉的明显的西方艺术视野和文化传统上的自我认同倾向。难怪有捷克人对他的评价是:米兰·昆德拉先生,欧洲人!法国才子!①

但另一方面,他又摆脱不了捷克民族传统给他铸就的文化性格。中世纪以后的捷克民族从来多灾多难。早在11世纪中期,捷克斯洛伐克就经过领土扩张完成了封建化过程,跻身欧洲强国之列,在14世纪成为中欧地区的一个强国,但这种强大同时又是在一种民族扭曲状态下实现的,布拉格是作为查理一世"神圣罗马帝国"朝廷所在地而成为当时欧洲政治、经济和文化中心,德国文化长期占有统治地位。在之后的5个世纪里,捷克先后成为波兰雅盖隆王朝和奥地利哈布斯堡王朝的统治之下,特别是17、18世纪长达一百多年的"黑暗时代",德语成为国语,捷克文化遭到毁灭性的打击。即使到了20世纪,1918年成立了捷克斯洛伐克共和国(即"第一共和国"),但在第二次世界大战期间又成为德国法西斯和英、法等西欧强国之间妥协的牺牲品,捷克再次坠入"黑暗时代"。第二次世界大战结束后,在苏联的庇护下建立了社会主义国家制度,但1968年"布拉格之春"改革运动掀起时,以苏联为首的五国大兵压境,之后的二十多年又处于外来政治文化的强权统治之下。

作为"布拉格之春"的亲历者,米兰·昆德拉对于民族历史命运有着

---

① 在捷克国内,对米兰·昆德拉多有指责,这除了政治意识形态的因素外,还有文化趋向的原因。1990年《纽约客》上发表了一名捷克记者的报道,题为《米兰·昆德拉先生,欧洲人》,见李凤亮,第444页。另外,侨居西德的捷克记者卡雷尔·赫维兹加拉在1986年在与哈维尔的谈话中这样概括捷克知识分子对于米兰·昆德拉的保留态度:"米兰·昆德拉的成功是以过分仿效西方对于东方已经形成的看法为代价的。"引自《哈韦尔自传》,东方出版社1992年版,第159页。

## 第八章 米兰·昆德拉在中国的译介及其接受

切身的感受,同时也敏锐地意识到自己的捷克文化渊源:"如果说,成人时代对于生活以及对于创作都是最丰富最重要的话,那么,潜意识、记忆力、语言等一切创造的基础则在很早时就形成了。"①作为一个捷克文化养育成熟的作家,他不得不时时考虑捷克文化在世界民族文化中的地位。早在1967年的一次捷克作家代表大会上,米兰·昆德拉就提出了这一个传统的问题②:我们民族的作用是什么?我们对于人类历史的作用是什么?我们民族存在的本质是什么?我们是否就像我们所想象的那样待在家里就很安全吗?我们民族的存在真的值得我们的努力吗?我们民族的文化价值真的那么大吗?尽管这些问题本身就包含了对于民族性的质疑,但提出这些问题还是表明了他无论对于政治、文化、艺术的探索,还是对于作为一个现代知识分子的文化立场和表述,都始终无法脱离捷克民族的历史这一文化渊源。

即使在他成为法国公民后的90年代,仍继续着这种对于弱小民族历史地位的思考:"(小民族)这一概念并非数量上的,它指的是一种环境,一种命运:各个小民族体验不到亘古以来就存在于世界并将永远存在下去的幸福感受;他们在历史的这一或那一时刻,全都等候过死神的召见;他们总是碰撞在大民族傲慢的无知之墙上,他们时时看到自身的生存遭到威胁与质疑;他们的生存确实是个问题。"③

特别值得注意的是,米兰·昆德拉不仅描述了弱小民族在世界民族之林特殊的地位和身份感受,还分析了由此而带来其文化发展的特殊利弊关系:

> 小国家都是很世界主义的。不妨说,他们注定得是世界主义的,因为要么做一个可怜的、眼界狭窄的人,除身边环境之外,除小小的波兰、丹麦或捷克文学之外,对其他所知甚少,要么就必须做一个世界性的人,了解所有的文学。小国家和小语种颇为荒谬的优势之一

---

① 米兰·昆德拉:《被背叛的遗嘱》,上海译文出版社2003年版,第100页。
② 米兰·昆德拉在1967年6月27—29日第四次捷克斯洛伐克作家大会上,作了题为《论民族的非理所当然性》的论辩式演讲。
③ 米兰·昆德拉:《被背叛的遗嘱》,上海译文出版社2003年版,第201页。

是他们熟悉全世界的文学,而一个美国人主要了解的是美国文学,一个法国人[主要了解的]是法国文学。①

这样,众多的小小民族形成了"另一个欧洲",其发展与大国的欧洲恰成对位,与这些欧洲大国相比,小民族的历史和文化发展有着特殊的遭际,特殊的优势和不利因素。一方面,"小表现出有小的优势:文化事件的丰富是'人类高度'上的;所有人都一览无遗地观瞻这一丰富,参加文化生活的全部;所以说,一个小民族在它的最佳时期甚至可以使人回想起一个古希腊城邦的生活来。"因此,"它们的发展进程颇为特殊。从艺术上说,历史的不同步常常带来多产的效果,它让不同时代的奇花异卉兼存并蓄:雅那切克和巴托克满腔热情地参加了他们国家人民的民族斗争;19世纪在他们这一边;对真实的特殊意义的追求,对大众阶层的依恋;这些个在大国的艺术中早已消失的品质与现代主义的美学联系在一起,结成了一种意外的、无法仿效的、幸运的姻亲。"而另一方面,"在一个小民族的大家庭中,艺术家被多种多样的方式,被多种多样的细线束缚住了手脚",这多种多样的因素中,除了政治意识形态的干预之外,还包括由小民族的世界文化处境所决定的集体思维、观察和行为方式。所以,米兰·昆德拉感叹道:"喔!一个个小民族!在热烈的亲密气氛中,每个人嫉羡每个人,所有人监视所有人。"他还用纪德、易卜生、斯特林堡、乔伊斯和塞菲里斯等作家的例子来印证对于本民族(特别是小民族)文化的批判和超越态度的必要性。

这也在相当程度上说明了米兰·昆德拉自己选择流亡生活的主要理由,正是为了摆脱捷克这个小民族的种种"束缚",他才最后选择做一个法国公民,而不仅仅如一般人(特别是经过了"文革"的中国人)所想象的那样,是为了躲避当局的政治压迫。同时,他的这种选择又使其小民族文化传统中的世界主义视野的优势得以发挥,从而可以更好地观察捷克文化的世界地位,并能够超越本民族的立场,探索人类存在的困境、理由和理想状态,换一句话说,正是米兰·昆德拉长期的流亡生活,才使他对于小

---

① 引自乔丹·埃尔格雷勃里与米兰·昆德拉的对话《米兰·昆德拉谈话录》,见《对话的灵光》,272—273页。

## 第八章 米兰·昆德拉在中国的译介及其接受

民族文化的世界处境有着清醒地认识。在与菲利普·罗思的对话中,米兰·昆德拉谈及其《笑忘录》创作的意图:"我最近在法国完成的新作,展现了一个特殊的地理空间:通过西欧眼睛打量布拉格发生的事件,而通过布拉格眼睛看待法国发生的一切。这是两个世界的邂逅。一方面,我的祖国:在仅仅半个世纪的时间里,它经历了民主、法西斯、革命、斯大林主义连同它的瓦解、德国和俄国的占领、大规模放逐、西方在它土地上的死亡。就这样他开始在历史的重负下沉没,并以强烈的怀疑主义态度看待世界。另一方面,法国:好几个世纪,它一直是世界的中心,可如今却苦于缺乏重大的历史事件。这正是它迷恋于激进的思想方式的缘由。而这种迷恋是对它渴望拥有却没有来临,也永远不会来临的伟大事件抒情而又神经质的期望。"这里,米兰·昆德拉似乎又突出自己的祖国看作与欧洲主流文化有着明显差异,并显示了对于现代西方主流文化和欧洲知识分子的存在状态的批判精神。从而进一步提出了全球化进程中知识分子的普遍命运和责任问题。这一点,可能正是马尔克斯所不能充分提供的,这也是米兰·昆德拉在世纪之交的中国仍然具有巨大的吸引力的原因吧。

在这个意义上,某些西方读者从米兰·昆德拉身上看到的捷克民族意识和倾向,即使有所偏颇,也并非完全是空穴来风。事实上,虽然当时的中国读者并不全然了解米兰·昆德拉在文化的民族性及其地位问题上的困惑和思考,但正是在对于民族文化的世界意识方面的共通性,大大助长了中国米兰·昆德拉热的掀起和持续不断,至少,这两种因素同时推动了米兰·昆德拉在中国的传播和接受历程。

在某种意义上可以说,出生于弱小民族的知识分子,只要立足于自身的文化渊源来思考,即使是对于世界主义的提倡,也必须以民族处境和民族特性的思考为前提。表现在米兰·昆德拉在中国的选择和接受过程中,体现为鲜明的理性色彩。

中国接受主体从面对米兰·昆德拉的一开始,就具有某种对于新时期文学未来发展的策略性考虑。作为最早向大陆读者推介米兰·昆德拉的举动,上述李欧梵一文的立意,本来就不止于单纯地介绍米兰·昆德拉和马尔克斯两位新兴的外国作家,而是带有明显的世界文学意识,以及为中国当代文学如何走向世界的设计策略,他"呼吁中国作家和读者注意南美、东欧和非洲的文学,向世界各地区的文学求取借镜,而不必唯英美文学马首是瞻",也是一般外国文学作家和思潮在中国译介活动得以展开并产生影响的重要动力因素。马尔克斯和米兰·昆德拉在中国新时期引起的巨大影响,恰好反映了新时期中外文学思潮交汇中的一个特殊现象。当时,西方现代文学思潮的大量引进,以英、美、法、德等西方国家为主的文学在七八十年代之交占据中国文学话语的主流地位,引起了一系列的学习模仿,但其后果是,一方面带来了本土意识形态的压力,另一方面,读者的接受也出现某种程度的阻碍。更重要的是,在尾追西方现代派文学的同时,中国文学主体寻求民族文学发展的焦虑也日益暴露。诺贝尔奖日渐成为一种情结、一种"痒",更是把这一种焦虑和压力表面化了。马尔克斯已经在1982年获奖,而米兰·昆德拉则也已经被提名,似乎预示了非西方的弱小民族文学同样可以"走向世界",被世界(某种意义上是指西方)认可。李文尽管在谈到米兰·昆德拉时声称"得不得奖并不重要",但他以诺贝尔奖作为推荐的一个佐证,还是挠到了中国作家和读者的痒处。因此,不管是作为学者的李欧梵,还是作为作家的韩少功,在对米兰·昆德拉的选择和接受中,都包含了对于民族文学发展走向设计的理性意识。这也体现了中国文学接受主体在接受外来文化和文学影响的过程中,除了无意识的接受和影响行为外,更有着强烈的意识层面的设计和建构。这种文学整体建构意识在中国作家与理论家身上的表现决不是个别的现象,仅就米兰·昆德拉在中国接受和影响而言,除了李欧梵、韩少功外,还有批评家王晓明、青年作家邱华栋等①,而这种接受方式,其实是和20世纪中国文学发生发展进程中的理论先行的传统相对应的,这在相当程度

---

① 见王晓明、夏中义:《关于米兰·昆德拉和米兰·昆德拉热的对话》,载《书林》1989年第5期;邱华栋:《影响下的焦虑与狂喜》,载《中华读书报》1998年10月28日。王晓明分析中国作家对米兰·昆德拉兴趣的原因时认为:当时不少中国作家非常关心如何使自己走向世界的问题,一开始直接去学习西方现代派,如卡夫卡,后来发觉差距太大,就来了个马尔克斯热,因为马就是靠其民族特色走向世界的。但又发现问题:马写的尽管是拉美和印第安神话,但眼光却是高度西方化的,而我们还没有这种眼光。这个时候,出现了米兰·昆德拉,他有同样的制度背景,写的是本国的事情,但居然也能走向诺贝尔奖,还能表现对人类命运的终极关怀,因此自然就引起了广泛的兴趣。邱华栋则也明确地意识到:从世界范围内看,中国现在处于弱势文明的地位,但却又在急速地上升阶段。这个阶段对于作家来说是大有可为的,而米兰·昆德拉则是从相同的体制走向世界的一个榜样。

## 第八章　米兰·昆德拉在中国的译介及其接受

上,体现了中国作家在以西方强势国家文学为主导的外国文学影响下的内心焦虑。事实上,1985年寻根文学的崛起正好印证了中国作家在这种焦虑下的努力。不论寻根文学与马尔克斯、福克纳、米兰·昆德拉这些外来作家是否具有确凿的因果联系,或者联系有多大的程度,它都表明了处于文化边缘状态的民族文学,在寻求世界认同的努力上具有某种共通性。

不过,就像米兰·昆德拉本人在对于文学的世界主义追求(表现为对于西欧文化和文学传统的向往和认同)与捷克民族身份的认同之间常常存在着矛盾(或者说,前者常常压抑和掩盖了后者)一样,中国新时期的作家和理论家在对米兰·昆德拉的接受过程中,同样体现了这种文学的世界意识和民族意识的矛盾纠缠。这种纠缠和冲突,既体现在对于米兰·昆德拉的阐释和理解中,也反映在米兰·昆德拉的中国形象与译介、接受米兰·昆德拉的途径、标准之间的关系上。一方面,像李欧梵、韩少功等重要的译介和接受者,他们明确地意识到米兰·昆德拉的东欧文化背景,视其为一个成功的东欧作家,甚至正是因为其东欧身份而更值得同处弱小民族地位的中国作家学习,强调其比西欧和北美等强势民族作家更具有仿效的可行性和启发性。但另一方面,许多阐释者对于米兰·昆德拉的具体肯定,却又都不约而同地采取了西方现代文化和文学的标准,径直把他作为一个现代小说艺术的探索者,作为人类存在的探索和思考者来看待,更多地把他作为一个西方作家来认同,有的学者干脆将作家米兰·昆德拉描述为一个存在主义作家。① 更值得注意的是,如本章第二节所述,从引起中国接受者注意的一开始起,米兰·昆德拉就是经由欧美特别是美国文化的途径输入的,因为米兰·昆德拉小说在欧洲继而是美国产生轰动,特别是因为20世纪80年代初美国的米兰·昆德拉热,才引发中国一些作家和研究者的瞩目,并从而着手译介工作,对象的价值和意义,首先就离不开西方强势话语的肯定。韩少功在《生命中不能承受之轻》的译序中的表述思路就是很好的例子:思路的一方面是,东欧同中国一样,"他们也经历了社会主义发展的曲折道路,面临着对今后历史定向的严峻

---

① 参见盛宁、仵从巨的相关论述,特别是周国平、俞吾金等从事西方哲学研究的学者的阐释分析。见李凤亮主编:《对话的灵光:米兰·昆德拉研究资料辑要 1986—1996》。

选择。那么,同样正处在文化震荡和改革热潮中的中国作者和读者,有理由忽视东欧文学吗?"而思路的另一方面则是,"一位来自弱小民族的作家,是什么使欧美这些作家和书评家如此兴奋呢?"①

从米兰·昆德拉作品译介的语言途径看,同样可以反映出某种程度的文化过滤以及其中包含的强弱文化纠葛。在《缓慢》(1994)之前,米兰·昆德拉一直采用捷克文字创作,只是在写作随笔时使用法文(70年代中期以后),80年代初开始,他有意识地选择法语作为其作品的第二种语言,并参与法文本的修改,甚至亲自将捷克文原作翻译成法语。这果然与他生活的法国,认同西欧(大陆)文化传统,以及越来越娴熟的法语能力有关,但这种作品的自我转译,已经隐含着一种复杂的文化过滤过程,其中就包含了对于法语文化的认同和对于英语霸权的警惕。② 相对于中国接受主体而言,到20世纪末为止,米兰·昆德拉作品的大陆汉译本,除了孟湄所译的《小说的艺术》和《被背叛的遗嘱》从米兰·昆德拉所认可的法文本译出之外,其他绝大多数译本都是经由英文译本转译。③ 而至今几乎还没有直接从捷克文翻译的米兰·昆德拉作品汉译本出现。关于米兰·昆德拉作品在汉译过程中的增删、改动现象及其原因的分析,已经有许多详尽的分析④,但多从英译本与汉译相对照,而很少顾及英译本对于捷克文或者法文译本之间的差别,笔者限于能力也无法就此作进一步研究,不过根据米兰·昆德拉对英译本所持的激烈的批评态度可以推定,这

---

① 参见李凤亮编:《〈笑忘录〉跋——菲利普·罗思与米兰·昆德拉的对话》,第520页。本书从中国习惯用法,仍将捷克归入"东欧"。

② 参见孟湄:《爱是最难的事》。米兰·昆德拉不能接受从英语转译的二手译本,特别强调他作品的译文必须译自法文或者捷克文,并对美国的英译本多有指责。他"认为这不是简单的语言问题,他反对的是世界文化中的美国化倾向"。李凤亮主编:《对话的灵光:米兰·昆德拉研究资料辑要1986—1996》,第710页。

③ 这种情况要到21世纪才有改变,上海译文出版社2003年起推出的"米兰·昆德拉作品系列"都从法文本译出。同时期的港台译本情况略有不同,比如郑克鲁、王振孙的《不朽》(台北,时报文化,1991)、黄有德的《玩笑》(台北,皇冠文学,1995)、陈苍多的《可笑的爱》《赋别曲》(台北皇冠文学,1995)、严慧莹的《缓慢》(台北时报文化,1996)等,都从法文译本译出。

④ 见孟湄:《爱是最难得事》、施康强:《被改写的米兰·昆德拉》、萧宝森、林茂松:《The Unbearable of Being两个中译本的比较分析》等,收入李凤亮主编:《对话的灵光:米兰·昆德拉研究资料辑要1986—1996》。

里同样有着不小的增删、改写的成分。而在从作品的原语到英语,再到汉语之间,经过英语这样一种西方强势语言的过滤,很可能包含着价值因素的涂抹和改写,而这种涂抹改写,直接影响到米兰·昆德拉在中国的形象和阐释。

米兰·昆德拉走进中国,至今已有四分之一世纪了,因为种种姻缘,他与中国的关系是持久的、多层面的、立体的。它反映在普通读者的长期不断的阅读和关注的热情,也表现为学术界不断跟踪的介绍和阐释,更进一步体现为创作与批评的模仿、接受和呼应。他还在一定程度上渗透到中国思想领域,在当代中国知识分子身份和责任的思考中,也有米兰·昆德拉创作及其思想的参与。米兰·昆德拉的政治批判和反思,对于社会主义历史实践的思考也具有宝贵的价值,对中国而言,米兰·昆德拉的视角带有超越于社会主义阵营内部反思的性质,为我们提供了在苏联、西方和国内的同类反思之外的一个特有的角度。因此可以说,米兰·昆德拉在中国的译介和影响,体现在中外文学乃至文化关系的各个层次上。2003年以来,上海译文出版社重新集中推出米兰·昆德拉作品的中译本系列,对于作品的原语本进行了严格选择,有的甚至直接经过作者本人的修改,对于中国读者了解米兰·昆德拉作品的原初文本构架及其意图一定有着积极的意义,不过,对于二十多年来在汉语世界中得到广泛流传,并已经对中国新时期产生影响的这段历史而言,同样具有不可忽视的意义,值得中国文学史研究,特别是中外文学关系研究者予以充分的注意。

## 第五节 变奏与致意:在创造中延续和展开的经典
——《雅克和他的主人》跨文化解读

1970年,捷克刚刚经历了举世瞩目的苏军入侵①的巨变,布拉格陷于一片压抑和恐怖之中。41岁的米兰·昆德拉为表示对苏联强权和捷克

---

① 1968年8月21日,以苏联为首的"华沙条约组织"联军的装甲部队一夜之间入侵捷克斯洛伐克,并将政府首脑押往莫斯科,逼其就范。

傀儡政府的抗议,宣布退出捷克共产党,因而失去了在布拉格电影学院的教授职位和外出旅行的权利,所有的作品被禁,生活陷于极为困苦的境地。这时,他接受了一位著名捷克导演的好意建议,将小说名著改编成剧本,以此延续自己的文学工作,并挣取相应的稿酬。但在选择篇目时,他却拒绝改编俄国作家陀思妥耶夫斯基的《白痴》,而最后选择了法国作家狄德罗《定命论者雅克和他的主人》①。不久,改编剧本《雅克和他的主人》(*Jacques and His Master*)②完成,剧作先以英文③出版,次年他又亲自译成捷克文,1981年又译成法文出版。自1980年起,该剧先后在欧美等地公演④,引起了很大的国际反响。

后来以小说创作知名的米兰·昆德拉,迄今虽只写过四五部剧作⑤,但他自己无疑特别看重《雅克和他的主人》一剧,这不仅因为该剧写作于特别艰难的处境中,几乎是其禁声时期唯一重要的写作表达,倾注了作者特有的个人体验和情感,而且与他其后的小说作品一样贯注了一种独特的米兰·昆德拉式的理性,更表现了他对于欧洲小说传统的特有立场和承继方式,体现了后来一贯坚持的小说理念和写作风格。换句话说,要认清该剧对于米兰·昆德拉的意义,必须将它置于米兰·昆德拉所认识的整个欧洲小说传统之中加以考察,将他的创作意图加以充分的评估。在这个意义上,理解他的这个戏剧作品,也是理解米兰·昆德拉之后创作的一系列小说的一个重要途径和角度。而分析米兰·昆德拉的这一剧作,最好还是从它的改编对象,即狄德罗的小说《命定论者雅克和他的主人》开始。

有意味的是,狄德罗的《定命论者雅克和他的主人》在其所有作品中也是一个异类。作为法国启蒙运动的代表之一、《大百科全书》主持人的狄德罗,其所有作品中文学创作的地位没有他的哲学和有关《大百科全

---

① 本书所引按匡明中译本,见《狄德罗小说选》,人民文学出版社2001年12月第一版。
② 本书所引按郭宏安中译本,上海译文出版社2003年2月第一版。
③ 改编剧以英文形式写作。当时米兰·昆德拉正在妻子维拉的辅导下学习英文。
④ 1977年底该剧先以化名在捷克外省演出,逃脱了当时的官方检查。1980年秋第一次在萨格勒布(Zagred)公演。之后在欧洲、美国、加拿大等国相继公演。
⑤ 它们是《钥匙的主人们》(1959)、《天花乱坠》(1966)、《两只耳朵和两个葬礼》(1968)和《雅克和他的主人》,另外还曾参与将自己的小说《啼笑皆非》《玩笑》改编成电影剧本。

## 第八章 米兰·昆德拉在中国的译介及其接受

书》的活动影响大;在文学创作中,他的小说没有戏剧影响大;即使在小说当中,《拉摩的侄儿》和《修女》的影响也要超过《定命论者雅克和他的主人》。加以作者在该作中采用看似随意散乱的叙述结构和叙述方式,因此,人们往往只把它视为作者的游戏之作。此书动笔于 1773 年,1774 年完稿,是年狄德罗 60 岁。在作者生前,该作只有手抄本流传,直到他去世 20 年之后才得以印行。

狄德罗的小说叙述了雅克和他的主人的旅行故事,这主仆二人的旅行是叙述的现在时态。小说叙述又在两个方向进一步展开:一是主仆二人为排解旅途的寂寞,各自讲述自己的所谓"浪漫爱情故事",一是由沿途见闻所遭遇的人事引出(或讲述)的一系列事件。这种主仆旅行的故事原型在欧洲文学中有着悠久的传统,从塞万提斯笔下的唐·吉柯德与桑乔,到劳伦斯·斯特恩的托比·项迪和特里姆,都是在这个原型模式①上展开叙述的。因此,狄德罗的写作本身就是对这一欧洲小说传统的继承与开拓,特别是借用了《项迪传》中的基本情节要素:如雅克膝盖被击中一弹,被别人放到大车上运走,并得到一个漂亮女人的照料;雅克的瘸腿也与《项迪传》中的忠诚仆人特里姆一样。尤其是继承了前者的游戏性叙述方式和叙述风格:主人公没有确切的生平交代,他们善良、幽默又各有怪癖;涉及人物众多却没有连贯的情节;充满了兴笔而来的插话、插曲,故事叙述常常被割断,时序常常被颠倒;随时出现博学的考证、论辩和滑稽性的场面等等。狄德罗的小说在雅克和他的主人之间,在主仆二人与沿途遭遇的老板娘、刽子手、阿尔西侯爵和拉勃姆莱伊夫人等其他人物之间,在叙述人与读者之间等几个层面上展开对话,而不提供确定的立场和见解,具有朴素的"原小说"意味。

不过,与《项迪传》相比,狄德罗明显增强了作品的嘲讽意味。雅克精明能干,但笃信宿命论,每当发生荒唐、偶然的事件,他必以"一切都是上天安排好的"这句口头禅来自我安慰,实际上成为对宿命论者的绝妙嘲讽。作者着意渲染了属于平民和贵族的主仆形象间的鲜明对比,主人昏

---

① 在狄德罗的《命定论者雅克和他的主人》,欧洲小说中又有《好兵帅克》(哈谢克,1923)、《最后一局》(贝克特,1957)等著名作品。

庸无能，离开仆人就寸步难行，"因为没有了他的表，没有了他的鼻烟匣和雅克，他就不知所措了，这三样东西是他的主要源泉，他的生命就在吸鼻烟、看时间和问雅克问题中消磨过去的"①，这种主仆关系在滑稽情景中的颠倒，不仅揭露和讽刺了骑士精神的做作、神甫和修士的虚伪和贵族男女道德败坏、勾心斗角，同时还使这种关系具有深刻的哲理意味②，而其开放的叙事方式对于小说的叙事传统、读者的阅读期待是一种大胆的解构和更新。

这是狄德罗对于传统的继承和创新。下面再看米兰·昆德拉对于狄德罗的改写。

如果说，米兰·昆德拉当年以戏剧形式改写狄德罗的小说作品有着具体偶然性的话，那么在今天看来，在他那里，事实上又使这部关于主仆二人故事的作品回到了狄德罗所擅长的同时赢得巨大声誉的戏剧文体传统中了。诡异的是，它在米兰·昆德拉全部创作中却又是一种边缘性的弱势文体，这也许正应和了那句"革命总是从边缘引爆"的老话。不过，要将狄德罗这部情节松散、叙述方式随意、（虽然篇幅不大，但）涉及人物众多的小说作品改编成戏剧文体，对米兰·昆德拉而言实在也是一个挑战。因为与小说相比，戏剧文体在传统中是以有限的人物，相对明晰的人物关系和集中的戏剧冲突为特征的。米兰·昆德拉用约四分之一的篇幅③将原作改编为22场（其中第一、三幕各6场，第二幕10场）的三幕剧，不仅需要具有对原作的深刻领悟，需要大刀阔斧的、删繁就简的勇气和魄力，而且还必须在其中有效地贯注自己独到的艺术创造性。米兰·昆德拉充分利用戏剧文体的特点对原作进行了改造。

首先，米兰·昆德拉将原作中不同时间、不同场景下发生的事件并置于戏剧舞台。在米兰·昆德拉的设计中，舞台分成两个部分：前部略低，

---

① 引自《狄德罗小说选》，人民文学出版社2001年12月第一版，第162页。

② 小说题名《命定论者雅克和他的主人》本身就包含着某种意味，为什么不是"主人和雅克"呢？而且主人干脆没有名字。狄德罗这种对主仆关系的深刻揭示，后来启发了德国哲学家黑格尔，其关于"奴隶与主人"关系的论述，就得到狄德罗该作的启示，参见黑格尔：《精神现象学·导论·乙、自我意识·一、自我意识的独立与依赖；主人与奴隶》上卷，贺麟、王玖兴译本，商务印书馆1979年6月，第122—153页。

③ 均与中译本的篇幅比较。

## 第八章 米兰·昆德拉在中国的译介及其接受

后部稍高,形成一个大平台。全部发生在现时的情节都在舞台的前部展开;过去的(人物讲述的)插曲则在稍高的后部演出。这样,通过两个舞台并列展开的方式,将当下的事件和人物叙述的故事在不同舞台区域内同时呈现,并随机呼应、牵连,以此达到叙述与呈现的有机结合,从而将原作中的波墨莱侯爵夫人与阿尔西侯爵的故事;雅克与毕格尔、朱斯蒂娜的故事;主人与圣-旺骑士、阿加特的故事三条线索同时呈现在舞台上,这是一种简化和浓缩情节的大胆做法。

如果说,这一结构和呈现方式的改变,更多地显示了米兰·昆德拉对于戏剧文体特征的理解力和驾驭力的话,进一步的改变则开始体现他在艺术上的再创和发挥。他将女店主(原作中作为后者故事的转述者)和波墨莱夫人两个角色合二为一,将雅克与阿尔西侯爵的故事合而为一。这种叙述结构的重大变动,已经体现了作者对于人物和命运本身的某种理解和阐释,这就是,他在不同人物看似不同的遭遇中,看到了某种相似性。同时,他又通过其他方式,凸现了对这种相似性的揭示。比如,他安排的舞台布景是高度抽象化的,"大部分时间,舞台(应该是最简单、抽象不过的)是空的。只是在某些情节中,演员自己拿上几把椅子,一张桌子,等等",并特别强调:"应该注意布景不要任何装饰、说明和象征的成分。否则就违背了剧本的精神。"①从而突出了雅克和主人的命运遭遇之间的相似性。另外,米兰·昆德拉还进一步发挥和强化了原作中的"后设"因素,在雅克及其主人的对话中,将剧情的展开、人物的命运、作家的创作才能和创作意图,甚至将剧作与原作的"改编"这样的话题都作为人物之间的谈论的内容,让人物抗议改编者(作者)。剧中雅克对主人说道:

> 先生,除了我们的故事,人们还重写了其他很多东西。所有地上发生的事情已经被重写成百上千次了,从来没有人想到要去验证实际上发生的事情。人类的历史反复被重写,人们都不知道他们是谁了。②

---

① 引自米兰·昆德拉:《雅克和他的主人》,郭宏安译,上海译文出版社2003年版,第5—6页。
② 同上书,第110页。

从而进一步将"改写"行为主题化、普遍化、哲理化,并以人物与作家之间的关系,喻指个体与命运、凡人与上帝之间的关系,突出了现代人类所面临的无望、无路的生存处境。

米兰·昆德拉与狄德罗的契合也可以从反面,即从他的排异中获得揭示。他拒绝改编陀思妥耶夫斯基而选择了狄德罗,有其多方面的原因。

陀氏的祖国正在侵略自己的家园,这似乎是一个最表面化的原因。深一层来看,它表明了米兰·昆德拉在陀思妥耶夫斯基和狄德罗所代表的两种文化传统之间的取舍。他曾明确地表示,自己讨厌陀氏的"那种充满了过分的举动、阴暗的深刻性和咄咄逼人的伤感"①,讨厌那种把什么都变成感情,感情被提升至价值和真理位置的世界。而当代俄国人用坦克表示爱意的做法,使米兰·昆德拉看到"最高贵的民族感情随时都可以证明最凶恶的暴行;一个人胸膛里鼓荡着高昂的感情,却打着爱的神圣的旗号做着卑鄙之事"②,"当俄罗斯沉重的非理性落在我的国家身上的时候,我感觉到一种大口呼吸西方现代精神的本能的需要。我觉得《命定论者雅克和他的主人》是一次智力、幽默和想象力的盛宴,任何其他作品都不像它那么强烈而集中"③。总之,在个人和民族的特殊命运当中,米兰·昆德拉特别偏爱18世纪欧洲启蒙时代的理性传统,喜爱狄德罗和他的《命定论者雅克和他的主人》。

另一方面,米兰·昆德拉的这种选择也表明他对于欧洲小说传统的一种新的观照和整合。

在米兰·昆德拉看来,欧洲小说有着不同的发展阶段和不同的传统脉络。就前者而言,欧洲小说是一个多民族不断融合、此消彼长的发展过程。

> 在小说发展的不同阶段,不同民族像接力赛跑那样轮流做出创举:伟大的意大利先驱薄伽丘;法国的拉伯雷;西班牙的塞万提斯和流浪汉小说;18世纪有伟大的英国小说和世纪末的歌德;19世纪整

---

① 引自米兰·昆德拉:《雅克和他的主人》,郭宏安译,上海译文出版社2003年版,第2页。
② 同上书,第4页。
③ 同上书,第6页。

## 第八章 米兰·昆德拉在中国的译介及其接受

个属于法国,最后30年有俄国……欧洲小说的历史本来就是跨民族的,而在现代世界,世界小说(世界文学)的传统也是跨民族的,现在,不仅欧洲已经融为一体,欧洲与亚洲、美洲之间,与印度之间都已经融为一体了。①

同时,他认为18世纪的近代欧洲小说有着两个不同的传统:一个是以理查逊的书信体小说为起点,到卢梭、拉克洛(法)和歌德的传统;另一个是从塞万提斯、斯特恩到狄德罗的传统。因此,欧洲小说自塞万提斯、斯特恩以来的那一份遗产在狄德罗那里得到了继承,这样,小说的历史若没有《命定论者雅克和他的主人》就变得不完整、不可理解。而米兰·昆德拉自己认同的则当然就是这一种传统,他接过奥地利小说家赫尔曼·布洛赫(Herman Broch, 1890—1930)的小说观念,以发现唯有小说才能发现的东西为小说唯一的存在理由,认为由狄德罗继承的这种传统所开辟的可能性在当代还远远没有获得很好的开发,这份塞万提斯的遗产已经被成为主流的前一种传统所不断诋毁和遗忘,而他正想借助于对狄德罗的改写,实践其与这一传统的对话。

因此,米兰·昆德拉所推崇的怀疑和理性精神,不仅体现在小说的主题意蕴和作者的立场方面,而且体现在对小说叙述方式的不断探索当中。在他看来,抛弃故事,和读者随意聊天,离题万里,不知所之;开始讲一段故事,却永远没有结束;在书中插入献词、开场白等等手法。总之,正是那种结构方式的非一致性和人物虚构的巨大游戏性,给小说形式的创造带来无限的自由,这就是小说的怀疑世界的本质:让读者不相信人物、作者、文类等等的真实性,使一切都成为问题,一切都要怀疑,一切都是游戏,一切都是消遣,并接受小说的形式所要求的一切后果。正是在这个意义上,米兰·昆德拉将自己对于狄德罗的改写,视作对于狄德罗的变奏和致意②,剧本的副标题就是:一出向狄德罗致敬的三幕剧。

---

① 引自米兰·昆德拉:《被背叛的遗嘱》,余中先译,上海译文出版社2003年版,第29—30页。

② 米兰·昆德拉直接表述,是在1981年为法文版《雅克和他的主人》所作的序《一种变奏的导言》中。见《雅克和他的主人》中译本,上海译文出版社2003年版,第18页。

在这里，米兰·昆德拉使用了一个非常个人化的词汇：变奏。这是一个音乐理论中的概念，它的被借用，当然与米兰·昆德拉对音乐艺术的熟悉和领悟有关，他从小学习钢琴和乐理，还尝试过音乐创作，对欧洲音乐史更有独到的理解。变奏是西方音乐中一种短小凝练的曲式，它先奏出一自成段落的主题（即主旋律，它可以是原创，大多又是借用于已有的乐曲），然后以一系列的主题变形即变奏，对主题加以多方面的发挥。米兰·昆德拉在1978年创作的小说《笑忘录》中，就对其有过讨论。认为这种曲式可以使作曲家把自己限定在手头的素材（即主题）内，直接探入它的核心。"如果说交响乐是音乐中的史诗，是穿越永恒世界的没有止境的旅行，那么变奏曲是引向第二种无限和另一种空间，即事物内在变化之无限的旅行。"①不过，与《笑忘录》中侧重于对主题的无限性和变异性相比，他在其他场合则一再强调了变奏这一概念所包含的承续与变化的辨证关系。他认为，《雅克和他的主人》不是改编，而是他自己的剧本，它既是对狄德罗的变奏，又是向狄德罗的致敬，"这个'致敬的变奏'是多重相遇：两个作家的相遇，但也是两个时代的相遇。是小说与戏剧的相遇"②，这个剧本既是"狄德罗变奏"，又同时是"向变奏技巧致敬"。而在《被背叛的遗嘱》一书中，米兰·昆德拉又有更加具体的分析：

> 狄德罗对于我是自由精神、理性精神、批判精神的化身，那时我正经历着的对狄德罗的苦恋，是一种对西方的怀念（俄罗斯军队对我国的占领在我眼里代表了一种强行实施的反西方化）。但是，事情总是在不停地改变着它们的意义：今天我会说，狄德罗对于我是小说艺术第一时的化身，我的剧本是对早先小说家所熟悉的某些原则的赞扬；同时，这些原则于我是十分宝贵的：1，令人惬意的结构上的自由；2，放荡故事与哲学思考恒常的相邻关系；3，这些哲学思考非严肃的、讽刺的、滑稽的、震撼人心的特性。我所写的并不是对狄德罗作品的一种改编，而是一出我自己的戏，是我对狄德罗作品的一种变奏，是

---

① 见《笑忘录》，莫雅平译，中国社会科学出版社1992年版，第181页。
② 米兰·昆德拉直接表述，是在1981年为法文版《雅克和他的主人》所作的序《一种变奏的导言》中。见《雅克和他的主人》中译本，上海译文出版社2003年版，第18页。

# 第八章　米兰·昆德拉在中国的译介及其接受

我对狄德罗的致意:我对他的小说进行彻底的重写;尽管那些爱情故事仍重复了他的故事,但对话中的思考却更属于我。①

我之所以引述这段长长的文字,意在从中可以辨析出,米兰·昆德拉在"变奏"这一概念中,贯注了两种相反相成的意义指向:一方面是对于既有的权力、秩序、模式、规范(不论它是现实存在,还是一种艺术存在)的天生的怀疑、批判和变革精神,认为小说的价值就是对于存在的揭示,而存在的意义则在于对可能性的不断探寻;另一方面,他又强调对于传统的继承,认为艺术历史的意义与通常历史的意义是相反的。前者以其个性特点而成为人对人类历史之非个性的反动。因此,作为小说家,他总是感到身处历史进程之中途,既与先我而行的前人对话,又和继我而至的来者对话。在这个意义上,米兰·昆德拉认为模仿、改写并不是没有真实性,因为个人不可能不模仿已经有了的东西;不论他多么真诚,他只是一种再生;不论他多么真实,他只是"往昔之井"的启发与命令的结果。②

同时,米兰·昆德拉又将这种"改写"与一般意义上的改写(Rewriting)区分开来,正如上引雅克所说的那样,米兰·昆德拉在《六十七个词》中说道:"改写是这个时代的精神。终有一天,过去的文化会完全被人改写,完全在它的改写之下被人遗忘。"③这种流行的改写是一种对记忆的抹煞,是一种趋时媚俗的胡涂乱抹,它只会导致经典的瘫痪,而不是那种汇入生生不息文化之流的生长代谢。正是在这个意义上,米兰·昆德拉对于狄德罗的改写,就是一种对于传统经典内涵及其创生性的发现、发挥,是一种变动中的延续,是符合艺术创造特性的薪尽火传,是一种充分发掘作家个人独创性的继承。

---

① 见米兰·昆德拉:《戏谑性改编》,引自《被背叛的遗嘱》,余中先译,上海译文出版社2003年版,第83—84页。
② 见米兰·昆德拉:《往昔之井》,引自《被背叛的遗嘱》,余中先译,上海译文出版社2003年版,第13、17页。
③ 引自《小说艺术》,董强译,上海译文出版社2004年版,第159页。

# 第九章

# 世界语理想与弱势民族文学译介和影响

## 第一节　中外文学交流史中的 Esperanto

在 20 世纪中外文学和文化的交往历史中,世界语运动作为一场波及世界许多地域的文化思潮,差不多已经被遗忘。以世界语①(Esperanto)作为中介语的跨语际、跨文化实践活动,在一

---

① 世界语 Esperanto 是国际辅助语的一种,也是传播最广、最有影响的一种。Doktoro Esperanto,意为"希望者博士",是发明者柴门霍夫公布这种语言方言时的笔名,人们为了把它与其他国际语方案区别开来,就称之为 Esperanto,21 世纪初传入中国时,有人曾音译为"爱斯不难读",也称"爱斯语""万国新语",后借用日本当时的意译"世界语",现日本已经改用音译名称,但中国一直沿用至今。事实上这一名称并不准确,容易造成"世界通用语"的误解,但中国世界语者坚持这一称呼,这也反映了中国世界语运动者的文化理想。

## 第九章 世界语理想与弱势民族文学译介和影响

般的研究叙述特别是中外文学关系研究中也极少涉及。① 但如果列出鲁迅、周作人、瞿秋白、茅盾、巴金、萧军、萧红、丁玲、王鲁彦、金克木、楼适夷、叶君健、钟宪民、孙用等这些20世纪中国作家和翻译家的名单来,也许会改变人们的看法。如果再扩大一点范围,这份名单中还应包括蔡元培、刘思(师)复、刘师培、吴稚晖、李石曾、胡愈之、陈原等现代文化人士,他们在不同的历史时期和不同程度上参与了中国的世界语运动。尽管与近现代中国的其他社会文化思潮相比,这一运动曾经发生的影响程度和波及面比较有限,但在中外文化和文学交流史上,则是一个有着特殊意义的现象。大而言之,它涉及中国现代哲学、语言学、文学和新闻出版等领域,具体到文学方面,它对于中外文学关系和中国现代翻译文学史的清理,对中国文学的现代性起源及其特性的追问而言,也是一个很值得探究的问题域。当然,完整地探讨世界语在现代世界、甚至是在中国现代文化发展中的意义不是本书所能胜任的任务。本章只就中国20世纪上半期,以世界语为中介语言的外国文学译介活动中,特别是在对于弱势民族文学的译介过程中所发挥的特殊作用展开论述,以期探讨其作为一场语言运动和文化思潮,对中国现代文学思潮所产生的影响。

在20世纪中国数量庞大的外国文学中译作品中,以原文直接移译至汉语者当然占据多数,其中,作品的原文和翻译中介语言都是英语的占有绝对多数,其次为俄语、日语,再其次是法语、德语。但同时(不管原文为何语种)通过第三种语言转译的现象也十分多见,最突出的是经过日语之中介对欧美文学的译介。这主要取决于当时国内介绍者引入外国文学资源的迫切心情和译者所掌握外语类别的限制,另外也与其他两个因素有关:一是日本在明治维新之后,注重对欧美文化和文学典籍的系统介绍,从而在日语系统中拥有数量庞大的西方文化典籍和相关资料;二是近代以来中国留日学生数量众多,知识分子群体中掌握日语的人数不少,加以中日两国一衣带水,人员往来和获取图书报刊资料相对便利。因此在中国现代翻译文学史上,大量西方文学作品都是以日语作为翻译中介语言

---

① 在世界语界的情况则不然,比如,近年来的主要成果之一体现在北京市世界语协会和北京市社联组织编写的《世界语在中国一百年》一书中,但外界的影响相当有限。

的。这种通过第三种语言对外国文学作品的译介,既是一种迂回的摆渡,也是一种双重的文化信息过滤,它必然会带来这种中介语言和其所在国家的时代文化思潮的某些特征。而在这种借助于第三国语言介绍某外国文学的现象中,通过世界语作为中介而进行的中译活动,却又显得与众不同。因为世界语并不是某一种民族语言,而是一种人工创造的世界辅助语。如果说,前者如以日本为中介的欧美文学翻译实践中的日语,在对外国文学中译的跨语际、跨文化实践中带入了日本语言所属的民族文化特征,并难免受其在当时发生的文化和文学思潮影响的话,那么,世界语作为外国文学中译的中介语言,情况要更加复杂一些。虽然在世界语身后并没有一个完整的、具有某种历史传统的民族文化作为背景,但是,世界语作为一种人工语言所包含的理想传统及其广泛性影响,同样对这种跨语际、跨文化的译介实践带来某种程度的影响,至少它的复杂性并不比前一种情况低。可以说,它是20世纪(特别是上半叶)弱势民族文学中译实践中的一个非常特殊的现象。

  作为跨语际、跨文化实践的20世纪外国文学中译活动之一部分,以世界语为中介的译介活动同样承载着特殊的文化内涵。这种特殊性,一方面缘于世界语运动本身,包括它的原初理念和作为一种国际性的语言文化运动的历史展开方式。在世界语的起源和流播的过程中,它原本所具有的文化理想,在它所经之处、所具有的文化背景、所携带的思想与文化思潮信息,都与具体的文学与文化译介活动有着密切的关系,也对中国文学带来了相应的影响;另一方面也决定于所译介的对象本身。在20世纪中国对外国文学的译介实践中,世界语及其相关活动有着比较特殊的地位,因为,在以世界语为中介的外国文学中译作品中,大部分都是弱势民族的文学,特别是在20世纪上半期更是如此。不过,在如此大量的外国文学中译作品中,到底有多少作品是从世界语转译,或者直接译介自世界语创作,现在还无法做出完整精确的统计。也许与外国文学中译的整体相比,这一部分的数字只占很小部分。但如果从它所曾产生的文化影响角度来看,尤其是,如果不是将翻译看作一种机械地寻找语言与文本的对等物,而是看作一种跨语际、跨文化实践的话,其所隐含的意义就不容忽视了。而作为一种文化和语言运动的世界语运动,与作为一种翻译中介语言的世界语文学译介,这两者在 20 世纪的中国语境中又有着特殊的关联,它在某种程度上典型地体现了弱势民族文学的译介及其所包含的文化意义在 20 世纪中国跨文化交往中的矛盾性和复杂性。

正如刘禾博士在她的《跨语际实践——文学,民族文化与被译介的现代性(中国,1900—1937)》一书中所指出的那样,基于译入语的文化和文学的立场,对于中外跨语际、跨文化的文学翻译实践的探讨,既不能限于作为译介结果的中译本,也不能忽视译本的存在而简单地返回(外语)原文,直接从原文讨论跨越中外文化界限的文学异同和文学影响问题。如果这样,那就轻易地放过了在两种文化背景交互接触之下的语言与文化的转换过程。而是应该清醒地认识到,跨语际、跨文化的翻译并不是两种语言间完全等值的转换,相反,这种在实际转换实践中被认可而一般译者习而不察的那一系列等值关系——它的最明显的固定物就是各种各样的外汉词典——只不过是历史地形成的一种等值假定,而这种历史的形成具体过程,恰恰包含了中国文学(及其文化、历史等因素)现代性的发生。实际上,这种跨文化的语际实践是一种文化经验对另一种文化的表述、翻译或者阐释的服从[①],在这个意义上,翻译是一个充满文化冲突和紧张关系的实践场所。因此,对于跨语际、跨文化实践的文学翻译活动而言,中介语言是一个不容忽视的问题。这一点在以往的中外文学关系研究中没有加以足够的重视,也就是说没有将这一因素上升到有意识的层面加以分析,没有作为一个问题被提出和关注,更没有被认真地探讨。

## 第二节 国际世界语运动及其理想在中国的传播

阿根廷作家博尔赫斯在其题为《约翰·威尔金斯的分析语言》[②]的文章中曾提到一位 17 世纪的英国学者,这位异想天开的约翰·威尔金斯(Johan Wilkinson,1614—1672),兴趣广泛,涉猎神学、音乐、天文、书写密

---

[①] 参见刘禾:《跨语际实践——文学,民族文化与被译介的现代性(中国,1900—1937)》宋伟杰译,北京,三联书店 2002 年版。

[②] 《博尔赫斯全集·散文卷》,上卷,浙江文艺出版社 1999 年版,第 426—430 页。

码等多方面的研究,曾任牛津大学的一个学院的院长,他的头脑里经常有些稀奇古怪的妙想,并著有《论现实文字和哲学原理》一书,书中把万物分成 40 大类,再在这 40 类中依次细分,企图通过一整套符号体系给世界命名,同时也发明一种超越于各种不同语言之上的世界通用语言。这种基于数字或符号的严格逻辑系统来建造精确的人工语言的想法最初来自于哲学家笛卡尔,也即发源于西方哲学传统内部把世间万物分门别类的欲望,更是人类认识世界的古老欲望的延续,巴别塔(Babel Tower)的神话①在西方文化中有着人类"原罪"般古老的历史,同时也见证了人类企图统一语言进而统一世界的古老的乌托邦理想。企图通过人工方式创制一套通用语言,即真正意义上的世界语,以利于各地区各民族之间破除语言的障碍,方便地相互沟通,尝试实现这种梦想的努力在语言学历史上已经有无数次了。仅自 17 世纪以后的西方历史中,就出现过五百多种人工国际语言方案。而后来在中国直接称为"世界语"的埃斯泼朗多(Esperanto),只是这五百多种人工国际语言方案中最终留存下来的极少数国际辅助语之一。

　　世界语作为一种在西方文化现代化过程中出现的人工语言,其萌芽和产生,以至最后在全球一定人群中具有相当规模的影响,都有着具体的思想和文化背景。自从波兰眼科医生柴门霍夫(D-ro L. L. Zamenhof, 1859—1917)1887 年创立世界语以来,在一百多年的时间里,世界语作为一项语言和文化活动,尽管参与的人数始终有限,但却几乎遍布了世界各地,成为世界现代文化的一道独特的风景。与在人类社会生活中长期形成并自然演化而来的方言和民族语言相比,世界语作为一种近代人工语言,其诞生就包含有内在的理想色彩。它是一种典型的与上帝分庭抗礼的行为,是对人类的"巴别塔"宿命进行抗争的行为。作为一个波兰的犹太人,柴门霍夫生长在波兰这个多民族的国家,同时这里也是犹太人受压迫最深重的地区。因此,消除民族敌视与隔阂,建立人类博爱的大家庭,是他发明世界语方案的最原初精神动力。这种理想主义色彩,集中体现在后来被世界语者组织称为世界语主义(Esperantismo)的表述中。1905

---

① 见《圣经·创世记》第 11 章,"巴别塔和变乱口音"。

## 第九章  世界语理想与弱势民族文学译介和影响

年在法国波洛业召开第一次国际世界语大会时所通过的著名的《世界语主义宣言》(Deklaracio pri Esperantismo)所归纳的五条内容中,就包括了绝对中立、绝不干涉人民的内部生活、也决不排斥现存各种国语、拒绝有关这个语言的一切特权等等运动主张,明确地以"人类一员主义"作为世界语的内在理想。① 尽管这一原初理想在一开始是以中立性的面目出现,但其中已经明显包含了对民族和语言强权的对抗成分和对于弱势民族境遇的同情因子。其在之后近一个世纪的世界历史动荡和国际性传播过程中,它与无政府主义等思想思潮关系密切,又几经变化,演绎出许多曲折的变奏,在精神内涵上充满了各种内在的紧张和矛盾。

世界语在其诞生后不久即被介绍到中国。在这个意义上,中国参与世界语运动的历史几乎与世界语运动本身一样长。在这一段并不短暂的历史时期里,世界语在中国现代文化中不仅在语言、文字领域占有一席之地,而且也渗入到思想、文化、文学和艺术等各个领域,并一度作为体制化的语言教育规范,从而在思想观念和语言文字两个方面,同时影响了中国新文学的发生和发展。反过来,对于世界语运动而言,中国的世界语运动也已经汇入到这一国际性文化潮流中,并将不同时期的某些中国文化因素带入其中,在一定程度上丰富和改变了国际世界语运动的演化轨迹。

作为一场国际性的语言文化运动,世界语在国际的流播又与不同历史时空的其他社会思潮和文化传统相牵连。其中最突出的现象就是它与国际无政府主义运动的关联。这种关联,既取决于世界语理想与无政府主义思想的某种亲和性,也与世界语运动发生的具体时代文化背景有关。早在19世纪40年代,无政府主义思潮在法国和德国兴起,相继出现了蒲鲁东(Pierre Joseph Proudhon,1809—1865)的"社会无政府主义"和施蒂纳(Max Stirner,1806—1856)的"无政府主义",之后这一思潮又传播至俄国,先后出现了六七十年代的巴枯宁(1814—1876)和八九十年代的克鲁泡特金(1842—1921)两位著名的无政府主义者,至19世纪末20世纪初,这股社会思潮也波及日本和中国。而世界语的诞生并传播的过程,正是无政府主义盛行之时。事实上,世界语的内在理念受俄国无政府主义

---

① 参见侯志平主编:《世界语在中国一百年》,中国世界语出版社1999年版,第20—22页。

影响很大,因为当时正是俄国无政府主义兴盛之际,虽然无政府主义所提倡的以暗杀等暴力手段抵抗国家政权的思想与柴门霍夫原初设想相抵触,但很显然,在对理想社会的向往和设计方面,俄国无政府主义者"对这个语言的影响是很大的。(它)给世界语以特殊的精神,给运动以一种特有的理想主义的色彩……他们的贡献最多",正是受无政府主义影响的俄国世界语者,"对这个事业中促成人间友爱方面的继续坚持,在各国世界语者间,创造了那个十分美丽富有诗意的情感,这个情感,稍后,人们就叫做'世界语主义内在理想'"①。

据现有资料的记载,最早将世界语传入中国的可能是俄国人,而且,北方的哈尔滨和南方的上海可能是中国最早传播世界语的城市,时间大约是在19世纪末②,至今有110多年了。而世界语在中国传播的早期,同样与无政府主义思潮有着密切的关联。这除了上述的这两种运动之间在内在精神上的渊源关系外,还与世界语传入中国的具体渠道有关。20世纪初期,世界语几乎同时通过中国赴三地的各种留学生以及其他访问者,从俄、日、法等三个渠道传入中国,而在这些当时世界语运动十分活跃的国家里,无政府主义思潮恰恰都十分兴盛。这样,世界语运动与无政府主义思潮进入中国之渠道的重合,又加重了两者间发生连带关系的因素。事实上,中国早期的世界语介绍者和实践者,大多是中国早期无政府主义者,他们正是直接从这些国家的无政府主义者那里学习世界语的。比如刘师培、张继等上世纪初的留日学生,正是通过日本无政府主义者大杉荣(1885—1923)而学习世界语。1907年留学法国的早期世界语者如吴稚晖、李石曾、褚民谊、张静江等,也都是中国早期无政府主义者,其后来者包括卢剑波和作家巴金等。此外还有蔡元培、刘师复、区声白、黄尊生等世界语者也同时是无政府主义信徒。

另一方面,从作为接受者的中国文化传统来看,无政府主义思想追求那种无强权、无约束、人人绝对平等的理想,与世界语理念中的内在关联

---

① 见 E. 普里瓦:《世界语史》,中文第一版,知识出版社1983年版,第82、84页。
② 1891年,俄国的海参崴成立太平洋世界语学社,出版用12种文字注释的《三三课本》。以后一部分懂得世界语的俄国商人到哈尔滨经商,先将世界语带进中国。但具体的时间无法确定。见上书后附录《中国世界语运动百年纪事》。

## 第九章　世界语理想与弱势民族文学译介和影响

部分,又和中国文化传统中的"大同理想"有着某种亲和性。中国文化中自孔孟以降就有"大同理想"的传统,到近代康有为的《大同书》中更直接地提出了"全地球语言文字皆当同,不得有异言异文"的统一语言的主张。这样,中国早期无政府主义者将传统的"大同理想"与无政府主义理想相结合,又在柴门霍夫的"人类一员主义"思想中找到了共鸣。所以,在20世纪初期的中国,无政府主义者、世界语者身份的交叉重叠现象也就不足为奇了。

当然,在19和20世纪之交世界语开始传入中国的时候,第一批世界语的传播者和拥护者还不仅仅限于那些无政府主义的追随者,此外还包括了"社会主义者、共产主义者、乌托邦主义者,甚至包括不持什么主义只是朦胧地憧憬某种大同社会,追求着自由、平等和公正的思想者"①等具有各种思想背景的文化人士,即使上述所列的那些名字,他们作为无政府主义者其实也并不那么"纯粹"。但可以肯定的一点是,他们都具有社会改革家的理想,都希望摆脱近代以来中国社会的衰退羸弱局面。特别是当与中国弱势民族的地位和反抗强权的普遍意识相契合的时候,他们似乎更在那位波兰医生的理想设计中找到了某种思想的共同点。柴门霍夫在1905年召开的第一届国际世界语大会上说道:"在我们的大会上,不存在大的民族和弱小的民族;也不存在有特权的民族和无特权的民族……我们的大会为全人类真正的大同做了贡献。"②这种与民族处境相结合的思想和实践情形,几乎在以后的每个时期都有相应的体现,它不仅表现在思想文化领域,而且在语言文字变革、文学思潮和文学翻译等层面都有相应的展开。在这个意义上,中国的世界语运动和世界语本身,折射了中国现代知识分子某种批判现实、反抗外来强权、建构民族国家和改造社会的情感和理想。

五四运动时期的世界语是作为一种新的文化思潮——而不仅仅是一种语言工具——被当时的知识界所接受的。《新青年》杂志曾发起关于世

---

① 陈原:《关于世界语在中国传播的随想——〈世界语在中国100年〉代序》。
② 转引自《世界语在中国》,第134页。

界语的长达三年的论争①,陈独秀、胡适、鲁迅、吴稚晖、钱玄同等新文化人士都参与了这场讨论。其中陈独秀的看法最有代表性。其实,早在1914年,陈独秀就表达了学习世界语的急迫心情,因此,在五四时期的那场争论中,他赞同陶孟和的"将来之世界,必趋于大同"的观点,认为世界语正是通向这个世界大同的"今日人类必要之事业"。他认为,"语言如器械,以利交通耳,重在一致之统一,非若学说兴废有是非真谬之可言。"②之后不久,在回复钱玄同的公开信中,他的这种工具论的语言观似乎有所转变,认为:

> 世界语犹吾之国语,谓其今日尚未产生宏大之文学则可,谓其终不能应用于文学则不可。至于中小学校,以世界语代英语,仆亦极端赞成。吾国教育界果能一致行此新理想,当使欧美人震惊失措。且吾国学界世界语果然发达,吾国所有之重要名词,亦可以世界语书之读之,输诸异域,不必限于今日欧美人所有之世界语也③

陈独秀在这里所说的在中小学以世界语代替英语作为外语教育一事,后来在蔡元培执长教育部和北京大学时,曾力图付诸实施。这位现代中国的第一位大教育家曾经多次做出推广世界语的重要举措,尽管并没有完全如愿,但对于世界语在中国的传播和推广历史而言,都是值得特别书写的一笔。1912年作为中华民国教育部长的蔡元培曾下令全国师范学校开设世界语选修课;1917年他在执掌北京大学时,又决定在中文系开设世界语选修课;1921年,他又向全国教育联合会议提出了将世界语列为师范学校课程的议案,并在其努力和促成下获得通过;1923年他还创办了北京世界语专门学校等等。经过那些早期世界语者的努力,世界语的推广取得了明显的成效。结果是,自1911年沈阳(奉天)开办世界语学校到20年代末,北京、上海、天津、广东、广西、湖南、湖北、四川、江苏、浙江、中国台湾、中国香港,乃至山西、陕西等省份,都先后成立了各种世界语学会和世界语学校,学习世界语的人数剧增。可以毫不夸张地说,20世纪

---

① 关于世界语的争论历时三年(1916、1917、1918),涉及《新青年》《东方杂志》《教育》杂志。
② 见《新青年》第三卷第六号,1917年8月《答陶孟和》。
③ 见《答钱玄同》,1917年6月1日《新青年》3卷4号。

第九章　世界语理想与弱势民族文学译介和影响

初期中国的倡导和学习世界语,几乎是与新文化形影相伴的。

到30年代,中国的世界语运动获得了进一步发展,各种世界语团体已经遍及全国各地的一些中小城市,世界语学校或学习班更是多如雨后之春笋。同时,随着国内政治文化形势的变化,世界语运动也与蓬勃兴起的左翼文化和文学运动密切相连,"中国左翼世界语者联盟"①正是与"中国左翼作家联盟"并列的中国左翼文化总同盟的分支机构之一。九·一八事变后,世界语开始被用于国内外抗战信息的传播,"语联"也因此转入地下,其公开的机构是"上海世界语者协会",同时出版《世界》杂志,这一组织一直坚持到1936年才解散。抗日战争全面爆发后,"语联"应时提出了"为中国的解放而用世界语"的口号,更直接地将世界语运动引入民族解放的革命整体之中。②

另外,中国的世界语运动与中国现代的文字改革运动的结合,更是20世纪上半期中国语言变革史中的突出现象。批判中国传统文化和语言,建构新的民族语言,是五四新文化运动的一个重要的时代文化课题,反对文言,提倡白话的努力,在现代文化和文学的发展中最终显示了其长久的生命力。但在当时的历史情景中,特别是在旧的语言被新文化斗士所否定,而新的语言还没有成型和站稳脚跟的时候,汉语的未来面目曾经是那样扑朔迷离,而新文化运动者曾提出了各种各样的设计方案,而被称为"万国新语"的世界语,也是这诸多方案中的一种。钱玄同、吴稚晖等人提出了将世界语替代民族语言的激烈主张③,这在全球世界语运动史中是少有的现象。虽然这种新文化运动初期的极端化的主张在当时就引来各方批评,并很快从主流文化空间中淡出,但世界语理想在中国语言文化

---

① 其前身即为"中国普罗世界语者联盟",简称"世联",1931年11月3日,成立于上海,后又改称"中国左翼世界语者联盟",简称"语联"。

② 80年代开始的中国世界语运动,已经从20世纪上半叶的理想主义立场退守至作为辅助语的策略,因而基本上没有进入当代思想文化的主流脉络,笔者认为,这也是世界语在现代中国这一学术话题被当代文化学者基本忽略的重要原因。

③ 钱玄同《新青年》1918"至废汉文之后,应代以何种文字,此固非一人所能论定;玄同之意,则以为当采用文法简赅,发音整齐,语根精良之人为的文字Esperanto"。吴稚晖"若为限制行用之字所发挥不足者,即可搀入万国新语(即Esperanto)以便渐搀渐多,将汉文渐废,即为异日径用万国新语之张本"新世纪第40号。

变革中远没有丧失其历史作用。一直到30年代,世界语的理念及其拼音化的语言文字模式仍在汉语文字革新运动中发挥着重要的作用,只不过它已经被施于进一步中国化,以另一种方式体现在汉字拉丁化运动中。有一个明显的事实可以证明这一点,即许多世界语者都参与了汉字拉丁化运动,而汉字拉丁化运动所提出的大众化、拼音化和拉丁化主张,正与世界语特点和理想相通。①

## 第三节 以世界语为中介语的弱势民族文学译介

世界语在跨语际、跨文化实践中的功能意义,除了体现在中外思想文化交流和语言文字变革等领域外,对中国新文学也发生了直接的影响。它在中国文学的现代性构成过程中,有着特殊的意义。如上所述,20世纪早期的那些世界语运动倡导者们的主张和活动,主要还是限于政治和社会革命的领域,一般并不与文学运动发生直接关系。不过,世界语在中国现代思想的演进和现代文化的构成方面还是起着特殊的作用,而这种作用对于中国现代汉语和现代文学的形成均具有潜在的意义,这种意义,在五四新文化运动之后日渐得以显现。

它的表现之一,就是许多新文学作家都先后积极参与世界语运动当中。比如,鲁迅曾担任北京世界语专门学校的董事,并讲授《中国小说史略》课程;周作人于1923年担任北京世界语学会会长;瞿秋白、茅盾等20年代初在上海大学执教时,积极提倡世界语,而作为上海大学学生的丁玲,当时就曾加入了世界语班的学习。在新文学的第二代作家中,曾参与世界语活动或学习过世界语的还有:王鲁彦、萧军、萧红、叶君健、金克木、楼适夷,等等。这些作家的先后参与,使世界语运动显示了其与新文学运动的紧密结合。

表现之二,就是在对外国文学的译介实践中,作为一种特殊的中介语言,世界语在引进外国近现代文学,为中国现代文学提供外来资源方面发挥了特殊的作用。它既表现在所译介的特定对象方面,也表现在译介实

---

① 参见周有光:《汉字改革概论》,文字改革出版社1979年版。

## 第九章　世界语理想与弱势民族文学译介和影响

践过程所包含的特定价值内涵上。当然,与 20 世纪上半期数量庞大的所有外国文学中译作品相比,以世界语为中介语的外国文学译作,只占其中的一小部分。如果仅从数量角度来衡量它在中外文学交流史中的作用,似乎可以忽略不计①,这也是该现象不被现代文化和文学研究所重视的一个重要原因。

如上所述,蔡元培、陈独秀、鲁迅等新文化运动的第一代倡导者们本身就是早期世界语运动的提倡者和参与者,他们关于世界语的主张及其活动,对新文学的产生和发展都有一定的辅助和推动作用。而鲁迅对世界语的态度,对于新文学的作用更大,影响也更直接。

1908 年,张继在日本举办世界语讲座时,鲁迅也加入了听众的行列。鲁迅由此对世界通用语的历史、柴门霍夫的理想和世界语的特点有了深刻的理解,这也为他日后同情、支持世界语运动奠定了坚实的思想基础。尽管鲁迅没有在理论上对世界语的意义做过多少直接的说明,但他还是出任由蔡元培执长的北京世界语学校的董事,并在该校担任《中国小说史略》的课程,还把世界语称为渡向"人类将来总当有一种共同的语言"之彼岸的独木小舟。② 为了译介弱势民族的文学特别是中、东欧弱势国家的文学作品,鲁迅对作为中介的世界语尤其重视,热情支持世界语中译工作,并对以世界语作为文学翻译的中介语言寄寓了特别的涵义。1929 年 6 月,他在谈到为什么采用世界语译本翻译时说道:

> 我们因为想介绍些名家所不屑道的东欧和北欧文学……所以暂只能用重译本,尤其是巴尔干诸小国的作品,原来的意思,实在不过是聊胜于无,且给读书界知道一点所谓文学家,世界上并不止几个受奖的泰戈尔和漂亮的曼殊斐儿之类。③

鲁迅还在推荐和接纳世界语译作在自己主编的《奔流》《译文》等刊物上发表。即使在病危时,鲁迅仍然没有忘记对世界语的支持,他在给上海的世

---

① 据笔者不完全统计,20 世纪上半期出版发行的这一类外国文学翻译作品有一百多部篇,其中还包含一些重译篇目。
② 参见鲁迅《渡河与引路》(1918 年 11 月 4 日),《鲁迅全集》第 7 卷,第 35 页。
③ 见《通讯》,1929 年 7 月 20 日《奔流》月刊 2—3 期,见《鲁迅全集》第 7 卷,第 129 页。

界社的复信中写道:"我自己确信,我是赞成世界语的。"①体现了鲁迅对世界语的一贯态度。

更重要的是,鲁迅凭借其在新文坛上的影响,积极推动以世界语介绍来外国文学,使其在中外文学关系的跨语际、跨文化实践中,发挥了重大作用。在20世纪上半期的以世界语为中介的中外文学译介者中,包括巴金、王鲁彦、孙用、钟宪民、金克木、楼适夷、魏荒弩、胡愈之等作家和翻译家,其中大部分人都与鲁迅有着直接的联系,或者受鲁迅的熏陶和影响,他们当中,翻译数量较多的如王鲁彦、孙用和钟宪民等三人,都是浙江籍,其中王鲁彦作为"乡土文学"作家和世界语翻译家,是直接受鲁迅影响的;后两人的文学活动则主要以翻译为主,也都因为世界语翻译而与鲁迅有过直接联系。而巴金不仅一生积极参与世界语运动,翻译世界语作品,还曾用世界语写作,因而成为中国现代文学史上少有的几个直接以世界语写作的作家之一。

巴金的世界语活动和他的文学创作几乎是同时开始的,据统计,他一生有关世界语的译著有90万字之多。② 作为理想主义者的巴金,对世界语运动的积极参与和热情关注,几乎贯穿了他的整个文学生命的始终。1921年,17岁的巴金刚刚接触世界语,就为世界语的理想所感动,在当年写下的《世界语之特点》③一文中说:

> (主义正大)世界语主义就是在使不通语言的民族,可以互相通达情意,而融化国家、种族的界限,以建设一个大同的世界。今欧战结束,和平开始。离世界大同时期将不远矣。我们主张世界大同的人应当努力学"世界语",努力传播"世界语",使人人能懂"世界语",再把"安那其主义思想"(即无政府主义——引者注)输入他们的脑筋,那时大同世界就会立刻现于我们的面前。

---

① 见鲁迅:《答世界社信》,载《世界》月刊1936年第9、10期合刊上,引自《鲁迅全集》第8卷,人民文学出版社1981年版,第402—403页。

② 参见许善述:《从〈新青年〉杂志上的一场争论看巴金对世界语的贡献》,《世纪的良心》,上海文艺出版社1996年版,第238页。

③ 此文发表于《半月》,1921年5月第20号,署名"沛甘"。

## 第九章　世界语理想与弱势民族文学译介和影响

对于世界语文学,巴金更是抱了热烈的理想,他在《世界语文学论》中认为:"只要人们用这语言哀哭,这语言便是活的","只要人们把自己的灵魂放在这语言里,这语言便是活的"。世界语文学具有美好的前景,"在现今的世界上苦难太多了⋯⋯世界语文学便是来去掉人类间的隔膜,激起他们的共同感情,使他们结合起来应付苦难,来谋全体的幸福。世界语文学是传播同情和友爱的工具,给那般不幸的受苦的人以一点爱情,一点安慰,一点勇气,使他们不致灰心,不致离开生活的正路"。[①]

1928年巴金游学巴黎,结识了后来成为中国著名世界语运动组织者的胡愈之,并由此结下一生的友谊。同年,发表了以世界语写作的独幕剧《在黑暗中》[②],这大概是中国最早的世界语原文创作之一。5年后,又发表世界语短篇小说《我的弟弟》[③]。此外,巴金通过世界语先后翻译了三十多万字的外国文学作品,它们包括:一首俄国民歌《伏尔加,伏尔加》[④];五个剧本:日本作家秋田雨雀的戏剧集《骷髅的跳舞》[⑤]、意大利作家亚米契斯的戏剧《过客之花》[⑥]、苏联阿·托尔斯泰的多幕剧《丹东之死》[⑦];两个短篇小说:保加利亚那密若夫(Dobri Nemirov)的《笑》和罗马尼亚伏奈斯蒂的《加斯多尔的死》。尤其值得一提的是匈牙利世界语作家尤利·巴基的中篇小说《秋天里的春天》[⑧]。正是在这篇作品情绪的感染下,他创作了中篇小说《春天里的秋天》,作品哀婉动人的抒情基调,与尤利·巴基的十分契合。巴金在晚年时陈述对世界语倾注一生感情的理由时所列举的四点理由中的第四点,即"世界语能够表达复杂深厚的感情",正是在他的世界语文学的阅读、翻译以及由此而激发的创作实践中所得出的

---

①　《世界语文学论》,载1930年《绿光》第7卷第7、8、9、10合刊。见《巴金与世界语》第30—47页。

②　发表于上海世界语学会会刊《绿光》11—12合刊。

③　发表于1933年7月《绿光》新1号。

④　刊于《自由月刊》1929年3月,第1卷3期,上海。

⑤　上海开明书店1930年出版,其中包括《国境之夜》《骷髅的跳舞》《首陀罗人的喷泉》三个剧本,译者署名"一切"。

⑥　初刊于《小说月报》1930年1月,第21卷第1期。开明书店1933年版。1940年文化生活出版社重版,"翻译小文库"之一。

⑦　开明书店,上海,1930年版。

⑧　开明书店,上海,1932年版。

结论。

直到晚年,他还是不减对世界语的热情。1980年,他以年迈之躯远赴斯德哥尔摩参加第65届国际世界语大会,并且写道:

> 经过这次大会,我对世界语的信念更加坚强了。世界语一定会成为全体人类公用的语言……世界语一定会大发展,但是它并不代表任何民族、任何人民的语言,它只能是在这之外的一种共同使用的辅助语……要是人人都学会世界语,那么会出现一种什么样的新形势,新局面![1]

历经磨难的老人,仍然如此坚执于60年之前的理想,难怪被称为"世界语理想和信念的化身"[2]了。

另一位以世界语译介弱小民族文学的重要作家就是王鲁彦。1920年,少年王鲁彦(1910—1944)在北大旁听文学课程时,正值俄国作家爱罗先珂来中国,他便从爱罗先珂学世界语。同时一边开始创作,一边从世界语翻译文学作品。1923年先后参加文学研究会和世界语协会,就是一个标志。自1922年起,他就开始从世界语翻译外国文学作品。相继在《小说月报》《狂飙》《矛盾》《文学》《文艺月报》《语丝》《文艺月刊》等刊物发表译作。《犹太小说集》(1926)、俄国西皮尔雅克的童话集《给海兰的童话》(1927)、《显克维支小说集》(北新书局1928)、《世界短篇小说选》(亚东图书馆,1928)、中篇小说《失去影子的人》(1929)、波兰先罗什伐斯基的中篇小说《苦海》(1929)、短篇小说集《在世界的尽头》(1930)、南斯拉夫米尔卡波嘉奇次的长篇小说《忏悔》(1931)、莫里哀三幕剧《唐裘安》(1933)、莫里哀喜剧《乔治·旦丁》(1934)、果戈理长篇小说《肖像》(现代书局,1935)、波兰显克维奇的短篇小说集《老仆人》(文学书店,1935)等,成为从世界语翻译外国文学作品数量最多的作家(翻译家)。其中大部分是保加利亚、波兰和捷克、匈牙利等中东欧国家的文学。

---

[1] 见《世界语——随想录·四十八》,引自《讲真话的书》,四川文艺出版社1990年版,第483—486页。

[2] 见陈原:《我们的巴金,我们的语言》,引自《巴金与世界语》,许善述编,中国世界语出版社1995年版,第1页。

第九章　世界语理想与弱势民族文学译介和影响

除了巴金与王鲁彦两位作家兼翻译家外,还有两位译者在世界语文学作品中译中成就比较突出,他们便是钟宪民和孙用。

钟宪民①自 1928 年起发表从世界语转译的外国文学作品,先后翻译了长篇小说 2 部、中篇小说 2 部、长诗 1 部和若干短篇小说,几乎全部集中在匈牙利、保加利亚、波兰和捷克等中东欧国家。其中包括尤利·巴基的长篇小说《牺牲者》(1934 年),波兰短篇小说集《波兰的故事》等,尤其以波兰作家奥西斯歌②的长篇小说《马尔达》(又译《孤雁泪》《玛尔旦》《北雁南飞》)影响最大,1929 年 7 月由北新书局(上海)初版,40 年代又出了 4 个版本(进文书店,1942、1944 年 11 月;上海国际文化服务社,1947 年 10 月、1948 年 9 月),值得一提的是,这本小说在 60 年代的中国台湾非常盛行,琼瑶小说《一帘幽梦》男主人公楚濂和《心有千千结》男主人公若尘的藏书中,都有这一本波兰女作家的悲情小说。之后,还翻译了尤里·巴基的长篇小说《在血地上》和波兰世界语作家费特凯的中篇小说《深渊》等作品。

孙用③自 1922 年起开始在《小说月报》发表译作。出版译作有波兰戈尔扎克等的《春天的歌及其他》(短篇小说集,上海中华书局,1933),保加利亚伐佐夫的《过岭记》(短篇小说集,中华书局,1931),爱沙尼亚诗集《美丽之歌》、《保加利亚短篇集》(正言出版社,1945)等。所译匈牙利诗人裴多菲的长诗《勇敢的约翰》,鲁迅曾资助出版,另外还有普希金的中篇小说《甲必丹的女儿》(1944,后多次再版,更名为《上尉的女儿》),这是该

---

① 约 1910 年生于浙江崇德,世界语者,卒年不详。1927 年时为上海南洋中学学生,课余学习世界语,1927 年给鲁迅信,1929 年在南京国民党中央党部宣传部国际科任职。将《阿 Q 正传》译成世界语,于 1930 年出版。

② 即波兰女作家 E. 奥热什科娃(Eliza Orzeszkowa,1841—1910),《马尔达 Marta》1872 年出版,是其早期作品中最有影响的一部,带来了世界性的声誉。

③ 孙用(1902—1983),世界语者,文学翻译家,鲁迅研究专家。原名卜成中。祖籍浙江萧山,生于杭州。1919 年杭州宗文中学毕业后,长期在邮局工作,自学英语和世界语。1944 年在衢州、杭州等地任中学教师。1951 年,上海文化工作社出版《裴多菲诗四十首》。新中国成立后经许广平推荐,到上海鲁迅著作编刊社工作,后随该社并入北京人民文学出版社,一直从事新版《鲁迅全集》编校和注释工作。其鲁迅研究著作有《鲁迅全集校读记》《鲁迅全集正误表》和《鲁迅译文校读记》等。因翻译介绍裴多菲成绩卓著,匈牙利政府曾授予劳动勋章,并铸其铜像安放裴多菲博物馆以示表彰。另外,他还从其他语种翻译波兰诗人密茨凯维奇的代表作《塔杜须先生》及《密茨凯维支诗选》,波兰政府授予他密茨凯维奇纪念章。

篇作品首次通过世界语介绍到中国。

此外,其他翻译者及其译作还有:胡愈之、叶君健、胡天月、叶籁士、卢剑波、劳荣等。以及金克木译保加利亚斯塔玛托夫的小说《海滨别墅与公寓》;楼适夷译阿托尔斯泰的《但顿之死》;周尧译荷兰布尔修斯的剧本《虚心的人》。魏荒弩译德国世界语作家泰奥·庸的长诗《爱的高歌》和《捷克诗选》等。

从以上许多作家和翻译家的译介工作及其成果中可以看出,这些以世界语为中介的外国文学作品的翻译中,大部分作家作品都是波兰、保加利亚、罗马尼亚、南斯拉夫、捷克斯洛伐克、匈牙利以及俄国等中东欧国家的作家作品,只有极少数例外。导致这种情况的出现,有着客观条件的限制和主观有意识选择两个方面的原因。

从客观因素看,与这些国家相对弱小的国际地位相对应,它们的文学写作语言,在西方世界——因而在中国也都属"小语种",极少有人学习,更无论精通。因此,除了波兰的显克维奇、莱蒙特、密茨凯维奇,匈牙利的裴多菲,捷克的聂鲁达、恰佩克等在当时已经具有世界影响的作家之外,这些"小民族"文学在英语、法语、德语世界很少有介绍,即使是这些作家,也有大量作品和生平材料是从日本中转译介至中国。这样,世界语就成为一个十分便捷的译介通道,特别是保加利亚文学中的绝大多数作品和文学概括,都是借助于世界语引入的。

而从译介者的主观选择来看,不管是世界语文学译介倡导者之一的鲁迅,还是理想主义者巴金,或者是稍后参与世界语运动的其他作家和翻译家,他们都对于世界语 Esperanto 本身寄予了不同程度的文化理想,其中,关注和同情弱小民族的生存状态,介绍弱小民族文学成就,以抵抗列强的压迫,争取民族的平等和解放,无疑是共同的追求。正是这些基本的、也是共同的动力,推动了这些世界语者借助于世界语这个中介,积极进行中外文学文化的交流,为中国文学的现代化作出了一份特殊的努力。

## 第四节　中西关系压力下的反抗努力及其内在紧张

不过,如果反过来进行思考的话——也就是说,如果不是在中国现代

## 第九章 世界语理想与弱势民族文学译介和影响

文化史上去寻找上述这些知识分子在世界语问题上的共识,不是直接收集和整理以世界语为中介的文学译介成果并孤立地对待它们的话——问题也许就变得复杂了。

首先,在上述这些同情和支持世界语的知识分子之间有着怎样的认同差异?这些差异又说明了什么?更进一步,即使在这些同情者的个体身上,对世界语和世界语文学译介的态度中,是否也包含着内部矛盾呢?

其次就是,以上这些文学交往的活动,相对于大量的中西文学交往事实而言,相对于西方文学——主要是指英、法、德等大国文学——在20世纪中国的大量译介而言,实在仅仅是很小的一部分,我对这些资料的梳理归纳,并不能改变这样一个明显的事实。那么,在什么意义上,值得我对这一部分译介活动给予专门的关注呢?

一个较为明显的事实是,那些世界语者对世界语所肯定的方式和理由并不一致。比如,鲁迅与其他世界语者在对世界语 Esperanto 肯定方式上的区别就不能忽略。鲁迅赞同世界语,有他自己的限度和独特方式。从20世纪初期开始,他就同情世界语运动,也为世界语在中国的传播做出了许多努力。但在学理层面上,他只是在抽象的意义上对世界共同语抱以同情,并寄予希望,在他看来,这种共同语并不一定就是 Esperanto 本身,只是现在只有这 Esperanto,便不应放弃,因为它毕竟是通向世界共同语的第一步,是到达"汽艇"时代的"独木舟"阶段,至于将来的世界共同语是否就是 Esperanto,则并不一定。这与他后来摆脱单纯进化论观念,在有限的意义上肯定未来"黄金世界"的思想有着内在的联系。所以他特别区分"学 Esperanto"和"学 Esperanto 的精神"的不同。① 这种辩证态度,他终身没有改变,只不过他在临终之际的表述①,仅就肯定的角度谈

---

① 见鲁迅《渡河与引路》。他在文章中说,我是赞成世界语的,"要问赞成的理由,便只是依我看来,人类将来总当有一种共同的言语,所以赞成 Esperanto。至于将来通用的是否 Esperanto 却无从断定。大约或者便从 Esperanto 改良,更加圆满;或者别有一种更好的出现,都未可知。但现在既是只有这 Esperanto,便只能先学这 Esperanto。现在不过草创时代,正如未有汽船,便只好先坐独木小舟,倘使因为预料将来当有汽船,便不造独木小舟,或不坐独木小舟,那便连汽船也不能发明,人类也不能渡水了"。鲁迅在文章中还强调指出:"学 Esperanto 是一件事,学 Esperanto 的精神,又是一件事。"他认为:"灌输正当的学术文艺,改良思想,是第一事;讨论世界语,尚在其次;至于辩难驳诘,更可一笔勾消。"

173

对世界语的意见而已。不过,虽然他并不赞同世界语者对于 Esperanto 所寄的世界大同理想,但对于同情世界语之理由的三点说明,倒是很好地概括了世界语 Esperanto 对于中外文化和文学交流的现实意义:

> 我自己确信,我是赞成世界语的。赞成的时候也早得很,怕有二十来年了吧。但是理由却很简单,现在回想起来:一、是因为可以由此联合世界上的一切人——尤其是被压迫的人们;二、是为了自己的本行,以为它可以互相绍介文学;三、是因为见了几个世界语家,都超乎口是心非的利己主义者之上。后来没有深想下去了,所以现在的意见也不过这一点。我是常常如此的:我说这好,但说不出一大篇它所以好的道理来。然而确然如此,它究竟会证明我的判断并不错。①

超越利己主义功利性;联合弱小民族以对抗列强,争取民族的独立和解放;介绍优秀的外国文学尤其是被压迫的弱小民族文学,建设民族的现代文学。鲁迅赞同世界语的这三点理由,显然不同于 20 世纪初期的无政府主义的世界语者,也不同于五四时期的陈独秀、钱玄同等新文化成员的世界语主张,与巴金等人的理想主义也有明显的不同。作为一种语言方案,鲁迅最终放弃了作为汉语替代方案意义上的世界语,也不像世界语主义者那样,将未来大同世界的希望寄托在 Esperanto 之上。不过,它虽不能代表中国世界语者的全部态度,但对理解和解释所有从事世界语运动者(包括外国文学译介活动的作家和翻译家)的主观动机,有着相当大的概括力和典型性。

从这种典型的认知态度和意图中可以看出,中国现代知识分子(包括作家和翻译家)的世界语意识和世界语运动(包括借助于世界语中介所从事的外国文学译介活动),明显地体现了一种民族自我认同,即弱小民族的自我意识,以及与之相伴的对于西方强势民族的对峙意识。这种认同和对抗相辅相承,又有着内在的对立和紧张,在中国现代思想的变迁中,体现为中国民族主义的兴起、现代民族意识的觉醒与诉求,以及与世界主

---

①② 见鲁迅《答世界社信》,载《世界》月刊 1936 年第 9、10 期合刊上,引自《鲁迅全集》第 8 卷,人民文学出版社 1981 年版,第 402—403 页。

## 第九章　世界语理想与弱势民族文学译介和影响

义的乌托邦理想追求之间的矛盾共存。与中国的世界语运动相关,它在中国现代语言变革、文学观念的蜕变和中外文学关系中都有相应的表现。

世界语的理想本来就居于世界主义和世界大同,但现代世界历史的演变,决定了世界语运动与世界语的翻译写作活动与民族主义思潮的难解难分。这不仅体现在世界历史的发展进程中,也同样体现在中国现代历史和文化的发展当中。更有甚者,在中国现代文化史中,它还几度被用来作为建构现代民族想象的工具和途径。

世界语运动在中国首先是 20 世纪一系列语言革新运动的一个重要组成部分。中国世界语者的理想与中国现代民族主义思潮和文化上的西化思潮相伴而行,在中国现代语言改革运动中,这种西方化的趋势表现为以西方拼音文字为取向的语言世界主义,以钱玄同为代表的以世界语替代汉语的主张正是这一语言世界主义的体现。"正是在重视同一而抹杀差异的普适性哲学和历史目的论的推动下,在中国现代知识界掀起了一场声势浩大的否定汉语言文字之特性而努力寻求一种乌托邦语言(比如'世界语')的狂热运动。"①而不管是赞同还是反对"替代论"的知识分子的语言变革主张,都与创造现代民族语言这一民族建构理想有关,而在取向上又都不同程度地受西方拼音文字影响的世界语是民族主义和西方化这两种因素的一种特殊结合,在特殊语境下出现的一种历史现象。

同样,世界语的乌托邦理念在中国现代文学观念的变革中也矛盾地体现着。世界语的大同理想本来与"世界文学"的理想有着亲缘关系,虽然"世界文学"的概念在中国的引入比世界语晚得多,但在文学观念上的内在矛盾早就隐含。而世界语理想在 20 世纪中国的转变(从中可以看出),正是这一内在矛盾的体现,是世界主义和民族主义两种意识斗争的展开:从 20 世纪初期与无政府主义难解难分,带有乌托邦色彩的和平主义、中立主义到 30 年代开始所体现的阶级意识、民族意识的普遍觉醒,使世界语运动与工人运动相结合,与被压迫民族反抗殖民地宗主国的斗争

---

① 参见郜元宝《现代汉语:工具论与本体论的交战——关于中国现代知识分子语言观念的思考》,载《当代作家评论》2002 年第二期。郜元宝对现代语言的工具论与存在论两种倾向及其后果的分析十分精彩,不过,我这里所强调的是两种对立的语言观念在民族意识建构上的统一。

相结合。与左翼文化和文学运动，与抗日民族解放战争紧密相连。这是中国知识分子迫于现实文化而作出的选择。它当然也与许多社会文化思潮联系密切。世界语为什么在中国发展得最为持久？

这种矛盾在文学译介活动中的体现是：借助世界语对弱小民族文学的翻译，从翻译的意图和翻译对象的内在特征看，都是如此。呈现出复杂的面相。

这种民族认同在文学活动中的反映，就是弱小民族文学的自我认同和对于强势民族的对抗。正像诠释传统是为了建构民族意识一样，译介弱小民族文学也是为了现代民族意识的建构。只不过它是特定时代和特定国际背景之下的民族意识，即从"天下"观念向民族意识转变，民族意识觉醒的一开始，就处于一种被压迫的、弱小的地位上，换一句话说，正是弱小的、被压迫的地位，催生和激发了中国现代民族意识的觉醒。因此，它几乎是先天地凸现了这种意识中自卫、对抗的层面，从而宣泄了一种以弱抗强的情绪。

世界语作为一种现代人工语言，在弱小民族文学翻译中有特殊意义。不仅仅是一种单纯的语言媒介，而且包含了一种世界大同理想。而这种理想又与中国现代世界主义和民族主义都有相当的牵连。我所特别关注的是，作为一种表意实践活动，世界语的倡导和以世界语为中介的外国文学中译实践中，体现了怎样的矛盾心理？寄托了哪些愿望和情感？又是怎样把各种强烈的愿望加以编码和合法化的？怎样汇入中国文学现代化的主流的？一方面，倡导、采用世界语体现了对世界大同理想的追求；另一方面，由于民族地位的低下而导致的对于具体的"世界一体化"情景的抵制，并追问这将是怎样的一体化，以谁为中心的一体化？在这里，包含了对强势国族的抵抗，对受压迫境遇的不满，对不得不借助强势进行自身变革的无奈等等。这恰恰明显地体现了民族意识。从这种内在的矛盾与统一中，可以窥见中国现代性内部的矛盾和紧张。

值得注意的是，以世界语作为中介的文学翻译实践，对中外文学关系提出了一些问题，而这些问题一向被我们忽略。那就是：在中外文学关系，特别是中西文学关系之间，在跨越语言障碍的时候，人们通常认为的那种对等关系的自明性就变得可疑了。在中/英、中/法、中/德之间，还有

## 第九章　世界语理想与弱势民族文学译介和影响

世界语这个中介存在,或者至少在中外现代交流史中,曾经存在过。为什么要插入世界语这个中介?这种插入意味着什么?当时是出于何种需要产生的?如果说其中包含了某种政治含义,那么是什么原因使语言问题变得与政治之间的关系如此密切了呢?在中外跨语际、跨文化实践中,曾经有那么一批知识分子,如此敏感于作为中外文学关系中介的语言问题,它对于我们今天的研究有什么启发?这种语言和文学的民族建构意识和世界主义意识的交织,正体现了中国现代性的内在紧张,它直接指向跨文化和跨语际、跨文化研究中值得给以首要关注的实践与权力的各种形式问题,在民族国家之间和民族内部的阶级、阶层之间,在现代化的先发国家和后发国家之间,现代性所呈现出的差异性。

# 第十章

# 新中国 60 年的东欧文学译介与研究

## 第一节 前 30 年东欧文学的译介与研究

中华人民共和国成立后,作为新中国文化建构的重要组成部分,文学翻译和研究事业得到了重视。尤其因同样面临着主权独立以后特定的现代化处境与任务,还有政治意识形态的相似性,以及在国际冷战格局中所处的相同阵营(保加利亚、罗马尼亚等国最先承认并与新中国建交),使中国与东欧间的文化和文学交往获得新生的政府机构的大力支持,作为全国文学艺术界领导人的周扬与茅盾,在新中国成立之初,针对引进外国文学的资源问题,提出了加强对苏联和其他新民主主义国家文学的学习和介绍的主张。

## 第十章　新中国 60 年的东欧文学译介与研究

中国与苏联以及东欧国家在政治意识形态和经济贸易领域密切关系，相互之间往来频繁。在 1966 年"文化大革命"之前的 17 年里，仅东德之外的东欧七国的古典（19 世纪前）文学作品翻译就有八十多种单行本，共涉及一百多位作家的三百多个篇目，同时还有多种以国别形式编译的现代中短篇小说集问世。因而使五六十年代的东欧文学译介形成了第三次热潮。尤其是在 1950 年至 1959 年间，东欧文学作品源源不断地被译成了汉语，掀起了东欧文学翻译的又一个高潮。

这期间的东欧文学翻译作品中，以现代小说最多。仅罗马尼亚小说就翻译出版了 26 部。时隔几十年，一些中国老作家依然记得萨多维亚努（Sadoveaun, M.）的《安古察克店》（李伦人译，新文艺出版社，1955，法语转译）、《百花岛》（钱金泉译，作家出版社上海编译所，1964）、《泥棚户》（黎声译，平民出版社，1952；赵蔚青译，作家出版社，1955）、《漂来的磨房》（方煜译，上海文艺，1959，俄语转译）、《斧头》（朱惠，新文艺出版社，1957）、《战争故事》（赵蔚青译，作家出版社，1956）、《马蹄铁·尼古阿拉》（冯俊岳，上海文艺出版社，1959，法语转译）等小说，以及儿童故事《倔强的驴子》（徐朴，少年儿童出版社，1956）等。当时进入中国读者视野的东欧作家还有罗马尼亚作家格林内斯库、爱明内斯库、阿列克山德里、谢别良努；波兰作家奥若什科娃、柯诺普尼茨卡；南斯拉夫作家乔比奇、普列舍伦；捷克斯洛伐克作家狄尔、聂姆曹娃、马哈、爱尔本，等等。

其中，罗马尼亚剧作家扬·路卡·卡拉迦列的代表剧作《失去的信》，就是当时所译介的优秀作品。曲折多变的情节，辛辣尖锐的笔锋，妙趣横生的语言，滑稽可笑的人物，所有这些确保了《失去的信》的艺术性、思想性和战斗性。一百多年来，该剧始终是罗马尼亚各大剧院的保留剧目，一直受到广大观众的喜爱，已成为罗马尼亚戏剧中的经典。当这部剧作于 1953 年同中国读者见面时，同样受到了热烈欢迎。五年后，它还被武汉人民艺术剧院搬上了舞台。此外，波兰诗人密茨凯维奇的《阿喀曼草原》、捷克小说家狄尔的《吹风笛的人》、捷克诗人爱尔本的《花束集》、捷克女作家聂姆曹娃的《外祖母》、捷克小说家哈谢克的《好兵帅克》、捷克诗人马哈的《五月》、波兰作家显克维奇、普鲁斯的不少小说和散文等也都具有相当高的艺术价值，不愧为东欧文学中的经典。

此外，这期间还出版了多部短篇小说选集译作。它们包括 50 年代的《保加利亚短篇小说选》（伐佐夫等著，陈登颐、邱威译，上海光明书店，1952）、《南斯拉夫短篇小说集》（塔夫卡·M 等著，作家出版社，1957，1978 年重印）、《新波兰短篇小说集》（彭塔克·C 等著，上海 光明书局，1954）、《阿尔巴尼亚短篇小说集》（恰奇·A 等著，上海 新文艺出版社，1956）、《七个小钱：匈牙利短篇小说集》（马拉·费令兹著，少年儿童出版社，1957）、《罗马尼亚现代短篇小说选集》（两卷，包格查·罗著，新文艺出版社，1957）、《旧日的保加利亚人》（卡拉维洛夫著，海岑、黛云译，上海新文艺，1957，1984 重印）。60 年代以后还有《阿尔巴尼亚短篇小说集》（斯巴塞等著，作家出版社，1961）、《在国境线上：阿尔巴尼亚短篇小说》（卡费泽齐·卢著，上海文艺出版社，1963）、《阿尔巴尼亚现代短篇小说集》（农达·布尔卡著，作家出版社，1964）、《阿尔巴尼亚短篇小说集》（舒特里奇著，人民文学出版社，1973）等翻译出版。除小说外，译作还有诗歌、戏剧、童话等文体。如《阿尔巴尼亚诗选》（萨科·恰估比·A 著，上海文艺出版社，1959）、《捷克诗歌选》（郏霍著，晨光出版社，1950）、保加利亚《波特夫诗集》（杨燕杰、叶明珍译，人民文学出版社 1956、1959）、《小花牛：匈牙利三幕六景喜歌剧》（自德语译出，中国戏剧出版社，1957）、《东欧民主国家童话集》（Краснова 著，北新书局，1953）、《历史的教训：保加利亚电影故事》（李直编译，中国电影出版社，1958）。值得一提的是东欧民间故事的译介。《唱歌的树：波兰民间故事》（鲍兰任尼斯卡·J 著，作家出版社，1958）、《不屈的好汉们：捷克斯洛伐克古代传说》（依腊谢克·A 著，少年儿童出版社，1955）、《捷克民间故事》（捷耳陀维奇·M 著，少年儿童出版社，1954）、《捷克斯洛伐克民歌集》（雷曼编译，音乐出版社，1960）、《匈牙利民间故事》（吉达施·A 著，少年儿童出版社，1953）、《阿尔巴尼亚民间故事》（王易今编译，少年儿童出版社，1962）。

总之，这一时期的东欧文学译介体现了如下明显特色：

第一，政府力量的推动大大加强了双方的人员来往和信息交流，文学

## 第十章　新中国 60 年的东欧文学译介与研究

译介的数量剧增,范围也拓展到包括电影等新兴艺术①;在大学逐渐设置了东欧语言文化专业,培养了一批专业人才,他们便相继成为中国与东欧文化交往和文学译介的中坚。在此之前,东欧文学作品大都由日、德、英、法、俄、世界语等语言转译成汉语,基本上都绕了一个弯,有些还绕了几个弯。介绍和研究文章也都是根据二手或三手材料写成的。艺术性和准确性都有可能遭到损害。这自然只是无奈之举和权宜之计,因为,很长一段时间,我国根本没有通晓东欧国家语言的人才。新中国成立后,为了更好地进行文化交流,国家先后多次选派留学生到东欧各国,学习它们的语言、历史和文化,培养了一批专门从事东欧文学教学、翻译和研究的人才。后来,这些人才主要集中在北京外国语学院东欧语系和中国社会科学院外国文学研究所。外国文学研究所东欧文学研究(组)室也应运而生。最鼎盛时,它几乎拥有东欧各语种的专家学者,他们中有:波兰文学的林洪亮和张振辉;捷克文的蒋承俊;匈牙利文的兴万生、冯植生和李孝凤;保加利亚文的樊石和陈九瑛;罗马尼亚文的王敏生;南斯拉夫文和阿尔巴尼亚文的高韧和郑恩波。此外,《世界文学》编辑部和北京外国语学院东欧语系等单位还涌现出了杨乐云、易丽君、冯志臣、陆象淦、李家渔等优秀的翻译家和学者。

第二,这一时期的东欧文学在译介途径上也大多从原语直接译入;在译介方式上也与英、法、俄、德等主流西方语种的文学译介一样,逐步建立起一定的翻译规范。于是,从 50 年代末开始,人们就从《译文》(1959 年后改名为《世界文学》)上陆续读到一些直接译自东欧语言的文学作品,一些介绍文章也都出自第一手材料,如上所述的许多东欧文学作品得以翻译出版。

第三,这时期东欧文学译介也明显受制于这种意识形态和国际关系的变化。由于政治因素的影响,所选择和译介的作品的艺术水准良莠不齐,不少作品的政治性大于艺术性,有些更是充满政治说教色彩,作品的

---

① 在中华人民共和国成立后的 17 年间,东欧国家的许多电影被中国译制并播映,这在国产电影并不发达的当时,产生了很大的社会影响。作为一种直观的影像展现,这些电影呈现了这些国家的历史和现实,对建构新中国的民族文化意识及其世界想象,甚至有着比文学作品更为直接和广泛的作用。

题材也有明显的时代痕迹。如有关二次大战和农村集体化题材成为两大主要译介内容,尤其是后者,更与苏联文学这一共同的影响源有关。50年代早期斯大林时代的结束,引起的苏联内部变革和东欧政治经济改革,由此引发中国与东欧之间在政治意识形态和国际关系上的摩擦乃至冲突。进入20世纪60年代,由于中苏关系开始恶化,中国和东欧大多数国家的关系也因此日趋冷淡。"文革"期间,整个国家都处于非正常状态,东欧文学翻译和研究事业也基本处于停滞阶段。在近十多年的时间里,东欧文学的译介活动充满各种波折和动荡,至60年代中期后一度几乎中断,我们几乎读不到什么东欧文学作品,只看到一些阿尔巴尼亚、罗马尼亚和南斯拉夫的电影,如阿尔巴尼亚的《伏击战》《第八个铜像》,罗马尼亚的《多瑙河之波》《勇敢的米哈伊》《齐波里安·波隆佩斯库》,南斯拉夫的《桥》《瓦尔特保卫萨拉热窝》等,对我们了解到那些国家的历史和现实状况,起到了特殊的作用,也伴随了一代中国人的成长。

这也可以从50年代启动编辑出版的外国文学"三套丛书",即"外国文学名著丛书""外国文艺理论丛书"和"马克思主义文艺理论丛书"的编目中可以看出。这一译介工程,是新中国成立后外国文学译介,当然也是东欧文学译介的标志性成果,它由冯至、卞之琳、罗大冈、戈宝权等著名专家学者参与制定选题,工程宏伟,而且目标明确,就是要让中国读者分享到外国的优秀文学成果,提高中国作家的艺术修养,丰富人民的精神生活。不过,在这一时期出版的外国文学译著篇目(即"网格本")中,东欧文学作品仍然阙如,直至下一个时期的80年代才有5部作品收入该丛书,仅占150多部全套丛书的一小部分。这除了东欧文学译介人才短缺,东欧文学在外国文学界相对欧美其他国家文学较为忽视外,也反映了在意识形态限制下,当时东欧文学缺少艺术成就突出的译介对象这一困局。尽管如此,还是有一批优秀的作品被译介,丰富了新中国读者的世界文学视野。

这一时期的东欧文学研究,也体现了相应的特点,同时取得了重要的成就,为新时期的学术发展打下了重要的基础。新中国成立之前,有关东欧文学的研究以译述为主,且限于周作人、茅盾等少数有意引入弱小民族文学的新文学作家。周作人编译的《波兰文学一脔》(诃勒温斯基等著,周

## 第十章 新中国 60 年的东欧文学译介与研究

作人、沈雁冰等编译,商务印书馆,1925)是代表性著作,尽管这一传统在巴金等部分新文学第二代作家那里得到了继承,但研究的范围、方式和途径并没有明显的突破,其中重要的原因,就是专业人才的缺乏。

新中国成立初期的 50 年代,东欧文学的专业人才还没有走出校门,因此对东欧文学的研究,基本延续了之前的方式,多以翻译、编译为主,且多为从俄、英等语言转译,同时也以介绍东欧国家文学与文化的概况为工作重点。其中,在新中国成立之初,"中国人民对外文化协会""对外文化联络局"以及东欧国家驻华使馆等政府外交机构在译介东欧文学概貌中起到了重要的推动作用。相继出版了:《捷克艺文选》(魏荒弩辑译,光华出版社,1949)、《保加利亚文学所反映的民族解放斗争》(维塞林诺夫著,对外文化联络事务局,1953)、《匈牙利的文学概况》(对外文化联络局,1953)、《罗马尼亚二十三位作家介绍》(袁湘生编译,中国人民对外文化协会 1956)、《东欧作家论》(纳尔凯维奇,A. 著,万紫、汤真译,新文艺出版社1958)、《波兰现代作家简介》(波兰人民共和国驻华大使馆文化新闻处,1959)、《保加利亚的现代戏剧》(米列夫著,对外文化联络局,1954)、《论捷克的散文》(玛耶洛娃,M. 著,对外文化联络局,1954)、《捷克二大女作家》(对外文化联络局,1954)等,还有师陀(《保加利亚行纪》,上海文艺出版社1960)等部分作家的旅行游记也承担了介绍东欧国家现实的任务。值得一提的是,1955 年适逢波兰作家密茨凯维奇逝世百周年,相继翻译出版了《关于密茨凯维奇》,(吉洪诺夫,И 著,李丁文译,新文艺出版社,1957)、《亚兰·密茨凯维支傅》(普鲁辛斯基,K. 著,王宗炎,自英译,中国青年出版社,1958)、《密茨凯维支评传》(雅斯特隆著,张闳凡译,人民文学出版社,1959)等三部密茨凯维奇的传记著作。

到 60 年代初期,随着中苏关系的冷淡乃至恶化,中国对东欧文学的译介也相应受到影响。在批判苏联"修正主义"的意识形态过滤下,对大部分东欧国家的文学都采取批判和排斥的态度,最后只剩下阿尔巴尼亚文学的有限作品还可以译介和公开出版。东欧文学的研究除了批判修正主义的一类外,也只有如《阿尔巴尼亚人民光辉的形象——谈〈渔人之家〉》(李超,《剧本》1962 年第一期)和《阿尔巴尼亚四诗人》(臧克家,《文学评论》,1965 年第 6 期)等少数论述了。

值得一提的是,除上述东欧文学概况介绍与专题研究的译述工作外,有关东欧文学研究的基础性工作已经展开。首先是中国社科院外国文学研究所(前身为中国科学院外国文学研究所)和《世界文学》(前身为《译文》)编辑部先后编辑出版的一系列内部参考资料,前者包括《现代文艺理论译丛》《现代文艺理论译丛》增刊、《外国文学现状》和《外国文学现状》增刊等;后者包括《世界文学参考资料》(前身为《外国文学情况汇报》、《外国文学参考资料》)、《世界文学情况汇报》和《世界文学情况汇报副刊》[①]等,还有数量众多的"黄皮书"。50年代中期至60年代中期,正值中苏关系发生动荡,中国对东欧文学的态度与评价也从新中国成立初期的正面介绍逐渐趋于争议和批评,因此,在上述译介和研究出版物中,东欧文学自然也就成为重要的组成部分。另外,其他一些文化机构也积累了不少有关东欧文学研究的基础资料。比如,借国际性的纪念世界文化名人活动之机,北京图书馆在1955年编辑出版了《纪念世界文化名人密茨凯维支逝世一百周年:1798—1855》研究资料集。同年,广州中山图书馆也编印了资料索引《纪念世界四大文化名人》(包括席勒逝世150周年,密茨凯维奇逝世100周年,孟德斯鸠逝世200周年,安徒生逝世150周年)。同时,部分地方高校及研究机构也开始着手相关资料的编目整理工作,如杭州大学和浙江师范大学两校的中文系资料室联合编撰的《东欧文学参考资料索引》,就在1958年以油印本印行,全书16开,45页。这是笔者所见的最早有关东欧文学研究的专门资料索引。

特别需要指出的是,正是在60年代初中苏关系和中国与东欧关系日渐紧张,东欧文学的译介与研究相对沉寂的状态下,现代著名诗人和学者孙席珍(1906—1984)将其对东欧文学的研究成果以《东欧文学史纲》为题予以出版。孙席珍在30年代就被鲁迅称为"诗孩",从16岁起发表诗歌。先后发表《稚儿的春天》《黄花》等新自由诗数百首。被鲁迅、钱玄同、刘半农称赞为"诗孩"。还积极参加文学社团活动,创作散文、小说,小说《槐花》引起读者较大反响,被人称为"京华才子",后参加五卅运动和八一南

---

[①] 参见古凡:《黄皮书及其他:中苏论争时期的集中外国文学内部刊物》,载《文艺理论与批评》,2001年第6期。

昌起义,是左翼文学运动的领导者之一,新中国成立之后,历任南京大学、浙江大学、浙江师范学院、杭州大学中文系教授,先后著有《欧洲文学史》(中国大学出版部,1933)、《日本文学史纲》(杭州大学,1959)、《西欧文学史》(杭州大学,1959)、《印度文学史纲》(杭州大学,1960)等,是我国外国文学研究领域著名专家。他的《东欧文学史纲》也是在杭州大学执教时的讲义,后经整理于1961年由杭州大学出版社出版,是中国学者撰写的最早的东欧文学史著,孙席珍著作虽材料多来自英语、法语、日语和世界语,以及中文译介,但筚路蓝缕,功莫大焉,在东欧文学在中国的译介与研究史上具有里程碑的意义。所有这些,都为下一个时期东欧文学的研究打下了基础。

## 第二节　后 30 年东欧文学研究的热点

在后 30 年的东欧文学研究中,也出现了东欧当代作家的一系列研究热点。

其中,诺贝尔获得者就是热点之一。这里也有两种情形,一种情况是由于这些东欧作家先后获得诺贝尔文学奖,受到西方和世界文学文坛的关注。20 世纪上半期东欧只有两位作家获奖,即波兰的显科维奇(1905年获奖)和莱蒙特(1924 年获奖),这两位作家成为当时的译介与研究热点,详情已有上述。另一种就是当代获奖作家的译介与研究。由诺奖作家的译介与研究的带动,中国的读者与研究者,对东欧相应国家的文学、历史及文化状况的整体也有了了解和进一步研究的兴趣,使其与中国当代文化与文学发生进一步关联。

1961 年获奖的前南斯拉夫(塞尔维亚)作家安德里奇(Ivo Andric',1892—1975),因为当时国内政治意识形态对西方文学的排斥和主流话语对诺贝尔文学奖的冷淡,一直到 70 年代末之后才有相应的译介和研究,先后翻译出版了《德里纳河上的桥》(周文燕、李雄飞译,人民文学出版社,1979)、《萨瓦河畔的战斗》(包也直译,上海译文出版社,1980)、《婚礼:南斯拉夫短篇小说集》(樊新民译,黑龙江人民出版社,1986)、《情妇玛拉》(王森译,外国文学出版社,1988)、《特拉夫尼克风云》(郑泽生、吴克礼译,上海译文出版社,1988)、《万恶的庭院》(臧乐安、井勤荪、范信龙、包也直译,上海译文出版社,2001)、《桥·小姐》(高韧、郑恩波、文美惠译,漓江出版社,2001)等作品,但有关安德里奇的研究则比较有限,专业期刊的研究论文至今只有李士敏、马家骏等十多篇以及天蓝海著的评传一部《安德里奇传》(时代文艺出版社,2012)。

  作为一个东欧小国的波兰,历史上曾无数次沦为强国间利益争斗的牺牲品,然而文学上却有着非常骄人的历史。早在1905年,亨利克·显克维奇就以他"一个历史小说家的显著功绩和对史诗般叙事艺术的杰出贡献"而获得诺贝尔文学奖。1924年,弗瓦迪斯瓦夫·莱蒙特又以他的"土地的史诗"《农民》而获得该年的诺贝尔文学奖。在20世纪下半叶,波兰又有两位诗人获此殊荣。一位是切斯瓦尔·米沃什(Czesfaw Mifosz,1911—2004),战争年代,他曾写过大量反法西斯诗歌。60年代迁居美国,一直努力写作,创作了大量诗歌,如《白昼之光》《没有名字的诚实》等诗歌集,也写过小说如《权力的攫取》等。他强调创作的现实性,但又认为这种现实性要靠诗人来赋予作品,显然这就不可避免地会带上诗人自己的主观性。米沃什早期是个比较悲观的诗人,后随着年龄增长与阅历的丰富,对生活的认识不断深化,他的作品逐渐开始显现其深度与广度,他以能在作品中表现"人道主义的态度和艺术特点"而获得了1980年度的诺贝尔文学奖。米沃什在中国的译介在当时也没有引起多大的反响,除少量译作在期刊发表外,评价文章同样不多,直到21世纪之后,才有若干评价文章和《米沃什词典》(西川、北塔译,三联书店,2004)、《切·米沃什诗选》(张曙光译,河北教育出版社,2002)两部诗集和诗歌评论集《诗的见证》(黄灿然译,广西师范大学出版社,2011)以及莱涅尔-拉瓦斯汀的论著《欧洲精神:围绕切斯拉夫·米沃什,雅恩·帕托什卡和伊斯特万·毕波展开》(吉林出版集团有限责任公司,2009)翻译出版,后者所叙述的三位思想家中,除切斯拉夫·米沃什外,还有捷克哲学家雅恩·帕托什卡和匈牙利思想家伊斯特万·毕波。

  时隔16年,另一位波兰女诗人维斯拉瓦·希姆·博尔斯卡(1923—2012)又获得了诺贝尔文学奖。希姆博尔斯卡的主要诗集有《大数字》(1976)、《桥上的人们》(1986)、《终了与开端》(1993)等。她的诗歌从50年代开始就具有较大的影响力。早期作品主要是表达热爱祖国反对战争的感情；后来的作品视野逐渐开阔，追寻历史、放眼世界、抨击现实，她关注着整个人类的发展和变化，她因为"不寻常的精确性描绘出了历史和生命的内涵，具有深刻的讽刺意义"获得1996年度的诺贝尔文学奖。当时，中国文坛对诺贝尔文学奖的态度已经有了很大的改变，不仅不排斥，而且充满了期待与渴望。因此，获奖后不久，国内的报刊就有十多篇专题报道、介绍与研究文章。但一般读者对这位女诗人所知甚少，更自21世纪开始所形成的每年度的诺奖媒体热，因此，随后的几年里，并没有多少译介研究的出现，直到21世纪之后，才有《呼唤雪人》（林洪亮译，漓江出版社，2000）、《诗人与世界：维斯瓦娃·希姆博尔斯卡诗文选》（张振辉译，中央编译出版社，2003）两部诗集翻译出版。

捷克斯洛伐克也是历史上屡经磨难的民族，同样在文学艺术上也是硕果累累。从近期而言，因为20世纪60年代的"布拉格事变"及其与苏联的矛盾冲突，捷克与中国之间在半个多世纪中虽然没有特别密切的政治、经济交往，但它的国际境遇、政治体制及其变迁，国内知识分子的命运遭遇、思想文化与文学特点等于中国的相似性，在新时期中国引发了强烈的兴趣和高度的关注，这种关注当然也与诺贝尔文学奖有关。

首先是获得1984年诺贝尔文学奖的老作家雅罗斯拉夫·塞弗尔特（1901—1986）。这位作家从事文学创作的时间较早，20年代就已经成名。其作品内容多歌颂友谊、爱情及一切美好的事物。30年代希特勒上台以后，当捷克面临着生死存亡之际，诗人才从他的美好的梦境里清醒过来，开始为祖国的自由而呼吁。代表作品有诗集《别了，春天》《披上白昼的光》等。二次大战结束后，他的创作有了新的发展，但诗歌的主题仍然是祖国和爱情。由于诗人的创作与当时主流社会的意识形态存在着距离与分歧，如反对个人崇拜和小资情调等，他曾受到过公开批判，被迫停止发表作品十几年。60年代晚期复出时，他推出了数部诗集，如《皮尔迪利的伞》《身为诗人》等，另有回忆录《世界美如斯》。他的作品在中国的译介有诗集《紫罗兰》（星灿、劳白译，漓江出版社，1986），回忆录《世界美如斯》（杨乐云、杨学新、陈韫宁译，中国青年出版社，2006）。

如果说塞弗尔特的译介首先是因为诺奖而引起中国读者的瞩目，那么,瓦茨拉夫·哈维尔(Václav Havel,1936—2011)更多的是因为他的精神力量和思想锋芒,他在民主政治上的努力及其成就。他的重要作品有《花园盛会》《乞丐的歌剧》《展览会的开幕典礼》《抗议》《过失》《诱惑》等。哈维尔除了是一个著名的作家,哈维尔作为一个社会活动家的生涯更加引人注目。70年代,由于持不同政见,他基本上在抗议斗争和审判牢狱中度过。他是著名的《七七宪章》运动的主要起草人,"天鹅绒革命"后,1989年12月29日被人民选为总统。1992年7月,捷克与斯洛伐克分离后,他辞去总统职务。1993年哈维尔再次就任捷克总统。哈维尔的政论作品有《狱中书简》《给胡萨克的信》《无权者的权力》《政治与良心》《对沉默的解剖》《知识分子的责任》等。尽管哈维尔不仅在捷克文学中具有典型性与代表性,而且在整个东欧文学中也是一个颇有研究价值的作家。不过因为意识形态因素,哈维尔虽然在中国知识分子中谈论颇多,但其作品的翻译则一直受到限制。

另外,由于中国与东欧之间特殊的政治文化渊源,有若干东欧作家在中国的翻译与研究,获得了特别明显的本土文化与文学响应。其中,捷克流亡作家米兰·昆德拉是一个突出的个案。

米兰·昆德拉在中国的译介起于70年代末,捷克语翻译家杨乐云在题为《美刊介绍捷克作家伐错立克和昆德拉》[①]的编译文章中对昆德拉创作及其在欧美的影响作了简单介绍,但很长时间内得不到呼应。8年后,美籍华裔学者李欧梵发表《世界文学的两个见证:南美和东欧文学对中国现代文学的启发》[②]一文,把加西亚·马尔克斯和昆德拉作为南美和东欧当代作家的代表介绍给中国读者,其中重点介绍昆德拉的《生命中不能承受之轻》以及《笑忘录》《玩笑》等小说,但对读者而言,因没有翻译作品的出版,这种介绍仍显隔膜。这种局面直到1987年才被打破[③],作家出版社出版了昆德拉的两部长篇小说中译,即景凯旋、徐乃健译《为了告别的聚会》(1987年8月)和韩少功、韩刚译《生命中不能承受之轻》(1987年9

---

① 《外国文学动态》,1977年第2期,署名"乐云"。
② 《外国文学研究》,1985年第2期。
③ 1987年,《中外文学》杂志第4期发表赵长江译短篇小说《搭车游戏》是昆德拉作品的最早中译。

月),而尤以后者在中国文坛和读者中的影响最大,从此开始了持续至今的"中国昆德拉热"。这首先表现在对其人其作的翻译介绍和研究阐释连续不断,从 90 年代起,昆德拉作品的汉译不仅覆盖其创作的全部,许多作品不止一个译本,而且译介速度逐渐与作家创作基本同步,他的每一个写作举动几乎都在中国译介者的关注之中。

昆德拉一进入中国,首先引人注目的是他作为一个出生于东欧社会主义国度的作家,对政治现状的批判态度,经历十年"文革"中国读者很容易从这种政治批判中找到认同。最早开始翻译昆德拉作品的小说家韩少功一开始就意识到:中国读者特别需要昆德拉,因为他写的社会主义捷克的情况和中国很接近。作家莫言也同样认为:昆德拉的政治讽刺能够引发中国人的"文革"记忆。当然,昆德拉的吸引力不仅在于批判态度,更在其独特的批判方式,它的尖锐性和超越性。80 年代后期,中国文坛的"伤痕""反思"文学思潮虽已消退,但中国作家和读者的历史反思和现实批判的激情仍在,他们只是厌倦了 70、80 年代之交那种简单化的批判方式,期待一种更有效的反思途径。因此,尽管昆德拉在西方被看作索尔仁尼琴式的极权政治反抗者,但他的中国形象意涵一开始就不限于此,因为他显然具有索氏所没有的幽默、机智和怀疑主义品质,其现代叙事手法和艺术风格都与后者截然有别。

另外,昆德拉小说中大量的性爱展示是一个十分明显的标识,尽管因为长期的禁忌使中国研究者在当时很少正面肯定这一点。在同时期中国文学中,虽也有张贤亮、王安忆等大胆通过性爱进行社会批判和人性探索的例子。① 但前者的性爱不过是进行政治批判的简单工具或者直接中介,性爱本身在主题中没有独立地位,而王安忆出于某种艺术考虑,在直面性爱时有意模糊了时代政治因素,这两者都在一定程度上妨碍了对政治现实、人性和人的生存处境的进一步探索与反思。对昆德拉而言,性爱与情欲是探讨人的本质的一个入口,是照亮人的本质的一束强光,它使得

---

① 如张贤亮的中篇小说《男人的一半是女人》和王安忆的短篇小说《小城之恋》《荒山之恋》《锦绣谷之恋》和中篇小说《岗上的世纪》等,都是 20 世纪 80 年代引人注目的、大胆涉及性爱问题的作品。

昆德拉的政治批判具有某种独特的力量，从而在对极权政治体制与社会的批判之外，还有更高一层的对人的批判与发现。这对同样经历过历史创痛的中国作家，也提出了更高的诘问与要求。新时期的中国小说中还没有人像昆德拉那样，直接将政治和性爱两个主题如此紧紧地结合，并且将两者同时加以形而上的提升，使之达到抽象的高度。而昆德拉处理政治和性爱两大主题的大胆独特方式，恰好同时刺激了中国文学两根敏感的神经，极大地刺激了中国当代读者和作家的想象力。当然，昆德拉的吸引力，还在于其独特的小说观念和艺术手法。他在《生命中不能承受之轻》中，以"轻与重""肉体与灵魂""忠诚与背叛""记忆与遗忘""媚俗""玩笑"等关键词进行构思，加以音乐性的共时结构的采用，使其自由地融小说与散文于一体，将关于存在问题的哲理探讨与小说技巧随机结合，而他的讽刺、反讽等等手法，那种历尽辛酸之后的无奈、荒诞与自嘲，对习惯于怒目金刚或者涕泪交零式的中国读者来说，就显得特别新颖有力。

而昆德拉对于中国当代文学的影响，不仅波及新时期几代作家，韩少功、莫言、王安忆、阎连科、王小波、陈染等诸多作家的创作在八九十年代的变化，都有昆德拉启发的因素。身兼作家和昆德拉作品译者于一身的韩少功，就是深受昆德拉影响者之一，他在其长篇小说《马桥词典》[①]中对昆德拉的标志性艺术方式的借鉴与发展就是这种影响的一个例子。昆德拉习惯于把类似于词典条目的关键词解释方式结合于小说叙事之中，从而在叙述情节的同时获得议论的高度自由，这在其《生命中不能承受之轻》《笑忘录》《玩笑》《生活在别处》等小说中被屡屡使用。而韩少功的《马桥词典》则在借鉴的基础上，进一步强化词条解释方式在叙述中的作用，使词典诠释的形式不再是通常情节叙事的补充。他以完整的构思提供了一个地理意义上的"马桥"王国，将其历史、地理、风俗、物产、传说、人物等等，以马桥土语的为符号，汇编成一部含115个词条的名副其实的乡土词典；同时又以词典编撰者与早年亲历者的身份，对这些词条做出诠释，引申出一个个回忆性故事。这就使故事的文学性被包容在词典的叙事形式

---

① 韩少功的《马桥词典》，最早发表在《小说界》杂志1996年第2期，后由作家出版社于1996年出版。2003年8月由美国哥伦比亚大学出版社出版英译本 *A Dictionary of Maqiao*。

## 第十章　新中国60年的东欧文学译介与研究

中,传统叙事方式反过来成为词典形式的补充,因此把以词条形式展开的叙事方式推到极致,并以小说形式固定下来,从而丰富了小说叙述形态。这不仅对于中国文学,而且对于世界文学来说都是具有创造性的。①

引发中国持久昆德拉热的另一个不可忽视的因素,就是中国文坛对新时期民族文学未来发展的策略性考虑。作为最早面向中国读者的昆德拉介绍者,李欧梵用意本就不是在一般意义上介绍昆德拉和马尔克斯两位新起的外国作家,而带有明显的世界文学意识,以及为中国当代文学如何走向世界设计策略,他"呼吁中国作家和读者注意南美、东欧和非洲的文学,向世界各地区的文学求取借镜,而不必唯英美文学马首是瞻",这也是其他外国作家和思潮中译活动得以展开并产生影响的重要动力。马尔克斯和昆德拉在中国新时期引起的巨大影响,恰好反映了新时期中外文学思潮交汇中的一个特殊现象。当时,西欧、北美现代文学思潮大量引进,使英、美、法、德等国的文学在70、80年代之交占据中国文学话语的主流地位,引发一系列的学习和模仿,其后果是,一方面激起传统政治意识形态的压力;另一方面,激进而繁多的先锋写作形式,也使中国读者的接受呈现某种疲倦和滞后。更重要的是,在尾追西方现代主义文学的同时,中国文学主体寻求民族文学发展的焦虑也日益暴露。诺贝尔奖日渐成为一种情结,更把这一焦虑表面化了。马尔克斯在1982年获奖,昆德拉被提名,似乎预示了非西方的小民族文学同样可以"走向世界",被世界(某种意义上就是西方)认可。李欧梵的文章尽管声称"得不得奖并不重要",但他以诺贝尔奖作为推荐的一个佐证,还是挠到了中国作家和读者的痒处。事实上,1985年"寻根文学"在中国的崛起,正好印证了中国作家在这种焦虑下的"走向世界文学"的努力。不论寻根文学与马尔克斯、福克纳、昆德拉这些外来作家是否具有确凿的因果联系,但都表明处于文化边缘状态的民族文学,在寻求世界认同的努力上具有某种共通性。综上所述,昆德拉这位后来移居西欧(法国)的作家,与当代中国文学之间形成了复杂的关系,他的影响甚至超出文学领域之外,与中国当代文化思潮形成

---

① 参见陈思和:《〈马桥词典〉:中国当代文学的世界性因素之一例》,载《当代作家评论》,1997年第2期。

呼应。这果然以新时期以来中外文学交往的正常化为前提,但同样与昆德拉与中国文化语境的契合有关。

这一时期对于米兰·昆德拉的研究,除上述提及的论文之外,还有许多重要的成果出版。其中,李凤亮主编《对话的灵光:米兰·昆德拉研究资料辑要:1986—1996》(中国友谊出版公司,1999)是最早出版的相关著作,也是一部完整收集了20世纪后期中国对昆德拉译介与研究状况的研究资料,后来也成为许多研究者的重要参考。之外还有,李平的昆德拉传论《错位人生:米兰·昆德拉》(四川人民出版社,2000)、彭少健的《诗意的冥思:米兰·昆德拉小说解读》(西泠印社出版社,2003)、仵从巨著《叩问存在:米兰·昆德拉的世界》(华夏出版社,2005)、高兴著《米兰·昆德拉传》(新世界出版社,2005)、李凤亮《诗·思·史:冲突与融合——米兰·昆德拉小说诗学引论》(商务印书馆,2006)、彭少健《米兰·昆德拉小说:探索生命存在的艺术哲学》(东方出版中心,2009)、张红翠《"流亡"与"回归":论米兰·昆德拉小说叙事的内在结构与精神走向》(北京师范大学出版社,2011)等。此外,吴晓东的讲演录《从卡夫卡到昆德拉:20世纪的小说和小说家》(三联书店,2003)、宋炳辉的《弱势民族文学在中国》(南京大学出版社,2007)和裴亚莉《政治变革与小说形式的演进:卡尔维诺、昆德拉和三位拉丁美洲作家》(中国社会科学出版社,2008)也都设有专章,对昆德拉的生平、思想和创作艺术作出专门的论述。袁筱一译的《阿涅丝的最后一个下午:米兰·昆德拉作品论》(里卡尔·弗朗索瓦著,上海译文出版社,2005)也是国内昆德拉研究的重要参考。

当然,昆德拉的译介热潮仍然与其被多次提名诺奖有关,而作为21世纪初获奖的匈牙利犹太作家的凯尔泰斯(Kertész Imre,1929—  ),自然更让读者产生了浓厚的兴致。2002年诺贝尔文学奖的得主是匈牙利的老作家凯尔泰斯,他是一位犹太人,但他像许多西方犹太人一样,他并不信奉犹太教,也不懂希伯来语,甚至完全不了解犹太人的风俗习惯,仅仅因为血统的关系,所有的人仍然视之为犹太人,这种自己无法左右的身份认定,使他深感自己无论是在犹太人之中还是在犹太人之外,都是一个陌生的外来者。凯尔泰斯少年时代曾在两个纳粹集中营生活过,这种生活给他后来的时光投下了浓重的阴影,他的很多作品都离不开集中营生活的主题,而他作品的意义显然不仅仅在于回忆与记住。真实生活中的他非常勤勉也非常孤独,不爱与人交往,也真的不想要孩子,因为他像他作品中的主人公一样,也不想生一个犹太孩子。

凯尔泰斯用德语写作,也翻译过许多德国哲学家的作品。有人说他毫无名气,虽然他成名确实算晚了一点,但并非无名小卒。他的作品在德国、法国和北欧读者甚众,并且荣获过多种国际文学奖,只是我们一直以来对东欧国家的文学关注得太少而已。研究他的作品,至少有两个问题值得我们深入探讨:一是二战中犹太人的处境;二是德国纳粹主义形成的社会基础。纳粹对犹太人的种族灭绝政策使犹太人陷入绝境,然而,除了希特勒纳粹这些罪魁祸首以外,德国民族应该承担什么责任?其他歧视犹太民族的人们,还有那些见死不救的人们,他们又该承担什么责任?应该如何防止纳粹主义在今天死灰复燃?希特勒的极权主义在今天又会以何种形式出现?可惜要到2003年6月以后,凯尔泰斯的中译本才能面世,中国的广大读者只能翘首以待了。

凯尔泰斯的作品就相继有:长篇小说《无命运的人生》(许衍艺译,上海译文出版社,2003;译林出版社,2010)、日记体小说《船夫日记》(余泽民译,作家出版社,2004)和《惨败》(卫茂平译,上海译文出版社,2005),随笔集《另一个人:变形者札记》(余泽民译,作家出版社,2003)、中篇小说《英国旗》(余泽民译,作家出版社,2003)、电影剧本《命运无常》(余泽民译,作家出版社,2004)、中篇小说《给未出生的孩子做安息祷告》(朱建飞译,上海译文出版社,2005)。卫茂平、余泽民、刘学思、周明燕等都发表过相关的论文。

## 第三节 近三十年来东欧文学研究的深入

新时期之后,中外文学的交流进入了一个黄金时代。外国文学作家作品和思潮流派的大量译介的同时,它在社会文化生活中也产生了巨大影响,对当时中国文学创作也发挥了重要的启发和引导作用。特别是在新时期之初,正是丰富多彩的外国文学,引领着一批中国作家逐步走上了创作之路。同时,东欧文学的研究,也正是从那时起,开始呈现出崭新的局面。

　　这种研究局面的展开,除开放的文化交流政策推动外,专业人才队伍的壮大、研究机构与期刊出版的兴盛也是重要的推动。如上节所述,北京外国语大学东欧语系(现更名为东欧语言文化学院)和中国社会科学院外国文学研究所的东欧文学研究室,是东欧文学研究的重镇,随着新时期的教学与科研日渐走上正轨,"文革"前的老一辈学者重新焕发热情与"文革"后培养的新一代学人的渐次崭露头角,专业的翻译与研究队伍也不断壮大。同时,以《世界文学》《外国文艺》《译林》等杂志为标志的外国文学期刊对东欧文学的译介也起到有力的推动作用。除此之外,还有相关研究机构出版的研究集刊,更是专业研究的发表平台。如北京外国语学院东欧语系(北京外国语大学东欧语言文化学院前身)在1982年创办了《东欧》杂志(季刊),1987年起刊物由内部出版改为公开发行,直至1999年改刊为《国际论坛》之前的17年间,一直是国内唯一一家专门刊载东欧文学与文化研究的期刊。吉林师范大学外文系苏联与东欧文学研究室也曾在新时期初出版《苏联文学与东欧文学》年刊(1979、1980年两期)。另外,中国社会科学院东欧中亚研究所与1981年创办的《苏联东欧问题》,1993年改名为《中欧东亚研究》后公开发行,现更名为《俄罗斯东欧中亚研究》双月刊,它虽是一份以政治与国际关系为主的综合性学术研究刊物,但也部分涉及东欧文学与文化的译介。

　　在新时期十多年间,东欧文学研究也取得了客观的成果。

　　首先应该提及的是研究资料的编撰。东北师范大学苏联东欧文学研究室李万春、胡真真编辑的《东欧文学资料索引》,油印本,16开,220页,1981年印行。编者李万春也是俄苏文学翻译和研究者,该索引收录了新中国成立前后翻译出版的东欧文学作品以研究书目,包括新中国成立到1981年6月大陆主要报刊发表的东欧文学作品译文和评论文章,新中国成立前的《新青年》《译文》《东方杂志》和一些译文集中有关东欧文学的条目。条目分东欧文学综合参考、东欧各国分国资料、东欧各国电影戏剧参考三个部分。尤其对五六十年代我国东欧文学翻译评价的资料目录做了详尽的收录,不仅是当时最完整的东欧文学译介研究资料索引,之后也没有人做过类似的工作。该索引虽然没有公开出版,但在专业领域有着重

## 第十章 新中国60年的东欧文学译介与研究

要的影响,许多研究者都从中受益。

其次,除报刊发表的许多译介与研究论文外,一系列东欧文学史,作家评传的译著、专著得以问世。译著有勃兰兑斯的《十九世纪波兰浪漫主义文学》(成时译,人民文学出版社,1980)、巴拉伊卡·吉希·帕莱尼切克的《捷克斯洛伐克文学简史》(星灿译,外国文学出版社,1984)。论著中首先是孙席珍的东欧文学史遗著,也经蔡一平编辑整理后,改名为《东欧文学史简编》,1985年由湖南人民出版社公开出版。另外还有王荣久的《东欧文学名家》(黑龙江人民出版社,1984)、郑恩波的《南斯拉夫当代文学》(北岳文艺出版社,1988)。还有兴万生著匈牙利诗人《裴多菲评传》(上海文艺出版社,1981;1984年辽宁人民出版社再版时改名为《裴多菲:1823—1849》),冯植生、张春风著的匈牙利作家莫里兹的评传《莫里兹:1879—1942》(辽宁人民出版社,1984)。此外,叶君健(《南斯拉夫散记》,四川人民出版社,1980)、陈模(《南斯拉夫游记》,湖北人民出版社,1981)等作家的东欧游记,虽非直接介绍东欧文学,但也在一定程度上介绍了东欧国家的当代生活,有助于读者了解东欧文学的背景。

最具标志性的东欧文学研究成果,是两卷本《东欧文学史》。自20世纪80年代初开始,中国社科院外国文学研究所的东欧文学研究室,开始酝酿和筹备《东欧文学史》的撰写工作。这是项开创性的艰巨而庞大的学术工程,它将是一项填补东欧文学研究领域空白的工作。经过有关专家和学者们的艰苦努力,终于80年代中期完稿。至1990年,这部五十多万字的著作作为"东欧文学丛书"的一种,由重庆出版社印行。全书分上、下两卷,1022页。按年代顺序分为四编,不仅囊括了东欧所有国家的文学发展史,而且根据具体情形,主次分明,重点突出,既有宏观概括,也有微观描绘;既涉及基本历史和文艺思潮,也兼顾作家论述和文本细读,还关注到其他艺术种类与文学之间的相互影响。参与撰写者都是通晓东欧有关国家语言的学者,所依据的全部是第一手材料。这是中国社科院外国文学研究所东欧文学研究室成立之后,在学术研究上的一次集体亮相。撰写的分工是:林洪亮和张振辉负责波兰文学部分;蒋承俊和徐耀宗(唯一外单位的作者)负责捷克斯洛伐克文学部分;兴万生、冯植生和李孝风负责匈牙利文学部分;王敏生负责罗马尼亚文学部分;陈九瑛和樊石负责保加利亚文学部分;高韧负责南斯拉夫文学部分;郑恩波和高韧负责阿尔巴尼亚文学。这是自孙席珍的筚路蓝缕之作后,由通晓对象国语言的专业学者所撰写的第一部"东欧文学史",到目前为止,这依然是最全面、最权威的东欧文学史方面的著作。

1989年底,东欧国家先后发生剧变,原执政党相继退出政府。这一剧变深刻影响并改变了东欧国家的历史进程和发展模式。这种影响和改变自然也会波及东欧社会的各个领域,包括文学。同样,在东欧剧变后,我国东欧文学研究者再一次面临困境:中外学术交流机会锐减,资料交换机制中断。一时间在国内也难以看到对象国的报刊和图书,看不到必要的资料,更没有出访机会,这对于文学研究几乎是致命的打击。北京外国语大学东语系主办的《东欧》杂志,也在1999年改名为《国际论坛》,成为一家国际问题研究期刊,基本放弃了原来东欧文化与文学专业性办刊方针。这一该刊似乎具有标志性的意义。这种局面持续了好几年,到后来才逐渐得到改观。而此时,新中国成立后第一代东欧文学研究者已渐次进入老年,翻译和研究队伍显露出青黄不接状态,曾经相当活跃的中国社科院东欧文学研究室,也随着最后一位研究者的退休而不复存在。不过,这针对东欧文学的研究而言,毕竟是一种外在的条件。从另一方面看,北京外国语大学培养的新一代专业人才不断加入译介和研究,中年学者的研究也正是收获的季节,他们的重要或者代表性成果也相继问世。东欧剧变虽然使国内的相关研究一时受到影响,但总体上没有影响,而且,到世纪之交,随着东欧政局的逐渐稳定,中国与东欧关系的正常化,双方的文化交流也得到了恢复。相关研究期刊、集刊和著作的出版也体现了丰硕的成果。到2005年,《欧洲语言文化研究》创刊,这份学术集刊由北京外国语大学欧洲东欧语系主办,至今已经出版了8辑。这份集刊,接续了原《东欧》杂志的学术传统,也是对后者的发展。2009年北京外国语大学在原东欧语系的基础上,成立组建了欧洲语言文化学院,成为国内目前培养东欧语言人才,进行东欧文化与文学研究的最重要的机构。

在东欧剧变之后至今的时期里,东欧文学研究成果丰硕。

首先,在东欧文学史综合研究方面,具有标志性的成果是吴元迈主编的《20世纪外国文学史》(五卷本)的东欧文学部分。吴元迈主编的《20世纪外国文学史》全书近290万字,由凤凰出版社、译林出版社2004年出版。这是由吴元迈主持的"20世纪外国文学史"课题最终成果。它在1996年被立为社科院重点课题,1997年被立为国家哲学社会科学基金"九五"规划重大资助项目,1998年又被确立为中国社会科学院"精品战略"第一批重点管理课题,于2002年7月结项。它是一部集体撰写的大型文学史著述,参与编撰的学者来自中国社会科学院外国文学研究所、北京大学、南京大学以及北京、南京、上海和中国香港等地的其他科研机构、高等院校。其中的东欧文学部分,由冯植生、林洪亮、蒋承俊、陈九瑛、高韧、高兴等东欧文学学者承担,他们将东欧文学史叙述的下限延伸到20世纪90年代。至此,东欧文学从古至今的基本面貌,在我国学者的笔下得到了初步呈现。

其实,在这部集体参与的史著之前,已经有众多国别文学史、专题文学史研究著述的出版。其中对东欧文学史做综合叙述的有:张振辉等著的《东欧文学简史》(上、下册,海南出版社,1993)、林洪亮著《东欧当代文学史》(中央编译,1998)、杨敏著《东欧戏剧史》(文化戏剧出版社,1996)。国别文学史包括:冯植生著《匈牙利文学史》(社会科学文献出版社,1995)、林洪亮著《波兰戏剧简史》(社会科学文献出版社,1995)、张振辉著《二十世纪波兰文学史》(青岛出版社,1998)、易丽君著《波兰战后文学史》(外语教学与研究出版社,2002)、冯志臣著《罗马尼亚文学教程》(外语教学与研究出版社,2002)。值得一提的是,北京外国语大学利用自身优势。由外语教学与研究出版社于1999年前后推出了"北京外国语大学外国文学史丛书"。作者大多是北外的教师,活跃在外语教学和文学研究第一线。丛书包括《保加利亚文学》(杨燕杰,2000)、《波兰文学》(易丽君,1999)、《捷克文学》(李梅、杨春,1999)和《罗马尼亚文学》(冯志臣,1999)。这套丛书以大学生为读者对象,注重通俗性、概括性、生动性、便捷性,每本都在十万字左右,属于文学简史,是很好的外国文学史入门书,对普及东欧文学史知识,提供外国文学翻译和研究线索,都有一定的作用。易丽君、冯志臣等长期在东欧语系工作,有着深厚的外文和中文功底,教学之余,从事翻译和研究,成就斐然。

之后,还有蒋承俊著《捷克文学史》(上海外语教育出版社,2006)、冯植生主编的《20世纪中欧、东欧文学史》(上海外语教育出版社,2008)等相继问世,所有这些著作,都表明东欧文学史研究在深度和广度上又有了进一步的拓展。

高兴所著的《东欧文学大花园》(湖北教育出版社,2007)虽非系统的东欧文学史论著,但也别具特色。作者出于东欧文学翻译家、研究者立场,尤其是期刊编辑的视角,对东欧诸国的文学重新进行了梳理和认识,从中国接受者的立场,将观照重点放在今天看来特别有价值、有意义的作家作品上。出于种种缘由,在很长一段岁月里,东欧文学被染上了太多的艺术之外的色彩。一些作家和作品被夸大了,另一些作家和作品又被低估了,还有一些作家和作品根本就被埋没了。随着时代变迁,接受者眼光也随之发生很大的变化。因而,重新阅读、重新评价、重新梳理,成为一件必须的事。例如其中对捷克作家哈谢克的论述。作者认为,哈谢克在写作《好兵帅克历险记》的时候,并不刻意要表达什么思想意义或达到什么艺术效果。他也没有考虑什么文学的严肃性。很大程度上,他恰恰要打破文学的严肃性和神圣感。他就想让大家哈哈一笑。至于笑过之后的感悟,那已是读者自己的事情了。这种轻松的姿态反而让他彻底放开了。这时,小说于他就成了一个无边的天地,想象和游戏的天地,宣泄的天地。作家借用帅克这一人物,对皇帝、奥匈帝国、密探、将军、走狗等都给予讽刺和批判。读者,尤其是捷克读者,读得也很过瘾,很解气,很痛快。幽默和讽刺于是成为有力的武器。而这一武器特别适用于捷克这么一个弱小的民族。哈谢克最大的贡献也正在于此:为捷克民族和捷克文学找到了一种声音,确立了一种传统。正如《理想藏书》的编著者皮沃和蓬塞纳所说:"士兵帅克不仅是捷克人精神和抗敌意志的永恒象征,而且还是对荒诞不经的权势的痛彻揭露。这位反英雄是幽默的化身,而这幽默是对我们千变万化时代的唯一可行的应答。"而哈谢克作品现实批评意义以及在捷克和东欧文学史上的意义,这是读者和研究者所理解与概括出来的。本书不仅内容丰富,立意新颖,可读性也颇强,不仅对专业读者有参考价值,也使读者看到较小的国家同样有精彩纷呈的文学景观。

其次,在东欧经典作家研究、文学史专题研究方面也有重要的成就。

一批东欧经典作家的评传出版或修订出版。他们有:林洪亮著的《密茨凯维奇》(重庆出版社,1990)和《显科维奇:卓尔不群的历史小说大师》(长春出版社,1999)、张振辉著《莱蒙特:农民生活的杰出画师》(长春出版社,1995)、《显科维奇评传》(社会科学文献出版社,1991)和《密茨凯维奇评传》(人民文学出版社,2006;外文出版社,2006)、冯植生著《裴多菲传》(人民文学出版社,2006;辽宁人民出版社,2007),还有范炜炜译《欧洲精神:围绕切斯拉夫·米沃什,雅恩·帕托什卡和伊斯特万·毕波展开》(莱涅尔-拉瓦斯汀著,吉林出版集团有限责任公司,2009)、天海蓝著《安德里奇传》(时代文艺出版社,2012),等等。文学史专题研究的著作有:蒋承甫著《哈谢克和好兵帅克》(社会科学文献出版社,1993)、陈九瑛著《重轭下的悲歌:保加利亚爱国诗歌研究》(中国社会科学文献,1996)、赵刚著《波兰文学中的自然与自然观》(外语教学与研究出版社,2007)、宋炳辉著《弱势民族文学在中国》(南京大学出版社,2007)、茅银辉著《艾丽查·奥热什科娃的女性观与创作中的女性问题》(外语教学与研究出版社,2008)、丁超著《中罗文学关系史探》(人民文学出版社,2008)、刘勇著《百年中罗关系史》(时事出版社,2009)等。

## 第四节 研究视野与方法的探索和未来发展的挑战

最后,随着中国与东欧文学译介与交流的深入,随着文学各学科之间的汇通,在本时期的东欧文学研究中,出现了较为明显的学术研究视野与方法的变化与探索。其中,比较文学的学术视野与理论的引入,使国际文学关系研究的方法与外国文学研究得以有机结合,因此,这一时期的东欧文学研究不仅在成果上体现了多学科视野、理论与方法的结合,也在研究的参与者方面体现了多学科的互动。这种多学科的互动汇通,首先来自于外国文学研究领域的自我觉醒和反思。从吴元迈的《回顾与思考——新中国外国文学研究 50 年》[①]到陈众议的《外国文学翻译与研究 60

---

① 《外国文学研究》2000 年第 1 期。

年》①,作为中国外国文学学术界的两代领军人物,他们对本领域的成就与不足的评述,对多学科参与下的外国文学学术研究的展开,特别是越来越自觉的中外文化与文学的比较与关系研究的学术意识的强调,典型地体现了本领域60年来学术视野与方法的变化与探索,反过来也影响和推动了这种多元互动的深入,与东欧文学的翻译与研究直接相关,出现了以丁超教授的《中罗文学关系史探》②为代表的一系列有影响的研究专著。

丁著《中罗文学关系史探》是一本具有独特学术价值的专著。作为中罗文化关系的重要组成部分,中罗文学关系已有三百余年的历史,时间跨度大,内容丰富,而且旁涉政治、历史、哲学、外交等诸多领域,值得研究。但长期以来,一直无人问津这一课题。原因是多方面的,资料匮乏,考证难度大,学术时机和政治形势不够成熟等都是其中的重要原因。此外,这一课题对研究者本身的素质和条件也有特殊的要求:既要通晓罗马尼亚语、法语、英语等外语,能够阅读和领会外文资料,发掘线索,理清脉络,以求细节和整体上的全面把握;又要具备丰富的知识储备和良好的文学修养,能够用科学的方法并从一定的理论高度来探讨问题、分析问题;还要有严谨、踏实、不畏艰难的治学态度。丁超显然具备了所有这些条件和素质,在恰当的时机完成了一个冷僻、艰难但又极有意义的课题。这一成果至少有以下意义和价值③:一、它首次对中罗两国文学互相接受的历程进行了双向梳理和现代诠释,以客观、适当的方法勾勒了中罗文学关系的全貌,填补了一个学术空白,为小国文学研究树立了一个范例,具有一定的开拓性。二、它发掘出了中罗文学关系中一些原先不为人知的珍贵资料,澄清了不少长期以来一直模糊不清的史实,解决了许多悬而不决的问题。比如,澄清了米列斯库的真实身份和访华的具体背景、细节和过程,全面、客观介绍和评价了他的有关中国的著作;通过考证,推翻了"鲁迅为翻译罗马尼亚文学第一人"的说法;用新的眼光重新评估了中罗文学交流中的一些事件和作品。三、它为中罗文学,乃至中国比较文学研究提供了大

---

① 《外国文学研究》2009年第6期。
② 人民文学出版社2008出版。
③ 此处评述引用高兴《六十年曲折的道路:东欧文学翻译和研究》一文的相关内容,原文载《文艺理论与批评》2010年第6期。

## 第十章　新中国 60 年的东欧文学译介与研究

量有价值的参考个案和参考资料,在一定程度上扩大和丰富了中罗文学和比较文学的研究领域。最后,论著具有相当大的政治和外交意义,可以为两国关系的发展提供一份有说服力的参照和依据。此外,如王友贵的《波兰文学汉译调查 1949—1949》①、林温霜的《传自黑海的呼号:保加利亚文学在中国的接受》②等论文,也是在中国与东欧对象国之间政治与文化关系历史的背景上,对对象国文学在中国的译介及其影响进行系统的梳理和历史分析。而宋炳辉的《弱势民族文学在中国》③则立足于中国现代文学的建构与中外文学关系角度切入中国与东欧文学的关系,以比较文学的文学关系研究方法,将 20 世纪初期以来鲁迅等新文化运动发起者倡导的以东欧文学为代表的"弱势民族文学"在中国译介及其接受的传统进行系统的历史研究,在梳理东欧文学在 20 世纪中国译介脉络的同时,将关注重点放在对中国现代文化与文学建构意义的分析上,是从比较文学与中国文学领域参与东欧文学研究,并与之形成对话和互动的一个例子。

当然,新中国 60 年的东欧文学研究,还存在许多有待补充、拓展、系统与深入的地方。尤其是与英、法、德、俄等语种的文学研究相比,无论在重要作家作品和文学思潮流派的翻译介绍,还是对译介研究历史的系统梳理,还是对其中国文化与文学关系的深沉研究与分析等领域,还都是方兴未艾的研究领域。总之,东欧文学翻译和研究依然有着丰富的空间和无限的前景,就连经典作家翻译和研究都还存在着许多空白,需要一一填补。而赫拉巴尔、塞弗尔特、齐奥朗、埃里亚德、贡布罗维奇、赫贝特、凯尔泰斯、卡达莱这些在世界文坛享有盛誉的东欧作家也值得翻译和研究。要做的事情其实很多,关键在于人才队伍,如何能形成一支翻译和研究队伍,使这一传统事业得以薪火相传。但东欧文学翻译和研究目前恰恰就面临人才青黄不接的局面。商品时代,文学日益边缘化,加上待遇等种种问题,甘愿献身文学翻译和研究的人越来越少。东欧文学翻译和研究领

---

① 《广州外语外贸大学学报》,2007 年第 6 期。
② 北京外国语大学欧洲语言文化学院编:《欧洲语言文化研究》第 4 辑,时事出版社 2008 年 12 月版。
③ 宋炳辉:《弱势民族文学在中国》,南京大学出版社 2007 年版。

域,更是如此。由于东欧国家都是一些弱小国家,经济上也不太发达,从事东欧文学翻译和研究,面临着人们难以想象的困境:机会少,受重视程度低,出版艰难。在相当程度上,可以说,这项事业已处于濒危状态。期望国家能高度重视这一严重问题,期望有关部门能采取切实有效的措施,扶持东欧文学翻译和研究事业。

# 第十一章

# 民族意识与世界意识的纠缠
——泰戈尔在中国的译介及其影响

## 第一节 泰戈尔的民族意识与世界意识

作为一个出生于典型殖民地国家的作家,泰戈尔的民族身份应该是十分明显的,其文学作品和言论中的爱国主义和民族反抗倾向是其一贯的思想内容,这也似乎是我们最能够理解泰戈尔的一个层面。但是,泰戈尔作为一个弱势民族文学作家,其对于中西方文化的态度,对于文化的世界性和民族性的态度是极其复杂的,认识泰戈尔在这一系列问题上的复杂观点,以及在具体的历史文化场景中的复杂态度,对于认识泰戈尔本身,厘清和说明泰戈尔在现代中国文化和文学进程中的种种遭遇,是十分必要的。

自19世纪80年代开始,泰戈尔就在诗歌中表达出强烈的爱国主义倾向,在1886年出版的诗集《刚与柔》中,有3首就是倾向鲜明的爱国诗歌,作品呼唤孟加拉人民从睡梦中醒来,相信自己的力量,积极参与世界事务,和世界人民一同前进。到 90 年代,泰戈尔的创作走向成熟,这时期发表的六十多个短篇小说更多地揭露了印度现实,其中如小说《乌云和太阳》(1894),就是描写殖民当局的专横恣肆,孟加拉官方的怯懦,地主及其代理人的谄媚奉迎和印度农民的忍气吞声,对殖民当局予以强烈的斥责。《故事诗集》(1900)则歌唱印度文化的光荣传统和中世纪印度各民族对于异族侵略者的反抗。1897 年,泰戈尔参加了孟加拉省的地方议会,并力争使会议使用孟加拉语而非英语进行,他的努力终于在 1908 年获得成功。1905 年,英国殖民当局采取分裂孟加拉政策,印度民族解放运动高涨,泰戈尔也积极参与,并写下了不少爱国诗歌,他的长篇小说《戈拉》(1910)塑造了争取民族自由解放的战士戈拉的形象,歌颂新印度教派教徒的爱国主义和必胜信心。他对于英国殖民者对于印度的殖民和文化统治有着尖锐的批判:"在印度,我们正在遭受由于西方精神和西方民族的冲突而造成的痛苦。他们一面剥夺我们的机会,把我们的教育减少到为外国政府办事所需的最低限度,一面吝啬地将西方文明的好处施舍给我们。同时又辱骂、讽刺和嘲弄我们,以此抚慰他的良心。"①1919 年英国殖民当局发布"罗拉特法案"和"4·13 惨案"爆发之后,泰戈尔宣布退出英国王室的爵士封位;在 30 年代甘地发起不合作运动而遭到殖民当局的镇压之后,泰戈尔也公开表示抗议和声援。第二次世界大战时期,泰戈尔同情受法西斯侵略的国家,对于日本侵略中国的行径也表示了强烈的愤慨。晚年的泰戈尔更是体现了强烈的民族意识,1941 年 4 月,在他生命的最后日子里,泰戈尔写下他的遗言《文明的危机》,对于英国在印度的殖民统治进行控诉,表达对印度最后必能摆脱殖民统治,获得民族独立的信念。他始终坚信,每一民族的职责是,保持自己心灵的永不熄灭的明灯,以作为世界光明的一个部分。熄灭任何一盏民族的灯,就意味着剥夺它在世界庆典里的应有位置。

不过,泰戈尔显然又不是一个单纯的、狭隘的民族主义者,相反,他更多的是一个具有开阔的文化视野和胸襟的世界主义者。他在印度文化界

---

① 见泰戈尔:《民族主义》,谭仁侠译,商务印书馆 1986 年版,第 11 页。

第十一章　民族意识与世界意识的纠缠

常常被看作是一位具有西方文化色彩的作家和知识分子。在泰戈尔一生的绝大多数时间内,对西方文化的态度是理解、尊重多于批判和否定。

早年泰戈尔在"梵社"(他父亲是其中一位重要领导人物)的开明知识分子中就受到欧洲自由主义思想的影响,青年时代的第一次英国之行(1878—1880)就给他留下了最初的良好印象,更重要的是,正是西方社会的推崇才使他获得了诺贝尔文学奖(1913)这一世界性声誉。他自己翻译的英文诗集《吉檀迦利》,尚未正式出版就得到了英国文学界代表人物们的几乎一致的推崇,而这些诗作在自己同胞中还从未得到过如此热烈的反应,这不能不使泰戈尔大生知遇之感。而当它们正式出版后,整个西方社会的欢迎态度甚至超过了泰戈尔本人的期望,诺贝尔文学奖被第一次授予一个非西方诗人。尽管在授予诺贝尔文学奖过程中,西方社会给予泰戈尔的评价同样包含着西方中心主义的强加予人的态度,将泰戈尔的文学成就,看作是英国文学的滋生物或变体,是西方基督教文明散布东方所结出的硕果,西方文学不可分割的一部分。① 这就意味着,最终只有在大英帝国这个称号的庇护下,作为英王辖制下的英属印度(British India)的臣民(subject),泰戈尔才有资格获得西方文化权威机构的认可。不过,借助于这一声誉,泰戈尔和许多西方最优秀的知识分子建立了深切的理解和友谊。如果说在这个时期,泰戈尔在他那些聪明的、赞赏他的英国朋友中做客,比起在自己的同胞中还要舒服自在,这也是情理之中的事。

一个有过这种经历的人,是不大可能被狭隘的民族主义、被文化上的保守主义和地域色彩所蒙蔽的,他很难做到不把自己看作一位世界公民。这也可以从他与甘地的意见分歧中看出来。泰戈尔一直把甘地当作圣徒看待,并把唤醒沉睡的印度民族的希望寄托在甘地身上,两人之间也终身保持着相互尊重和友好的关系。但当甘地发起反对英国政府的著名的全国不合作运动,并倡导用手工纺纱抵制英货的时候,泰戈尔却改变了他一贯的支持甘地的立场,并明确表示了自己的忧虑:"我相信,我们印度人现

---

① 《伯明翰邮报》评论说:"泰戈尔先生的胜利主要意味着,英国文学的一个支流已经获得了成熟的发展。"参见克里巴拉尼:《泰戈尔评传》,第276页。另见瑞典文学院诺贝尔奖委员会主席哈拉德·耶尔纳在颁奖仪式上的致辞,引自建钢等编译:《诺贝尔文学奖颁奖获奖演说全集》,中国广播电视出版社1993年版,第130—138页。

在应该向西方和它的科学学习更多的东西。通过教育,我们应该学会相互间的合作……把我们的精神同西方精神割裂开来的当前的种种企图,犹同精神自杀。在当代,西方占支配地位,因为西方已经完成了自己的誓言。我东方民族应该向西方学习……怂恿地方的狭隘性,它的结果除了精神的痛苦之外还能有什么呢?"①当然,圣雄甘地也绝不是狭隘的排外主义者,他经常以感激的心情承认自己受梭罗、托尔斯泰、罗斯金等西方思想家的影响,但身为民族领袖,他便不得不对某种民族情绪赋予戏剧性的形式,并加以强化以动员民众的热情,展开民族独立运动。对泰戈尔和甘地均抱同情态度的罗曼·罗兰对此评论道:"不合作运动与泰戈尔的思想体系没有任何可吻合之处,因为他觉得,他的理智是由世界整个文明抚育起来的……正如1813年歌德拒绝抵制法兰西文明和文化,泰戈尔也拒绝抵制西方文明。"②

第一次世界大战的爆发,可能是泰戈尔对于西方文化态度的一个转折点,但并没有使他完全转变对于西方文化中的民主和科学等成分的态度,这只是意味着,战争的爆发使泰戈尔得以认清西方文化的弊端和弱点,他对于西方文化、对于人类未来发展的有效性和局限性,对于西方强势文化、对于弱小文化的压制和殖民倾向,特别是对于源自于西方的民族主义在东方的扩散所带来的危害,看得十分清楚。他在与巴比塞、罗素和勃兰等西方知识分子一起,组织"光明团",奔走世界各地,反对战争,呼吁和平的同时,对于西方文化本身的局限性展开了批判,认为产生于欧洲而流行于世界的政治文明的基础是不稳固的、排他的、自私的,它靠别人养活自己,并企图吞噬所有弱小民族。不列颠民族对于印度的统治,就像紧箍双脚的鞋子一样,限制了印度人前进的步伐,不列颠民族的机器的触角已经伸进了印度的土壤深处,吸吮着印度的营养。而且西方文明自身也是问题重重,如个人与国家之间、劳资之间的冲突,物质利益的贪欲与个人生活之间的冲突,民族的自私自利和人类崇高理想之间的冲突等等。③

---

① 引自克·克里巴拉尼:《泰戈尔传》,倪培根译,漓江出版社1984年版,第363—365页。
② 同上。
③ 见泰戈尔:《民族主义》,谭仁侠译,商务印书馆1986年版,第2—3页。

## 第十一章 民族意识与世界意识的纠缠

但不管是泰戈尔对于西方文化的批判,还是对于东方文化所寄寓的希望,都是建立在对于民族主义的批判①之上的。泰戈尔"并不反对一个特定的民族,而是反对一切民族的一般概念",认为民族这个概念是人类用来推行利己主义的发明。他指出,自民族开始以来,就给世界带来了魔鬼一般的恐怖,而西方民族主义的核心,就是冲突和征服精神,它像捕食的野兽一样,总得有它的牺牲,而且为增加取得牺牲的地盘而互相斗争。这种斗争,必然给人类带来灾难。"民族用它全部的权力和财富的装饰品,用它的旗帜和虔诚的赞歌,用它在教堂里的亵渎神明的祷告,以及他在文学上装模作样的爱国的自吹自擂,都掩盖不了这样的事实:民族是民族的最大祸害,他的全部预防措施都是针对他的,他的任何一个同伴刚一降生到人世间,他的头脑里就随着产生对新灾祸的恐惧。"②而民族主义"是全体人民作为一个组织的力量的表象,这种组织不断地使居民坚持谋求强大而有效率的努力,耗尽了人类更高尚的本性中自我牺牲和创造性的精力"③,它"是一种席卷当今人类世界并吞噬他的道德活力的残酷瘟疫"④,对于印度而言,它"是一个巨大的威胁,它是多年来印度各种产生麻烦的原因中最特殊的情况"⑤。

同时,他也并不排斥西方文化中的伟大因素,其中包括伟大的艺术、民主政府、征服自然以服务人类的先进的科技文明等等。他对于英国政府的评价是:"就这个民族(不列颠)所支配的政府而言,有理由认为它是最好的一个",甚至认为:"对于东方来说,西方是必不可少的。我们可以互相补充,因为我们的不同的生活观,使我们看到真理的不同方面。因此,假如西方精神果真像暴风雨那样来到我们的土地上,那么它撒下的却是永远有生命力的种子","我们不得不承认,印度的历史并不属于一个特定的种族,而是属于一个创造过程。世界上不同的种族对这个过程都做

---

① 1916年泰戈尔相继访问日本和美国,对于民族主义问题作了三次讲演,包括西方的民族主义、日本的民族主义和印度的民族主义,集中表达了他对于民族和民族主义的态度。参见泰戈尔:《民族主义》,谭仁侠译,商务印书馆1986年版。
② 见泰戈尔:《民族主义》,谭仁侠译,商务印书馆1986年版,第16页。
③ 同上书,第58页。
④ 同上书,第8页。
⑤ 同上书,第59页。

出了贡献,其中有达罗毗荼人、阿里安人、古希腊人和波斯人,西方和中亚的伊斯兰教徒。现在终于轮到英国人忠于这个历史了,他们为历史带来了生活的献礼。我们既没有权利也没有力量排除他们参与建设印度的命运。所以我说的民族,更多的是同人类历史有关,而不是同印度历史有关"①。

因此,泰戈尔只好承认这种自相矛盾的说法,即当西方精神在自由的旗帜下前进的时候,西方民族却在铸造他那种在整个人类历史上是最无情和最牢固的组织锁链。②在这个意义上,他一方面揭露西方殖民主义的罪恶,同时又肯定西方民主制度和先进文化;一方面同情和参与印度以及中国等弱小民族反抗殖民侵略的斗争,同时又批判印度人普遍缺乏独立和自尊的人格,过于依赖政府的习惯势力,指出印度的"问题在于种姓制度在印度的支配地位和依赖传统势力的盲目性和惰性所造成的"③。在长篇小说《家庭与世界》(1916)中,揭露了民族解放运动的缺点,反对不顾冒险主义、民族沙文主义和宗教狂热,既是其对于西方民族主义态度的另一种形式的表达,也是他对于印度民族主义运动的狭隘性的批判。事实上,泰戈尔对于民族主义的批判并不是在它的内部进行的,而且也没有采取西方式的理性分析方法。换一句话说,从形式到内容,泰戈尔都拒绝进入西方的现代性话语系统,而当这样的拒绝以拒绝东方自身的民族主义情结为富有生命、美和信基点的时候,泰戈尔既使自己与那些浅薄的东方民族主义者相区别,又使自己的民族主义批判有别于来自西方现代性内部的批判,这正是他在思考处于弱势的东方落后国家在西方压力之下进行现代化变革问题时,对于东西文化思考的深刻和独到之处。④

因此,从某种角度而言,作为一个孟加拉现代文学的代表作家,一个具有世界影响的印度英语文学的作家,作为第一个获得诺贝尔奖的东方作家,泰戈尔的生活就是他的文学。人们很难就泰戈尔的作品本身来评定他的文学成就,因为泰戈尔的生活实践,包括他的宗教、教育和政治上

---

① 见泰戈尔:《民族主义》,谭仁侠译,商务印书馆1986年版,第8页。
② 同上书,第13页。
③ 同上书,第60页。
④ 参见孙歌:《理想家的黄昏》,载《读书》1999年第三期总第240期。

的成就,已经大大超过了他的文学文本。他不仅是一位诗人,而且已经成为一个象征,一个西方世界对第三世界文学的认可的象征,一个印度教与基督教相结合的象征。但他对于东西方文化的态度,对于民族主义和民族解放运动的态度是相当复杂的,他不仅没有在理论上完成逻辑化的表述,而且在他的文学作品当中,在他一生前后的不同时期,也体现出种种矛盾和抵触。尽管在倡导孟加拉语和社会改革方面他是个民族主义者,但他没有为他同时代民族主义者的狭隘目标所影响。他的这种对西方文明的矛盾态度和坚持全人类友爱的立场,除了在东方引起各不相同的反响外,在西方人内部也同时为他招来了朋友和敌人。因此,他的政治和文化观点会遭到印度和东方其他国家领导层的责备,这种批评有时还延伸至他的诗歌,这也可以从泰戈尔在 20 年代中国遭遇的大起大落中得到证实。

## 第二节 两次访华及其反响

20 世纪初访华来沪的一系列外国文化名人中,泰戈尔是其中影响较大的一位。这位东方国家第一个诺贝尔文学奖得主曾先后于 1924 年和 1929 年两次来到中国,在现代中印文化交流史上留下了浓墨重彩的一笔。特别是 1924 年的首次来华。泰戈尔从上海出发,先后访问了杭州、南京、济南、北京、太原、汉口等多个城市,一路讲演和接受访谈,各地报刊争相报道泰戈尔的行踪,译介他的思想和文学作品,登载其来华演讲录,一时形成一股不大不小的"泰戈尔热"。不仅在青年学生及市民中激起很大的反响,还在中国思想文化引起一次颇为热闹的争论,梁启超、鲁迅、陈独秀、吴稚晖、郭沫若、茅盾、郑振铎、闻一多、徐志摩等文人作家都不同程度地卷入期间,成为五四新文化运动退潮之后的一个著名的文化事件。

泰戈尔早就心仪中国,久有来访的意愿,即使在其面对始料不及的批评而怅怅离去时,还是不改对中国文化的钦佩和赞美,深怀对中国人民的友谊,而在其来访之前,他的名字其实也早已为中国读者特别是文化界所熟知。

1924 年 4 月 12 日上午,泰戈尔一行乘热田丸号客轮在上海汇山码头登岸,开始了为期四十多天的中国访问。但伴随着这次访问的,不仅是热情、赞美和敬意,更有怀疑、嘲讽甚至尖锐的批评。这种批评不仅体现在当时发表于报刊的许多文章里,甚至在泰戈尔几次演讲现场,就有青年学生散发反对和批评的传单。这与泰戈尔在华的行程和发表的言论有关,但更与当时中国思想文化的现状有关。

　　五四新文化运动的目标是推翻传统文化,建立新文化,最终从根本上改变中华民族积贫积弱的面貌。新文化运动之后,国外的思想学术和文学艺术都以极快的速度被介绍至中国,除大量的文字译介外,邀请国外文化名人来华访问讲演当然是更快捷有效的方式,因此,在泰戈尔之前就有美国的杜威和英国的罗素先后访华。在中西文化的频繁交流和新旧文化的争论中,国内文化界逐渐形成了两个基本派别。西化派以胡适、陈独秀为代表,陈认为"若是决计个性,一切都应该采用西洋的新法子"(《今日中国之政治问题》),胡适更直截了当提出"全盘西化"(《独立评论》第142号《编辑后记》);而以梁启超、辜鸿铭、梁漱溟等(他们之间当然也有明显的区别)为代表的东方文化派认为,以实利、机械为追求的西洋文明已经破产,东方文明将成为拯救世界的精神武器。1923年发生在张君劢与丁文江之间的"科学与玄学"之争,正是两派争论的又一次呈现,在泰戈尔来华之前,这场争论仍未结束。加上邀请泰戈尔的讲学社是梁启超等北洋时期研究系人士所主持这一背景,这样,泰戈尔的言论就很自然地被纳入已有的文化争论之中,并转而涉及对泰戈尔的思想和其中国之行的评价之争。

　　当然,后者的直接焦点是泰戈尔在中国的言论和行状本身。尽管泰戈尔来华后首先表明自己只是一个诗人,而非哲学家(4月13日《在上海的第一次谈话》),但随即又忍不住对东西文化做出评价,对世界文化的未来发表意见。4月18日,他在上海各团体欢迎会上的演讲虽以《东方文明的危机》为题,但所表达的则是对中国传统文化的崇拜,自称是前来对中国的古文化行敬礼的进香人,而且直接批评上海这地方已被工业主义和物质主义所害。中印两个民族的责任,是纯粹以友谊为基础,以和平和爱的方式,一起努力发扬东方文明。泰戈尔一路所做的二十多次演讲,虽然论题不一,表达方式各异,但其基本态度没有什么变化。这种重精神轻

第十一章　民族意识与世界意识的纠缠

物质、赞美东方文化指责西方文化以及提倡非暴力的思想,确实与当时中国思想文化主流特别是激进知识分子的理念有相背之处。

这在西化派人士看来,几乎就是东方文化派观点的印度版,而泰戈尔就是他们从国外搬来的救兵了。对泰戈尔批评最激烈的是吴稚晖、陈独秀、郭沫若、沈雁冰、瞿秋白、林语堂等新文化运动的捍卫者和左翼文化人士。最早发表泰戈尔译作的陈独秀批评泰戈尔最用力,著文最多,言辞最为尖厉,这前后态度的变化,与他的身份有关,他既是新文化运动的发起和捍卫者,1921年以后又是共产党的领导人,前者强调彻底的西化和反传统,后者强调阶级革命。因此,早在泰戈尔来华之前,他就曾酝酿在《中国青年》上出一期批判泰戈尔的专号,泰氏来华后,先后发表了十几篇言辞激烈的批评文章,指责泰戈尔是个极端排斥西方文化、崇拜东方文化的"颠倒乖乱"的"糊涂虫",我们从《泰戈尔是个什么东西》这样的标题中,也可以看出陈独秀态度的激烈程度。吴稚晖也以当年只手打倒孔家店的气势请泰戈尔把"尊口"封起来,林语堂则以泰戈尔的主张为最无聊的"精神安慰"。

事实上,泰戈尔的思想并非如批评者们所认为的那样。他虽提倡以东方文明战胜西方文明,但并不反对科学和机械发明,恰恰因为坚持对科学的提倡而长期得不到印度同胞的理解。1921年在接受冯友兰采访时,当问及对灾难深重的中国有什么拯救方法时,他毫不犹豫地答道:我只有一句话:快学科学! 泰戈尔也不是美化封建传统反对现代化,他恰恰是印度文学革命的先驱和语言革新的倡导者。

那么,泰戈尔的访华怎么会引发如此激烈的批评呢? 这里,除了上述文化态度上确实存在的差异以及当时国内对泰戈尔了解不够之外,更有种种误解存在,而这种误解放在当时的历史时空里,又往往事出有因。

首先是泰戈尔访华期间为梁启超、张君劢、徐志摩等人所包围。当然,热情颂扬和悉心的款待所体现的友情是令人难忘的。在四十多天的时间里,梁启超、胡适、徐志摩、林徽因、王统照等人的热情陪伴,特别是在北京所过的64岁生日宴会上,有名流合台的《齐契拉》演剧,有获赠的中国名"竺震旦",都令这位印度老人倍感温情。但在一批激进文化人士眼里,他正因此戴上某种派别色彩。再加上泰戈尔还拜访了被认为是旧派

211

文人的辜鸿铭、陈三立,还有军阀齐燮元、阎锡山,甚至是末代清帝溥仪这样的人,更难免激进人士的猜测了,如果不是孙中山因病婉谢(徐志摩也曾联系过孙、泰会面事宜),如果能与这位革命领袖相会,并有可能从他那里感受和了解一些北伐革命前夕的中国政局情势,泰戈尔对中国听众的演讲也许有所不同,至少也许会使那种误解减轻一些吧。但历史哪容"如果"和"也许"呢?

鉴于第一次访问的毁誉参半,百感交集,第二次来华则要简约得多。1929 年泰戈尔再次赴日、美讲学时,往返两次下榻位于福熙路 613 号的徐志摩家中,并事先说定只是朋友间的私访,不要对媒体通报。当时徐志摩与陆小曼新婚不久,在这个浪漫小家庭里,泰戈尔感受亲情一般的温暖,他给徐志摩夫妇留下自画像,临行前还将自己穿的紫色长袍送给主人作为留念。

在近代以来的中印文化交流中,泰戈尔的两次访华无疑是一件非同寻常的事件。一次是兴师动众的公开访问,影响巨大却众说纷纭;另一次是不事张扬的私人会面,公众几乎无人知晓,却给他留下了温情的记忆。两次访华虽然方式不同,公众了解程度不一,但都在上海留下了他实实在在的足迹。尽管他厌恶殖民地洋场的西化色彩和逐利市风,但正是这个东方都市的多元开放,吸引并接纳了包括泰戈尔在内的许多背景不同、立场各异的科技文化人士;而泰戈尔作品当时在中国的绝大部分译介,也正是由上海的期刊和出版社印行。因此,上海这座东方都市,与这位印度古稀文化老人有着特殊关联,这里留下了他对中国的特别的情谊和牵挂。1924 年 5 月 29 日,在他终于在上海结束第一次中国之行时,他以这样的话向中国的朋友们告别:

> 你们一部分的国人曾经担着忧心,怕我从印度带来提倡精神生活的传染毒症,怕我摇动你们崇拜金钱与物质主义的强悍的信仰。我现在可以吩咐曾经担忧的诸君,我是绝对的不会存心与他们作对;我没有力量来阻碍他们健旺与进步的前程,我没有本领可以阻止你们奔赴贸利的闹市。

语气间既有某种歉意和辩解,又隐含着一丝嘲讽,更有一层深深的遗憾。这种遗憾是泰戈尔的,又何尝不是我们的呢?

## 第三节 20年代中国的东西文化之争中的泰戈尔批判

对于泰戈尔的这种开放而又复杂的文化态度,处于中西文化撞击、传统与现代对峙中的中国现代文化和文学界,自然难于在短时间内就有相对完整的理解。虽然在20世纪曾经对中国产生重大影响的外国作家当中,泰戈尔是不多的几个曾经亲自到过中国,并与中国文化界、文学界有过较为广泛接触的人之一,借此之机,国内对于泰戈尔的译介活动也达到了一个高潮,但是,最热闹的时期不幸也是误解最多的时期,特别是在争论展开之后,对泰戈尔的许多尖锐的、有时又是隔膜的批判大量出现。

泰戈尔来华前后,正是中国文化界关于东西文化争论时期。对于泰戈尔来说,正是经历了第一次世界大战之后,对于西方文化之弊端的认识更为清晰。由此倾向于从东方文化包括中国文化去寻找东方国家现代化和变革的依据,也是十分自然的思想延伸。在这一点上,他与梁启超等中国的文化民族主义者的态度倒是一致的。另外,既然受到邀请来到一个国度做客,对于主人的传统加以称赞也是常理之中的,"我此番到中国,并非是旅行家的态度,为瞻仰风景而来;也并非是一个传教者,带着什么福音;只不过是为求道而来罢了。好像一个进香人,来对中国的古文化行敬礼,所持的仅是敬爱数字"①。这样,就有他在刚刚踏上中国这片古老土地时,对于此次中国之行目的为"大旨在提倡东洋思想亚细亚固有文化之复活"的声称,认为"泰西之文化单趋于物质,而于心灵一方面缺陷殊多,此观于西洋文化因欧战而破产一事,已甚明显;彼辈自夸为文化渊数,而日以相杀反目为事……导人类于此残破之局面,反之东洋文明则最为健全"。因此认为,"亚洲一部分青年,有抹煞亚洲古来之文明,而追随于泰西文化之思想,努力吸收之者,实是大误。"② 这样的态度,对于旨在全面

---

① 见泰戈尔1924年4月18日在上海各团体欢迎会上的演讲《东方文明的危机》,载《文学周报》第118期,1924年4月21日。
② 见泰戈尔《太戈尔与中国新闻社记者谈话》,载《申报》1924年4月14日。

反对传统文化，积极汲取西方近代以来的人文主义思想以及民主和科学的现代精神的五四新文化知识分子来说，无疑是中国保守主义文人的代言。再加上泰戈尔来华本身由梁启超等人的讲学社发起，行程中甚至还有与溥仪、齐燮元等人会面的安排，自然更容易激起新文化人士的反感了。

这样，除了徐志摩、郑振铎、王统照等少数新文学作家仍然给予大力赞美之外①，其他新文化人士如鲁迅、吴稚晖、陈独秀、瞿秋白、茅盾、郭沫若、闻一多等人都在不同程度上对于泰戈尔的文化态度予以批评，其中尤其以吴稚晖、陈独秀的批评最为激烈，陈独秀作为最早译介泰戈尔的中国人之一，这时候却一反原来的态度，不惜对泰戈尔进行全面的否定，他在《中国青年》组织激进的新文化人士瞿秋白、沈泽民等推出批判泰戈尔的专号②，认为泰戈尔的根本错误，在于错误地理解科学及物质文明本身的价值和引导东方民族解放运动向错误的道路③，认定他是一个极端排斥西方文化，极端崇拜东方文化的人④，说：泰戈尔，谢谢你罢，中国老少人妖已经多得不得了呵！

在这样一种激烈的批判氛围当中，人们自然就相应的忽略了泰戈尔的另外一些表述。比如，他在上海、杭州、南京、济南和北京等各大城市的多次演讲中，反复说明的几个问题，本来很可以说明他对于东西方文化的各自长短利弊、东方民族现代化的出路等问题上的一贯看法，假如中国接受者能够平心静气地听取，综合他在各个场合的观点，要理解泰戈尔的思想并非不可能，尽管如上一节所述，泰戈尔的思想本身具有复杂和矛盾性。

首先，泰戈尔一再表明自己不是哲学家，也不是演说家，而是作为诗

---

① 徐志摩除了发表竭情赞美的《泰山日出》等篇章外，甚至不惜夸大泰戈尔对于中国文学的影响程度，认为在中国"除了几位最有名神形毕肖的泰戈尔的私淑弟子以外，十首作品里至少有八九首是受他直接或间接的影响的"。见徐志摩《泰戈尔来华》，载《小说月报》1923年9月10日，第14卷第9号。
② 参见杨天石《陈独秀组织对泰戈尔的"围攻"》，载《文汇读书周报》2003年9月5日。
③ 见陈独秀《评台戈尔在杭州、上海的演说》，署名"实庵"，载《民国日报·觉悟》，1924年4月25日。
④ 见陈独秀《泰戈尔与东方文化》，署名"实庵"，载《中国青年》1924年4月18日，第27期。

## 第十一章　民族意识与世界意识的纠缠

人的身份来到中国的①,但泰戈尔在中国的出现方式本身,就已经使他的客观角色与其自我所声称的角色存在明显的悖论,这其实已经不是泰戈尔本人能够左右的了,这就使得当时人们对于泰戈尔的理解从一开始就发生了偏差。虽然郭沫若、茅盾等人对于泰戈尔的批评,注意了对其文化身份的区分②,但在强烈的批评空气之下,新文化阵营的知识分子大多数已经失去了仔细分析的耐心,而胡适的辩护仅仅限于礼节,徐志摩的一味赞颂在许多人眼里又显得过于空泛。

其次,在这种文化氛围中,中国的批判者们无法理解泰戈尔在东西方文化评判背后的特殊的文明进化逻辑。在他看来,人可析而为三,一曰肉,二曰心,三曰灵魂。肉为最无关紧要者,心次之,灵魂则为吾人生命之源。人类文明发展也有三个阶段,第一阶段是以体力征服世界,第二阶段为体力、智力二者征服之世界,第三阶段为道德征服之世界。今欧洲文化尚未达到第三期,他们在机械专制下,不惟不知反省,抑且自引为满足。③在这个意义上他认为,"未来之时代,决非体力智力征服之时代,体力智力以外,尚有更悠久、更真切、更深奥之生命。吾东方人士今日虽具体已微,然已确有此生命也。西方人士今固专尚体力智力,汲汲从事于杀人之科学。借以压迫凌辱体力智力不甚发达者,即吾人亦尚在被压迫之中。但吾人如能为最大之牺牲,则吾人不久即可脱离彼等之压迫矣"④,因此,"亚洲民族,自具可贵之固有之文明,宜发扬光大,运用人类之灵魂,发展其想象力,与一切文化事业,为光明正大之组织,是则中印两国之大幸,抑

---

① 泰戈尔来华后的第一次演讲就表明了这一态度,后来又反复申明。参见 1924 年 4 月 13 日泰戈尔《在上海的第一次谈话》,原载《小说月报》第 15 卷第 8 号,1924 年 8 月 10 日。另见 4 月 25 日《游北海时对中外人士的演讲》,原载《晨报》1924 年 4 月 26 日。

② 郭沫若在《泰戈尔来华的我见》中这样说明自己批评泰戈尔的理由:"一个人的信仰无论他若何偏激,在不与社会发生关系的期间内,我们应得听其自由;但一旦与社会发生价值关系的时候,我们在此社会中便有评定去取的权利。"载《创造周报》第 23 号,1923 年 10 月 14 日。茅盾则表明,自己"欢迎实行农民运动的泰戈尔,鼓励爱国精神激起印度青年反抗英国帝国主义的诗人泰戈尔,而不欢迎高唱东方文化的泰戈尔,不欢迎创造了诗的灵的乐园,让我们的青年到里面去陶醉去冥想去慰安的泰戈尔"。见沈雁冰:《对于台戈尔的希望》,载《民国日报·觉悟》1924 年 4 月 14 日。

③ 参见 1924 年 5 月 9 日《对北京青年的第一次公开演讲》,载《晨报》1924 年 5 月 10 日。

④ 见 1924 年 4 月 28 日泰戈尔《在北京雩坛的演讲》,载《晨报》1924 年 4 月 29 日。

亦全世界之福也。"①在这个意义上，泰戈尔肯定东方文化，并将人类文明的希望寄托在东方民族身上。

第三，陈独秀等新文化知识分子指责泰戈尔的一个关键点，是他反对西方现代物质文明，但泰戈尔在演讲中恰恰一再表明了他对于西方物质文明的辩证态度："世人常谓余排斥西方物质文明，其实不然。西方之科学实为无价之宝库，吾跻正多师承之处，万无鄙视之理。特其物质的财富之价值或不如精神的财富之永久，故有轻重永暂之差，无可否之别也。"②"余非反对物质文明及科学文明，不过余亦认为科学是附丽于人生的，非人生为科学的"③，而西方现代历史表明，"物质文明，已发生了极悲惨的结果，惟有这人道主义，与普遍的爱，可以降于人间幸福"④。不过，泰戈尔的这种表述，在激进的批判者看来，不是其思想观点的正面表达，不过是一种明显的退却和无奈的辩解而已。

第四，唯一得到大多数中国人认同的是，泰戈尔作为来自弱小民族，又具有世界影响的作家，他在文学创作和文化实践中体现出来的对于西方殖民主义的批判和反抗，这甚至是当时中国文化界对于泰戈尔持对立态度的人士中最有共识的一点了。但即使是这样的肯定，也并不是建立在对于泰戈尔、对于民族主义独特批判态度（如上节所概括）之了解的基础上，再加上吴稚晖、陈独秀等人的激烈批判，这就难免使当时的那种肯定和同情显得空泛而隔膜。这种隔膜显现这样一个接受的悖论：中国新文化界一方面是在弱小民族反抗西方殖民者的意义上肯定和认同泰戈尔，同时又忽视了泰戈尔对于西方现代文明优势的充分肯定和开放的世界主义文化态度；另一方面，又指责泰戈尔对于东方文化的肯定，而采用的价值立场恰恰是泰戈尔本人早就明确昭示的。

---

① 见1924年4月20日泰戈尔《在南京东南大学的演讲》，载《申报》1924年4月22日。
② 见1924年4月25日泰戈尔：《游北海时对中外人士的演讲》，载《晨报》1924年4月26日。
③ 见1924年5月12日泰戈尔《在北京的最后演讲》，载《晨报》1924年5月13日。
④ 见1924年4月22日泰戈尔：《在济南各界欢迎会上的露天演讲》，载《大公报》1924年4月25日。

## 第四节　泰戈尔对于中国新文学的意义

与文化态度上对泰戈尔的隔膜、误解和批判的状况不同,泰戈尔的文学创作对于中国文学的影响却通过具体作家的实践,形成了相当的效应,也产生了一批相应的创作。特别是在新诗创作领域里,郭沫若、冰心、郑振铎、王统照等都受其明显的影响;徐志摩、王独清等也多少对其表现了程度不同的关注。

郭沫若可能是中国新文学作家中最早受泰戈尔作品吸引的一个,1915年在日本留学期间,就阅读了泰戈尔的《新月集》《园丁集》《吉檀迦利》《爱人之赠品》和《暗室之王》等,并在他的诗歌中感受着"诗美以上的欢悦",并自称"泰戈尔的明朗性是使我愈见爱好的"①,"真好像探得了我的'生命的生命',探得了我'生命的泉水'一样"②。郭沫若早期诗作中的泛神论思想的一个极为重要的外来渊源就是泰戈尔,更重要的是,他从泰戈尔身上,体悟到对于创生传统的巨大魅力,认为泰戈尔的思想就"是一种泛神论思想,他只是把印度的传统精神另外穿了一件西式的外衣。'梵'的现实,'我'的尊严,'爱'的福音,这可以说是泰戈尔思想的全部"③。这不仅为作家所证实,也可以从《女神》的许多诗篇中得到证实。在《凤凰涅槃》里,赋予远古传说中的神鸟意象以全新的精神,表达了冲破旧世界的"海涛的音调,雷霆的声响"(闻一多语)一般的反抗之音。而他的《新月与白云》《死的诱惑》《别离》《维努司》《新夷集》序、《牧羊哀话》中的几首牧羊歌等,在格调、体式乃至意象等方面,都不同程度地受泰戈尔诗歌直接启发。④

冰心作为五四时期新式小诗最有代表性的诗人,她与泰戈尔之间的关系已经为许多文学史所记载。她在《遥寄印度诗人泰戈尔》一文中对于这位印度诗人所表示的敬仰之情,一直是她受泰戈尔影响的最好证明:

---

① 郭沫若:《我的作诗经过》,引自《郭沫若论创作》,上海文艺出版社1983年版,第66页。
② 郭沫若:《泰戈尔来华之我见》,载《创造周刊》1923年第10期。
③ 同上。
④ 参见何乃英:《泰戈尔与郭沫若、冰心》,载《暨南学报》1998年第1期。

"在去年秋风萧瑟、月明星稀的一个晚上,一本书无意中将你介绍给我,我读完了你的传略和诗文——心中不作别想,只深深的觉得澄澈……凄美。你的极端信仰——你的'宇宙和个人的心灵中间有一大调和'的信仰;你的存蓄'天然的美感',发挥'天然的美感'的诗词,都渗入我的脑海中,和我原来的'不能言说'的思想,一缕缕的合成琴弦,奏出缥缈神奇无调无声的音乐。泰戈尔!谢谢你以快美的诗情,救治我天赋的悲戚;谢谢你以超卓的哲理,慰藉我心灵的寂寞。"[1]这一年冰心19岁。这里需要强调的是,这种影响其实并非单向的学习和模仿。尽管冰心在后来谈及《繁星》和《春水》的创作诗,总是用"仿用他(指泰戈尔)的形式"一语来表达其与泰戈尔的关联[2],其实,她在读到泰戈尔的《飞鸟集》之前,《繁星》中的大部分短章已经基本完成,只是与泰戈尔的相遇,使她本来在形式上缺乏相应自觉的书写,在他所敬仰的诗人那里一下子获得了肯定和证实。同样,泰戈尔的"爱"的哲学是冰心"爱的哲学"的一个重要渊源(另有基督教的渊源),这也是她惊喜于在这位印度诗人这里得到肯定和证实的另外一个重要的因素,这一方面的影响在冰心的诗歌和小说中都有体现,她的对于母爱、自然和童真的赞美,都与泰戈尔有着明显的联系。

除了郭沫若和冰心之外,徐志摩、王统照、郑振铎、叶圣陶等中国作家,也在不同程度上,受到泰戈尔的哲学思想、人生态度或者审美方式上的影响。

不过,就泰戈尔的思想和文学对于中国新文学的影响而言,包括上述这些在不同程度上得益于泰戈尔启发的中国作家,他们真正与泰戈尔的精神交往,并由此迸发艺术创造力的时期,基本上都集中在20世纪20年代前后。当时,是整个20世纪泰戈尔在中国的声名和影响达到高峰的时期,这有着多方面的缘由。其外在原因在于,泰戈尔是第一位东方殖民地国家的文学中获得诺贝尔文学奖的作家,他的卓越的文学艺术造诣和深

---

[1] 引自《冰心论创作》,上海文艺出版社1982年版,第56页。
[2] 在《我是怎样写〈繁星〉和〈春水〉的》一文中这样表述:"我自己写《繁星》和《春水》的时候,并不是在写诗,只是受了泰戈尔《飞鸟集》的影响,把自己许多'零碎的思想',收集在一个集子里而已"。在《繁星》跋中,也表示,她只是因看泰戈尔的《飞鸟集》,而仿用他的形式,来收集零碎的思想。见上书,第68、97页。

## 第十一章 民族意识与世界意识的纠缠

厚的东方文化修养,对中国作家和中国读者有着强烈的吸引力。处于半封建半殖民地统治下的中国知识分子,对泰戈尔文学成就之在世界范围内被承认十分兴奋,特别是泰戈尔在对英国和日本帝国主义的侵略和殖民行径所采取的不妥协立场,更引起深深的敬佩,而他在20年代初期的访华,则是另一个直接的推动。尽管在东西方文化的态度上,他与中国激进的新文化知识分子有着种种抵触,但他与中国作家相近的民族身份,他对于西方殖民统治的批判和反抗态度,又在很大程度上使其与中国作家有着更多的亲近感。而其对于中国新文学特别是新诗产生重大影响的内在原因则在于,我国古典文学传统深厚,但近代文学历史较短,没有形成成熟的新体诗,因此,五四新诗运动借鉴外国诗歌传统便成为必然。而泰戈尔是东方近代以来第一个取得伟大成就和世界性影响的诗人,在诗歌的内容和形式上都有创新,又是将印度古典诗歌传统与西方近代诗歌技巧融为一炉的诗人,他的创作成果和创作道路对中国新文学作家有更多的启发。

结合泰戈尔在20世纪中国的译介情况看来,尽管对于泰戈尔的译介工作在数量和深度上看,总是在不断地积累和推进,但这并不同时表明,泰戈尔对于中国文学进程的影响也在不断地加大,两者之间不存在对应的正比例关系。其实,在整个20世纪,中国对于泰戈尔的译介和对于泰戈尔的了解之间,始终存在着种种偏差。即使是引发"泰戈尔热"的20年代上半期,中国知识界和文学界对于泰戈尔还是存在着很深的误解。随着时间的推移,泰戈尔的创作及其思想的面目日渐清晰起来,但对于中国本土文化和文学的影响却反而并不明显了。这也表明,在外来文学的译介和对于外来文学的借鉴之间,在文学影响和文化批判之间并不相互对应,有时甚至发生相互冲突和矛盾。文学创作,特别是艺术形式上的外来因素,可以是具体的,它往往能够与思想文化的评判态度保有一定的距离。借用伊文·佐哈尔的多元系统理论中关于"两级模式"[①]的概念,可以看出,在泰戈尔对于中国文化和文学发生较大影响,即在很大程度上参

---

① 参见伊文·佐哈尔:《多元系统论》,张南峰译,载《中外文学》2001年8月,第30卷第3期。

与中国现代文学一级模式的创造时期,恰恰对其本体了解不深;但对泰戈尔创作和思想之复杂性的了解,逐渐达到一定的深度后,其影响反而大为减弱,只是作为一个外国文学的经典作家,归于二级模式之中了。在这个意义上说,对于外国文学和思潮了解的片面、偏狭,并不表明其文化和文学交往功能的丧失,不过,在文学上特别是艺术形式上的借鉴,既强化了既有的泰戈尔形象,同时毕竟也大大限制了泰戈尔的思想对于中国文化和文学思潮本应具有的启发作用的可能性。

# 第十二章

# 以东欧为中心的弱势民族文学在中外文学关系中的地位和意义

## 第一节　现代民族意识的觉醒与中国世界观的转变

在长时段历史中,由于中华文明起源发展于一个相对独立的地理单元之内,即以黄河流域的中原地区为中心,然后逐渐扩展至今天中华人民共和国的版图,也即大致西起帕米尔高原,东至太平洋西岸,北起蒙古高原,南到南海诸岛的区域之内(外蒙古部分直至现代才独立)。即使北方少数民族曾多次内迁入主,也很快在文化上归于中原,因此,尽管中国的疆域范围在历史上有多次变化,但在中国传统世界观中,"中国中心"的"天下观"却从来没有发生根本动摇。而从历史的呈现角度来看,中国文化从来不封闭,它是中原文化与周边,中原文化与南亚、西亚,乃至非洲、美洲等地区不断交融中形成的,只有在不到三百年之前开始,才似乎遗忘了这一传统,而趋于闭关自守。① 冯友兰曾认为:"从先秦以来,中国人鲜明地区分'中国'或'华夏',与'夷狄',这当然是事实,但是这种区分是从文化上来强调的,不是从种族上来强调的",传统"中国人缺乏民族主义是因为他们惯于从天下即世界的范围看问题"②,因此,即使历史上有蒙古人(元)和满人(清)征服中国(以中原地区为主),但由于他们实际上已经或者很快接受了中国文化,因此从中国文化和文明的延续和统一角度看,尤其是从中国人对这些外来征服和统治的总体感受角度来看,他们仍然是中华文明正统的改朝换代。而佛教的输入同样没有彻底改变这一情形,虽然它使中国人终于认识到另有"文明"人的存在,但对于当时信奉佛教的人而言,印度不过是"西方净土",是一种超越尘世的世界;而对于反对佛教的人来说,印度人则又不过是与北狄南蛮一样的另一种夷狄而已。所以,在16、17世纪,当中国人开始与欧洲人接触时,仍然将他们看作"夷狄"的一种,并没有太多文化心理上的不安。可是,一旦我们的前辈发现,欧洲文明虽然不同,但其程度则与中国相等乃至比中国文明更加先进时,就开始感到真正的不安了。这种不安在以后的历史时期不断加剧,直到鸦片战争爆发,落后腐朽的大清帝国被强制性地卷入了现代世界体系,长期积压于帝国内部的民族矛盾也再次迸发出来,中国人传统的族类和文化民族观念由此受到严重的挑战。天朝帝国的千年梦想被一朝打破,近代民族意识才逐渐形成,民族主义运动进而也在社会上蔓延开来。在上层社会内部,出现了现代民族观念及其救国策略的分化和转变,相继出现了复古的、保守的、对外开放的、对内革新的等几种类型的民族主义思想③,这种文化思潮对中国现代知识分子民族意识的形成产生了重大影响。另一方面,以农民为主体的下层民众也在国破家亡的民族危机中,逐渐形成了强烈的民族认同感,并在整个19世纪下半期,通过太平天国

---

① 参见劳思光:《新编中国哲学史》卷一,读书·生活·新知三联书店2015年版。王尔敏:《中国近代思想史论》,社会科学文献出版社2002年版。
② 引自冯友兰:《中国哲学简史》,北京大学出版社1985年版,第221—222页。
③ 这里借用历史学者罗福惠的描述和归纳。参见罗福惠:《中国民族主义思想论稿》,第四章:19世纪下半叶上层社会民族主义思想的演化,华中师范大学出版社1997年版。

## 第十二章　以东欧为中心的弱势民族文学在中外文学关系中的地位和意义

运动、反洋教斗争和义和团运动,对中国社会造成了巨大而持久的冲击,其重大的社会代价至少在社会意识层面上换回了普通民众对于中华民族的认同感。这种下层普通民众的民族认同感,在社会思想、情感、心理和意识等各个层面,长期体现出新旧混杂的状态,也与上层士大夫的民族意识形成呼应,共同构成现代中国民族意识和民族主义思潮的传统资源。

自1840年第一次鸦片战争到1949年新中国成立的一百多年里,中国人一直处于"虎狼环视"的世界境遇之中:西方列强诸国,以及俄国和日本,都曾先后觊觎中华,甚至践踏中国国土,民族危机一直迫在眉睫。第一次世界大战之后,西方列强对中国的利益瓜分,直接激起声势浩大的五四爱国运动,并开启了中国思想文化现代化的深刻变革。如果说五四新文化运动的主要推动力是西方现代的"民主"与"科学",是个性的独立、自由和解放,那么,五四爱国运动的主要动力就是"巴黎和会"瓜分中国所激起的空前的民族热情,它使中国民众的民族意识获得空前高涨。从此,世界主义和民族主义,西方化与民族化,个人的独立自由和民族的独立与解放,便一直成为中国现代化进程中两个同时并存、不可或缺的方面。这两个对应的主题之间紧密关联,同时展开,又存在着持久的矛盾和紧张,并随着现实矛盾的不断变化和组合,此起彼伏,交替上升为时代主要矛盾和社会主流话语。当民族外来压力相对减弱时,个人主义思想相对凸显成为社会主流话语,追求个性独立和个人解放便成为时代的共名[①],而当民族矛盾激烈,国家主权和独立遭受外敌的严重威胁时,民族主义和集体主义话语又会上升为时代的主旋律。李泽厚曾将这种中国现代思想演变和历史主流话语的交替现象概括为"启蒙与救亡的变奏"[②],尽管这种概括蕴涵着某种将两者相互对立的倾向——事实上,对现代中国而言,启蒙与救亡从来就不可分割,它们相互依存,互为目的——但这种概括至少突出了两者之间相互矛盾、相互冲突,以及在不同时代矛盾背景下的不同现实境遇。而由于中华民族在近代百年间始终处于强大的外来压力之下,特别是第二次世界大战期间,日本军国主义武力侵占了大部分中国领土,中

---

① 参见陈思和:《共名与无名》,引自《写在子夜》,上海人民出版社1996年版,第11页。
② 见李泽厚:《中国现代思想史论》,东方出版社1987年版,第7—49页。

华民族面临空前的灭亡危机,因此,民族意识和民族主义思潮在中国现代进程中一直享有强有力的现实合理性。

　　1949年中华人民共和国的成立,确立了中华民族的主权和领土完整,中国在近代以来的历史上第一次使民族的主权和领土(除台湾、香港、澳门等地之外)两者均获得统一。民族意识的空前高扬,为政府动员社会力量进行进一步的社会变革,实现社会的现代化,提供了前所未有的条件和机遇。不过,在现代世界革命的整体格局中,新中国政权的建立同样是列宁所说的对于国际帝国主义链条最薄弱环节之革命的成功,所以,战后的新中国也只能在冷战格局中求得生存和发展,并不得不在东西两大阵营之间做出明确的政治选择。中国共产党在国际关系中所做出的(向苏联)"一边倒"的决定,既是一种出于政党的理想、纲领和意识形态的选择,也是在新世界格局中出于民族利益的最大的现实考虑。民族经济发展落后的现实,仍然时时提醒着中华民族的世界处境,这样,民族意识便再度成为动员各种社会力量的有力手段之一。反映在对外文化交往方面,与20世纪上半期不同的是,也是因为新政权立足未稳,加上意识形态的束缚,便逐步放弃了20世纪初期的对外开放的文化态度,对西方文化特别是西方现代文化采取了敌对、批判和排斥的态度。因此,中外文化和文学关系从五四时期的开放逐渐走向狭隘的封闭状态,从以西方文化为民族现代化的主要参照和榜样,演变到主要以红色苏联为代表的社会主义文化作为交流和仿效对象,在强调"独立自主,自力更生"的时代主流话语和世界冷战格局的逼迫下,民族意识逐渐走向一种片面的自我肯定。特别是随着国内极左政治思潮的逐步抬头,至60年代,民族文化发展的格局便日渐趋于封闭。与此同时,政治上割据一方的中国台湾与英国殖民统治下的中国香港,则在60—70年代因为特殊历史原因,与大陆本土在对外特别是对西方世界开放的意义上形成明显的对照,从而构成了中华民族整体在这一时期中西文化交往中的多元差异性与丰富性。

　　自20世纪80年代的"新时期"改革开放之后,中国社会又进入一个新的历史阶段,民族国家面临新的挑战和机遇。在经历了冷战时期两大意识形态阵营在政治、经济和文化各方面的长期对垒之后,中国社会重新回到理性和务实的起点上。中国知识分子开始摆脱政治意识形态的束

## 第十二章　以东欧为中心的弱势民族文学在中外文学关系中的地位和意义

缚,以一种新的开放的世界眼光,逐步确立起民族文化在世界新格局中的地位,也获得和认同了新的民族文化身份。但与20世纪头20年和抗战时期的民族处境有所不同,尽管前者在经济上比较落后,甚至因为经历了"文化大革命"的10年停顿而加大了与世界先进国家(西方国家)的距离,按照当时的说法,中国国民经济已经"处于崩溃的边缘"了,但在事实上,经过30年的社会主义建设,作为主体独立的民族国家,中国毕竟已经具有一定的国家实力。同时,由于没有外族在政治和军事上的直接侵略,民族国家的地位也毕竟相对稳固,而没有遭到根本性的威胁。因此,面对西方先进的政治、经济体制和发达的文化局面,深深的"民族落后意识"成为知识分子进行社会批判和改革的现实前提。这样,世界化和西方化一度再次成为社会变革的目标,"走向世界"的现代化叙事便成为新时期压倒一切的社会主流话语。七八十年代之交,在一批激进知识分子当中刮起的"蓝色文明"①风暴,对于中国文化传统采取激烈的批判态度,就是极端的西方化和世界主义思潮在中国思想文化领域的突出表现。但仔细分析,这种激进的西方化思潮倾向,其实正是以民族复兴的急迫要求作为重要动力的,因此,在经过一段时间的急剧的西化思潮之后,对于民族传统的继承和民族身份的认同要求便再次浮出水面,从80年代后期开始,民族意识重又开始抬头。从文艺思潮的角度来看,在西方现代派思潮一度大兴于中土之后,特别是在思想文化界经受80年代初期的政治挫折之后,对于现代派文学的学习、模仿和探索给人的感觉逐渐从耳目一新变为晦涩难懂,至80年代中期,寻根文学随之兴起,文艺界的主流话语又开始转向对民族传统文化的发掘和探索,至少形成了对传统和外来思潮各擅胜场的格局。

因此,统观整个20世纪中国文化的发展过程,不管他身处何种社会阶层,只要其有基本的社会责任感,只要对社会文化思潮的变迁能保持一种基本的敏感和联系,他就会意识到,以民族生存发展的整体角度来考虑自身的生存处境和文化现实,是不可避免的事。这种民族生存整体观,与

---

① "蓝色文明"作为与"黄色文明"相对的概念,被用来指称西方和中国文明传统,出自电视专题系列片《河殇》,在20世纪80年代风靡一时。

引进西方的民主和科学观念,进一步争取个体的自由解放和社会的公平等诉求一起,同时成为社会主流话语的组成部分。于是在现代中国人的世界观中,就自然而然出现了以现代民族国家的整体眼光来审视世界的分析角度和思想方法。

  这种世界观念,当然也会反映在包括中外文学的交往实践及其研究在内的一系列文化活动中。在中外文学交往和影响接受过程中,接受主体的民族身份、民族意识和民族情感都会与个体的自觉意识一起,在文化实践中发挥重要的作用。在这里,"接受者在文学交流互渗过程中无疑扮演了重要的角色。他们虽然从国外接受了各种各样的新文学营养,但潜隐于心底的生命之根依然是自己的民族性。这种民族性会不自觉地成为一把尺度,决定着接受主体的选择态度。小至个人,大至民族,似乎都离不开接受主体的生命之根。"①它表现在对其他民族文学的翻译、介绍和评判上,也相应的在自身文学运动的展开和文学创作与批评、研究等方面,体现为从文学表现(反映)内容上对民族命运的关注,到具体文学观念和文学思潮的提倡。这种状况在自梁启超提倡"新小说"之后近一百年历史中,虽然张弛有变,隐显不一,但从来没有完全断绝过。

  因此可以这么说,不论是哪一种文学流派,哪一个文学团体,哪一位作家个人,即使在思想上、艺术上的观点有所不同甚至相互对立,但几乎没有谁会完全不考虑现代民族的处境,完全不顾及国家民族的现实境遇,而真正能在所谓的"象牙之塔"里埋首专注于纯艺术的创造。当民族处于危亡关头的时候,"象牙之塔"的存在本身就已受到威胁。在殖民统治之下,固守"象牙之塔"的行为本身在客观上也已经体现了一种民族意识和民族立场了,30年代末滞留北平的周作人就是一个典型的例子。所以,现代民族意识的确立,显然已经成为中国现代社会思想的一个极其重要的方面,因而也成为现代各种文化和文学思潮的一个共同的社会和思想背景,并在文学系统的各个层面,都发挥着直接或者间接的作用。在这个意义上,本书从中国现代民族意识的形成和变化的角度,考察中国新文学的演变轨迹,厘定民族意识在中国文学的现代化的建构历程中所承担的

---

① 陈思和:《中国新文学整体观》,上海文艺出版社2001年版,第26页。

第十二章　以东欧为中心的弱势民族文学在中外文学关系中的地位和意义

文化功能,自有其历史依据和学术合理性。

## 第二节　被压抑和遮蔽的中外文学关系线索

如上所述,基于近现代中国的民族国家处境,民族意识的觉醒是一个十分自然的文化演变过程,因此,在中国现代文化思想发展中,对于民族性因素的强调本来也有它的合理性。但事实上,近现代以来在中国的大部分时间和区域之内,西方强势民族国家一直是中国在政治、经济和文化变革中最为关注的对象和学习的榜样,中国社会的现代化常常被等同于一种西方化进程。

这当然是与西方列强的世界霸权地位及其殖民行为有关。它们在政治和经济上采取殖民(和半殖民)方式,在文化上也有相应的殖民政策,并往往在实践中以西方文化的普适性强调来有意和无意地推行西方中心主义。同时,在中国主体内部,一批激进的知识分子也很早就接受了进化论的文化逻辑和思维方式。这样两种合力的结果是,在近现代中国的大部分时空中,西方文化及其文学就都成为社会的主流话语,而这种主流话语的长期盛行,其实在某种程度上是以压抑民族意识为前提和代价的。如此,除了某些特殊时期之外,民族意识在近现代中国文学的各个层面的存在合理性及其作用,在已有的学术研究中还没有得到应有的、与它的意义相对应的重视,更没有在各个文化层面上进行理性的、深入的分析研究。①

在作为国别文学史的20世纪中国文学研究中,文学的民族意识和民族性因素还被讨论得较多,民族性和世界性被同样作为中国新文学的内在要素加以对待。但具体到中外文学关系研究这一带有边缘和交叉性质的领域里,更进一步具体到对中国文学外来资源的分析研究方面,大多研究者则有意无意地都把目光集中在西方文学特别是其中几个强势民族的

---

① 20世纪90年代中期开始掀起的一股文化民族主义思潮,他们偏激的文化观点及其主张,并不能抹杀其对中国现代文学转型历史中民族意识功能的揭示。至于在对世界未来发展的讨论中,民族意识和民族立场本身的局限则又是另一层次的问题了。参见赵汀阳:《天下体系:世界制度哲学论》,江苏教育出版社2005年4月版。

文学身上，而对于弱势民族尤其是非西方弱势民族文学的关注较少，而就近百年来弱势民族文学在中国的译介实践对中国文学现代性的意义，则更没有给予充分的评价。也就是说，一旦从国别文学研究进入到中外文学关系领域时，但凡谈到外国文学对中国的影响，就似乎只有英、美、德、法等西方诸国，而很少讨论弱势民族文学的意义了。特别是当民族主义思潮被视为现代化消极因素的时候，情况更是如此。因此，中西文明优劣、中西文化关系的讨论也就始终成为时代文化的最重要的主题。反映在中外文化和文学关系研究和教学领域，甚至出现用"中西文化关系"替代"中外文化关系"而习焉不察的现象，并长期以来不以为奇，这样，中国与那些弱势民族之间的关系问题，则在各种文化话语中被相应的边缘化了。这是西方中心主义在中国文化和文学现代化过程的反映，也是几乎所有现代化后发国家同样无法避免的一种遭遇。

  这种边缘化的具体表现是，在20世纪中国文学的研究中，相对于强大的中西关系话语而言，中国与非西方的"弱势民族文学"之间的关系在大部分文学史时段的叙述中都被淡化了。五四前后鲁迅、周作人、茅盾、郑振铎等人倡导的"弱小民族文学"的译介实践及其成果，虽曾在各种文学史著中有所涉及，但一般均被处理为文学史某一阶段的外来因素之一，而没有把它当作中国新文学一贯的外来资源看待，更没有在研究和叙述中给予相应的持续性关注，系统性梳理和整体性研究则明显薄弱。在20世纪80年代之前的中国现代文学研究中，因为政治意识形态因素的干扰，在中外文学关系视野中，往往压抑和忽视中西文学的关系而特别重视中国与苏俄文学（其次是日本文学）以及其他社会主义国家间的联系。尽管事实上这些弱势民族文学的译介在当时的外国文学译介中所占的比例明显增多，但因为过于强调民族文化的独立自主，对于文学思想资源的分析特别是外来资源的分析在总体上趋于淡化，弱势民族文学作为一种外来文学因素也只是被附带提及；进入80年代以后，随着社会思想和文化学术对世界的全面开放，中外文学关系研究已经成为中国现代文学研究中一个日渐突出的重要方面。但与此同时，由于对西方现代文化在政治意识形态方面的逐渐开放，转而又形成了一味强调中西文学关系的局面，中国与弱势民族文学间的关系（相对于前一个时期）更加被忽视，这种关

### 第十二章 以东欧为中心的弱势民族文学在中外文学关系中的地位和意义

系所体现的重要性及其合理性因素则更得不到相应的阐释,当然也更没有把这种因素与中国文学现代性内涵的考察结合起来。据笔者的观察,迄今为止已有的相关研究,往往也囿于单纯的"外国文学研究"视野,仅仅将其作为外国文学事实中一个并不起眼的部分来看待,而没有在研究中从民族意识主体的觉醒和发展的角度,真正把它作为具有某种特殊性质的外来文学对象,与中国文学发展内在进程联系起来。

因此,尽管中外文学的全面交往是20世纪中国文学区别于传统文学的一个重要特征,中外文学关系研究在20世纪的大多数时间内成为考察中国文学的一个不可或缺的方面,但与对中西关系的重视程度相比,对中国与弱势民族文学关系的关注显然是不成比例的,不仅与中西关系的重视程度不成比例,也与中国与弱势民族文学的关系在文学发展进程中作用不成比例。

当然,自文艺复兴以来的欧美文学对中国文学现代化的进程而言,其意义是不言而喻的,其本身在文学思潮的更迭、文学观念的变迁、文学表现手法等方面的丰富性也是无法否认的,笔者并不否认这一点。但需要提出的是,这种状况的形成也与西方文化在近代以来世界文化中的霸权地位相关,与近代以来西方文化在中国的霸权地位相联系。欧洲中心主义和进化论的文化逻辑,长期统治着中国现代文学的研究,并在很大程度上,已经成为一种不自觉的思维习惯。在许多人眼里,西方就是世界,外国首先就是西方,就是欧美国家,中国在世界民族之林的地位,首先就得与欧美先进国家相比较,政治、经济是如此,文化、文学也是如此。在这样的主流话语下,中国与那些弱势民族之间的关系就在很大程度上被遮蔽了,压抑了。不仅许多弱势民族的文学在国内长期得不到系统的翻译和介绍[1],对他们与中国文学现代化的内在关联更是不被重视,得不到认真的清理和发掘,这一状况至今仍没有得到根本的改变。

既然现代民族意识的觉醒是近现代中国文化现代进程中的一个重要

---

[1] 在国内的外国文学研究中,非西方的弱势民族文学(又称为"东方文学")研究向来薄弱,"五四以来的东方文学介绍,是零碎的、片段的"(见陶德臻主编:《东方文学简史》后记,北京出版社1985年版),80年代以后才有较为系统的介绍。但与西方文学的强大研究阵容和众多的研究著作不可同日而语,更缺乏与中国现代文学发展内在关联的研究。

因素,民族意识的表达是中国现代主体内涵的重要组成部分,它就必然在所有的思想文化实践当中有所表现。在中外文化和文学关系上,它必然也借助于对西方强势民族文学的译介实践表现出来。但是,在特定的民族历史处境中,出于民族主体的身份认同的需要,处于世界民族谱系之不同地位的不同民族文化,对于某个民族接受主体会产生不同的情感作用,由此也会对该主体的内部构成产生不同的影响。事实上,近现代以来中国同除欧美诸国家之外的弱势民族文学之间的关系,作为中外文学关系史上贯穿始终的一个重要因素,同样应该受到相应的重视。它应该与中西文学关系,以及中俄、中日文学关系一样,共同成为中国现代文学外来资源中的重要一环,而且在中国文学现代性的多元内涵的形成中,与后者相比所具有的独特性和难以替代的功能也应该给予必要的重视和发掘。因此,即使从扩大中外文学关系研究的视野,补充已有研究中所存在的不足,纠正其中的偏向角度而言,对弱势民族文学在中国的译介及其影响研究,也是有它的意义的。这也是本书立论的重要理由之一。

## 第三节 揭示中国文学现代性特殊内涵的有效场所

民族文学关系在显性层面的表现,首先就是各民族的文学思潮、文学理论和作家、作品的跨文化、跨语言的译介和传播。弱势民族文学在20世纪中国的译介和中国主体对它们的接受,以及这些外来文学因素在中国文学进程中所产生的影响,是本书考察的主要对象。不过,这一课题所包含的内容也是相当复杂的。首先,弱势民族文学作为外来因素的一部分,它并不是单独发生作用的,它是与从古希腊到当代的所有外来文学思潮一起,同时也是与中国传统文化和文学传统一起参与中国现代文学的创造进程的;其次,在中国文学现代进程中,它到底发生了何种具体的作用?它是如何参与中国文学的创造性实践的?在不同的历史情境和作家、翻译家、理论家等不同个体的实践中又如何体现?等等,这是以某一种研究方法所无法全部回答的。而且,以本书有限的篇幅和特定的研究视角,特别是以作者有限的学养所不能完整地回答的。再次,从逻辑上说,民族文学之间的关系(以两个民族而言)是双向同时展开的——在这

## 第十二章　以东欧为中心的弱势民族文学在中外文学关系中的地位和意义

个意义上,许多研究者常常以另外一个词,即"文学交流(史)"来表述。同样,它们之间的译介活动及其影响和接受也应该是在两者之间相互进行。在这个意义上,中国文学在那些弱势民族内部的译介活动及其后果,同样是这种相互"关系"的一个方面,但却基本不在本书考察的视阈之内。这既是笔者对本书论题的一个具体的限定,同时也与"弱势民族文学"这一概念所包含的主体性视域相关。前者涉及论述过程中分析对象的选择,后者则包含着中国文学主体研究的方法论意义。关于后者,因为涉及民族文学关系研究的方法论问题,有必要在这里先做一些申述。

在已有的中外文化和文学关系的研究著作中,论者对于他们的著述历来大致有三种称呼,一种是"中外交通史",它出现较早,且是文化或者文明交流研究,强调对物质形态的中外文明交往史实的发掘、整理和研究。而其中注重文化与文学交往研究的则多采用另外两种命名,即"文学(文化)交流史"和"文学(文化)关系史"。前者如《中外文学交流史》《东方文学交流史》《近代中日文学交流史稿》等,后者如《中日文学关系史稿》《中外文学关系史资料汇编》等。[①] 事实上,在以往的相关研究中,这两类称呼往往彼此互用而不作区分。但若从辞义角度分析,"交流"与"关系"在释义上原本就有所不同,而且因为涉及研究者的立场和方法,因此我认为,对其做恰当的分辨,可以在两种史述的差异和各自侧重点之间有一个区分,也有助于反思已有著作的论述特点,明确各自历史叙述的学术追求和取向。

"交流"与"关系"虽都指事物间的关联与牵涉状态及人对这种状态的判断,但其释义也存在明显差异。"交流"一词,古语原指"江河之水的汇流",也指"行人、车马的往来",现代汉语引申为"事物间的关系状态",即"彼此把自己所有供给对方"。而"关系"则有明显的抽象意味,指两事物间的关联,在现代汉语中使用得更加普遍,指事物间某种性质的联系,也指事物间相互作用和影响的状态及其重要性,还泛指事物的原因、条件

---

[①] 《中外文学交流史》,周发祥等著,湖南教育出版社1999年版。《东方文学交流史》,孟昭毅等著,天津人民出版社2001年版。《近代中日文学交流史稿》,王晓平著,湖南文艺出版社1987年版。《中日文学关系史稿》,严绍璗著,湖南文艺出版社1987年版。《中外文学关系史资料汇编(1898—1937)》,贾植芳、陈思和主编,广西师范大学出版社2004年版。

等。比较而言,"交流"侧重事物间关联的事实状态,带有客观意味;"关系"除表述这种事实状态外,更有对这种状态的分析、判断、推理和猜测的成分。因此,两词的释义侧重点并不一致。同样,分别以这两词命名的"中外文学交流史"和"中外文学关系史",仅从命名所包含的意义看,其实已隐含了不同的学术取向。尽管不是每位研究者在采用其中一个名称时,都经过有意识的考量,甚至认为两者间本没有差别,但笔者认为,差别已在其中矣。也就是说,仅就名称而言,"交流史"应倾向于交往史实的发掘、勾勒和整理;"关系史"的学术重点则在前者的基础上更可以也更应该体现出研究者对民族文学交往史实的评价。

但我进一步要说的一个意思是:即使是"交流史"的史述方式,也同样难以逃避研究者的主体文化立场。对于中外文学交流/关系史的研究,作为一个学科领域,其原初的研究冲动必然带有某种主体文化的动机,即多少有为主体文化和文学寻找发生学之渊源或者流传学影响终点的动机,这从比较文化和比较文学学科发生以来的所有跨文化研究实践中可以找到类似的踪迹。再回到"中外文学交流/关系史"这个名称上,其中的"中"与"外"二元其实并不对等,而是一种"以一对多"的关系。这种不对等就表明研究者无可回避的中国文化的立场,即他无法脱离中国文化学术语境,同时也必须考虑研究者自身的学术期待和社会效应,必须以主体文化和文学的发展为研究的出发点和归宿,那种貌似或者自称客观超越的立场其实并不存在。进一步说,只有在清醒地意识到无可逃避的主体文化立场的前提下,才可以使自己的研究成果有效地汇入多元文化和学术的对话之中。需要说明的是,这里所指的研究主体无可逃避也无可掩盖的文化立场,与双向或者多向交往的事实发掘,与用事实说话的实证精神并不矛盾。

我要说的另外一层意思是,正因为"交流史"的史述无法逃避和摆脱主体文化的立场,因此所谓"双向交流"的言说逻辑并不是完整一体的。推而广之,所谓"中外文学交流史"作为一个学术研究领域或者准学科,其内部逻辑并不是自洽的,其文化价值的追求并不能形成一个完整的体系,因为它起码包括了双向交流的两种文化立场和价值指向。如就其中的某一向度来说,中外文化和文学各自以不同的文化逻辑实现着具体的文化

### 第十二章　以东欧为中心的弱势民族文学在中外文学关系中的地位和意义

或文学交往。以中美文学交流为例,在一般意义上,说中美文学交往是一种双向交流并没有问题,但进一步分析就有问题了:即中国文学"流"向美国和美国文学"流"向中国所遵循的文化逻辑并不一致,因为文化的传播根本上是以接受方的文化逻辑为依据的,也就是说,中国文学"流"向美国在根本上所遵循的是美国文化发展逻辑,反之所遵循的则是中国文化自身的发展逻辑。虽然当这种文学之"流"出现某种回返现象(即比较文学的影响研究中所谓的"回返影响")时情况会变得复杂一些,其"回返因素"反过来会影响对方文化的某些结构,但这种现象显然无法在根本上动摇各自民族文化和文学发展的逻辑。

在具体的民族文学关系研究的表述中,为了操作方便,许多论者往往采用分国别(或语种、地区)的方法将诸如"中外文学交流史"的总课题分解为若干子课题展开,这当然是一种通常可以接受的办法。但我个人认为,就某一子课题而言,若在"交流史"的层面上展开论述,所谓"双向交流"的叙述,事实上总免不了要"花开两朵,各表一枝",也就是"向外"和"向内"基本上还是各说各的,还是一种双向文化传播和接受的(一般按时间顺序的)并列分述,因为外国作家接受中国文学与中国作家接受外国文学,各自遵循着不同主体的文化逻辑。硬是放在一起加以表述,除了体现一般意义上的国际友谊和文化互补之外,无法有更进一步的理由去支撑。而如果要进一步在不同的文化语境中,展示出中外文学在相关的思想和文学母题上所进行的同步对应思考,在深层次上探讨中外文学的各自特质的话,恐怕就不是"文学交流史"概念所能涵盖,而应该进入"文学关系"研究的领域了。

与"文学交流史"的叙述不同,"文学关系史"或者"文学关系研究"虽然同样以中外文学双向交往的史实为依凭和出发点,但并不回避研究主体的文化立足点,并不刻意追求所谓的客观超越性,而是立足于主体文化建构的立场,对于外来文学在本土语境中的传播、接受和影响加以梳理,进而考察作为创造资源的外来文学和文化,如何经过某种特殊的媒介,在特定的历史语境中,被那些富于创造性的作家个体所运用,转化为中国文学创造和发展的动力和资源。在这个论述向度上,倒可以不必过分受制于"双向"并举的论述构架,而可以在跨文化交往的语境中,专注于一种文化和文学的发生或者发展的论述了。

　　回到本书的立论问题上,笔者着意在民族文学主体的立场上,考察中国与弱势民族文学的关系。至于中国文学在这些国家的译介及其影响,如果不是反过来又影响了中国主体对于这些民族文学或者对于中国自身的理解,那就暂时不在本书的考察之列。原因首先当然是笔者语言能力的限制,涉及如此众多弱势民族的文学,最好能通晓其各国的语言,但这至少在我写作此书的现在几乎是不可能的,这是研究者知识储备的问题。而除此之外的原因,如上所述,则可能带有某种方法论的意义:一是研究者民族身份的限制。我首先总是意在居于中国文学的立场看待这些外来文学和文化思潮,因为这些弱势民族的文学总是在现代中国这一具体的民族文化语境中被阅读和接受,进而产生相应的影响,而研究者首先就作为一个有着具体民族身份的阅读和接受者而存在。事实上到今天为止,还没有人能够完全跳出民族与国家的身份限制,这也是文学研究者难以摆脱的宿命;其次,如果说上述两点都是笔者进入这一研究领域的弱势的话,那么,包括后殖民理论、翻译的文化研究在内的当代跨文化理论及其研究实践,却在价值立场和方法论等层面上启发和支持我,使我斗胆从这个角度冒险进行一番探索性的尝试。

　　从译介与影响/接受的角度探讨中国文学的现代性问题,在比较文学学科发展的立场看来,也是受近年来译介学研究所取得的新进展的启发。从比较文学学科发展历史看,译介学研究最早起源于法国学派的影响研究方法,它曾经是影响研究的一个分支,即媒介学所讨论的文学传播在语言层面上的体现,它与作家的跨国旅行和异国作家交往等跨文化活动相并列。另一方面,对于翻译的实践、方法和理论的探讨,则又是一个历史久远、遍及所有民族文化历史(只要涉及不同民族、语言之间的交往和转换)的学术实践,它当然也是比较文学译介学的另一种传统资源。译介学研究在20世纪后期的迅猛发展,在方法论和问题意识两个方面同时给比较文学这一始终伴随着危机的学科以新的刺激,它既凸现了比较文学新的危机,也呈现出新的具有发展潜力的领域。解构主义理论的代表人物,美国著名的文学批评家和比较文学学者希利斯·米勒则以"比较文学的

## 第十二章　以东欧为中心的弱势民族文学在中外文学关系中的地位和意义

永久危机来自于翻译"①这种类似危言耸听的说法,警示了译介学研究的意义。对文学翻译实践的跨文化研究,使得比较文学的民族文学关系研究不再停留在对文化立场、价值取向和文学创作中关于文学观念、主题、人物、结构和手法等方面的直接比照,而真正使这种关系落实在语言的跨文化转换这一具体的交结层面上,也给民族文学关系的许多宏观的理论问题带来切实的启发。

自20世纪50年代以来,国外的翻译研究在现代语言学理论的基础上,从传统的对于翻译标准、翻译原则、翻译方法等问题讨论,转向翻译的文化研究。从70年代开始,这一领域的研究更是取得了突破性的进展。简而言之,具体表现在三个方面:第一,翻译研究已经从一般意义上对于两种语言转换的技术问题的研究,深入到对于翻译行为本身的探讨,对于语音、语法、语义的等值关系展开研究。第二,研究的对象不再局限于翻译文本本身,而是更多地将翻译作为一种跨文化实践,考察其在文化交往特别是在译入语文化中所产生的作用。第三,将翻译实践及其成果置于具体的文化语境之中,运用多学科的文化理论进行综合性的研究。② 这样,文学翻译活动不再被简单地看作一种工具性劳作,看作一种在两种语言之间的简单转换行为,对于翻译成果的判断也不再以翻译的对象客体即译出语文本为中心,并用由此确定的忠实与否的固定标准来衡量其对错优劣,而是将其视作一种特定主体(译者)在特定时空下的跨文化活动的产物,视作译入语文化空间中一种独特的政治行为、文化行为和文学行为。而文学译本则是在译入语文化诸多因素共同作用下的产物,它在译入语文化系统中承担着独特而重要的文化功能。这些翻译研究理论、实践及其进展,对于考察中外文学关系,尤其是对探讨中外文学关系中的翻译实践,以及这种实践成果在本土文学进程中的作用,在理论和方法上具有十分重要的借鉴意义。"他们共同的地方,简单而言,在于认同文学是一个复杂而动态的系统……他们认定文学翻译研究的路向应该是描述性

---

① 引自 J.希利斯·米勒:《比较文学的(语言)危机》,李元译,《土著与数码冲浪者:米勒中国演讲集》,易晓明编,吉林人民出版社 2004 年版,第 79 页。

② 参见谢天振:《翻译研究新视野》,青岛出版社 2003 年版,第 13—30 页。

的、以译入语为中心、是功能性及系统性的;他们很有兴趣去探究影响翻译产生及接受的准则和限制、翻译以及其他文本处理之间的关系,以至翻译在一既定文学里,以及在不同文学之间的相互作用中所扮演的角色及位置。"①

特别是诸多翻译研究中一些视界开阔的学派,对比较文学的民族文学关系研究更具有启发意义。

笔者认为,以色列学者伊文-佐哈尔(Itmar Even-Zohar)的多元系统理论(Polysystem Theory)对于在世界文学背景下考察 20 世纪中外文学关系中的文学译介现象具有明显的启发意义。② 佐哈尔的多元系统理论认为,符号系统是一个异质的、开放的、动态的多元系统,它由若干个不同的系统所组成,这些系统相互交叉、部分重叠,在同一时间内各有不同的项目可供选择,却又互相依存,并作为一个有组织的整体而运作,这种运作又是不同系统元素的阶层之间相互冲突的结果,阶层之间的冲突,使某些系统元素从中心被驱逐到边缘(离心运动),而有些则从边缘走向中心(向心运动),两者之间的相互争夺,构成系统的历时性转变。如果把这里所说的符号系统转换成文学系统,伊文-佐哈尔的多元系统理论,正好可以解释在 20 世纪的大部分时间里中国文学系统内部外国文学翻译兴盛的原因,也说明了为什么外国(翻译)文学成为中国文学的学习、借鉴和模仿的对象,由此进一步拷问为什么外来的特别是西方文学的标准常常成为参与建造中国文学新系统的积极构成因素。因为 20 世纪中国文化和文学的世界地位及其自身状况,尤其是中国新文学传统如何从传统中裂变脱胎出来,逐渐形成新的文学规范,生长出新的文学特质的历程,恰好符合伊文-佐哈尔所说的三种条件:1. 这个文学系统没有成型,处于年轻时期;2. 该文学处于边缘或弱势阶段;3. 该文学处于某种危机或转折点,乃至处于一个文学真空阶段。在这几种情况下,原来的文学不单借助于翻译来输入新的思想内容,就是形式和技巧也由翻译来提供,因此翻译活

---

① 转引自王宏志:《重释"信雅达"——20 世纪中国翻译研究》,东方出版中心 1999 年版,第 22 页。

② 伊文·佐哈尔:《多元系统论》,张南峰译,载《中国翻译》2002 年第 4 期。译自 Itamar Even-Zohar,"Polysystem Theory", *Polysystem Studies*, *Poetics Today* 11:1. 1990,pp. 9—26.

## 第十二章　以东欧为中心的弱势民族文学在中外文学关系中的地位和意义

动显得频繁而重要,它占据了文学活动的中心位置,并且扮演了创新者的角色。

不过,如果仅仅是以 20 世纪中外文学关系的史实,来印证多元系统理论的有效性,本身没有太大的学术意义。笔者更加看重的是,对这一理论参照,可以进一步凸现 20 世纪中外文学交流中的文化逆差事实,并由此可以揭示其中所包涵的特殊意义。20 世纪中国翻译文学如此发达,一方面可以显现出其作为外来文化资源在民族文学系统变革中所占地位的重要性,同时也表明中国文学现代化所面临的民族文化的弱势地位和她的特殊处境和主体遭遇。包括伊文-佐哈尔在内的这些翻译文化理论,自 20 世纪 80 年代末开始,得到了中国学者的积极响应,并且与比较文学的译介学研究相结合,已经出现了一批相应的研究成果。[①] 与 20 世纪中国文学研究密切相关的是,翻译文学在 20 世纪中国文学中的地位和作用问题的提出[②]和将文学翻译作为译入语主体的一种重要文化实践这一观念的确立,使中外文学关系研究真正开始在理论上注意"关系"的中介和主体问题,而不是径直在中国文学和"外国文学"两套(其实是多套)话语之间来回穿越,也不是忽视实践主体的立场,采取貌似客观、对等的观照态度评价和处理中外文学关系中的相关问题。

如果说,当代翻译文化理论是从传统的带有纯技术色彩的操作理论转入对于跨文化交往中主体实践的关注的话,那么,弗雷德里克·杰姆逊的后殖民文化理论,特别是他对于第三世界文学的分析理论,则直接从后殖民时代文化的民族关系角度,分析了弱势民族文学在现代化进程中的主体遭遇及其在文本中的表现。作为一个"后现代主义"的马克思主义理论家,他当然不认为文化或者民族的"特征"是完整性的、铁板一块的,他一再指出,对于第三世界主体文化行为的分析必须从历史的观点上,在确

---

[①] 这些成果包括:谢天振教授的《比较文学与翻译研究》(台湾业强出版社,1994)、《译介学》(上海外语教育出版社,2000)、《翻译研究新视野》(青岛出版社,2003);王宏志教授的《重释"信雅达"——20 世纪中国翻译研究》(东方出版中心,1999)等等。还有刘禾《跨语际实践——文学,民族文化与被译介的现代性(中国,1900—1937)》,(宋伟杰译,三联书店,2002),等等。

[②] 谢天振教授对于翻译文学在译入语文学中的地位给予明确的肯定,给 20 世纪中国文学研究中对翻译文学意义的重新论定带来重要启发。见谢天振:《为"弃儿"寻找归宿——论翻译在中国现代文学史上的地位》,载《上海文化》1989 年第 6 期。

定行为"场所"的前提下进行讨论,并由此考察第三世界主体在使用包括"民族主义"在内的意识形态价值观时的历史背景,理解他们的"有策略地使用这一概念的政治效果"。在此理论前提下,他从资本主义的发生和发展的世界性机制的角度,指出"所有第三世界的文化都不能被看作是人类学所称的独立或自主的文化。相反,这些文化在许多显著的地方处于同第一世界文化帝国主义进行生死搏斗之中——这种文化搏斗的本身,反映了这些地区的经济受到资本的不同阶段或有时被委婉地称为现代化的渗透"。正是在这个意义上,他才认为:"任何世界文学的概念都必须特别注重第三世界文学。"①作为一种文化批判理论,杰姆逊的学说具有特定的文化语境,他的一些具体分析模式更可以加以质疑,但即便如此,它仍然对于我们从民族主体立场考察中外文学关系的研究,特别是对于考察"弱势民族文学"在中国文学现代化历程中的作用问题具有重要的启发意义。当然,在对于弱势民族文学的选择、评价和接受心理的分析和考察方面,我也受法国比较文学学者巴柔(D.-H. Pageaux)的形象学(Imagologie)理论的某种启发。在比较文学的形象学研究中,文学中的异国形象不再被看成是单纯对现实的复制式描写,而是被放在自我与他者、本土与异域的关系中加以研究。巴柔认为,异国形象是一个广泛且复杂的总体想象物的一部分,是社会集体想象物的一种特殊表现形态,而"一切形象都源于对自我与他者,本土与异域关系的自觉意识之中,即使这种意识是十分微弱的","'我'注视他者,而他者形象同时也传递了'我'这个注视者、言说者和书写者的某种形象"②。弱势民族文学在不同历史时期的不同群体和个人眼里,有着不同的评价,其间的差异和变化同样折射出主体内部的变化。而形象学理论在哲学和心理学上的理论根源,也可以和拉康的心理分析理论联系起来,因为中国对于弱势民族文学的接受,从心理机制而言,本身就是对中西文化和文学关系中所压抑的紧张和屈辱心理的某种释放和排解。

---

① 参见费里德里克·杰姆逊:《处于跨国资本主义时代中的第三世界文学》,引自《晚期资本主义的文化逻辑》,张旭东等译,三联书店 1997 年版,第 516—546 页。

② 转引自孟华:《比较文学形象学》,北京大学出版社 2001 年版,第 4 页。见《总体文学与比较文学》(La literature generale et comparee),阿·高兰出版社 1994 年版,第 60 页。

## 第十二章　以东欧为中心的弱势民族文学在中外文学关系中的地位和意义

旅美学者刘禾在借鉴当代西方后殖民理论、话语分析理论和翻译理论的基础上,在中外文化和文学关系研究中明确地提出了"跨语际实践"的概念,她将翻译视为一种跨语际的文化和文学实践,并且指出,原语和译入语之间的等值关系正是在这种跨语际实践中历史地形成的。这样,翻译就不再是将文本或者信息从一种语言过渡到另一种语言的工具性转换过程,而是一种跨语际交往中的一系列文化实践。这种文化实践参与了中国现代的话语建构和现代性主体的生成。而将这种语言实践和文学实践放在中国现代经验的中心,尤其是放在"险象环生的中西关系"的中心,显然有助于考察现代化过程中中国文学主体内部复杂的欲求、矛盾和压力,以及对于这种压力之排解的具体情形。刘禾博士的"跨语际实践"理论对我的意义,正在于它同样为我在弱势民族文学译介及其影响的研究中,立足于译入语——即从中国主体的立场研究这些文化和文学交往实践提供了一种理论参照。

现代主体意识的确立是中国文化和文学现代化在内在精神上的根本体现,而中国现代主体正是在中外文化交汇碰撞中建立起来的。如果说对于中国现代主体意识及其经验的考察,是揭示中国文学现代性复杂内涵的关键,那么,文学翻译本身就是中国现代主体文化和文学创作的一种重要途径,是跨语际文化实践赖以展开的场所,是中国现代民族建构及"现代人"想象或者幻想的建构中一种强有力的中介。其中,强势文化的民族文学和弱势民族文学的译介实践,同样构成了中国现代主体的一部分。只不过在具体的历史进程中,后者可能更是其中独特的一部分,是曾经被遮蔽的一部分。相对于西方文学在中国的译介及其影响/接受而言,这部分实践活动的展开过程及其成果,在中国现代主体意识的建构中有着特别的意义和功能。对这部分实践的分析,将有助于完整地勾勒中国现代主体意识的全貌,特别是揭示被现代文化的中心话语所遮蔽和压抑的内在矛盾、紧张。在这样的理论背景下,弱势民族文学译介的复杂情形才可以得到正视,弱势民族文学译介实践的文化和文学意义也就可能得到合理的说明,它在中国现代语境下往往遭受西方强势文学压抑的原因也可以得到进一步的解释,由此而引起的中国主体意识的相应特点,也可以得到进一步的落实。

## 第四节　弱势民族文学与中国现代文学的主体建立

中外文学关系研究是中国现代文学研究的重要一翼,但不是也不可能是它的全部。因为就民族文学而言,外来文学资源并不能阐释一切,比如它不能从根本上说明中国文学的独创性。而将中国现代文学置于世界文学的整体格局中,对其独创性因素的充分阐发,以期展示它对世界文学的贡献,是中国现代文学研究的根本任务。这就需要多个学科的相互协作,或者换一个角度说,需要以此为宗旨的学者能具备多个学科的意识、视野和方法。雷纳·韦勒克(Rene Wellk)在其堪称经典的《文学理论》一书中,当论及比较文学学科时曾经说过:"……这里推荐比较文学,当然并不含有忽视研究民族文学的意思。事实上,恰恰是'文学的民族特性'以及各个民族对这个总的文学进程所做出的独特贡献应当被理解为比较文学的核心问题。"[①]韦勒克在这里所说的民族文学的独特贡献,必须放在民族文学关系当中,在世界多民族文化发展的动态过程中来看待,即应当在世界文学和文化的多元、整体、系统和变化的过程中来观察分析之。

如果说,作为全球性的现代化进程,其本身就包含了先发和后发型、内源型和外源(或外铄)型[②]等不同的发展形态,而且事实上这两者之间又是相互依存的话,那么,作为现代性经验之探索和表述的文学实践及其成果(作品),同样应当具备至少两种不同类型的现代性内涵,它体现在民族文学的总体特征上,就是表述现代化先发的、强势的、殖民地宗主国家(民族)的现代性经验,和后发的、弱势的、被殖民国家(民族)的现代性经验,以及在这两种经验表述中形成的两种类型的(同时又各有不同的)表述方式。在这个意义上,现代民族意识的持久生命力、民族性与世界性的紧张关系、群体意识和个体独立性的矛盾纠葛、传统与现代的剧烈冲突、外来影响在文学资源(相对于传统资源)中的突出地位、文学审美性与

---

[①] 引自韦勒克、沃伦:《文学理论》,刘象愚等译,江苏教育出版社2006年版,第47页。
[②] 关于现代化的分类,中外学者有许多论述,本文主要参考罗荣渠《现代化新论——世界与中国的现代化》(商务印书馆,2004)一书中的观点。

### 第十二章　以东欧为中心的弱势民族文学在中外文学关系中的地位和意义

文学功用性的不断抵牾等等,都是现代化后发国家(民族)所具有的现代性独特经验,也是其民族文学相对于世界文学而言的独特贡献的体现,中国自晚清以来的现代文学对于世界文学所做出的独特贡献,应该从这个角度加以发掘和阐释。

相对于现代化先发国家的西方文学而言,弱势民族文学[①]拥有更丰富、更切近的现代民族文化交往——特别是民族和文化间冲突性交往的经验,因为在近代以来西方殖民主义的扩张过程中,民族交往和冲突的大部分事件,往往是在这些弱势民族文学和文化的"本土"展开,而且常常形成生死存亡的紧张局面。对于民族文化间的冲突性交往而言,它不同于正常情景下互通有无礼尚往来,后者必定是以民族文化主体相互尊重和平等为前提,而前者则不然,而且往往伴随着政治、经济、文化乃至直接诉诸武力的不平等现象,即双方各处于权力中心或者边缘,同时伴随着一方的倨傲和另一方的自卑与焦虑。仅就冲突性文化交往而言,这里可以借用一对军事上的术语来做比喻,即在两军对垒的情况下,是在本土决战,还是决战于境外? 处于不同的地位,对不同战争的体验大相径庭。当然,无论是那种方式,文化交往比两军对决的军事行动要复杂得多,更难于与同样的方式估量"成败",但有一点可以肯定,民族文化交往双方(各方)所处的不同地位和不同的交往方式,既决定了交往过程中各自不同的体验,也必定对双方的交往后果留下深刻的影响。因此具体说来,在这种文化的交往和冲突中,(与强势民族的那种想象与欲望刺激下的冒险激情体验不同)对于弱势方文化主体而言,这种交往和冲突的经验是刻骨铭心的生死体验。它必然在总体上始终包含着面对强势文化和文学的抵抗经验,而这种抵抗又不是简单地反对西方、反对列强所可以概括的,而是与强势

---

[①]　自20世纪初期开始,陈独秀、鲁迅等现代知识分子就将"弱小民族"及"弱小民族文学"的概念引入启蒙话语当中。本书采用的"弱势民族文学"概念是对前者的沿用和改造。笔者认为,弱势民族文学的具体所指不是固定不变的,它在我所设想的用于描述民族文学关系的话语整体中具有相对性和流动性特征,对它的语义分析也必须放在具体的历史语境中,综合考察主客体两个方面的因素。其在20世纪中外文学关系中的语义变迁,一方面取决于运用这一话语的主体意图及其政治、文化立场;另一方面在客观上又取决于世界局势和国内现实文化的复杂变化。参见宋炳辉:《弱小民族文学的译介语中国文学的现代性》,载《中国比较文学》2002年第2期。

文化、文学的不断对话的同时,又在同处于弱势地位的民族身上投射了强烈的认同情感。如此在抵抗过程中不断地创造和体验,并逐渐确立起现代民族主体意识。反映在文化思潮和文学发展领域,这种抵抗和对话又常常是以激烈的剧变方式出现。在 20 世纪短短的百年中,自文艺复兴以来的所有西方文化都成为现代中国引进和借鉴的对象,成为剧变中的文化和文学思潮的主流话语;而弱势民族文化的经验表述只能在这种强势文化、文学译介的缝隙中进行。历时性、多元化的思想、文化和文学资源在短时间内以共时的方式在同一个平面上展开,各种思潮之间的冲突矛盾在所难免。

需要说明的是,这里的"强""弱"概念,不仅是指一种民族国家现实关系的定位,而且也是指一种民族的集体性自我想象和认同的前提,后者在某种意义上是一种文化和文学的喻说。这种喻说在文学实践中可以体现在文学话语、文学修辞、文学形象、文学叙事等多个层面,但它首先在文学情感、文学主题方面,体现在对于民族地位、民族关系和群体认同的理性化态度中,自清末开始到五四新文学初期,从梁启超到鲁迅、周作人等对于弱小民族文学的大力介绍,就是最突出的例子。从 20 世纪中国文学这个具体的、历史的角度看,这种认同和想象往往是表面化的、粗疏的,但笔者认为,它对于中国文学现代性经验的探讨,同时却是十分重要的。因为民族意识的表达,是中国现代主体内涵的重要组成部分(它与世界主义的普遍性欲求相对应)。反映在中外文学关系中,在对西方文化和文学的译介和接受中同样包含着这种民族意识,但由于近代以来中西文化之强弱乃至对立关系的客观存在,它往往只能是一种曲折的、压抑的情感表达——在民族文化整体的意义上说来,西方既是老师又是敌人;而在对于弱势民族文学的译介和接受中,这种被西方强势文化所压抑的情感,则能得以正面的宣泄和直接的表达。因此,只有将两者结合起来,即在"中西"和"中弱"两种不同的关系中考察和分析中国主体的不同情感经验,才可以完整地获得中国现代主体的面相。

就民族文学的关系而言,它的内涵可以包括文学(以及与之相关的思想文化思潮)的翻译、介绍、影响、接受和创造性转化等多个层面,它是一个历史地展开的实践过程。从弱势民族文学在中国的译介入手,是进一

## 第十二章 以东欧为中心的弱势民族文学在中外文学关系中的地位和意义

步探讨其在中国文学本土的影响和接受的必要途径和前提。但这样的研究不同于一般的翻译研究,它必须是以超越文学翻译的工具论,将翻译活动作为跨语际文化实践和本土(译入语)文化创造的一部分作理论前提的。笔者同时也意识到,与本土文学思潮和文学创作实践相比,文学译介作为一种文化活动,其本身必然带有相当大的偶然性,它的具体展开往往还取决于译者的语言能力、源语文本的获得途径、译本的出版条件等等主观意识之外的因素,因此,并不是所有具体的文学译介都能够成为一种有意识的(借助中介的)意义和情感表达。在另一个层面上,对于外国文学的译介实践只有进一步与本土文学产生摩擦、冲撞、呼应和沟通,才能被后者真正接受,并对本土文学的发展产生实质性的作用。因此,它还必须在完成文本的语言转换之后,能真正进入本土文学思潮和创作实践的主体内部,从而使自己获得动态的经典性质,即能够在新的文化语境中具有创生性的特质,并获得创生性的历史机遇,也就是说,一部外国经典作品只有真正触动中国作家,并被中国作家主体焕发出新的创造性功能,才谈得上真正的文学接受。因此,译介数量的多少,甚至对于译介对象的理解程度的高低,都并不必然决定译介对象在中国文学语境中的创生性的获得。无论是就20世纪各个时期弱势民族文学译介而言(与西方强势文学相对照),还是就其中对某种文学思潮或作家的译介而言,其结果都证明了这一点。

在决定外来文学思潮和创作进入译入语(中国)文化之后,是否或在多大程度上发挥其创生性的诸多文化因素中,本土文化和文学的民族意识无疑是相当重要的内容。在特定的历史文化空间里,它甚至是决定创生性的一种筛选机制。对于中国这样一个现代化后发国家而言,不管其处于什么样的国内形势和国际处境下,民族意识总可以找到其存在的理由,也总是或多或少地决定和影响着对于外国文学的译介和接受情形。而对处于相似的现代化国际境遇下的其他弱势民族(国家)来说,他们之间的文化、文学的交往和理解,可以在这一点上具有更多的共性。当然,这并不意味着,只有体现反抗殖民(或者后殖民)统治、表现民族独立、人民解放一类主题的文学作品才是现代化后发民族(国家)文学之间的共同点,才是他们之间文学认同的前提。事实上,正是其"弱势"和"后发"的国际处境,在民族意识觉醒的同时,激发了这些民族的世界意识,并且在这些民族内部的一批文化精英中,产生出超越性极强的世界主义者和世界主义倾向。这些人往往接受过殖民或半殖民的双语教育,对于民族文化的生死体验有着敏感的领悟,又具有比较开阔的世界文化视野。因此,确切地说,正是民族意识和世界意识的制约并存、起伏交错和矛盾冲突,才是弱势民族所面临的一个共同生存处境。而如何突破西方民族主义的逻辑,寻求民族文化生存和发展的理由与可能,开辟人类文化的未来,才是他们需要共同应对的文化和文学问题。因此,与是否体现了反抗殖民(后殖民)统治,是否表现了民族独立、人民解放的文学主题相比,是否体现了民族意识和世界意识的制约并存、起伏交错和矛盾冲突,是否为这种矛盾、悖论和焦虑寻找到一种独特的表达途径和方式,则更加集中地体现了民族文学在本土文化规范之下外来文学创生性发挥的筛选功能。

纵观中国现代文学从发生到发展的演进历程,尽管文学环境在这一百多年中发生了重大的变动,尽管不时被冠以"民族主义"之名而受到批判和攻击,但不管是摆脱民族压迫、争取民族独立,还是建构民族国家、巩固民族政权、实现民族富强、建设民族文化,民族意识在各个时期都有其存在的合理性,文学中的民族意识表现也一直是其重要的精神内涵。问题的复杂性倒在于,在中外文学关系中,文化逻辑和文学逻辑并不总是统一的。外来文学的译介、影响和接受,果然不能无视文化环境和文化逻辑,但文学和审美的逻辑同样是决定外来文学创生性的决定因素。假如仅仅为了激发接受主体的某种文化情感,那么,这样的译介和接受很可能会忽略文学文本的审美独创性,而使其成为一个单纯的思想或者文化事件,从而不能真正为本土文学提供新的动态的经典因素。

如果将 20 世纪二三十年代和八九十年代弱势民族文学在中国的译介及其接受状况做一个对比,或许可以使问题的复杂性获得进一步呈现。

就 20 世纪整体而言,上述两个时期都是中外文学关系史上相对多元开放阶段,在这期间,外来文学和文化思潮都被多元化地引入本土。同时,一般来说,这两个时期又都是西方文学译介成为主流的时期,相对而言,弱势民族文学的译介处于边缘化状态。但在事实上,在这些以西方文学和文化为主流的外来话语之中,弱势民族文学同样对于中国本土文学

### 第十二章 以东欧为中心的弱势民族文学在中外文学关系中的地位和意义

的构成发生着重要的作用。在这种多元文化的碰撞竞争中,同样面临着弱势民族文学发展中所共同面对的一些问题,比如文学的民族性与世界性问题,全球化与本土化问题,弱势民族现代文学的动力问题,文学的功利性与审美独立性问题,甚至诺贝尔奖能否作为第三世界文学成就标准的问题,等等。这是这两个时期在弱势民族文学译介和接受中所体现出的共性。

另一方面,它们之间的差别也是同样明显的。20世纪二三十年代的中国,处于民族政体及其文化的建构时期,它经过辛亥革命和五四运动,刚刚从封闭的文化环境中走出,建立民族文学价值的普遍性(普适性)是其首要的任务,而半殖民地国家多元化的分散的权力构成,使社会形成了广泛的权力真空或者权力缝隙,这就在客观上为开放的文化交流提供了有利的环境,由此使本土文学的发展拥有了多元化的外来资源。但另一方面,正由于没有形成稳定的权力基础和民族国家政体,这一时期的文化和文学实践,往往又被急迫的民族国家建构任务所胁迫,把多样开放的文化和文学探索一再引向功利性的目标,30年代的国民党政府倡导的"民族主义文学运动",就是最为典型的一例。

而八九十年代的新时期,是中华民族期待再次复兴的时期,它是中国经历了半个世纪的政治、经济和文化的实践努力,在民族独立之路上经历了几代人的跋涉以后所再次形成的全面开放的文化时期。由于具有相对稳定的民族国家权力政体,因此,对于民族国家而言,这种文化开放具有相当大的主动性,对文化和文学个体而言,也就大大减轻了像二三十年代那样的文化压力,个人在文学探索实践中也就有了更多的选择空间。但因为现代化进程的"中西落差"仍然存在,强势民族文化的压力仍然没有消失,因此,社会文化的主流话语权力还是发挥着或显或潜的作用,以西方文化为师的价值标准在大部分时间里重新获得了主流地位,这尤其表现在80年代中期之前现代派文学思潮的大规模倡导和模仿当中。这样,能否被西方主流文化和文学所承认,仍然左右着中国文化和文学创作的倾向。

不过,全面地考察新时期外国文学的译入语境,很难说这个时代是西方化态度和倾向更明显了,还是民族意识更强烈了。本来,民族危亡压力的相对减弱,可以使西方化思潮和世界主义思想的倡导减少了许多压力,也为多元文化追求的出现创造了有利的文化条件,但这并不意味着再也不会出现30年代那种强烈的民族意识。实际情形是,西方化价值倡导背后的动因,往往是为了强调民族身份和民族意识;反过来,民族意识又可以通过获得西方化标准认可的途径得以强化。随着全球化时代的到来,后殖民话语的引入,本土文化内部的主导意识形态、知识分子群体和民众文化趣味之间的力量均衡发生了一系列变化。新时期初期,"全盘西化"思潮一度得以成为主流话语,并与官方意识形态形成默契,成为批判极左政治,进行拨乱反正的一个突破口;但自80年代末开始,中国文化界的民族主义思想和文学领域中对于民族化的崇拜倾向重又抬头,现代派文学很快遭到来自主流文化的压力。因为,主流文化除了政治意识形态渊源的规范因素外,总是天然地以民族利益的代表和民族复兴者自居,因而不会放弃对于民族主义精神资源的利用,所以也就不会让"全盘西化"成为绝对主流话语(这与全盘西化的现实可能性无关),它总是力图将这种思潮限制在其可以控制的范围内,而不希望其泛滥,以造成某种现实威胁。所以,以西方文化为宗旨的现代派文化,不会无限制地得到官方容忍和肯定,这无疑有助于民族主义文化思潮的复苏。另一方面,对于知识分子作家而言,民族身份的确认,民族文化特性的强调,同样有其充分的理由。除了与官方意识形态有某种契合外,确立民族文化和文学特色,并借此使中国文学"走向世界"①,走向西方,也是一种文化和文学复兴的现实途径。在所谓"越是民族的就越是世界的"这一具有广泛接受性的命题中,民族性和世界性是一种奇妙的结合,一方面是借对民族性的肯定走向世界和西方;另一方面是通过走向西方,复兴民族文化,而确立民族在世界文化中的地位,这是一个问题的两个方面。这样,两者之间的纠葛和缠绕便成为一个悖论,一个始终难以解开的情结,一个当代中国知识分子文化精神中持续不断的敏感点。在这样的矛盾、对立和纠葛中,弱势民族文学,特别是那些已经取得世界性影响(某种程度上也是获得西方文化承

---

① 1985年湖南人民出版社出版曾小逸主编的《走向世界文学——中国现代作家与外国文学》一书,此书由三十多位中国学者参与,影响甚大,是当时中国文化和文学观念的一个表征。

## 第十二章 以东欧为中心的弱势民族文学在中外文学关系中的地位和意义

认)的弱势民族文学,比如拉美文学、东欧文学、非洲文学、印度等亚洲文学中的某些文学思潮和作家,便成为中国作家富于创生性的仿效对象,因此,出现这样的事实也就不足为怪:在众多被译介的弱势民族文学中,也只有屈指可数的几位作家具有这样的机遇和特质。

如果进一步进行比较,与20世纪上半期的二三十年代相比,新时期中国文学在选择和接受这些外来文学资源时,有着不同的内在文化逻辑。

在二三十年代,因为民族自身的弱势和被压迫处境,为了求存和独立,而吸收"弱小民族"的文学,借以完成自我身份的认同,并排遣在西方化压力(特别是进化论的悖论所导致的压力)下的情感焦虑,寻求民族认同和凝聚力,力图为民族生存寻找文化动力资源,这里所遵循的基本上是一种文化交往逻辑。因此,在这个时期里,除了鲁迅等极少数同时具有明确文学启蒙意识的作家外,许多文学文本中所表达的反抗殖民、争取独立的思想主题,往往成为弱势民族文学选择的最主要的准则。这种认同和接受方式,是民族危机压力下文学功利化态度在中外文学关系这一跨语际实践中的一种具体表现。它不仅在思想层面上表现为一种简单化的倾向[1],而且在文学想象和表现(叙述、象征等)的层面上,也压制了"文学启蒙"和文学现代化的欲求(这可能就是鲁迅后来放弃明确地提倡"弱势民族文学"的潜在原因)。按照这种选择和译介的逻辑,为了顺应时代文化需要,表达民族意识,译介弱势民族的那种带有反抗意识的文学,但同时又往往简单化地在作品所宣示的态度层面上进行,因此,凡是表达反抗意愿、讲述反抗故事的就译介,而表达曲折情感、富有形式化意味的作品,则相应地被忽略。事实上,这些弱势民族本身就存在着文学启蒙和文学现代化的问题。他们的文学表达传统中的一些形式、手段还没有来得及进行现代转型,或者是因为同样面临民族危机的压力,这就导致文学译介的跨语际实践较多地在思想化、主题化、情绪化层面上引进,而无法触动本

---

[1] 这种倾向既遮蔽了弱势民族内部的阶级对立因素,也容易被权力和意识形态所利用,从而作为官方社会动员的一种手段。鲁迅、茅盾等左翼作家30年代对于"民族主义文学"的批判就是在这个意义上展开的。参见鲁迅《民族主义文学的任务和运命》,1931年10月23日,见《鲁迅全集》第4卷第311—312、320页。茅盾《民族主义文艺的现形》,载《文学导报》第1卷第4期,署名"石萌"。

土文学的形式和话语的变革。于是,政治抒情诗、历史题材小说、民族抗争的现实事件等等,便成为这个时期弱势民族文学译介的主要内容和理由。这是在五四时期和20世纪三四十年代民族危机压力下,弱势民族文学译介必然出现的局面。这种局面,仅仅在文学和审美性层面上,就与中西文学的交往关系形成强烈的优势对比。所以,弱势民族的译介从20世纪初期的一时之盛,发展到抗战时期基本退出主流文化话语场,也是一种必然的历史结果。

这种因为受时代和民族危机压力而关注文学表达内容,同时又被压抑、牺牲了的文学手段和审美独创性需求,只有在思想文化压力相对减弱时,才有可能得到满足。也就是说,只有在民族地位相对稳固（哪怕经济地位仍然相对落后）、民族主权得到国际社会承认的条件下,才有可能得到缓解。在这样的条件下,民族意识和民族认同反过来又可以成为推动和强化这种跨语际实践的正面动力。在这时候,人们不仅可以放心地引进西方现代文学艺术作为借鉴,而且在与弱势民族文学（非西方的第三世界国家,或者曾经有过西方殖民或半殖民历史的国家）的跨语际交往实践中,那些既体现了民族独立、民族自我认同和民族文化的传承意识,又具有新颖独特的艺术表现（往往也包含了对西方现代艺术表现手法的汲取）的文学创作,就可以得到大规模的译介,并且会在整个文学界产生强有力的影响,成为激发本土文学创造力的一个有力的契机。只可惜,这样的条件,尽管在20世纪五六十年代已经基本具备,但因政治意识形态对外来文化选择的严格控制乃至发展成全面的封闭,弱势民族文学在中国的接受仍然没有结出特别丰硕的成果来。

到新时期,情况有了相应的变化。本土文化在摆脱了某些困境之后,又难免出现新的偏颇。如上所述,从文化交往的层面上说,译入语（本土）文化主体更多地是为了寻求民族的复兴和强大而积极引入外来资源,正是在此意义上,期望能从已经"走向世界"的"弱势民族"文化和文学中找到借鉴或获得启发。这里,排遣被压抑情感的需求和功能因素与五六十年代相比已经明显减退,同时为达到某种文化目的的功利因素明显增强。因此,在译介目标的选择上,也就更会借助于西方化的标准,一个突出的例子,就是诺贝尔文学奖作为一个普适性标准的作用明显增大。而真正

## 第十二章　以东欧为中心的弱势民族文学在中外文学关系中的地位和意义

弱势的民族文学,比如非洲、阿拉伯文学,还有在"文革"期间曾经拥有外来文学优势地位的那些小民族(阿尔巴尼亚、罗马尼亚、越南、朝鲜、柬埔寨等国家)的文学声音(且不说它们的艺术水准如何,即使是其中的优秀之作)则仍然或者反而趋于减弱,即使有所译介,也难以引起真正的注意,难以获得创生性的特质。同时,在文化层面上,西方流行的后殖民话语被便捷地接纳进来,并在文学交往和接受的领域中加以简单化地使用①,由此,狭隘的民族主义经过新理论的乔装打扮重新登场。

但如果换一个角度来观察,新时期的中外文学关系情形,同时也显现了选择和接受行为在文化逻辑和文学审美逻辑上的分野,这又未尝不是一件好事。以是否已经被世界(哪怕仅仅是西方世界)所认同作为一种选择和译介的标准,并非是一种对于西方文化标准的完全认同,其中也包含了对文学文本的审美特质和创新意识的重视。事实上,在中国新时期文学空间里,在那些富有创生性的弱势民族作家中,如昆德拉、博尔赫斯等作家就没有获得诺贝尔奖,在西方世界也有许多不同的评价甚至争议。而所有在当代中国文坛引起重视的那些弱势民族作家,包括拉丁美洲、东欧、南非等地区,以及具有弱小民族族裔背景的作家,往往既对现代化后发国家的文化境遇和未来发展有着深刻的忧虑和思考,同时在文学文本的表述上有着独特的创意追求。在这个意义上,也显示出 20 世纪二三十年代的鲁迅精神传统已经得到了新的继承,这也可以看出新时期中国文学主体,在选择、译介和接受外来文学资源上所体现出来的成熟趋势。

美国左翼文艺批评家詹姆逊(Fredric Jameson)在《处于跨国资本主义时代中的第三世界文学》一文中,曾这样概括第三世界知识分子普遍执着的民族意识:

> (他们)执著地希望回归到自己的民族环境之中。他们反复提到自己国家的名字,注意到"我们"这一集合词:我们应该做些什么、我们应该怎样做、我们不应该做些什么,我们如何能够比这个民族或那个民族做得更好、我们具备自己的特性,总之,我们把问题提到了"人

---

① 对此,许多学者如李怡《现代性:批判的批判——中国现代文学研究的核心问题》(人民文学出版社,2006)等已有中肯的分析和批判。

民"的高度上。①

但詹姆逊又认为,这些让美国知识分子觉得已经被合理地清算了的问题,比如某种民族主义,在第三世界里(同时也在第二世界的主要地区里)是十分重要的。他还将第三世界文本中的自我指涉机制归结为"民族寓言",而认为这种机制与西方文本中的自我指涉机制不同。如果不是机械地理解詹姆逊的这两层意思,不把他所说的"民族寓言"说理解成对于个体差异的完全抹杀,我们还是可以从中获得许多有益启发的。他用黑格尔关于奴隶与奴隶主关系的比喻,论述东西方(强/弱民族)之间关系及其两种自我指涉机制的不同。因为"只有奴隶才真正懂得什么是现实和抵抗;只有奴隶才能够取得对自己情况的真正'境遇意识'(situational consciousness),因为正是他的境遇意识他才受到惩罚。然而奴隶主却患了理想主义的不治之症——他奢侈地享受一种无固定位置的自由。在那种自由里,任何关于他自己具体情况的意识如同梦幻般地溜掉了"。在这个意义上,"第三世界文化中的寓言性质,讲述关于一个人和个人经验的故事时,最终包含了对整个集体本身的经验的艰难叙述。"②

尽管詹姆逊是站在西方文化的立场上,在强/弱势民族文化的关系中反思和检讨西方文化主体的内在分裂及其幻视,也就是说,詹姆逊的批判锋芒所指,是针对西方当代文化中存在的某种盲点和缺陷,是为了解决西方文化自身的问题。但有一点可以提示我们,弱势文化及其表述正因为处于被压迫的境遇,所以不仅更能够体验和表达自身的真实处境,也更能够体味民族文化平等交往的真实意味。这里可以再一次引入一个简单的比喻:为什么同样是民主制度的实行和民主权利的获得,只有争取而得的民主才是它的本意,而给予的"民主"则已经变味,更无论强加的民主了。按照黑格尔的说法,因为"这种奴隶的意识并不是在这一或那一瞬间害怕这个或那个灾难,而是对他的整个存在怀着恐惧。因为他曾经感受过死的恐惧、对绝对主人的恐惧。死的恐惧在他的经验中曾经渗透进他的内

---

① 詹姆逊:《处于跨国资本主义时代中的第三世界文学》,《晚期资本主义的文化逻辑》,张旭东编,陈青桥等译,三联书店、牛津大学出版社 1997 年版,第 516—546 页。
② 同上。

第十二章　以东欧为中心的弱势民族文学在中外文学关系中的地位和意义

在灵魂,曾经震撼过他的整个躯体,并且一切固定的规章命令都使得他发抖"①。当然,"死的恐惧"在黑格尔的行文中,主要还是一种比喻性的说法,但它形象地喻指了弱势民族文学中所包含着的特殊的现代性体验,这种体验包含在这些民族文化的每一次进展和每一项实践当中,而对于这种特殊体验的表达和言说,是无法由旁人替代的。

在20世纪中国文学的现代化进程中,这种现代体验的表征是多方面的。在中外文学关系视阈中,它既体现在对于外来文学思潮的译介和接受过程中,同时也体现在中国作家主体的创作实践中;既包含在对西方强势文化和文学的影响和接受里,也包含在中国文化主体对于弱势民族文学的译介这一跨语际文化实践当中,而尤其集中地体现在对那些被引入汉语世界,曾经激起中国现当代作家极大创作灵感的弱势民族优秀作家的接受过程中。在这个意义上,从弱势民族文学在中国的译介、影响和接受的角度,关注中国现代意识主体的建构过程,具有其独特的意义,至少它可以使我们更完备地认识中国现代文学在世界文学格局中的地位和特点,也可以更好地揭示中国现代性的特殊内涵。同时,以这样的问题意识去考察中国现代文学的创作,也可以揭示创作主体在这一方面的一贯努力及其具体的历史展开情形,从而为中外文学关系研究确立更为高远的目标和更加行之有效的方法。在这个意义上,所谓中国文学的现代性,正是中国近代以来,在现代化的艰难曲折的进程中,民族文化主体特殊经验的艺术表达。而在中国文学中发掘和揭示这种特殊的经验内涵及其表达方式,不仅是中国现代文学研究和中国比较文学研究的一个重要目标,更应是作为两者交叉领域的中外文学关系研究的关键课题。

## 第五节　东欧文学的中国意义

立足于中国现代文学的主体立场,围绕东欧文学对中国的意义,回顾东欧文学在中国的百年历史,至少可以概括如下几点共识:

一、相同相似的现代化处境和经验,使东欧文学在现代中国有着特

---

① 参见黑格尔:《精神现象学》上卷,贺麟、王久兴译,商务印书馆1987年版,第153页。

殊的意义。处于欧洲夹缝中的东欧诸国,共同的地缘政治特点对其现代化带来明显的制约,即现代化发生的非自主性;现代化模式选择的限制性和现代化进程的滞后性。特别是二次大战后,一度试行的人民民主制度、多党联合执政和多元经济体制,因冷战对峙的世界格局,而被强制性的苏联模式所替代(高度集中的体制,按重工业、轻工业、农业顺序发展的国民经济,高速度、高积累、高投资的三高方针,以及农业的强制性集体化等)。所有这些在国际外部环境和内部变革方面的发展模式,都与现代中国拥有相似的经历。而作为历史文化的映像,现代中国视域下的东欧诸国及其文学,无论是早期的"弱势民族"形象,还是二战期间和战后的"同志加兄弟"形象,或者是60年代前后一度演化出的所谓"修正主义"的"背叛者"形象,还是八九十年代之交东欧剧变后多元文化语境中的他者形象,均离不开中国—东欧间共同的集体经验这个前提,并在变化中呈现出一种明显的一致性。这也是东欧文学在现代中国得以持续译介并发挥特殊影响的一个根本原因。

二、正因为中国与东欧文学关系,是两者的意识形态、社会体制、国际关系和各文化层面的异同关联的反映和折射,因此,在东欧与中国文学关系的百年历史中,政治意识形态理所当然地成为各时期极其重要的制约因素。这种关系包括两个方面:一是中国与东欧间的直接交流和相互关系;二是各方与其他国际集团或民族国家的关系中所体现的异同关系,具体地说,就是在20世纪(特别是二战后)历史进程中,双方在国际关系的各层面——当然包括文学关系方面与西欧和俄苏关系中所体现出来的同向、同构及差异关系。而在这多重关系中,中国与东欧文学关系可以得到多层次的分析,东欧文学对于现代中国文学的意义也可以因此获得显现。

三、东欧文学在现代中国的译介、影响与接受,是中国主体有意识倡导和实践的结果。它是在民族面临危机的时代,伴随现代民族意识的觉醒而出现的,并始终伴随着浓厚的政治意识形态因素的制约,但它在中国现代文学演进中持续并扩大影响,却是先锋知识分子自发自觉的同声相应、同气相求的结果。政治上的重大变迁,意识形态的制约固然会影响文化与文学的交流,但从长远的观点看,这种影响毕竟有限。正是在中国作

### 第十二章　以东欧为中心的弱势民族文学在中外文学关系中的地位和意义

家、翻译家和研究者有意识的倡导、译介之下，东欧文学不仅在整体上作为民族文学的一种价值认同和主体投射，而且使诸如密茨凯维奇、显克维奇、裴多菲、恰佩克、伏契克、昆德拉、哈维尔等作家及其作品在中国深入人心。政治意识形态因素、国家权力因素，甚至语言中介（包括直接译介或经第三种语言转译）等，固然影响了中国与东欧间的文学交流进程，但这些因素对文学关系而言，并非决定一切的核心因素或充要条件。比如在20世纪上半期，国家意识形态的参与，如30年代国民党政府以民族主义为号召的弱势民族文学译介[①]，非但没有推进包括东欧文学在内的弱势民族文学[②]的译介进程，反而引起原先倡导者们的批判和抵制[③]；五六十年代国家推动下的东欧文学译介活动，也并未为中国当代文学提供多少具有创造性的核心资源；新时期开始后以昆德拉等为标志的译介和借鉴，同样是经先锋知识分子在主流意识形态边缘积极倡导引进的结果。

四、中国与东欧文学的关系历史表明，东欧文学在中国的意义凸显和接受程度，并不与译介数量的多少相对应。文化交往、文学译介及其影响接受之间，并不成正比例的对应关系。只有接受主体出于自身文化建构和文学创作的需要，进行有意识的翻译和评价，才有可能对本土文学发生实质性的影响，外来资源才会进入本土文化的创生实践，熔铸到民族文学的血液当中。如果把考察对象从译介者、专业研究者和普通读者进一步扩大到文学创作者的层面，也就是说，把民族文学关系的内涵从文本的译介、阅读、认知与研究，进一步扩大到本土文学的资源采用和创造性转化的创作发生层面时（民族文学关系本来应该是包含了这几个层面的多元立体构成），问题就会复杂得多。可以肯定的一点是，在20世纪历史进程中，作为一种外来资源的东欧文学对中国文学的深度影响，并不必定随

---

[①] 20世纪30年代初，上海先后出现的《前锋周报》《前锋月刊》《现代文学评论》《矛盾》月刊等4种期刊就是执政中华民国的国民党官方意识形态直接干预的产物。具体参见宋炳辉：《弱小民族文学的译介与中国文学的现代性》，载《中国比较文学》2002年第2期。

[②] 关于"弱势民族文学"概念的论述，参见宋炳辉：《弱势民族文学在中国》第一章，南京大学出版社2007年版，第1—32页。

[③] 参见茅盾：《民族主义文艺的现形》（1931年9月13日），载《文学导报》第1卷第4期，署名"石萌"。鲁迅：《民族主义文学的任务和运命》（1931年10月23日），《鲁迅全集》第4卷，人民文学出版社1981年版，第311—312、320页。

着对东欧文学译介的数量积累和渐次深入而呈正比例加重。相反在某些特殊的历史时期,由于时代文化、主流意识形态及其个人魅力等因素的机缘汇合,东欧文学在中国发挥着特殊而明显的作用,形成中国—东欧文学长河中的一朵朵浪花。正是由于鲁迅等现代作家的有意提倡和明确的意义阐释(鲁迅的《摩罗诗力说》确定了译介"被损害民族文学"的基调,沈雁冰(即作家茅盾)借助《小说月报》实施并扩大了"弱小民文学"的范围和影响),才使密茨凯维奇、显克维奇、裴多菲,包括后来的基希、伏契克等先后成为中国新文学外来资源中的一个个亮点。正由于从冯至、卞之琳到黄佐临、高行健、沙叶新、余秋雨、林兆华、魏明伦、孟京辉等几代作家和戏剧家的主动译介、阐释和创造性借鉴,才令布莱希特的戏剧在中国当代戏剧文化中演绎出新的生命;正是韩少功、李欧梵等作家和研究者对昆德拉与新时期中国文学契合点的敏感,才有了昆德拉在当代文学的巨大影响。[①] 这种对"了解—译介—认知"与"影响—接受"两个层面间的对应和差异比较意识,包含并预示了中国与东欧文学关系的复杂多元的内涵和阐释空间,而所谓东欧文学对于现代中国的意义,也只有在这种对应与差异的分析中加以呈现。

总之,对中国主体而言,"东欧"不仅是一个单纯的认知对象,它是中国现代民族意识觉醒的伴生物,它与中国民族主体意识的生成和演变,有着不可分割的联系。东欧诸国并称,也不只是一种简单的指陈行为,同时也表明了中国主体对东欧诸国共同的历史命运、文化处境和民族性格的认知。东欧作为一种镜像,同时也折射了中华民族现代化历史境遇的认识。因为国际关系格局和意识形态等因素,东欧各国与中国之间关系的冷热亲疏、平坦曲折,不仅十分相似,而且往往相互牵连,这种关系状态,同样也反映在中国与东欧诸国的文学关系上。因此,居于中国主体立场讨论中国与东欧诸国文化和文学的关系,"东欧"不仅是对一种客观对象物及其固有联系的认知,在文化价值意义上,更是一种借助他者镜像对民

---

① 宋炳辉:《米兰·昆德拉在中国的译介及其接受》,《弱势民族文学在中国》,南京大学出版社2007年版,第187—218页。

### 第十二章　以东欧为中心的弱势民族文学在中外文学关系中的地位和意义

族主体的自我构成、民族性格的内在特征的审视,是对民族文化的历史境遇和现代进程的反省,进而是对民族文学的现代转型及其内部特质,包括对汲取外来文学资源、传承与再创民族传统的内涵与方式的辨正与探索。

# 参考文献

**中文参考文献：**

1. 阿英编：《晚清文学丛钞》，北京：中华书局，1960
2. [波兰]爱德华·卡伊丹斯基：《中国的使臣卜弥格》，张振辉译，郑州：大象出版社，2001
3. [美]安德森：《想象的共同体：民族主义的起源与散布》，吴叡人译，上海：上海世纪出版集团，2003
4. [英]艾伦·帕尔默：《夹缝中的六国——维也纳会议以来的中东欧历史》，于亚伦等译，北京：商务印书馆，1997
5. [波兰]卜弥格：《卜弥格文集：中西文化交流与中医西传》，[波]爱德华·卡伊丹斯基波兰文翻译，张振辉、张西平中文翻译，上海：华东师范大学出版社，2013
6. [英]本·福凯斯：《东欧共产主义的兴衰》，北京：中央编译出版社，1998
7. [美]查尔斯·金：《黑海史》，苏圣捷译，上海：东方出版中心，2011
8. 安念启：《东方国家的社会跳跃与文化滞后：俄罗斯文化与列宁主义问题》，北京：中国人民大学出版社，1994
9. 卞之琳：《十年来的外国文学翻译和研究工作》，北京：文学评论，1959年5期
10. 北京图书馆编：《民国时期总书目·外国文学卷》，北京：书目文献出版社，1987
11. 北京外国语大学欧洲语言文化学院编《欧洲语言文化研究》第1—9辑，北京：时事出版社 2002—2012
12. 北京外国语大学欧洲语言文化学院编：《欧洲语言文化研究》第1—8辑，北京：时事出版社，2004—2015
13. 陈玉刚：《中国翻译文学史稿》，北京：中国对外翻译出版公司，1989
14. 陈独秀：《陈独秀著作选》(3卷)，上海：上海人民出版社，1993
15. 陈伯海主编：《近400年中国文学思潮史》，上海：东方出版中心，1997
16. 陈思和：《中国新文学整体观》，上海：上海文艺出版社，2001

17. 陈思和:《中国文学整体观新编》,济南:山东教育出版社,2012
18. 陈平原:《"新文化"的崛起与流播》,北京:北京大学出版社,2015
19. 陈平原、夏晓红编:《二十世纪中国小说理论资料1897—1916》,北京:北京大学出版社1997
20. 陈福康:《中国译学理论史稿》,上海:上海外语教育出版社,2001
21. 狄德罗:《狄德罗小说选》,匡明中译本,北京:人民文学出版社,2001
22. 丁超:《中罗文学关系史稿》,北京:人民文学出版社,2008
23. 《〈东方杂志〉总目》,北京:生活·读书·新知三联书店,1957
24. 董淑慧编著、葛志强审校:《保加利亚汉语教学五十年》,[保加利亚]索非亚:玉石出版公司,2005
25. 范伯群、朱栋霖主编:《中外文学比较史(1898—1949)》,南京:江苏教育出版社,1993
26. 方长安:《冷战·民族·文学:新中国"十七年"中外文学关系研究》,北京:中国社会科学出版社,2009
27. 冯植生:《匈牙利文学史》,北京:社会科学文献出版社,1995;上海:上海外语教育出版社,2013
28. 符志良:《早期来华匈牙利人资料辑要(1341—1944)》,布达佩斯:世界华文出版社,2003
29. [斯洛伐克]高利克:《中西文学关系的里程碑》,北京:北京大学出版社,1998
30. [斯洛伐克]高利克:《中国现代文学批评发生史》,北京:社会科学文献出版社,1997
31. [斯洛伐克]高利克:《捷克和斯洛伐克汉学研究》,李玲译,北京:学苑出版社,2009
32. 高兴:《东欧文学大花园》,武汉:湖北教育出版社,2007
33. 郭延礼:《中国近代文学发展史》(3卷本),济南:山东教育出版社,1991
34. 郭延礼:《近代西学与中国文学》,石家庄:河北教育出版社,2003
35. 国家出版事业管理局版本图书馆编:《1949—1979翻译出版外国古典文学著作目》,北京:中华书局,1980
36. 戈宝权:《中外文学因缘——戈宝权比较文学论文集》,上海:华东师范大学出版社,2013
37. 国家文物局编:《丝绸之路》,北京:文物出版社,2014
38. 顾钧:《鲁迅翻译研究》,福州:福建教育出版社,2009

39. 黄见德:《20世纪西方哲学东渐问题》,长沙:湖南教育出版社,1998
40. 侯志平编:《胡愈之与世界语》,北京:中国世界语出版社,1999
41. 侯志平等主编:《世界语在中国一百年》,北京:中国世界语出版社,1999
42. 洪子诚:《问题与方法:中国当代文学史研究讲稿》,北京:生活·读书·新知三联书店,2003
43. 韩毓海主编:《20世纪的中国·学术与社会·文学卷》,济南:山东人民出版社,2001
44. 蒋承俊:《东欧文学简史》(上、下),海口:海南出版社,2009
45. 蒋承俊:《捷克文学史》,上海:上海外语教育出版社,2006
46. 贾植芳主编:《中外文学关系史资料汇编》,桂林:广西师范大学出版社,2004
47. 孔寒冰:《东欧史》,上海:上海人民出版社,2010
49. 康有为:《康有为全集》(12集),姜义华、张荣华/编校,国家清史编纂委员会·文献丛刊,北京:中国人民大学出版社,2007
50. [美]凯文·奥康纳:《波罗的海三国史》,王加丰等译,北京:中国出版集团中国大百科全书出版社,2009
51. 阚文文:《晚清报刊上的翻译小说》,济南:齐鲁书社,2013
52. [美]R.J.克兰普顿:《保加利亚史》,周旭东/译,北京:中国出版集团中国大百科全书出版社,2009
53. [美]卡尔·瑞贝卡:《世界大舞台——十九、二十世纪之交中国的民族主义》,高瑾等译,北京:生活·读书·新知三联书店,2008
54. [法]勒内·格鲁塞:《草原帝国》,蓝琪译,项英杰校,北京:商务印书馆,1998
55. [法]雷纳·格鲁塞:《蒙古帝国史》,龚钺译,翁独健校,北京:商务印书馆,1989
56. 郦苏元、胡克、杨远婴主编:《新中国电影50年》,北京:北京广播学院出版社,2000
57. 刘祖熙:《波兰通史》,北京:商务印书馆,2006
58. 刘祖熙主编:《多元与冲突——俄罗斯中东欧文明之路》,北京:人民出版社,2011
59. 刘祖熙主编:《斯拉夫文化》,杭州:浙江人民出版社,1993
60. 林则徐:《四洲志》,罗炳良主编、张曼评注,北京:华夏出版社,2002
61. [美]刘禾:《语际书写-现代思想史写作批判纲要》,上海三联书店,1999
62. [美]刘禾:《文本、批评与民族国家文学》,北京:生活·读书·新知三联书店,2002
63. [美]刘禾:《跨语际实践:文学,民族文化与被译介的现代性(中国,1900—1937)》,宋伟杰译,北京:生活·读书·新知三联书店,2002

64. 罗志田:《民族主义与中国近代思想》,台北:台北东大图书公司,1998
65. 罗荣渠:《现代化新论——世界与中国的现代化进程》,北京:商务印书馆,2004
66. 罗福惠:《中国民族主义思想论稿》,武汉:华中师范大学出版社,1997,
67. 梁启超:《饮冰室合集》1－12集,北京:中华书局,1989
68. 梁启超:《梁启超全集》,北京:北京出版社,1999,
69. 李泽厚:《中国近代思想史论》,北京:人民出版社,1983
70. 李泽厚:《中国现代思想史论》,北京:东方出版社,1987
71. 李岫主编:《中外文学关系史》,石家庄:河北教育出版社,2000
72. 李怡:《现代性:批判的批判——中国现代文学研究的核心问题》,北京:人民文学出版社,2006
73. 李赋宁总主编:《欧洲文学史》(3卷),北京:商务印书馆,1999
74. 李万春、胡真真编:《东欧文学资料索引》,长春:东北师范大学外文系苏联75,东欧文学研究室,打印本,未注明时间(约为20世纪80年代初)。
76. 李平等:《错位人生:米兰·昆德拉》,成都:四川人民出版社,2000
77. 李凤亮:《对话的灵光:米兰·昆德拉研究资料辑要(1986—1996)》,北京:中国友谊出版公司,1999
78. 林洪亮主编:《东欧当代文学史》,北京:中央编译出版社,1998
79. 鲁迅:《鲁迅全集》,北京:人民文学出版社,2005
80. 茅盾:《茅盾译文全集》,北京:知识产权出版社,2005
81. 孟华:《比较文学形象学》,北京:北京大学出版社,2001
82. [美]J·希利斯·米勒:《土著与数码冲浪者:米勒中国演讲集》,易晓明编译,长春:吉林人民出版社,2004
83. [法]马克·昂热诺主编:《问题与观点:20世纪文学理论研究》,天津:百花文艺出版社,2000
84. 马细谱:《保加利亚史》,北京:中国社会科学出版社,2011
85. [斯洛伐克]米加主编:《斯洛文尼亚在中国的文化使者——刘松龄》,朱晓珂、褚龙飞译,吕凌峰/审校,郑州:大象出版社,2015
86. 倪伟:《"民族"想象与"国家"统制——1928~1948年南京政府的文艺政策及文学运动》,上海:上海三联书店,2003
87. 尼古拉·克莱伯:《罗马尼亚史》,李腾/译,上海:中国出版集团东方出版中心,2010
88. 牛军:《冷战与新中国外交的缘起(1949—1955)》,北京:社会科学文献出版

社,2012
89. ［匈］裴多菲:《裴多菲诗四十首》,孙用译,上海:文化工作社出版1951
90. ［匈］裴多菲:《裴多菲抒情诗选》,兴万生译,南京:江苏人民出版社1986
91. ［匈］裴多菲:《诗海:世界诗歌史纲·传统卷》,飞白编译,桂林:漓江出版社1989
92. 裴坚章主编:《中华人民共和国外交史(1949—1956)》,北京:世界知识出版社,1994
93. ［波兰］E.普里瓦,《世界语史》,北京:知识出版社,1983,
94. 钱理群:《丰富的痛苦:堂吉诃德与哈姆雷特的东移》,长春:时代文艺出版社,1993
95. 钱理群、黄子平、陈平原:《二十世纪中国文学三人谈》,北京:北京大学出版社,2004
96. 人民出版社编印:《出版物目录(翻译书目),1950—1984》,北京:人民出版社,1985
97. ［法］荣振华:《在华耶稣会士列传及书目补编》(上、下册),耿昇/译,北京:中华书局,1995
98. ［美］萨伊德:《东方学》,北京:生活·读书·新知三联书店,1999
99. 孙歌:《主体弥散的空间——亚洲论述之两难》,南昌:江西教育出版社,2002
100. 沈定平:《明清之际中西文化交流史——明代:调适与会通》(增订本),北京:商务印书馆,2007
101. 石源华:《中华民国外交史》,上海:上海人民出版社,1994
102. 石源华:《中华民国外交史新著》,北京:社会科学文献出版社,2013
103. 宋柏年主编:《中国古典文学在国外》,北京:北京语言学院出版社,1994
104. 孙席珍、蔡一平编:《东欧文学史简编》,长沙:湖南人民出版社,1985
105. ［美］特里萨·拉克夫斯卡-哈姆斯通、安德鲁·捷尔吉主编:《东欧共产主义》,林穗芳译,哈尔滨:黑龙江人民出版社,1984
106. 陶绪:《晚清民族主义思潮》,北京:人民出版社,1995
107. 王宏志:《重释"信雅达"——20世纪中国翻译研究》,上海:东方出版中心,1999
108. 王宁:《全球化与文化:西方与中国》,北京:北京大学出版社,2002
109. 王向远:《东方各国文学在中国:译介与研究史述论》,南昌:江西教育出版社,2003
110. 王向远:《翻译文学导论》,北京:北京师范大学出版社,2004
111. 王友贵:《翻译家周作人》,成都:四川人民出版社,2001
112. 王友贵:《20世纪下半叶中国翻译文学史》,北京:人民出版社,2015

113. 王家平:《鲁迅域外百年传播史,1909—2008》,北京:北京大学出版社,2009
114. 魏源:《海国图志》(4册),长沙:岳麓书社,2011
115. 吴笛等:《浙江翻译文学史》,杭州:杭州出版社,2008
116. 汪笑侬:《汪笑侬戏曲集》,北京:中国戏剧出版社,1957
117. 夏康达主编:《20世纪中外文学关系》,天津:百花文艺出版社,2000
118. 徐志啸:《近代中外文学关系》,上海:华东师范大学出版社,2001
119. 徐乃翔主编:《中国现代文学期刊目录汇编》(上、下),天津:天津人民出版社,1984,
120. 谢天振:《译介学》,上海:上海外语教育出版社,1999
121. 谢天振:《翻译研究新视野》,青岛:青岛出版社,2003
122. 谢天振等:《20世纪中国文学翻译史(1898—1949)》,上海:上海外语教育出版社,2004
123. 谢天振主编:《翻译的理论建构与文化透视》,上海:上海外语教育出版社,2000
124. 许宝强、袁伟选编:《语言与翻译的政治》,北京:中央编译出版社,2001
125. 许善述编:《巴金与世界语》,北京:中国世界语出版社,1995
126. 许明龙:《欧洲18世纪中国热》,北京:外语教学与研究出版社,2007
127. 希罗多德:《历史》(上、下册),王以铸译,北京:商务印书馆,1959
128. 匈牙利教育和文化部编:《"自由与爱情"——聚焦匈牙利文化》,Hungarofest Kht-KultúrPont Iroda 文化交流办公室,2007
129. 熊月之:《西学东渐与晚清社会》,上海:上海人民出版社,1994
130. [罗]亚历山大·迪马:《比较文学引论》,谢天振译,上海:上海译文出版社1991
131. 殷夫:《殷夫选集》,北京:人民文学出版社,2011
132. 殷国明:《20世纪中西文艺理论交流史论》,上海:华东师范大学出版社,1999
133. 阎宗临:《欧洲文化史论》,桂林:广西师范大学出版社,2007
134. 杨露:《革命路上:翻译现代性、阅读运动与主题性重建,1949—1979》,北京:中央编译出版社,2015
135. 杨敏主编:《东欧戏剧史》,北京:文化艺术出版社,1996
136. 杨周翰、吴达元、赵萝蕤主编:《欧洲文学史》(修订本),北京:人民文学出版社,1982
137. 易丽君:《波兰战后文学史》,北京:外语教学与研究出版社,2002
138. 易丽君等:"外国文学史丛书":波兰、捷克、保加利亚、罗马尼亚卷,北京:外语教学与研研出版社,2000

139. 约翰·R. 兰普:《南斯拉夫史》,刘大平译,上海:中国出版集团东方出版中心,2013
140. [美]詹姆逊:《晚期资本主义的文化逻辑》,陈青桥等译,张旭东编,北京:生活·读书·新知三联书店、牛津大学出版社,1997
141. 周发祥、李岫主编:《中外文学交流史》,武汉:湖南教育出版社,1999
142. 周宁:《永远的乌托邦:西方的中国形象》,武汉:湖北教育出版社,2000
143. 曾小逸主编:《走向世界文学:中国现代作家与外国文学》,长沙:湖南人民出版社,1985
144. 邹振环:《20世纪上海翻译出版与文化变迁》,南宁:广西教育出版社,2000
145. 周作人:《周作人自编文集》,止庵编,石家庄:河北教育出版社,2002
146. 周作人:《天义报》1907年第8、9、10册合刊
147. 张菊香、张铁荣:《周作人年谱》,天津:天津人民出版社,2000
148. 张新颖:《20世纪上半期中国文学的现代意识》,北京:生活·读书·新知三联书店,2002
149. 张旭东:《批评的踪迹:文化理论与文化批评》,北京:生活·读书·新知三联书店,2003
150. 张旭东:《全球化时代的文化认同:西方普遍主义话语的历史批判》,北京:北京大学出版社,2005
151. 张振辉等:《东欧文学》,海口:海南出版社,2000
152. 张西平、郝清新编:《中国文化在东欧:传播与接受研究》,北京:外语教学与研究出版社,2013
153. 张星烺编注、朱杰勤校订:《中西交通史料汇编》,北京:中华书局,1977
154. 张绪山:《中国与拜占庭帝国关系研究》,北京:中华书局,2012
155. 张泽贤:《中国现代文学翻译版本闻见录(1905~1933)》,上海:上海远东出版社,2008
156. 张泽贤:《中国现代文学翻译版本闻见录(1934~1949)》,上海:上海远东出版社,2009
157. 中国电影家协会电影史研究部编:《中华人民共和国电影事业35年:1949—1984》,北京:中国电影出版社,1985
158. 锺叔河:《走向世界:中国人考察西方的历史》,北京:中华书局,2010
159. 朱晓中主编:《中东欧转型20年》,北京:社会科学文献出版社,2013
160. 赵汀阳:《天下体系:世界制度哲学论》,南京:江苏教育出版社,2005

161. 赵少华主编:《金色记忆:新中国早期文化交流口述记录》,北京:作家出版社,2012

**外文参考文献:**

1. BLACK,Jeremy (General Editor),*The Atlas of World History*,Second Edition,Dorling Kindersley Cartography,London,2005.
2. BASSNET,Susan and Andre Lefevere (eds). *Translation,History and Culture*. London and N. Y: Pinter. 1990.
3. BUZATU,Ion,*Istoria relațiilor României cu China din cele mai vechi timpuri pană ân zilele noastre*,Editura Meteor Press,București. 2007.
4. FAJCSÁK,Györgyi,*Collecting Chinese Art in Hungary from the Early 19th Century to 1945,as Reflected by the Artefacts of the Ferenc Hopp Museum of Eastern Asiatic Arts*,Department of East Asian Studies,Eötvös Loránd University,Budapest,2007.
5. FAWN,Rick,HOCHMAN,Jiři,*Historical Dictionary of the Czech State*,Second edition,the Scarecrow Press,Inc.,Lanham. Toronto. Plymouth,UK,2010.
6. *JAROSLAV Průšek* [1906—2006]. *Ve vzpomínkách přátel* (remembered by friends),DharmaGaia,Praha,2006.
7. JOHN de Francis,*Nationalism and Language Reform in China*. Princeton,1950.
8. KLIMASZEWSKI,Bolesław,*An Outline History of Polish Culture*,Jagiellonian University Interpress,Warszawa,1984.
9. MILJAN,Toivo,*Historical Dictionary of Estonia*,Second edition,Rowman & Littlefield,Lanham. Boulder. New York. Toronto. Plymouth,UK. 2015.
10. PLAKANS,Andrejs,*Historical Dictionary of Latvia*,Second edition,The Scarecrow Press,Inc.,Lanham,Mariland. Toronto. Plymouth,UK,2008.
11. SAJE,Mitja (edtor in chief),*A. Hallerstein-Liu Songling:The Multicultural Legacy of Jesuit Wisdom and Piety at the Qing Dynasty Court*,Maribor:Association for Culture and Education Kibla,2009.
12. SLOBODNÍK,Martin,*Našinec V Oriente. Cestovatelia Zo Slovenska A Čiech V Ázii A Afrike* (19. Stor-I. Pol. 20. Stor.),Univerzita Komenského Bratislava,2009.

13. SUŽIEDĖLIS, Saulius, *Historical Dictionary of Lithuania*, the Scarecrow Press, Inc., Lanham, Md., & London, 1997.
14. The Pepin Press, *Visual Encyclopedia*, *Architecture*, Singapore, 2001.
15. VARDY, Steven Béla, *Historical Dictionary of Hungary*, the Scarecrow Press, Inc., Lanham, Md., & London, 1997.
16. Veda-Otto Harrassowitz, *Milestones in Sino-Western Literary Confrontation* (1898—1979), 1986.
17. WASILEWSKA, Joanna, *Poland-China*, *Art and Cultural Heritage*, Jagiellonian University Press, Kraków, 2011.
18. WIERZBOWSKIi, Piotr, *Polska-ojczyzna Chopina*(《肖邦故乡——波兰》), Fundacja Sinopol, Warszawa, 2011.

# 后　记

从世界文学视野看中国文学的现代进程,既出于中国比较文学和国别文学的当代学术发展的需要,同时也是出于我个人作为一个当代中国比较文学参与者和见证者的特定学科路径。我青年时代最大的兴趣在于中国当代文学批评,也陆续写过一些作家作品评论,做过几位现代经典作家的个案研究,后来转入比较文学与世界文学学科,师从贾植芳和陈思和两位导师学习,近代以来的中外文学关系也就成了我参与比较文学研究的一个主要切入点,而立足于中国现代文学展开中外文学关系研究,也就成为我思考中外文学关系的出发点。

回顾自己的从学经历,我自省受惠于两位老师的学术思想、学术方法之处甚多。贾植芳先生对中国新文学发生和演变中的中外文学关系包括翻译文学、中外文学交往史料的强调和重视,陈思和老师对于传统影响研究方法的反思以及中国文学中的"世界性因素""恶魔性"等概念的提出,对我思考中外文学关系问题有着极其重要的影响和启迪作用。有关"弱势民族文学与现代中国文学发生发展之关系"论题进入我的视野并逐步展开,正是这一问题意识和研究视角的延伸。而聚焦于东欧文学,以及大量相关资料的发掘整理,是发端于由谢天振先生主持的国家社会科学基金"九五"重点项目"中国现代翻译文学史(1898—1949)"。我先后承担了其中的"东、南、北欧诸国文学的翻译"和"亚洲诸国文学的翻译"两个部分的内容,这项工作从1998年开始着手进行,如果从那时算起,我关注汉语翻译文学与中国文学的关系问题,至今已过20年了。在整个研究过程中,包括谢天振先生的著述在内的当代中外译介学理论和研究成果对我也启发良多。我的一些相关成果,先后主要在四本书中呈现给读者。先是将初步成果发表在谢天振等主编的《中国现代翻译文学史》(上海外语教育出版社,2004年版)和《中国20世纪外国文学翻译史》(湖北教育出版社,2007年版)。通过一起参与这两部书的写作,我也从许光华、陈建华、卫茂平、姚君伟教授那里获益良多。2007年,我的阶段性成果以《弱势民族文学在中国》为题,收入周宁教授主编的"文本与文化/跨语际研究"丛书,由南京大学出版社出版,在此再次感谢周宁教授的保荐和肯定,尤其感谢陈思和老师为此书所作的序文,文中对论题的意义和我的论述多有肯定和鼓励,同时也对这份初稿提出了意见和有待展开的话题,比如,"如何看待弱势国家中已经摆脱了本民族的束缚,投身在主流强国的文化意识形态中,并得到主流国家重视的那些作家的影响?"等等。书稿问世之后,也得到了比较文学界、翻译学界、中国现代文学界同行朋友的关注,华东师范大学的文贵良、福建师范大学的蔡春华和北京师范大学的沈庆俐教授,还专门撰写评论,对我提出的论题和阶段性论述,给予热情的肯定,也提出了值得进一步思考的问题,尽管沈庆俐教授的文章好像没有公开发表,但他提出的问题,启发我对此做进一步的思考。

相关内容涉及的第四部书,就是山东教育出版社2016年出版的《中外文学交流史·中东欧卷》,是由南京大学钱林森先生策划主编的一套大型学术丛书之一。丛书和项目策划启动于2005年夏天,钱先生因为看到我当时发表了一些有关东欧文学在中国译介的文章,就邀请我主持丛书中东欧卷的工作,我自知学养和能力的不足,婉言推辞了。不久,他又请到北京外国语大学欧洲语学院的罗马尼亚语专家丁超教授,建议我们合作承担这一工作。我虽然很高兴结识为人儒雅谦和、为学谨严的丁超教授,但我个人仍然不敢接受这个任务,只是经不住钱先生一再地敦促,勉强答应下来,不过内心颇为惶恐。自此开始到书的最后出版,历经12个年头,中间几次都想放弃,但迫于钱先生的监督,当然更感动于钱先生对学术的坚持和对承诺的坚守,总算不负嘱托,与丁超教授一起,勉力完成了书稿的写作。现在想来,真是感慨多多。套用一句老话:书犹如此,人何以堪!2016年冬季,山东教育出版社与北外联合召开了此书的新书发布暨研讨会,与会的中东欧语文学家、资深的中东欧翻译家和外交家,都

# 后 记

对这一填补空白的工作给予了热情的肯定。对我个人而言,虽然该书的撰写仍留有不少遗憾,更有待其他相关学者做进一步的研究,但借助于这个课题的研究,我对中东欧文学在中国的译介及其影响,以及弱势民族文学在中国现代文学发生演进中所承担的独特功能,有了比之前更深入的认识。这里需要特别感谢丁超教授,通过这十多年的默契合作,我们之间已经建立深厚的友谊。此外还要感谢欧洲语学院的冯志臣、易丽君先生和李梅教授,还有赵刚、林温霜、柯静、郭晓晶、徐伟珠、文铮等青年朋友,他们对我的研究工作都提供了不同程度的帮助。

我在南大版的序文中有过这样一段话:"现在回头来看,我在这部书稿中摆出了一些事实,提出了一些问题,也尽可能地做出了一些分析和解释,但也留下(或者不如说是引发)了另一些问题。"这句话今天放在这里仍然有效,不过与之前相比,经过十余年的时间,有了一些新材料和新解释,有些问题得到了解答,有些问题也许通过不同方式的提问而改变了意义。其中较为明显的变化是,放弃了原来论述中有关日本、俄国、意大利(包括古典希腊罗马)等国家文学译介的分析以及整个南北欧地区的概述;增加了晚清民初时期的内容;将论述焦点集中在中东欧地区,强化了对中东欧作为地理、政治、文化与文学在历史时空,尤其是在中国视域中的整体意义的论述;增加了近六十年来国内相关译介与研究的学术史分析。但作为对"弱势民族文学"的拓展,仍保留了印度现代诗人泰戈尔这唯一一个中东欧以外的案例。因为泰戈尔作为现代化后发民族的先进知识分子,其思想中的现代民族意识和世界意识的纠缠,是一种普遍现象,它正好与西方相对应。所不同的是,对于西方知识人而言,民族意识与世界意识是可以统一主体内部的;而泰戈尔则不然,因此对他的剖析,恰可以很好地体会到在现代化后发国家的现代主体内部,民族意识与世界意识之间冲突与悖论,及其在现代文化与文学创造中的意义。如此,本书作为我在这个领域工作的一个阶段性小结,也作为上海外国语大学"上海市I类高峰学科(外国语言文学)建设项目成果",它的终于完成,还是给我带来不小的慰藉。

在此,除了上述提及的师友之外,还要感谢斯洛伐克社会科学研究院的高利克先生,北京大学的严绍璗先生,德国波恩大学的顾彬先生,北京师范大学的王富仁先生,中国社科院文学研究所的李存光先生,还有香港中文大学的王宏志,香港岭南大学的丁尔苏和陈德鸿,匈牙利Neohelicon期刊主编彼特·哈丘,北京外国语大学的张西平,上海交通大学的王宁,北京大学的申丹,中国社科院的赵稀方等教授,还有郜元宝、栾梅健、严锋、张新颖、王光东、王宏图、朱振武、刘志荣、叶隽、陈广兴、费书东等朋友,他们先后就相关问题为我提供了许多极有价值的识见,或者为我相关文字的发表提供了重要的帮助。另外,我还要感谢诸多师友为我提供机会以相关论题针对不同听众做各种发言与报告,使我的研究在讲述中经受不断的磨砺和提问,从而激发我做出相应的思考。

正写到这里时,惊悉王富仁先生刚刚在北京辞世的消息。多年前,王先生约我为他在汕头大学新国学研究中心主持的《新国学研究》丛刊写稿,我答以这几年一直忙于做弱势民族文学在中国的译介及影响的工作,怕不算他心目中的国学。哪知他立即给予热情的肯定,称这正是他所提倡并力图拓展的"新国学"的内涵之一,进而催促我赶紧将稿件给他。我回复说,因为材料的不断增加,已不满于当时完成的初稿,问能否容我做从容修改?他说那好,不急,我明年再问你要,如何?一年后,果然接到他的助手彭老师的电话,问我去年答应的稿件改得如何了?当时我正忙于手边的编务和教务,差不多已经忘了曾做出的承诺。接到电话后,内心一阵震动:王先生竟然还记着我曾答应的文章。这除了显示一位前辈学人对后进的提携,也表明他对这一选题的重视,他早已把近代以来的外来文化与文学资源作为国学的一部分了。后来,我在这个题目下的一组七八万字的文字,在《新国学研究》第12辑(中国书店,2014年)刊出。现在想来,王先生的这份看重,与其他前辈师长一样,是推动我这20年来坚持在这个研究方向下一点点前行的动力。愿王先生一路走好!

当然,我还要感谢南京大学出版社的金鑫荣先生与陆蕊含女士、山东教育出版社的祝丽女士等为相关书籍的出版所付出的心血。最后要特别感谢北京大学出版社的张冰女士和刘爽女士为本书出版所做出的努力。是为后记。

2017年5月2日写于望园阁